馮唐
成事心法

馮唐 著

管理是一生的日常

成事是一生的修行

管理是一生的日常
成事是一生的修行

你好，我是馮唐。我將我二十年職業管理生涯中吃過的苦、踩過的雷、翻過的山、見識過的人，總結為「馮唐成事心法」——通過這本書跟你分享，希望你能成事，多成事，持續多成事。

「成事學」是我自己定義的，它跟成功不一樣，我堅持認為成功不可以複製，但是成事可以修行。這個學問有三個方面的信息來源。

第一個方面是麥肯錫方法論。麥肯錫是世界上最著名、最早的一家管理諮詢公司，它自身有很多很好的方法論。世界五百強企業的CEO，最常見的工作背景是在麥肯錫工作過。

第二個方面是東方管理學。東方管理學就是從孔子開始，甚至在孔子之前，先哲或先人總結出來的思想。在東方，人口眾多、地大物博的環境裏，在如何把事情做成上，包括如何管理自己、事情乃至天下，清朝以後，最重要的代表人物是曾國藩。不得不承認，我讀曾國藩的書最多、最勤，也最有收穫。《道德經》

《論語》的年代太久遠了，跟現代脫節，《二十四史》《資治通鑒》都是很好的書，但太冗長了，而且受限於編年體的體例，以及寫史人的矜持，這些寫作者心裏想說的話，沒有直接說出來。相比之下，在成事一項上，曾國藩鶴立雞群、千古一人，他為師、為將、為相，立德、立功、立言，寫過幾千萬字。每次翻開他的書，功過且不論，滿紙背後都是成事、成事、成事，getting things done。

第三個方面是信息來源，也是我的管理實踐。雖然我非常渺小，但是我經歷了中國改革開放之後增長最快的二十年。從 2000 年參加工作到 2020 年，是中國發展最快的二十年。在這二十年裏，我平均每週工作八十到一百個小時。這些辛辛苦苦工作的一手資料、一手經驗，我也放到了這本書裏。

這本書的框架分四部份：知己、知人、知世、知智慧。知道自己、知道團隊、知道如何處世、知道智慧怎麼增長。前三個方面，是從小處着手，最後一個方面，是從大處着眼，可以在更高的層次上，做更大的事。

知己——比如，逆境來了，怎麼辦？如何分清自己的慾望和志向，如何學會與自己好好相處，等等。

知人——比如，領導力到底是甚麼，誰有領導力，如何帶團隊，如何分清自救型人和破敵型人等。

知世——比如，如何做一個討人喜歡的人，做人的大忌是甚麼，如何面對小人的降維攻擊，交友的四個標準，示弱的殺傷力，等等。

知智慧——到了智慧的層面,為甚麼成事那麼難,為甚麼做人是第一位的,為甚麼要多談問題、少談道理,甚麼是真的為你好,怎麼看待運氣,等等。

我聽過別人的評論,説馮唐只是一個情色作家,我覺得特別委屈。我是業餘寫作(儘管寫作不業餘),其實一直有個全職的管理工作。我真的是頂尖的管理專家,而且是戰略管理專家,只是極少人知道。

我等了二十年,就為了這一刻,寫這本書,能讓大家知道,其實我是一個管理界的「掃地僧」。

我一直有個小奢望、小理想,想當個老師,能把自己通過實踐領會到的真知灼見、辛苦所得,跟講台下的同學們嘮叨嘮叨,但是沒有機會,一直撅着屁股在辦公室拚命工作。

我在想,某個春暖花開的時候,如果能站在講台上,下邊是一水兒長得挺好看的年輕人,默默地在看着我、聽我講我自己真懂的、真會的、真想講的感到真興奮的東西。講出來之後,同學們能理解一點,就用到實際生活中一點,能讓大家成就一點。這個正循環,是一件讓人很開心的事。

這本書給了我這個機會,跟大家講一講,作為麥肯錫的合夥人,一個大型國企集團的高管,一個醫療行業的職業投資人,我如何看待管理這件事,我如何能夠把我自己成事的經驗教給大家。

最後,我為甚麼寫《馮唐成事心法》?長時間以來,我

一直試圖尋找幾門適合中國管理者的管理課，不是那種百度一下就可以知道的管理知識，也不是 MBA 教的那些基本管理學框架，也不是外國人那種把一個簡單的管理工具拖成一堂冗長説教的時髦課，而是那些能夠結合古今、中外，涵蓋理論和實踐的，真的能夠指導中國管理者克服心魔，帶領團隊穿越迷霧的管理課，但一直沒找到。我想既然市面上沒有，向來不怕招人黑的我就應該寫。

管理是一生的日常，成事是一生的修行。

第一篇

知己
用好自己的天賦

知人
人人都該懂戰略

第
三
篇

知世
成事者的自我修養

第四篇

知智慧
知可為，知不可為

結束語

第一篇

知己

用好自己的天賦

如何管理自我

每個人都躲不開一個議題：如何在一個變化的、紛繁複雜的、油膩的世界裏，和自己相處，特別是在成事這個目的下，自我應該如何管理。此處的「自己」，包括真的自己、自己的團隊、自己的商業模式、自己的公司等。

我想說一個核心的理念，就是自在。

第一，如何能夠自在？不要趕時髦。

曾國藩說：「趨時者博無識之喜，損有道之真。」整天趕時髦，你會發現你得到的歡喜，是沒見識的歡喜，重要的那部份自我卻損失掉了。除非你是做服裝的，做某些快消品的。變的是俗，不變的是道，不要趕時髦，要揣摩不因時間流逝而變，不因空間轉換而變的真理和大美。

我舉兩個例子，一個是商業上的例子。

不趕時髦，落在商業上就是不迎合。不迎合是甚麼意思？我當年進華潤的時候，反覆聽到三個問題——「如何掙錢，如何多掙錢，如何持續多掙錢」。很難跟別人講華潤是做甚麼的，因為華潤做的行業太多，從水到水泥，從零售到房地產，從紡織到微電子，等等，底層邏輯是甚麼？大家也經常

會問：「馮老師你上躥下跳地跨界，你的底層邏輯是甚麼？」其實底層邏輯，都是「如何掙錢，如何多掙錢，如何持續多掙錢」。

2015 年，我從華潤出來，趕上創業的大潮，很少聽到別人問這三個問題。我問創業者：「你的運營現金流是不是正的？如果不是正的，甚麼時候為正？」對方就會說：「馮老師，『運營現金流為正』是甚麼意思啊？」可能人家心裏在説：「你老土吧，在國企做傻了吧，在麥肯錫做了那麼多年還不會畫大餅，怎麼混的呀？」

創業風潮開始的時候，講的是故事，講的是運營數字，講的是商業模式，講的是能不能在風口上。有句話説「站在風口上豬都能飛」，所以他們主要的目的是站在風口上，一腳就能踏進去。跟在後面投資的就包括我們這些人，有時候也容易自己把自己搞暈，好像在這個風口上，豬都能飛，哪怕是豬你也要買，你轉到下一手、下一輪，就掙錢了。如果你投不進去，永遠就沒有掙錢的機會。那時候的目的不是找到好公司，而是找到能投進去的機會。

那是過去五年的樣子，如今怎麼樣？到了 2020 年，大家看到，好像風停了、浪靜了、潮退了。大家又開始問：「如何掙錢，如何多掙錢，如何持續多掙錢？」死了的一大批企業，大多數就是對這三個問題沒有思考、沒有答案。

2020 年疫情來了之後，最常問的問題是「如何活下去」。「如何活下去」説到底就是如何在沒有外援的情況下，保證自己的運營現金流為正。也就是説，每月、每季度，進多少

錢，出多少錢？在沒有銀行貸款、股東墊錢的前提下，你靠運營能不能打平，能不能維持下去？這是生存的基礎，幾乎不隨時間、風向這些變化的東西而變化。

商業上不迎合、不趕時髦，文學上其實也一樣，不迎合、不趕時髦才是真的前衛，才是真的漢子。經常說，要求新、求怪、求跟傳統決裂，能夠在傳統沒有到達的地方開花結果。這條路似乎是條捷徑，其實是通向謬誤的最短的路。不是求新，而是與傳統銜接，才是所謂的正路，血戰古人才是真的漢子，才是真的前衛。

舉第二個例子，明代書畫家董其昌。他的實踐，全部指向五代宋元，後來成為 17 世紀最前衛的藝術家。大家說我似乎有些前衛，其實無論是從語言、內容、意境上，我常看的是《詩經》、漢代的古詩，以及《資治通鑒》，還有禪宗語錄。

李白有句詩：「古人不見今時月，今月曾經照古人。古人今人若流水，共看明月皆如此。」你拋開古人、今人的二元論，你是地球人，你面對的是整個人性的礦山，你不得不去血戰古人，挖到古人沒有挖到的地方，這才是一個真的文學家的最終使命。

甚至跳開來看，不只是中國的古人、今人，你有可能要血戰地球人，地球上的古人和今人，而不是迎合所謂的歐美趣味。我小時候年少無知，以得諾貝爾文學獎為文學追求，可以。但是，如果一個文學家，把得諾貝爾文學獎作為文學追求，我認為錯了。因為諾貝爾文學獎看重的兩點：一是中國真窮，物質缺乏，真悲慘；二很有可能就是精神真壓抑、

真抑鬱。如果你不寫這兩類文，可能在有生之年都得不了諾貝爾文學獎，它不會把你當成地球上一個偉大的作家，大家一起看人性的礦物，你挖到了多少。它可能不會這麼看你，但並不意味着你不應該這麼要求自己。

第二，相信時間，相信自在生長的力量。

曾國藩是這麼説的：「方今民窮財困，吾輩勢不能別有噢咻生息之術。」意思是老百姓很窮，財政吃緊，我們這樣的人也沒有特別的發家致富的方式，我們可以做甚麼呢？「計唯力去害民之人，以聽吾民之自孳自活而已。」我們做官的、做管理的，能做的就是幹掉那些害群之馬。這樣才可以讓老百姓、團隊、公司，按照不為時動、不迎合、不趕時髦的方式自生自長，相信自生自長，就會長出好的東西來。

做官之道，做好官之道。這句話最重要，做管理也應該如此。

1. 承認自己的局限性。我們這些做官的沒有生財之道、發家妙方。

2. 確定自己的任務。盡力幹掉壞人，維持秩序和規則。

3. 相信並放手讓團隊或你信任的人去幹該幹的事，不干涉其自然生長的過程。

一方水土和一方人有神奇的共性。一方水土，只要沒有人類折騰它，給它十年、幾十年，草木自然豐美，群鷹自然亂飛；一方人，沒有朝廷折騰他們，給他們十年、幾十年，自然富足，自然文藝，自然珠玉燦爛。做官之道，是耐煩；

做官積德之道，是別折騰。做企業也是這樣。

第三，管理你的慾望。

你會遇到一個巨大的攔路虎，就是你的慾望。這是攔在你從自我邁向自在的過程中最大的一個障礙。

慾望主要有哪幾種？權、錢、色。有權當然爽，能夠辦你想辦的事情，能夠在別人成不了事的時候你成。錢當然也好，如果你富可敵國，你想買點啥就買點啥，同款的東西你可以買四個顏色，同款的車你可以買兩輛，一輛待着一輛開，等等。還有色，北方有佳人，絕世而獨立，一顧傾人城，再顧傾人國，長得好嘛，就是誰都想看。佳人不只是女生，也有男生。這都是通俗的想法，並不是我們成事的人應該有的想法。

如何管理這些慾望？曾國藩勸他在前線帶兵打仗的弟弟時是這麼講的：「強自禁制，降伏此心。」你要摁住自己，沒有甚麼更好的辦法了。「釋氏所謂降龍伏虎，龍即相火也，虎即肝氣也」，佛家講的降龍伏虎，龍虎都是肝火。「多少英雄豪傑打此兩關不過，亦不僅余與弟為然，要在稍稍遏抑，不令過熾」，古今多少豪傑，都會遇上慾望這一關，不只是我跟你是這樣，怎麼辦呢？「稍稍遏制」，不是全殺掉，全殺掉可能你就沒有動力幹其他事了，要遏制，不能讓它過份強烈。

「古聖所謂窒欲，即降龍也；所謂懲忿，即伏虎也」，這個龍虎，就是慾望以及得不到滿足產生的憤怒。「釋儒之道

不同，而其節制血氣，未嘗不同」，佛家跟儒家的道理、三觀有不盡相同的地方，但是遏制、節制這種血氣、這種慾望和憤怒，有共通的地方。這是曾國藩的想法。「總不使吾之嗜慾，戕害吾之軀命而已」，它們共同的地方就是不能讓自己心中的大毛怪——我經常把心中的慾望、憤怒，比喻成一個大毛怪——傷害自己的身心。

然後，曾國藩話鋒一轉：「至於倔強二字，卻不可少。」你摁住慾望的時候，又不能把自己變成沒有血性的人，「倔強」這兩個字要保持住，不能讓它沒有。「功業文章，皆須有此二字貫注其中，否則，柔靡不能成一事」，你想成名、立功，「倔強」這兩個字都必須在其中，把慾望、憤怒都摁下去了，就會變得很弱，很可能變成一個弱雞，甚麼事都做不了。

「孟子所謂至剛，孔子所謂貞固，皆從倔強二字做出。吾兄弟好處正在倔強，若能去忿欲以養體，存倔強經勵志，則日進無疆矣。」曾國藩用了兩個詞，「至剛」「貞固」，就是特別堅固的意思。你是我的好兄弟，你的長處在於你倔強，能夠堅持你的志向，如果能夠把慾望去掉、把怒氣控制住，那你每天的進步就沒有邊界了。

這句話雖然長，核心其實只有兩點：第一，節制慾望，不要向外祖露；第二，自立自強，強在內心。

曾國藩之所以說這麼長，並不是沒有原因的，因為他切身體會到，成大事的人中最常見的一個困境——倔強好勝和多欲多忿。我經常跟別人講：「我其實不是好勝，我只是不

想把這麼美好的世界留給那幫傻 X。」其實這裏面也有爭強好勝和倔強的意思。所以這裏有矛盾，倔強好勝、多欲多念往往是伴生礦，因為有了一些貪念，看很多人不順眼，倔強而行，好勝競爭，終成王者。一念不起，一動不動，佛系適合養生，但是不容易有動力成事。

關於如何管理慾望，曾國藩沒有給出簡單易行的方式，因為很不容易。完全控制怒氣容易變成弱雞，但如果張牙舞爪去追求每一個慾望，你會發現自己離死不遠了。

老天給一個人最大的特點，往往有正面也有負面。不要盡全力殺死自己的這個特點，哪怕自己是一個慾望很大的、好勝的人，也要盡量保持平衡。因為，這往往是老天給你的最大能量，如果要成大事，必須有大能量。曾國藩希望他的弟弟達到一個理想的狀態，既保有倔強，又遠離念欲，這樣既得功名文章，又能養生養體。但是，曾國藩沒說具體怎麼做到，只說要保持這種平衡，他用的詞是「稍稍遏抑」。遏制這個特點的壞處，沒有比這個更好的方式了。

「安禪制毒龍」，我見過很多能成事的猛人，往往沒能「稍稍遏抑」。心魔越來越大，就會變成一個大毛怪，這些大毛怪有可能會控制猛人。他們之後不僅沒有成更多美好的事情，甚至會在權、錢、色裏翻了車。這些猛人往往搞錯了一點，失去了平衡之後，就把慾望當成了志向，求名求利，求權求色，求頤指氣使，求美酒美食，而這些是慾望，不是志向。甚麼是志向？求千古文章，求宇宙太平，求洞察人性，求天地至美，「為天地立心，為生民立命，為往聖繼絕學，為萬

世開太平」。那些慾望，稍稍平衡，滿足一下就好了。把自己的力氣，把自己成事的能力和技能技巧，用在剛才說的「橫渠四句」這樣的志向上。

用好你的天賦

「辨認天賦」，是辨認自己有甚麼樣的天賦。知道自己是塊甚麼材料，有甚麼天賦，或者有甚麼相對特殊的能力非常重要。這類似於你是一個甚麼樣的食材，因為頂級食神談論最多的是食材，而其他加工都是在你先天能力的基礎上錦上添花。

聽上去有點殘酷，但邏輯真的是這樣。但你不用太擔心自己是一個甚麼天賦都沒有的人，沒有一點辦法，只能悲觀失望。這篇文章會講，如果天賦不足怎麼辦，如果有天賦如何辨認，以及如何用好你的天賦。

第一，在必須做的事情上，沒有天賦怎麼辦？

我們經常會有一個巨大的困擾：這件事我必須做，但是我真的沒有天賦把它做好，怎麼辦？兩個字解決這個問題——「有常」。簡單地說，就是堅持，沒天賦也能活，甚至能活得挺好。

舉一個曾國藩的例子，他說：「人生唯有常是第一美德。」人生的第一美德，是你能堅持做一件事。他拿自己寫毛筆字做例子，「余早年於作字一道，亦嘗苦思力索，終無所成」。他在寫毛筆字這件事上，非常努力地思考，去嘗試，結果呢，

甚麼變化都沒發生。

「近日朝朝摹寫，久不間斷，遂覺月異而歲不同。」最近每天寫，一直寫，打仗的空間，工作的空間，一直沒斷，會發現每月每年有點進步，有點不同。「可見年無分老少，事無分難易，但行之有恆」，從這件事可以看到，其實不分年紀大小、事難做不難做，只要你有恆心、恆行都能成功。這是曾國藩告訴我們的，如果在你必須做的事上，沒有天賦該怎麼辦。

為甚麼說寫字對於曾國藩來說是一個必須做的事？因為從唐朝開始，人們就是從「身、言、書、判」這四點，去判斷一個人能不能幹，能不能被信任，能不能進一步升官。而皇帝喜歡不喜歡一個人，很大的原因是「書」，也就是一個人能不能寫一手好的毛筆字。

曾國藩在其他三個方面強，在書法上卻沒有天賦，但是他的書法夠實在、夠用，不難看。沒有天賦，再多想也沒用，你天花板擺在那兒，你成不了王羲之，也成不了王獻之。但沒有天賦，不意味着沒有成果，你形成一個好習慣，堅持做下去就會見效。

曾國藩在書法上沒有天賦，但下了功夫，他每天都寫，寫出了一手不難看的字，自娛自樂，間接能娛人，也能應酬，給寺廟題個匾額，給同僚寫個對聯，夠陳設、夠美觀，不丟份。有個很有意思的現象，曾國藩在書法上沒有天賦，只是寫的過得去，但他的書法到現在價格都不錯，字因人傳。買的人能從曾國藩親手書寫的筆觸裏、文字裏，汲取到精神力量。書法本身的美重不重要？重要。是不是絕頂重要？倒不一定。

另外，能夠夠到自己的天花板，也不是件容易的事。很多人認為自己沒天賦，索性就不夠了。懶人說，路上有獅子，我就不上路了。還有些人，沒有夠到自己的天花板，這就過不去了。這都有問題。

從我個人來說，我沒有天賦或者天賦較少的方面是財務。我 27 歲去美國念 MBA 之前都是學理工科、醫科，對財務一竅不通，而且我確定把兩個賬怎麼配平、把一個賬本怎麼研究透，不是我的天賦所在。我用的辦法，有點像曾國藩練書法，多學我不懂的，多學我沒天賦的。MBA 只讀兩年，我學了六門財務課——金融會計、成本會計、稅法、財務報表分析、企業金融、中級會計，佔了我 MBA 課程的接近 40%。

MBA 的這些課程對我造成的短期影響全是不良的，很累，睡不好覺，吃得也少，課程成績也不好，老師也不喜歡我，但長期的好處就是補足了我在財務方面基本功的不足。中長期的好處是，現在拿財務報表騙不了我。我能配平賬，也能看得懂資產負債表、損益表、現金流表，甚至也能看懂七七八八的稅，當個獨立董事沒有問題。

在必須做的事上，沒有天賦怎麼辦？迎難而上，我就幹它，我多安排時間幹它。

第二，「有常」能不能取代天賦？答案是否定的。

成事能力不能完全取代天賦，要保留一個「有畏」的心態。成年人需要注意的一個誤區：我已經鍛鍊了很多成事的能力，已經是一個成事心法的修煉者，甚麼事都能成，常常

過份貶低天賦的作用。

　　我不得不説，人要學會敬畏，因為天賦還是硬硬地在那裏，天賦還是比後天努力更重要。如果你要做到九十分、九十五分以上，甚至你要做到一百分以上，那老天在你出生時給你的天賦就實在太重要了。

　　第一點説了，沒有天賦你也能過得挺好，但是過得挺好不意味着你應該否認天賦的存在。我小時候練過一個月的科班乒乓球，後來我看劉國梁打乒乓球，就想，幸虧我當時沒堅持練乒乓球，要不然現在劉國梁拿張信用卡打得都比我好。

　　天賦説白了，就是老天一生你，你就有的。慢慢地，你在老天給你的天賦基礎上，很容易讓它變成某種能力。舉個簡單的例子，大肌肉和小肌肉。有些人就是肌肉發達，比如游泳，他就游得比你快，他在水裏比魚還靈活。像我這樣的，到水裏除了狗刨和蛙式，再也沒學會其他游泳姿勢，而且游得很慢。我在水裏是，能放鬆就 OK 了。

　　但是肌肉發達的一些人，往往小肌肉的協調能力不行，比如寫毛筆字、做手術，他們可能就比不過我了。

　　大肌肉和小肌肉有可能就是老天給你的某種天賦，不見得差異有那麼大，但是一定有所不同。尊重自己的天賦，開發自己的天賦，不否認別人的天賦，也不否認自己在某些方面的天賦。

第三，如何判斷自己是否有天賦。

　　天賦少見，一個人要怎麼判斷自己在某方面有沒有天賦

呢？提供辨識自己有沒有天賦的三點建議。

1. 雖千萬人吾往矣。

　　如果大家都反對你做一件事，但你還是偷偷摸摸想去做，長期偷偷摸摸想去做，別人怎麼攔你都沒有用，這說明甚麼？你在這件事上有天賦。比如，別人怎麼罵你，怎麼往你家窗戶上摔石頭，你還是經常對着窗外怒吼，唱一些歌曲，沒準兒你就應該是一個歌唱家。但前提是，你得在一定年齡之下，不能說你到了 70 歲，想起來幹這個事，這就已經太晚了。

2. 你偷偷摸摸堅持做這些事的時候，有快感和滿足感。

　　我舉個自己的例子，大家都不明白我寫作這個事，他們說，無論在麥肯錫、華潤，還是在中信，你平均每週幹八十到一百個小時的繁重工作，為甚麼還要寫作，你寫作的時間是從哪兒來的，你怎麼堅持下去的？

　　我跟他們說，我寫作的時間都是我擠出來的。週末，你去看電視，我不看；每個春節，你去陪你爸媽了，我一邊陪我爸媽一邊寫東西；你出去玩了，我都不出去玩，即便出去玩，也從來不是完全為了玩。我把這些節省下來的時候用來寫作，看上去是一件很苦的事，整天撅着屁股坐着，一天敲四五千字，椎間盤、頸椎也不舒服。但是不知道為甚麼，我在做這些的時候有快感。我打了一個腹稿，寫出來的東西比腹稿還多，然後寫了十幾萬字，最後印成一本書，這讓我有巨大的滿足感。

我覺得自己寫了一本十五萬字的書，再過一二百年，還有人可能在讀。雖然那個時候，我肯定已經死了，但想想就非常開心，覺得自己的一小部份能不死一樣。這件事在生理上不能實現，但是在心理上、在文字上可以實現，我就很開心了。

3. 你做出的東西有沒有自己的風格，有沒有相當多的人願意自掏腰包去買。

這看上去像一句廢話，但實際上是金標準。你有沒有自己風格，別人一看就知道。「這是你的。」「這是馮唐的。」再者，有人願意花錢買你的東西，而不是說，你送我就拿着，不送我就算。這幾乎是比前兩點還硬的標準。用前兩點，你偷偷摸去做，你做得有快感，但是你做出來的東西，跟過去其他人一樣，那在歷史的長河中，你做的這件事就沒有存在的必要。如果沒有人願意花錢買，說明你沒有真的感動他。

從我寫毛筆字和硬筆書法這件事出發，我真是不知道我寫得好不好。我沒有信心，這跟我寫書、寫小說是不一樣的。後來，我的信心來自兩個方面：一、有好幾次我在香港簽信用卡單，服務生，無論男女，至少出現過四次，直接跟我說，這個字「好靚」。我想我也沒多給他小費，他願意誇一個簽名，說明他是真心認為我的字寫得好。二、我寫完了之後，有人真的願意花真金白銀去買，我想那好，有特點，有人喜歡，有人買，這事就成立了。

成大事無捷徑

　　無論是兒童，還是成人，都希望能夠快樂學習，成名趁早。但是，我不得不說，學習只有先苦後甜，成名千萬要晚，成大事無捷徑，快樂學習是扯淡。

　　先分析結果，成名趁早，害人匪淺。為甚麼？

第一，成名無需趁早。

1. 積累的時候，如果揠苗助長，容易傷身、容易傷心。

　　這種揠苗助長，舉兩個我朋友的例子。

　　女書法家許靜，跟我說，她9歲的時候有一次去西安玩。大家知道，西安是古都，有碑林。許靜看到《多寶塔碑》，全稱叫「大唐西京千福寺多寶佛塔感應碑」，呱唧就吐了。吐在自己衣服上，沒吐在碑上。「為甚麼會吐？」我就問許靜。許靜說：「我從4歲開始練書法，我爸逼着我每天都要練，練了那麼多次《多寶塔碑》，然後看到這個《多寶塔碑》，大腦還沒來得及反應，小腦先反應，就吐了。」

　　另一個朋友是趙胤胤。胤胤是鋼琴表演大師，他說，中國人裏，只有三個人可以靠彈琴養活自己，他是其中一個。

後來我問：「你愛不愛彈琴？」他跟我講，彈琴的人沒有一個愛彈琴的。小時候一直被父母逼着練琴，現在一想起來就恨不得自己沒有這雙手，不要去彈琴。幸運的是，許靜、趙胤胤，都練出來了，但是大家要知道，這是鳳毛麟角。

再舉我自己的例子，我現在英文還可以，雖然説話是垂楊柳味的英文，但是閱讀、詞彙量都還不錯。小學的時候，我爸這輩子唯一一次逼我：「你要學英文，學好了英文，才可以走到世界上看一看。」所以四年級開始他就逼我學英文，當時英文教材叫「Follow Me」，就是「跟我學」，非逼着我學。造成的後果就是我對英文有極強的抵觸情緒。初一開始學校教英文了，我其他課都還學得蠻好，只有英文一直不行，拖了後腿。但是我喜歡爭第一，那怎麼辦？一定得克服我對英文的厭倦情緒。我就找了一些英文原文小説，比如説《簡·愛》《德伯家的苔絲》《名利場》，這些行文、長短都適合早期英文閱讀，我就逼着自己用對文學的喜愛，來衝擊對英文的逆反情緒。幸虧我相對聰明，幸虧我爸只在這一件事上逼我，要不然不知道會出多少傷身心的地方。

2. 成名太早，有可能影響將來的後勁。

這是好勝心作祟，揠苗助長了，哪怕那時候你沒傷身心，但要想到，你很有可能未來並不只是做這一件事——書法、鋼琴或英文。如果你真的想做得特別好，其他學科也要相對全面發展，才有可能做到頂尖，做到未來的頂尖，而不只是説，在班上、系裏、學校裏能拔尖。

英文學不好的人，大多認為是詞彙量不夠，其實是不對的，有時候可能綜合知識不夠。比如「May flower」，每個詞你都認識，但是合在一起的含義——「五月花」號，這個事件是怎麼回事，它造成了甚麼，它之後有甚麼樣的發展，你不知道，這讓你的英文大大受限。還有，學英文需要一些所謂的人間智慧，你可能每個字都認識，剛才說的背景知識你也都知道，但是你就是不知道這篇文章到底說的是甚麼。

3．走捷徑，容易受騙，被盛名所累。

除非你是個別絕世天才，否則趁早成名了，很有可能不得不「端着」，為所謂的盛名所累。我們最怕的、最累的一件事，是德不配位。

之前提到過，麥肯錫有一個「Up Or Out」——「上升或者出局」機制。我第一次升項目經理時，沒有升上去，我當時有點沮喪，覺得自己做得還不錯，一直是短跑、快衝、快進、拿第一。後來我的導師 TC 就跟我講了一句：工作是場馬拉松，有可能你要拿十年、二十年來看待，給自己一個學習、實踐的過程，你以為懂了，很有可能你還沒有真懂，讓你迅速上位之後，你德不配位，你會被這個位子、被自己的名聲累壞。

「成名趁早」這句話害人，希望你聽進去我說的一、二、三點。不見得放慢腳步，請放穩腳步，一步一個腳印，慢慢往前走。

第二，笨功夫才是真功夫。

接着再説「快樂學習」。不好意思，我剛否定了成名趁早，現在，我又要否定掉快樂學習。

曾國藩在一篇文章裏這麼説：「凡事皆用困知勉行工夫，爾不可求名太驟，求效太捷也。」做事，應該慢慢來做，努力來做，知道這件事情很難，一點一點去克服，不能求成名太早，也不能求出現效果太快。

之後，曾國藩講了一個寫毛筆字的事：「以後每日習柳字百個，單日以生紙臨之，雙日以油紙摹之。」這是他勸他兒子的，説你以後就臨摹柳公權。單日臨，雙日摹，多少個字？每天一百個，不多。而且他跟兒子説「臨帖宜徐」，面對着字帖臨寫，要慢一點。「摹帖宜疾」，就是油紙蒙在字帖上寫的時候，要快一點。「數月之後，手愈拙，字愈醜，意興愈低，所謂困也」，這麼每天一百字，經過幾個月之後，你手越來越笨，字越來越醜，你的興致越來越低，你就困在裏邊了。「困時切莫間斷，熬過此關，便可少進」，這個時候，不要放棄，不要間斷，熬過此關，便可以慢慢往前再走一步了。

這個其實很重要。許多家長讓小孩一直非常忙碌，學各種東西，報各種班，但最後孩子還是懵懵懂懂。為甚麼呢？花了這麼多錢，為甚麼一點效果都沒有？其實常見的情況就是，小孩一開始有新鮮感，所有的設備都買了，所有的傢伙什兒都置全了，不新鮮了，沒勁了，覺得自己已經會了。家

長聽從孩子的直覺，就停了，這個其實是大忌。說實在話，與其學十個東西，不如扎扎實實地學一個，最多不超過兩個，學一整年，來得有用，來得受益。

曾國藩說「困時切莫間斷，熬過此關，便可少進」，之後「再進再困，再熬再奮，自有亨通精進之時」。並不是說你熬過這一關、熬過這個困境，就好了，你會發現它是循環往復的。你再進，有可能又遇上困境，你再熬，再進，再進，再熬，終究會有一天你覺得，我似乎站上了崑崙之巔，周圍人寫字都沒我好看，或者說周圍寫字最好看的人，跟我寫的也差不多了。

曾國藩說：「凡事皆有極困極難之時，打得通的，便是好漢。」凡事跟練毛筆字是類似的，都有特別困難、特別難受的時候，打得通的便是好漢。

這是曾國藩給他兒子講如何寫字。在剛剛拿到新毛筆、新紙、新字帖的時候，一切都很新鮮，有那麼一兩天的快樂，以及最後真的到了崑崙之巔，一覽眾山小，甚至還可以賣字賺錢的時候，可能有一絲的快樂。但在過程中，應該是痛苦比快樂多，特別是在早期，在你掌握一定的技能、技巧和能夠游刃有餘之前，想談快樂學習，基本是扯淡。

這段話是說學書法的笨功夫，但不只是書法，對於普通人來說，學任何技能其實都是如此。曾國藩教子字字真切，把兒子當成普通人教育，而不是當成小天才寵溺。大多數父母，常常出現一個大誤區，就是把自己的孩子當成天才。自己看自己的孩子，難免覺得長得又美，又聰明，又能幹，難

道不是一個天才？一定是個天才！但是你要這麼想，天才的定義是甚麼？天才的定義是，極其少數的人有極其少見的能力。父母被基因所決定的某些人性弱點蒙蔽了，如果父母覺得自己的孩子不可愛，他就沒有太多的興趣，把這個小人類養大。但是轉回來，如果說每個人都是天才，那說明沒人是天才了。所以大概率事件，就是很有可能你的孩子不是一個天才，一定要記住這一點。

　　所謂學習，只有笨功夫；所謂快樂學習，是扯淡。儘管令人沮喪，但我們不得不接受的現實是，我們周圍所見的絕大多數小孩和晚輩，包括我們自己的孩子和同族的後輩，都是凡人、俗人、庸才。至於真的天才該如何做？天才怎麼做都可以，不用我們凡人操心。所以，轉回來，笨功夫才是真功夫。

第一篇　知己

如何平衡工作和生活

有一個困擾我也困擾大家的議題：如何平衡工作和生活。

倉央嘉措有首名詩：「曾慮多情損梵行，入山又恐別傾城。世間安得雙全法，不負如來不負卿。」當然，詩裏的雙全法是指「愛情」和「佛法」，這是一種兩難的選擇。對於工作和生活來說也是如此，世間安得雙全法，不負工作不負生活。

別人問我最多的一個問題：「馮老師，你怎麼做到工作、生活兩不誤，愛情、事業雙豐收的？」咱先不說我是不是愛情、事業雙豐收，我至少有兩件事情，二十年來一直在做，一是工作，二是寫作。

在麥肯錫的工作是非常辛苦的，後來離開麥肯錫進了華潤，當時我心裏是這麼想的，我在麥肯錫一週工作八十到一百個小時，工作了十年，我應該喘口氣，去華潤應該能舒服一點。工作時間減一半，薪水減一半，我可以接受這個結果。結果進了華潤，薪水減了一半，工作時間並沒有減半，還是原來那麼多。

但是在這麼辛苦的工作中，我寫了十六本書，迄今為止出版了十六本書，又逐鹿中原，又用文字打敗時間，怎麼做

到的？

　　既入凡塵，又安能真正做到平衡工作和生活？只是尚能做到「手裏有刀，心中有佛」。我把我能夠工作、生活兩不誤的最重要的秘訣教給大家，四個「有所」：一有所迫，二有所專，三有所規，四有所貪。

第一，有所迫。

有所迫，就是不得已，使勁兒 push 自己。

　　有句話說，不迫一迫，你都不知道自己的極限在哪裏，能成多大事。這條「成事鐵律」，被一再驗證。我本人在過去的二十幾年裏，能橫跨多界並小有成就，跟一再地衝破極限，榨乾自己，不無關係。

　　說實話我開始根本沒想到能寫作到今天這樣子，我當時只是覺得只工作我會瘋的。我最長六十八個小時沒有合眼，接近三天，然後睡了十二個小時。醒了照鏡子，發現自己的一根鼻毛變白了。

　　最累的時候，沒時間回家，沒時間花在交通上，就住在酒店裏。沒時間睡覺怎麼辦？用游泳代替睡眠。太睏了，但是馬上要去開會了，馬上要去幹活了，馬上要去做數學模型了，馬上要探討財務問題了。好，游四百米，如果時間多一點游一千米，然後去工作。

　　在那段時間裏，我的管理能力、解決問題能力，都得到了精進，感覺自己像一把刀子，腦子也像一把刀子。但這樣的狀態是不能持續的，因為人會瘋。人一天需要睡七八個小時是

有道理的。我生生見到我的組員，在經過長時間的睡眠被剝奪之後，直接躺在辦公室的地板上，周圍攤滿了打印完的 PPT。然後他跟我說：「馮老師，我瘋了，我現在找不出這些 PPT 之間的邏輯關係了。」我說：「你現在趕快給我起來，趕快回旁邊的酒店睡覺。雖然我也沒睡覺，但這個邏輯線我來找。」

只工作，除了人會瘋，有時候效率也並不高。我當時在麥肯錫，以及後來在華潤，現在在中信，都有一條鐵律：「晚上十二點之後不討論嚴肅問題。」在麥肯錫這條叫 heavy lifting problems solving，意思是像搬很重的東西一樣，這個問題並不容易解決，十二點之後停止。很多事情，如果你十二點之前停止，第二天早上迎刃而解，效率奇高。如果你十二點之後還在討論，你會發現永遠結束不了，而且有很多可以爭論的東西。

不得已，有所迫，有一個前提——管理自己的工作習慣，不要把自己變成一個工作狂魔。

第二，有所專。

有所專，有兩方面。

1．專心，該酒時酒，該花時花。

我發現很多人有一個誤區，不專心。曾經有一個禪宗故事，小和尚問大師怎麼修佛，大師就說，餓的時候吃飯，睏的時候睡覺。然後小和尚說：「不是所有人都這麼幹的嗎？」師父說：「不，多數人是吃飯的時候不好好吃飯，睡覺的時

候不好好睡覺。」

曾經有一段時間，我總覺得自己特別忙，那時候也的確是忙。我會發現，同樣的茶葉、同樣的水、同樣的茶具、同樣的步驟，我泡出來的茶就是不好喝。我就問茶泡得好喝的人，出了甚麼問題。那人笑着說，馮老師，您泡的茶是一股不專心的味道。所以我後來逼自己，逐鹿中原的時候，就全力以赴、馳騁沙場，用文字打敗時間的時候，就心無旁騖、伏案弄墨，一段時間幹一件事。

所以，我看似「斜槓」，能管理，又能寫作，又能翻譯……能夠斜槓，恰恰因為我夠專心。該做這件事的時候，就做這件事，天塌了，跟我沒關係。而且在我居住的地方沒電視、沒音樂，每進一個酒店，做的第一件事是關掉電視。

所謂「臨事靜對猛虎，事了閒看落花」就是這個意思。遇上事的時候，要好像面前有一個猛虎，事完了就該看花看花，該賞月賞月。

現在很多人有兩個誤區。一個誤區是所謂的佛系誤區，覺得一切都是落花了，一切都是流水了。其實這不是真的佛，這樣也幹不好事。還有一種誤區，是臨事閒看落花，事了靜對猛虎。這就是「loser」（失敗者），該正經、該集中心力的時候集中不了心力，該放鬆的時候反而放鬆不了，這是成事的大忌。

為了自己不瘋，應該逼着自己換換頻道，去做跟工作不一樣的事。去看看世界，談談戀愛，喝喝茶，焚焚香，看看書，等等。

2．專業，培養一個愛好，把這個愛好做到專業，至少
半專業。

沉下去，不要人云亦云，做得相對專業一點。越沉下去，
你越有樂趣。

比如我經常説自己是業餘寫作，但寫作不業餘，寫出來
的東西不業餘。這背後是很多功夫，包括讀過近一百部英文
長篇小説。

又比如，我喜歡高古玉，就是商代以前的玉器。我至少
看過價值二十萬元錢的書，而不是説花過二十萬元錢在書上
面。有人就問我，如何學習古玉？如何學習古董？我説你先
看二十萬元錢的書，再看二十個博物館，我再跟你聊下一步
是甚麼。別只是「我想這樣那樣」，先把自己變成半專業，
才可以硬氣地説，這個領域我知道。

哪怕是日常的瑣事，比如紅酒、咖啡、茶，都有大學問。
產地、製作、銷售、品牌、器皿等，都不可小看。比如紅酒
有 WSET 考試，中國只有一兩個紅酒大師，也是過去兩年才
出現的，全世界只有二百多個紅酒大師。

有所迫，有所專，就是你要保持健康，需要平衡工作和
生活，需要專心、專業。

第三，有所規。

**有所規，就是要立個規矩。如果想生活、工作兩不誤，
既要規範自己，也要規範別人。這是當時在麥肯錫，因為行**

業工作太苦，我們討論出的一個內部的小行規，如何讓生活不那麼慘的行規。

規範了自己，又規範了別人，才能堅持時間長，養成某種習慣。規範是甚麼意思？我們約定的第一點是：彼此要交流，並且尊重每個人的生活和工作的 preference（偏好、傾向）。

比如，你可以選擇一星期只幹五天，週末休息兩天，或者你選擇一星期幹六天，週末休息一天（麥肯錫的工作時間很長，平均每週工作八十到九十個小時）。如果你要一週只工作五天的話，那不好意思，你除了睡覺和吃個盒飯，其他時間都在工作。也就是說，你把時間攤到五天去，你也可以選擇六天，那麼每天的工作時間就沒有這麼長了。聽上去是沒選擇，但實際上還是有點選擇的。

比如，你喜歡早上工作或者晚上工作，希望週末領導不打電話、不發微信給你……都是你所謂的生活方式和對生活、工作平衡的選擇。這些選擇你要讓自己和周圍人知道並遵守，久而久之，你會享受到它給你帶來的紅利。

我們約定的第二點是：提前定下一個季度甚至一年不得不做的大事。比如第二季度要去看櫻花，第三季度要去談戀愛，然後第四季度要去北海道滑雪。假設這對你人生特別重要，你把它提前定下來。你讓別人提前知道，有幾天你一定不在。大家接受了，心裏也就舒服了。

有所規劃，多做計劃，比眼前抓瞎要強。

第四，有所貪。

這個相對高階一點的方式是甚麼呢？你可以把生活中的某種愛好，變成可真正獲利的途徑，然後理所當然地追逐。錢、名利，我一直認為不是壞東西。比如我寫作，開始的確是有所迫，因為我不想在麥肯錫瘋掉，想換換腦子。後來，我之所以能寫十六本書，在很大程度上還是「貪」念所至。

我發現，我寫了一本書，李敬澤說好，別人也說好，說明我做這件事可能還可以。然後又寫了一本，發現沒準還能賣點錢。心裏還有貨，那就再寫一本，最後寫出了中國第一部「青春三部曲」。有很多人看我的書，那就改編成電影，還有人看。從生活上看，在業餘愛好寫作上掙的錢，比正經工作掙的錢還多。這些好事，慢慢會給你正向刺激，弄出點名堂，成為工作和生活變成一體的好玩的事。

對於「如何平衡工作和生活」這件事，曾國藩是這麼講的。「自古聖賢豪傑，文人才士，其志事不同」，每個人志向不一樣，比如我就想做好煎餅，或者有人就想逐鹿中原，有人就想名垂千古；「而其豁達光明之胸，大略相同」，這些人心胸都很寬廣，光明大於黑暗。「吾輩現辦軍務，系處功利場中，宜刻刻勤勞，如農之力穡，如賈之趨利，如篙工之上灘」，我們是打仗的，實際上處於名利場、是非之中，需要非常努力，時刻幹活，像農民種莊稼，像做生意的人見利避害，像划船工拿竹篙把船往上游推；「早作夜思，以求有濟」，早上起來就幹活，晚上還要想我今天幹活幹得怎麼

樣，明天要幹甚麼，希望這麼做能有效。

除此之外，曾國藩又說「而治事之外，此中卻須有一段豁達衝融氣象」，意思是你在忙碌之中，要有一些豁達衝融的氣象，偶爾緩一緩，當自己是皮筋，稍稍給自己鬆一下。「二者並進，則勤勞而以恬淡出之，最有意味」，你兩件事一塊做，一塊構成你的生活。工作、生活，又勤勞，又有生活的味道出來，這樣才是最好玩的。

曾國藩實際上說的是兩種態度，做事要勇猛精進，處世要豁達恬淡。這也是他一直強調的「剛柔相濟」，用平常心處事，用進取心做事。手上有刀，心裏有佛；腳下有鬧市，心中有山水。一個易行的方式是：上班你就埋頭做事，下班埋頭文藝，開會殺伐決斷，然後去博物館看美好的書畫、器物，養眼、養心。

做一個真猛人

我們在職場裏經常看到，有些人看上去很厲害，霸道男總裁，霸道女總裁。但是他們是不是真的能把事做成，是不是真的很猛的成事人？有可能真是一個猛人，也有可能是個假的猛人，這個區分在職場上是非常重要的。

這個「猛」其實有各種表現，那如何判斷一個真猛人？

第一，對自己狠，才是真猛人。

曾國藩講「強毅之氣，決不可無」，做事的人不能軟塌塌的。舉個簡單的例子，我其實是一個挺平和的人，甚至有人說，周到得有點假，像個塑料花。但是跟我接觸的人會發現，我在一些關鍵時候是決絕的。正是這種組合，反而讓我在成事時，做得比別人效率高一點。就怕別人覺得你是一個挺軟的人，實際上也真的軟，有些事就做不成了。

做事一定要有強毅之氣，「然強毅與剛愎有別，古語云自勝之謂強，曰強制，曰強恕，曰強為善，皆自勝之義也」。強毅與「剛愎自用」不一樣，能戰勝自己的慾望，戰勝自己的人性弱點，這叫「強」。自己能夠勉強自己，寬容別人，做好事，做積德的事，這些強調的都是一個「自」，就是自

己能夠戰勝自己。

　　曾國藩又說：「不慣早起，而強之未明即起。」不習慣早起的人，他能夠天不亮就起來，這是自勝。「不慣莊敬，而強之坐尸立齋。」坐沒坐相、站沒站樣，不喜歡穿正裝上班，不喜歡儀式感很強的人，這種人強迫自己穿正裝規規矩矩地坐着談事，這也是自勝。「不慣勞苦，而強之與士卒同甘苦」，平常不愛吃苦、幹活，但是強迫自己跟團隊一塊兒幹活、一塊兒吃苦，這也是自勝。

　　「強之勤勞不倦，是即強也。」強迫自己一直老老實實幹活，多幹活，不知疲倦地去幹活，這是真的強。「不慣有恆，而強之貞恆，即毅也。」不習慣去做某件很難的事，但是強迫自己經常去幹比較難或自己不喜歡幹的事，這是真的毅力。

　　「捨此而求以客氣勝人，是剛愎而已矣。」如果你不是對自己狠，而是對別人嚴、對別人狠，自己無論好壞都是好，這種是剛愎。「二者相似，而其流相去霄壤，不可不察，不可不謹。」這兩者很像，但一個是天，一個是地，不能不謹慎。

　　其實真猛人和假猛人，無非是三方面的大差別。

1. 看他的兇猛、他的強是對自己，還是對他人。

　　真的猛人，是對自己。他對自己狠和嚴的程度，要永遠多於對其他人的。他要求你的，他能做到，如果做不到，就有問題。

　　舉個例子，當時我二十出頭，在協和醫科大學上學的時候很不願意起早，每天缺覺，到現在還記得那時候有多睏。

但是想想，七八十歲的老教授，早上七點就已經到病房了，那我好意思八點才去嗎？人家要求我們的是八點之前到，但他是七點之前到的，這說明他真的在身體力行。老教授們幾十年如一日地這麼做，我不得不對他們產生由衷的敬佩。

真的猛人，他要求別人的，自己更要能做到。如果他的兇猛、強悍，是對他人的，你就要留個心眼兒。

2. 從事情來判斷。真的猛人，他的兇猛和決絕是對事的。

在短時間內事大於人，先把仗打贏，再判斷是誰的功、誰的過。**而假的猛人，他不是對事，而是對自己爽不爽。**這件事只要他爽，就認定別人必須按照他的想法去做。其實這種猛，是把自己擱在了事之前。真的猛人是把事擱在人之前。

3. 真的猛人和假的猛人追求不一樣。

真的猛人都是說，他有多自律、嚴謹，多少年如一日，一直如臨深淵、如履薄冰。可假的猛人，你會聽見他說，他牛，他有多牛，他就比你牛。

從這三點出發，大致能分清哪些是真的猛人，哪些是假的猛人。如果再具體，那就靠三個問題。

第一個問題：如果猛人已經過了 30 歲，你看他是否還在念書學習。假的猛人很有可能 30 歲以後不學了，真的猛人一直在學習。

第二個問題：看他的體重是否保持得相對好，不要超過

大學畢業時候體重的 15% 到 20%。

第三個問題：看他是否還有好奇心。真的猛人，會好奇世界是甚麼樣子，新的東西是甚麼樣子。甚麼是抖音、快手、帶貨、直播授課、付費知識，真的猛人還會有興趣去看。而那些假的猛人，比如我媽，整天只記着吹牛了，說這些東西跟我沒關係。（因為我沒法拿有名有姓的假猛人做例子，只能把我媽拿出來。不好意思，老太太。）

第二，真猛人的修煉：敬，恆。

那如何做個真猛人呢？方法不複雜，但是做起來並不簡單。

曾國藩說：「敬、恆二端，平生欠此二字，至今老而無成，深自悔憾。」「敬」和「恆」，是從開始到最後都應該嚴格遵守的兩個最重要的修煉方法。但他評價自己，說今生欠這兩個字，所以老而無成，自己非常後悔。曾國藩都還認為自己做得不好，你可以想像要做到「敬」和「恆」有多難。

其實這句話講的是讀書：「吾輩讀書唯敬字、恆字二端。」但是「敬」「恆」二字，不只適用於讀書，也適用於做事。總說「三不朽」——立言、立功、立德，而「敬」和「恆」，是隱在立言、立功背後的立德。你有了立德做基礎，再去立言、立功就有了根據地。

「敬」是敬天憫人，尊重常識和積累，尊重事不走捷徑。「臨事敬對猛虎，事了閒看落花」，就是你遇上事，沉着冷靜，如臨深淵，如履薄冰。「恆」是在對事上，堅持投入時間和

精力，幾年甚至幾十年如一日，不求速效，不着急。

　　協和的老教授們，「敬」「恆」幾乎是他們幾十年在做的事情。曾經有老教授跟我講，任何一個看似普通感冒的小病，都有可能要人命。你一定要記住這一點，雖然你會有強迫症，但是如果你沒有強迫症，你就很難成為特別好的醫生。這就是「敬」字的好處和壞處。「恆」，他們每天七點半甚至七點以前，就已經在病房裏查房。只是堅持一個月、一年，可能沒有甚麼了不起，你稍稍逼自己一下就能做到。但如果是二三十年，甚至一輩子，這種長期積累會產生巨大的能量。這就是通過「敬」「恆」實現立德、立言、立功三不朽。

　　曾國藩對自己一生的功業頗有自我認識，他不會說自己沒有立言、立功、立德。但是他對自己讀書還是有一個客觀的評價，說自己讀書沒有太多成就。他奔波於戰場、官場，沒有那麼多時間去仔仔細細做學問、做文章。但在曾國藩的家書、奏摺、閒散文章，包括日記等文字裏，我能清楚地看到他對東方管理智慧有非常好的總結。雖然他沒有完全地提煉、概括、歸納、總結東方管理的精髓，但他在這個方面的立德，已經超過了很多人。

　　如果立志不朽，就要拿出一輩子的時間。讀書、寫作、做人、做事，都是一輩子的事，而「敬」「恆」，就是抓手。對自己狠，才是真狠。對自己真狠，長期對自己真狠，才能成為一個真的猛人，才能在職場上獲得真的自由。

做自己熟悉的行業

大家總認為我是「斜槓中年」，好像甚麼都沾一點。但是這裏有一個悖論，雖然講跨界，但是我非常堅定地認為跨界的前提是建立自己的主業、主界。

我說兩點：一、為甚麼要建立自己的核心競爭力？二、如何建立自己的核心競爭力，以及建立自己核心競爭力之後，如何去跨界。

第一，做擅長的事，容易成。

曾國藩說：「主氣常靜，客氣常動。」當家做主的時候，你非常熟悉這個環境，可以很安靜；到了陌生的領域，你就會有很多躁動。

「客氣先盛而後衰，主氣先微而後壯」，到了一個陌生的地方，往往最開始的氣勢是盛的，但是你會發現各種的不舒服、不熟悉，很快氣就衰了；如果是在你熟悉的地方，哪怕你的氣是微弱的，但時間長了，你做成了一件一件的事，你的氣就越來越旺。

所以曾國藩又說：「故善用兵者，最喜為主，不喜作客。」善於打仗的人應該自己做主，在自己的主戰場打勝仗，不喜

歡客場作戰。曾國藩講的是打仗，兩軍對陣，進攻的一方為客，防守的一方為主。他喜歡打防守戰，所以這麼說。

戰場就是商場，商場也是戰場。從商業角度來講，做自己熟悉的行業是主，做自己不熟悉的行業是客。真正做得了主的人，是非常了解本行業的人，是一刻不停地洞察行業現在的變化、未來的趨勢，不捨晝夜挖寬「護城河」的人。把你的優勢變大，弱點變小，就是所謂的「護城河」。

在一個自己熟悉的地方打熟悉的仗，容易贏；做自己擅長做的事，容易成。這就是為甚麼先要當家做主，為甚麼先要有自己熟悉的地盤。

第二，找準主業。

如何當家做主，如何有自己熟悉的行業？

1．選準切入的維度。

你要挑甚麼地方是你的主業。

有幾個維度可以挑，比如說行業。早期，行業範圍很大，比如數字新媒體產業的電訊、娛樂等，比如醫療的醫療服務、器械、藥品、AI、移動醫療、數據等。其中藥品，還有中藥、西藥、處方藥等。這麼多個行業，有一系列的細分。華潤做「十二·五」規劃的時候，把一級的行業細分後，又做了一個二級的深化，最後有一百五十個左右的二級行業。但你不可能把所有東西都弄懂，如果想有自己的主戰場，挑一個自己喜歡的行業。

2．選職能。

在商業上，通用的商業職能，比如戰略、財務、法務、運營、組織等。在商業中常見的一些職能裏，你可以挑你想做的職能是甚麼。

3．選區域。

比如你對北京最熟悉，認識北京所有需要認識的人，這也可以是你的主場、主業。簡單來說，想當家做主，先挑自己把甚麼地方當成家。那怎麼挑？我給大家的建議簡單概括就是喜歡，喜歡這個領域以及從事這個領域的人，那很有可能這就是你應該當成根據地、當成主場的地方。

第三，在主業做到頂尖。

當你找到了想當家做主的地方時，如何去當家做主？

那就是，在你選定的地方，做到頂尖。如何做到頂尖？有幾個非常有意思的步驟，這也是麥肯錫重要的看家本事。從近乎一張白紙的、二十幾歲的小諮詢顧問，在很短的時間內做到某個行業的專家，甚至能給這個行業的管理者相關的經驗，這是怎麼做到的？下邊是相關秘籍。

1．先知道一百個關鍵詞。

舉個例子，我在麥肯錫成為合夥人，是因為一個叫「TLL」（Travel Infrastructure and Logistics）的行業，也就是旅遊、航空、港口、航運、物流相關的這麼一個行業。關於港口，

有一百個左右的關鍵詞。比如，你要知道甚麼是岸橋、堆場、集裝箱、二十尺箱、四十尺箱、本地貨、中轉貨、本地市場、中轉市場等。明白了一百個關鍵詞之後，你會發現，你跟專家的距離迅速縮短。

港口可能相對直觀，有一些事情可能相對複雜。比如我曾經做過一個項目，移動通訊計費，打的這個電話是甚麼時候開始的、甚麼時候結束的、一分鐘多少錢、經過了多長時間，是當地電話、國內長途還是國際長途……聽上去簡單，但實際合起來是一個非常複雜的、百萬人同時在線的系統。

我的數理化水平最高時是在高考，現在基本都還給老師了。麥肯錫應該去找這個領域本科或研究生的諮詢顧問去做這個項目。但是麥肯錫 2000 年的時候人非常少，一個人不得不面對多個行業，這樣反過來逼你對不同的行業都會有一定的了解。這種反迫，更多的是在技術上，只給你兩三天，你就要迅速了解這個行業。

我還記着當時為了這個移動計費軟件系統，找了一百個左右的關鍵詞，花了兩天多的時間反覆看，反覆問公司裏的專家到底是怎麼回事。三天之後發現，我至少能像個半專業人士一樣去講這個問題。至少在我討論商業意義的時候，不會因為我不懂技術，而產生任何明顯的問題。

2．找三到五個專家跟他們坐下來談半天到一整天。

盡量多問問題，沒有傻問題。你可以一開始就跟專家講，你對這個行業一無所知，只是一個通用管理顧問，現在想跟

他聊聊，謝謝他能來，然後一個個問題、事無巨細地問下去。問了三到五個專家之後，你會發現他們回答裏的共同點，就是你所需要知道的這個行業入門最重要的東西。

3. 找三到五本專著，仔細地看完。

在諮詢工作中，我遇到各種各樣奇葩的項目，我不可能把這些都學了。比如，我們曾經做過挖掘機、收穫機、天然氣碼頭、液壓挖掘機……整個公司沒有幾個人知道液壓挖掘機是怎麼回事，於是我買了兩本液壓挖掘機的書，花了一個星期，每天睡不了多少覺，從頭到尾把它們讀完了。然後，判斷液壓挖掘機的市場所需的技術，我基本夠用了。

其實就好比鳥兒在枝頭上，它掉不下來並不是仰仗這個枝牢固，而是它有翅膀。你仰仗的是你的學習能力，了解一百個關鍵詞，和三到五個專家深談，找三到五本書細看，這些都是你入門訣竅中的訣竅。

入門絕對不是全部，只是剛剛開始。如何進一步上台階，沒有好辦法，只有做事。通過做項目，三到五年，十到十五個項目，做兩到三家公司，跟對人，反反覆覆地做，過了三到五年，你就開始進階變成中級專家了。

最後就是登頂。原來我看招聘廣告說要求有八年以上工作經驗，我當時想這人得多笨，需要八年把一個行當弄明白。後來我發現八年可能是對的，八到十年你不斷行、不停地重複，在這個領域做項目、找專家、看專著等。經過十年之後，變成這個行業的頂尖專家了。

有人問我，選擇工作的時候應該怎麼選？我不能幫你選，只能給你最好的建議，就是你剛畢業的十年，不要管收入，埋頭長本事。入門，進階，登頂，沒有十年以上，你是絕對做不到的。

4.價值最大化。

價值最大化或者影響最大化，而不是掙錢。追求掙很多錢的，往往沒有掙到錢；追求掙很大名的，最後也沒有掙出很大名。你應該追求的是價值最大化或影響最大化。甚麼意思？你選定了維度，有了自己的主場後做到頂尖，有了扎實的根據地，再想跨界，就有了邁出根據地出去打仗的基礎，有了這個基礎，相當於有了依託。

對我而言，有兩個非常明確的依託，一個是文學，一個是管理。在文學上，因為出了小二十本書，所以我敢去做影視、去接一些還好的廣告。因為有了管理基礎，所以我可以做諮詢、醫療、投資。一旦有了根據地之後，不要怕邁出去，不要怕「斜槓」，只要選對角度和人，很有可能客場也會變成你的主場。

除了要有勇氣去跨界，還要有一些通用智慧。通用智慧會讓跨界容易很多。比如，利用你在根據地的優勢跟別人去合作，不見得事事要自己做。大家經常會問我：「馮老師，你影視有爆款《春風十里不如你》，您怎麼做的？」我説：「我的做法就是不做。我選好團隊、方向、平台，剩下的事拜託給他們。有事再找我，沒事的時候，我絕不添亂。」

馮唐成事心法

掌控情緒

如果你不做事，你會發現，最煩你的是你媽，她會說：「你幹嗎不幹事呢？」「你整天躺在床上！」但是如果你幹事了，你會發現，如果你沒幹好，有人會嘲笑你，如果你幹好了，有人會妒忌你，甚至有人認為不是你幹得好，而是你走了一些邪門歪道。你做得越好，這種負面消息越多。遇到這種情況，應該怎麼辦呢？下面就講講如何管理輿情，以及如何管理因為負面輿情引發的怒火。

第一，管理負面輿情。

曾國藩持續地在幹事，他一生面對的負面輿情，比我們普通人遇見的要多得多。他是這麼說的。

「眾口悠悠，初不知其所自起，亦不知其所由止」，每個人都有一張嘴，都有可能挺能忽悠的，忽悠出來的這些消息、說法，最開始不知道是誰開始的，到最後也不知道怎麼停的。

「有才者忿疑謗之無因，而悍然不顧」，有才氣的人，非常恨莫名其妙的誹謗，我就是我，不一樣的煙火，我悍然不顧，我不理它，會出現甚麼情況？「謗且日騰」，誹謗、誣衊每天都會變得更多一點。

「有德者畏疑謗之無因，而抑然自修」，有修養、有道德的人，也害怕莫名其妙的負面新聞，甚麼也沒幹，負面消息就這麼起來，多可怕。那怎麼辦？抑然自修，自己檢點自己，把嘴閉上，你會發現——「謗亦日熄」，莫名其妙的負面新聞慢慢沒了。

對待流言蜚語的方式有兩種。一種是有才能的人對待流言蜚語的方式，「悍然不顧」，就像我說的，「天下事只有兩種，第一種是關你屁事，第二種是關我屁事」，我就這麼幹，甚至跟你唱對台戲。另一種是有修養的人更加低調，等待閒話平息。

「吾願弟等之抑然，不願弟等之悍然也」，曾國藩兄弟倆都在官場，要修德行，仰名望，因此曾國藩勸他的弟弟用第二種方式。不做官的人其實就無所謂了，閒話終究是閒話，不能損人一分一毫。

輿情管理的要義有三個。

第一個，在負面消息起來之前，你隱約覺得別人可能會說你甚麼的時候，把這種負面消息消滅於無形。 輿情管理的精髓是，最好不要有大的負面消息出來。

第二個，如果負面消息還是冒出來了，要淡定，不要回應。 唾面自乾，希望有其他人的負面消息救你，希望大家對你不再關心，等閒話自己散去。

第三個，如果閒話還是無法散去，那就正面面對。 樹立另外一個聲音，你能寫，我也能寫，你的嗓門大，我的也不小。

我在自己的成長過程中，從血氣方剛，到現在年至半百，也用過不同的處理方式，後來發現，好的處理方式有可能還要分不同的領域。

在商業這邊，我就採取有修養的人的方式——低調，等待閒話平息，我抑制住自己，我不管不理不想。但是在文學方面，如果我覺得這個世界上罵我的人沒有甚麼道理的時候，我也會自己蹦出來說，既然這麼多的負面消息死活散不去，我也立起我自己的聲音，跟這個世界說說我對文學的理解，我對翻譯的理解。我就很納悶，為甚麼我中文又好，英文又好，又是一個詩人，憑甚麼不能翻譯？沒有我有天賦，又沒有我努力的人，憑甚麼說我的文章做得不好？他真的看明白了嗎？在翻譯詩上，我有時候也會跳出來表現一下自我，這無所謂。

除了不同的環境、不同的性格導致人們對待流言蜚語的方式不同，還有可能來自年齡。荷爾蒙盛的時候，年輕氣盛，可以選擇幹個嘴仗，拎起鍵盤，他能打，我也能打，他能說，我也能說。等到了五六十歲，變得知天命了，變得耳順了，有可能就說算了，不爭不吵了，等它慢慢平息也是一種方法。

第二，管理負面輿情引發的心態。

負面輿情容易引發當事人的怒火。那麼，如何管理因為負面輿情引發的怒火？ Anger Management，怒火管理。

曾國藩是這麼說的：「不如意之事機，不入耳之言語，紛至迭乘，余尚慍鬱成疾，況弟之勞苦過甚百倍於阿兄，心

血久虧數倍於阿兄乎！」事不順，話難聽，每個人都有一張嘴，有自由去表達，他如果沒有在當街表達的自由，也有背後嘀咕的自由。這些都傳到你耳朵裏了，曾國藩說自己都會抑鬱成疾，何況他的弟弟在前線天天打仗，可能他弟弟的辛苦比曾國藩還要多出好多倍。這是曾國藩自謙的話。

「此病非藥餌所能為力，必須將萬事看空，毋惱毋怒，乃可漸漸減輕」，整天是不順的事、難聽的話，整天心血虧，那怎麼辦？曾國藩也沒有甚麼太好的辦法，他說，必須看萬事轉頭空，不要生氣，才能慢慢減輕。只能自己動手，「蝮蛇螫手，則壯士斷其手，所以全生也。吾兄弟欲全其生，亦當視惱怒如蝮蛇，去之不可不勇」，有毒蛇咬你手，壯士拿起一把刀，把自己腕子砍了，這麼才能全生。兄弟如果想活得長，也要把你的怒氣當成毒蛇，拿出壯士斷腕的勇氣，斬除你的怒火。

曾國藩給他弟弟曾國荃的話，字字切切，總結成一句——不生氣。

做事，不生氣，不着急，閒言碎語，關我屁事。做事越多，成事越多，噪聲越多，和噪聲不要講理，要講「不理」——你能你上，你沒上就閉嘴。北方有句土話：「聽拉拉蛄叫，還不種莊稼了？」意思是，不能因為閒言碎語就不去做事了。

曾國藩也是無奈，不知道如何讓九弟做到，只好試着引導。九弟你這不打仗很猛嗎？你試試把打仗的勇氣，用到斬斷自己的怒氣上，一切貪嗔癡如洪水猛獸，如毒蛇大毛怪，一切如夢幻泡影，如露亦如電。但是曾國藩沒有講，如何能

夠砍除自己的怒氣，蛇咬到你手，拿刀斷腕，有些猛將是做得到的。所以，如何止住自己的怒氣，其實不那麼容易。

曾國藩的想法是，先要「覺」——「覺悟」的「覺」，一定要意識到自己的怒氣是個問題，這是解決問題的第一步，甚至有可能是最重要的一步。為甚麼？怒氣是非常傷人的，我作為醫生，作為一個經常做事、經常觀察另一些做事的人的人，我會發現，其實做事，你要面對各種的壓力、各種的負面消息，你自己的怒氣如果沒有真正化解，是會傷到你的身心的。

別吹牛，如果你 40 歲以上，你能保證沒有三高？你能保證自己血壓、血糖、血脂正常嗎？這「三高」當然跟你的壓力、你的憤怒都有關係。哪怕你天天微笑，天天看似淡定，但是做事就會有壓力，那如何緩解壓力，實際上是如何管理你的憤怒。

如何克服憤怒呢？

1. 要把憤怒當成一個要克服的難題，心跟上了，身體也就快了。

2. 要經常告誡自己，要能行能藏。

我們是為了在漫長的馬拉松式的一生中，完成做事、成事、多成事。這是一個成事的修行。有些時候會有負面消息，會有起伏不順，甚至不做比做還要好，不做比做還要難。我的建議是，做事、持續做事、持續做大事，並不意味着你一直勇往直前，要想到退是持續做事中的一部份。潛龍勿用是成為一個偉大的成事者必經的步驟，是進階的修行。

我知道，要做到「靜如處子，動如脫兔」很難。你可能會抱怨：我是一個成事的人，一個修行成事的人，我喜歡做事，做事給我快樂，我喜歡「生命不止，折騰不已」⋯⋯那怎麼辦？

　　我給一個小建議——**有一個自己的愛好，在你不能做正事的時候，抓起你的愛好。**這樣才能做到得志行天下，不得志獨善其身。

　　我的一個朋友是做銷售的，疫情期間哪兒也去不了，他就想，以前從來沒健過身，那就健身吧。他每天做兩百個俯臥撐、兩百個捲腹，三個月後，他瘦了二十斤，有了一身的腱子肉。只是舉一個例子，能做點甚麼做點甚麼，不能做的時候停下，這個是管理負面輿情引發的怒火，很重要的一個簡單的方式。

如何對待妒忌和貪婪

儘管我總説「管理是一生的日常，成事是一生的修行」，但妒忌和貪婪其實才是天然的、一生的日常。

第一，何為妒忌和貪婪？

妒忌，每個人的心魔。周遭長得比我好看的，我妒忌；比我有才的（雖然我很難發現誰比我有才），我妒忌；比我年輕的小伙子、小姑娘，我妒忌；比我有經驗的老人，我妒忌；比我有女人緣的，我更妒忌……再與世無爭，只要還有一絲凡心尚存，便無法全然超脱。

貪婪，或者説溝壑難平的慾望，讓每一個現代人焦慮着。能成事的人、成事的修煉者，通常都相對能幹，對幾件事也會相對貪婪，比如説權力、金錢、美色。

當然，老祖宗也一樣。有人用一副對聯評價曾國藩。

> 立德、立言、立功，三不朽。
> 為師、為將、為相，一完人。

曾國藩一生帶兵打仗，建功立業，在朝為官，立言立德，生

前勳和身後名，一樣都不落下。這其實是多數人想要實現的。

我過去也是有理想的人，在小學、在初中、在高中，想為中華之崛起而讀書。後來長大了，貪心了，一邊想縱橫職場，逐鹿中原，一邊又想被載入史冊，用文字打敗時間。貪婪之心，昭然若揭。

當時聽李鴻章的詩：

> 丈夫隻手把吳鈎，意氣高於百尺樓。
> 一萬年來誰著史？三千里外覓封侯。

他說一萬年來，到底誰寫歷史？他現在想到三千里外去打仗，建功立業。李鴻章寫這首詩的時候，是 1843 年，他只有 20 歲。

對於成事來說，適度的妒忌和貪婪之心是必需的。立功立言、攻城略地帶來的快感是「做事」的原動力之一。正所謂「大部份的天才都是偏執狂」，對事情的某些方面保有執念，甚至慾念，是成事的前提。

所以，妒忌和貪婪是天生的，對於成事者一生的日常，我們如何面對它們反而是一個巨大的問號。如何正確管理妒忌和貪婪，才是一生的修行。

第二，如何管理妒忌和貪婪？

是不是足夠優秀，達到人生巔峰、唯我獨尊、俯瞰眾生，就可以消除「妒」和「貪」了呢？當然不是。既然欲壑難平，

就永無止境。

進一步說，就算你得到了非常稀少的好東西，但你的心更大，你會變得更妒忌、更貪婪，那怎麼辦？即使你非常了不起，把成事心法修得特別好，好東西永遠是你得到，得到再得到，不停地得到，你就會變得更好嗎？也沒有，這樣反而你的風險會變得非常高。

有句老話：「笑人無，恨人有。」如果一個人不停地得到，得到最好的名、最好的錢、最好的色，別人會羨慕嫉妒恨，那怎麼辦？

我一直在想怎麼辦，答案是很遺憾，沒辦法。

又要提到我的母親大人——這位八十多歲的「大颯蜜」，大到國情輿論，小到垃圾分類，總有些許看不慣的地方，非常的不 Love & Peace（愛與和平）。我問她：「你已經這麼大歲數了，你為甚麼還有這麼多的慾望、這麼多的貪婪、這麼多的妒忌？」

老太太說：「我有慾望，說明我活着。我如果哪天甚麼都不想了，不妒忌了，不貪婪了，可能我也老年癡呆了，快進醫院了，你也快見不着我了，你那個時候要多給我想想辦法了。」如此鞭辟入裏，我竟無言以對。

平凡如我媽，偉大如曾國藩，能真正做到不妒不貪過一生的，寥寥無幾。我媽做不到，曾國藩就真能做到嗎？

我讀曾國藩，發現曾國藩也做不到。

曾國藩說：「禍機之發，莫烈於猜忌，此古今之通病。壞國喪家亡人，皆猜忌之所致。」災禍發起，就是因為妒忌

和猜測，古往今來都一樣的。國家壞了，家破了，人亡了，都是因為猜忌。

「《詩》稱：『不忮不求，何用不臧』。僕自省生平愆咎，不出忮求二字。」《詩經》說，如果你不妒忌、不奢求、不貪，那其實怎麼樣都好。曾國藩反省自己一生錯誤和後悔的地方，都是出於「忮求」二字，忮求就是妒忌和貪婪。

「今已衰耄，且夕入地，猶自憾拔除不盡。因環觀當世之士大夫，及高位耆長，果能鏟除此二字者，亦殊不多得也。」我現在已經老了，五六十歲了，可能明天就去 ICU（重症加強護理病房），後天就掛了，仍然覺得除不乾淨。我又看看周圍所謂的士大夫，這些比我年歲長的人，真能去掉這兩個字的，其實也沒有幾個人。

「忮求二字，蓋妾婦、穿窬兼而有之。自反既不能免此，亦遂憮然愧懼，不復敢道人之短。」妒忌和貪心，婦女和小偷都會有（因為曾國藩處於封建王朝，認為女人比男人差，所以他這麼形容。實際上他是說「忮求二字」所有人都有），回首看自己，也避免不了，我又怎麼敢說別人妒忌和貪婪？

這是他自醒的一段話。曾國藩是一個好強的人，也成過很多事，他的文章裏幾乎沒有「我不行」「我沒辦法」這樣的字眼。他總能在某個狀態下，挑出最佳方案。但是在處理妒忌和貪婪這件事上，他說沒辦法。那沒辦法，還能怎麼辦呢？他提出了兩個緩解之法，供世人參考。

首先要努力。努力並不是為了完完全全去掉人性，去掉貪婪和妒忌，而是要守住底線。你可以妒忌，可以貪心，但

是你不能害別人。這是在妒忌和貪婪處理上的底線——不害人。

其次要寬容。既然你都會妒忌，會貪婪，那對於別人的妒忌和貪婪之心，特別是針對你的，一笑置之，不加批判，因為換了你也可能這樣。

我再加一個建議，要適度。我曾問一個很好的作家朋友：「你在疫情期間怎麼安排時間？」他說：「我一天醒着的時間，除去吃飯、上廁所、看片之外，可能有八個小時。我兩個小時讀書和寫作，用另外六個小時妒忌周圍人，包括妒忌你。」

我想說，偶爾妒忌是人之常情，但是你光妒忌，成不了事，還不如少花點氣力在所謂的妒忌和貪婪上，俯下身段去幹就好了，該看書看書，該寫作寫作，該幹事幹事。

妒忌這件事，即使去不掉，也要適度。曾國藩自己也做不到「掃除淨盡」，如果克制不了，至少保證妒忌是不害人的、有度的，不是過份的。成事從來難，做個成事的人，一生成就無數更難，其中一個大大的關口，就是妒忌和貪婪。

第三，馮氏秘籍。

講了我媽是怎麼處理妒忌和貪婪，曾國藩又是怎麼處理妒忌和貪婪的，接下來再分享我的獨門秘籍。

坦白講，我是個好勝心很強的人。我為甚麼好勝，是因為我實在不想把這麼美好的世界留給那幫傻 X。但是，這也表明我在很多時候，會妒忌和貪婪。不過，叱咤江湖這些年，對待妒忌和貪婪，我找了一個對自己管用的方法，就是我實

在放不下的時候，就去趟重症病房或者墓地。

去重症病房，你會發現，你已經很幸運，得到的已經很多了。你能正常地吃喝拉撒，已經非常幸福了。想像一下你沒辦法吃喝拉撒，會是甚麼樣子？三四天高燒不退，會是甚麼樣子？所以去重症病房，看看那些病人，你會自然地放下妒忌和貪婪。

另外是去墓地。很多人活在世上，經常忘記一個簡單的、顛撲不破的事實，就是人是要死的。你也會死的，我也會死的，那為甚麼要在活着的時候有那麼多貪慾呢？生不帶來，死不帶去。我們不可能永生，沒有人能夠永生。

所以放不下的時候，我建議你去醫院重症病房或墓地，逛一逛。

如何戰勝自己，戰勝逆境

　　無常是常，人無千日好，花無百日紅，逆境來了怎麼辦？逆境有很多種，有可能天下雨了，有可能娘嫁人了；有可能疫情來了，有可能公司經營不好了，有可能丟了工作……以新冠疫情為例子，講一講逆境來了我們怎麼辦。

　　你有可能聽過我的九字真言：不着急，不害怕，不要臉。這是對於順境而言。在順境中，我們在大方向上、大勢上，已經走過了二十年。忽然來了百年不遇的逆境——新冠病毒，我送你十字箴言：看腳下，不斷行，莫存順逆。

第一，「看腳下」。

　　疫情來了，逆境來了，大困難來了，首先不要驚慌失措，自己先把自己嚇着。過去有個統計：大地震中，三分之一的死亡都是自己從樓上跳下去摔死的。

　　疫情這種逆境來了，怎麼「看腳下」？最重要的就是改善現金狀況。你要看看手上還有多少現錢。英文有個詞叫burning rate，燒的速率，翻譯成中文就是「基本消耗」。也就是一年、一個月，甚至一天，從大到小，你的組織、你的家庭、你個人，要消耗多少錢？這是一個非常重要的數字。

疫情來了一個月之後，我做過一個簡單的統計，發現60%的企業，手上的現金不夠花三個月的，甚至有一半的企業，不夠花兩個月的。可以想像，如果開不出工資了，對員工士氣是多大的影響。所以，危機來臨之時，第一個要想到的，就是改進現金狀況。

　　例如，你自己的家庭，操持一個家，有現金進項，也會有現金流出。現金流出在逆境的時候，特別是現金進項有可能受到影響的時候，要想到減少家裏的基本消耗。怎麼減？從衣食住行。

　　衣，你真的需要那麼多衣服嗎？食，你真的需要吃那麼多嗎？住，我問過一個建築師，一個人最少需要多少居住面積才感覺合適？他的答案非常清晰，包括看書和享受，12平方米就足夠了。行，娛樂可以靠手，出行可以靠腿。其實你走三千米去吃飯見人，然後再走三千米回來，一天的運動量就夠了。超過五千米，你可以坐坐地鐵，騎騎共享單車。超過十千米，你可以打車。很多時候，私家車是可以不用的。這樣算下來，就已經省下來很多錢了。把能省的省下來，基本消耗降下來，該收的盡量快點去收，應付的盡量少付一點。

　　如果你的現金能夠支撐六個月，甚至十二個月，就有可能活下來，因為先破產的人的生意就有可能是你的了。比如說一條街上有三個煎餅店，一個煎餅店兩個月後關門了，另一個煎餅店四個月後倒閉了，但是你手上還有兩三個月的現金，那這條街上的煎餅生意可能就都歸你了。

　　所以面對百年不遇的大逆境，就是要狠——狠狠地削減

基本消耗，包括人員、差旅、寫字樓費用等。人員，有些人屬於嚴格意義上的「冗員」，他們沒有必要留在公司。你會發現，這些人不來，你的公司並沒有受太多的影響，甚至運營得更好。沒那麼多人傳小話，沒那麼多人使心眼，沒那麼多人造成浪費。當然我並不是說，一旦逆境來了，就裁掉自己的兄弟姐妹，而是說，如果有些人員不能產生價值，在企業中混日子，那麼當逆境來臨的時候，大家一塊兒死，那還不如有一部份人先想想其他的辦法，剩下的人把公司救活。大家都減減工資，如果公司變好了，逆境過去再把人招回來也行。全部死掉是最壞的結果。現金流一旦斷了，再恢復就是很難的事情。差旅，疫情發生後你看到，有些差旅其實沒有必要，不用住五星酒店，不用坐飛機，其實事情也就辦了。

除現金流之外，就是穩定自己的「核心上下游」。

「上游」給你提供服務，提供你需要的產品，讓你再加工之後賣給你的「下游」。哪些「上游」的服務和產品不可或缺？那在大逆境的時候，你就要跟人家談一談：錢能不能晚付一點？能不能保證一下供給？更重要的是不可或缺的服務和產品不要發生斷供，一旦斷供，你自己的服務和產品就產生不了。在大逆境的時候，這種事情比比皆是，就是所謂的「供應鏈」停掉了，或者所謂的「核心零部件」停供了，等等。

「下游」是你的主要客戶，也就是你的金主，是給你錢、為你創造的價值付款的人。你要看看他們是否還好，是不是能夠繼續付款？能繼續付款的人，把跟他們的合作穩定下來，

甚至把給他們的條件調整得更優惠一點。你說：大家都一塊兒有五年、十年、十五年了，我們還想繼續一起走五年、十年、十五年……咱們在疫情中、在逆境中，抱團取暖，更緊密地結合吧。當然，付款條件、付款金額我們都可以好商量。

總之，「看腳下」就是看現金，看自己核心的「上下游」。

第二，「不斷行」。

把自己穩定之後，不要停止努力，無論是在生活上，還是工作上。

需要避免的心智上的最常見的陷阱，就是責怪——怪天、怪地、怪其他人。你在手機上罵人、罵社會、罵國家、罵國外……都沒有用的，於事無補。另外，不要花大量時間去跟蹤各種新聞。實話講，這些信息跟你有關係又沒關係。如果你想得太多了，對你的生活工作有影響，而對於事情是沒有補益的。所以，該幹嗎就幹嗎，不要停止行動，不斷行。逆境期間，能幹嗎，讓幹嗎，就幹嗎。

當年我在華潤集團時，有個不成文的規定——推功攬過。把功勞推給其他人：「這件事做得好，其中有你更大的功勞。」一旦出現問題，這個級別的最高責任人首先要說：「這件事我負責，是我考慮得不周全。」之後再說：「這件事其實是有一二三四個內因和外因……」從表面看，這只是表述次序的不同，多數人是先辯解理由，再說自己可能也做錯了一點點，但是效果是完全不一樣的。多做推功攬過，你會發現身邊的朋友越來越多，你的事情做得越來越好。

我們特別忙的時候常暢想，如果有一段獨處的時間該有多好！但真實的情況是，真開始宅了，一兩週、一兩個月……你才發現，「宅」沒有你想像的那麼容易。我們會發現自己是好龍的葉公，宅的時候如獲至寶地捧着手機，翻看各種微信群，偶爾希望、時常感動、總是義憤……你手機使用時間平均上升了一倍。

以前我總是信誓旦旦地說：「時間是一個人唯一的真正擁有的財富。我的餘生只給三類人花時間——真好玩的人，真好看的人，真的又好看又好玩的人。」但這次宅下來，我越宅越不自在，忽然自省我真的是個好玩的人嗎？如果自己都不是一個真好玩的人，憑甚麼要求別人是個真好玩的人？如果自己都不是一個真好玩的人，即使遇上真好玩的人，又有甚麼資格佔人家的時間？那些宅不住的人，（甚至高一點的要求）宅不爽的人，也是不能和自己相處的人。不能和自己相處的人，早晚也是別人的麻煩。

所以我建議自省之後重新振作，檢討一下，從幾件特別小的事做起。你會發現，有些事是一個人做起來就很美好的事。比如，看看天，看看雲；找一塊沒人的地方跑五千米或十千米；自己喝一瓶酒；自己手沖咖啡；不需要出去工作了，斷斷食，早飯中飯不吃，晚飯吃一頓；做做高強度的間歇訓練，十五分鐘出一身大汗；讀讀帖子，泡泡澡，看看過去的書……慢慢地，這一天出溜就過去了。千萬要珍惜逆境時能閒下來的時光，給自己充充電，將來殺出去，你會更有勁兒。

另外，「不斷行」就是工作、工作、工作。如果工作不

停你，你就不要停工作。否則逆境過後，當你重新回到工作崗位時，比較好的結果是發現公司沒你運轉得也很好，比較差的結果是公司沒有你運轉得更好了，那你就慘了。

還有一個「不斷行」，就是習慣、習慣、習慣。行為心理學研究表明，每天做的行為堅持三個月就形成了習慣。一旦習慣養成，需要六個月到十二個月，才能把習慣消除。那我們就培養一些好的習慣。

比如說戰勝拖延症。戰勝拖延症的一個小技巧就是微型改進。假如不喜歡早起，那你不見得一定要明天六點起，而是可以微型改進。第二天十一點半起，堅持一個禮拜；然後下一個禮拜十一點起；再下一禮拜十點半起⋯⋯經過不到三個月，你就會發現你八點是能起床的。

再舉一個例子，減少手機使用時間，先從睡前不看手機開始，然後每週給自己提個要求，降低手機使用時間半個小時。花兩個月，手機使用時間就能降到四個小時以下了。

從這個角度看，逆境過去之後，你身上多了四五個好習慣，它們能陪伴你一生，是一個特別好的事。

曾國藩說：「大局日壞，吾輩不可不極力支持，做一分算一分，在一日，撐一日。」「大局日壞」，整個局面越來越差。曾國藩就面臨當時晚清每天的崩潰。「吾輩不可不極力支持」，就是我們不能不把自己的心氣提起來，能努力做多少就做多少。像曾國藩這樣的一方大員、國家重臣，都覺得「我沒法做太長遠的計劃」，但是不做嗎？不是的，還是要不斷行，做一分算一分，在一日撐一日。

第三，莫存順逆。

　　不要兩分地看所謂的逆境，不要認為「它是逆境」或「它是順境」。無論順逆，都是生活的一部份，都是生命的一部份，我們的生命總有起起伏伏，就像一年總有春夏秋冬。日日是好日，你一生中沒有一天是壞日子，都是正常的日子，就把它當成正常看，用一個簡單的平常心去看。

　　二十年前，我做管理顧問的時候，有一次在加州半月灣出差。那是個衝浪聖地，我看到有七八個人穿着鯊魚服，站在衝浪板上，一會兒被浪頭推得很高，一會兒被浪頭捲倒打翻在海裏……當時我突然接到一個越洋電話，是一個做「3C」產品的 CEO 打的。他問了我好幾個問題，聽我的意見。這個 CEO 説的全都是麻煩事，因為容易做的事他手下的人都已經為他幹了。

　　我跟他説完解決這些管理問題的辦法後，問了他一句：「段總，這個日子不好過呀，每天都有這麼多的事。」當時他就在電話裏一笑，説：「這就是日常啊，這就是我們每天都要面對的事情啊！既然做了高管，遇上的所有東西就都是事啊。這是再日常不過的東西，這就是日子呀！」

　　我再回看衝浪的那些人，忽然想到「中庸」兩個字。在那之前，我總覺得「中庸」是略帶負面的詞。「中」，沒有新意；「庸」，庸俗。中間沒有新意的庸俗，那有甚麼意思。但是我看衝浪的人在衝浪板上，逆境、順境、逆境、順境……在這樣一個大環境裏面，能夠站住就不錯了。「中庸」是一

種平衡，它如果在這種日子裏，在這種無常裏，能夠平衡，能夠立住，浪就會讓你往前走，日子就會往前，你就會迎來好時光。

真正的高手都有破局思維

面對逆境，「看腳下，不斷行，莫存順逆」，只是逆境管理的基本要求，解決的只是基本的生存問題。光是管理逆境，境界還不夠高。人間走一遭，要對自己有更高的要求，在逆境中綻放。甚麼是在逆境中綻放？在逆境中呼風喚雨、力挽狂瀾，甚至能夠開出美麗的花兒來，才不枉此生。

第一，上天是給人留機會的。

有人說，天本來是無情的，但我總是覺得，老天是給人機會的。雖然佛法上說，諸行無常、無常是常，但是大家想想，帶有滅絕性質的事件，還是絕對小概率的。所謂的絕境，比如天災，像智利多次發生的七八級以上的地震加海嘯；比如突發的疫情，對於航空業、旅遊業等就是天災。

我 1990 年進北京大學讀醫學預科。老師整天吹牛說，你們真是上了好學校，進了好專業，21 世紀是生物的世紀。我們聽了熱血沸騰的，但一看畢業的師兄、師姐，發現要麼去科學出版社，要麼去某個莫名其妙的實驗室，掙最低的工資。然後我們就抓着老師問，您不是說 21 世紀是生物的世紀嗎？老師說他不是指前半個世紀，而是指後半個世紀，是 2050 年

之後。沒想到到了 2020 年，發現 21 世紀真的是生物的世紀，只不過是病毒的世紀，而不是我們能夠享受生物技術的世紀。開玩笑了，但生物的重要性大家有目共睹，因為生物能成為某種絕境的誘因，比如戰爭。

還有的絕境是真正巨大的技術突破。比如 2007 年出現的智能手機蘋果一代，對於愛立信和諾基亞，就是毀滅性的打擊；比如未來可能出現的新能源的技術突破，可能讓石油的價格降到很低；比如新媒體的出現，對於紙媒產生了巨大的衝擊……

這些天災、技術突破，都有可能是某種絕境。但是除此之外，多數的逆境只是讓你過得不像以前那麼舒服，它只是正常輪迴中的一個局部，不是絕境。

所以要處理兩個誤區：1. 多數我們不舒服的時候是逆境而不是絕境。2. 過份誇大逆境，太被動，對於成事的修行者是不對的。天會留機會給人，當大家都恐慌的時候，你應該想，在這種狀態下，我能有甚麼樣的機會。

第二，在逆境中綻放要考慮事在人為。

面對逆境，真的成事者會把它看成機會。他甚至會認為，哪怕是看似絕境的逆境，也是一個特別好的修煉場所，是讓他艱難困苦玉汝於成的。最彪悍的「悍匪」、最能成事的猛人，甚至不會相信有絕境，他會和絕境對着幹，把絕境生生地變成逆境，把逆境變成順境。

曾國藩曾經三次自殺，可以想像他遇到了何等絕境，如果

不到他認為的絕境，即使他是戲精本精，他也不會表演自殺。

　　第一次是靖港兵敗。當時他率領新練的水軍，大概兩萬多人，誓師出征，結果遇上了伏兵。伏兵打得非常兇，過來殺他的人就在幾米之外了。兵敗如山倒，他覺得悲憤交加，而且大部份死傷的人都來自他的老家湖南湘鄉。想當初項羽到了烏江邊，死活不願意從烏江過河，因為他覺得無顏再見江東父老。當時的曾國藩萬念俱灰，從船上一頭扎到江中，想一死了之（也可能他看附近部下比較多——我不知道，這個是瞎編的），被部下救了起來。

　　第二次是湖口慘敗。他的水師進軍江西湖口的時候，遇到勁敵石達開，進攻受阻。因為石達開非常明白，湘軍水軍的長處是船大、船強，但弱點就是笨，移動慢。石達開找了一個機會，誘導湘軍水軍到了一個可以逐一擊破的地方，趁湘軍戰船被分割成兩部份，大小戰船不能相互配合，戰鬥力銳減的時候，向湘軍發起大肆進攻。這個時候，曾國藩認為敗已經是確定了，他怕落到敵軍手裏被折磨致死，所以推開艙門滾進江中。幸運的是，他又被部下救起來了。我估計，大概是這次的運氣比第一次好。第一次或許還有一點表演的成份，他可能認為，既然被手下攔住了，説明手下對他有信心，那他就繼續走吧。第二次遇上石達開這麼強的對手，跳江應該是被迫無奈，而被救起來，很有可能就是更大的運氣。

　　第三次是祁門被困。他不聽幕僚的規勸，固執地把總督府定在祁門。祁門是一個非常兇險的地方，只有一條大道跟外界相連，一旦大道被敵軍控制，祁門城就會陷於絕境。後來果

然出事了，他被太平軍以十倍以上的兵力圍在了祁門，激戰了三天三夜，湘勇的人數天天減少，幾乎彈盡糧絕，太平軍隨時都可能破嶺而入，看來老營覆滅在所難免了。即使在這種情況下，曾國藩也沒有想過從小路逃跑，心中打定主意要自殺。這個時候，他的一個門生，湘軍的猛將鮑超領兵趕到，才把他救了出來。第三次沒有自殺行動的自殺，為他立威、立德、立信，起到了很大的作用。大難不死後，他頓悟：「大丈夫當死中求生，禍中求福。」這種「禍中求福」，正是在逆境之中，不僅要能穩定住，而且要爭取綻放，禍中得福。

舉我個人的一個微不足道的例子。2010 年，我們盤算在國企環境中創建第一個大規模的醫療服務提供商——華潤醫療。2011 年，我們的戰略規劃是「2020 年實現 100 家醫院、5 萬張床的規模」。這聽起激進又瘋狂。從 2011 年創業到 2014 年，我離開了，我的核心團隊離開了，我的一些同事慢慢走上了領導崗位。2020 年，華潤醫療的很多同事戰鬥在疫情的一線。我想看看當年的 2020 年規劃實現得怎麼樣了，於是問了他們一些公開的數字。到 2020 年，華潤醫療體系管理 169 家醫院，有 2.4 萬張床。這已經接近十年前的戰略目標了。當時我就想，雖然有起伏、有逆境，但如果足夠彪悍、足夠堅強，有些大事是能夠被做成的。

第三，一面自救，一面破敵。

在看似絕境的逆境下，如果想人為成事，應該怎麼做？

引用一下曾國藩的話：「凡善弈者，每於棋危劫急之時，

一面自救，一面破敵。」善於下棋的人，棋的局勢已經很差了，除了活下來，還要想想如何能進攻，不能只是防守。「往往因病成妍，轉敗為功，善用兵者亦然」，往往因為生病而變得更漂亮、更強壯，轉敗為功，善於打仗的、善於做事的人就會這樣。

面對困局，自救是第一重境界，破敵是第二重境界，最後不僅能自救，還能開拓新局面。只能自救、久病成醫的人是守成的人，可以破敵、因病成妍的人是可以創業成大事的人。在黑暗中一刻不停地探求破局的機會，如蠶破繭，如月破雲，如小雞破殼，如花破花苞，守得雲開見月時。

真正的高手，都有破局思維。真正的猛人，堅信事在人為，因為逆境也能迎風招展、逆風飛揚。

有時候「不努力」是種正確戰略

　　有時候不要太努力，才是更正確的態度。

　　有人可能會不理解，會說：「你不努力，來人間幹甚麼，做臥底嗎？」其實我並不是勸大家徹底不努力，而是在有些時候，過份努力得到的結果恰恰是相反的。分三點說明為甚麼有些時候不要太努力才是更正確的態度。

第一，戰略方面，重要的是要「認命」。

　　成功是一種偶然，天命的成份佔大頭，「時來天地皆同力，運去英雄不自由」。不是做大事的時候，努力做大事容易受傷。我非常清楚，習慣逐鹿中原的英雄，忍一口氣，再忍一口氣，有些仗不去打，有多難。我在生活和工作中見過，讓他們再辛苦、再勞累，他們也不會覺得太苦。你讓他把手腳縛住，不去打仗，看他們難受的樣子，有時候自己都會眼淚在眼眶裏打轉。

　　但有時候不做是更對的選擇。「十年磨一劍，霜刃未曾試。今日把示君，誰有不平事。」十年磨一劍是很刻苦的過程，但更苦的是十年磨了一劍，忽然跟你說沒仗打了。

那個時候其實比能夠磨劍、能夠努力、能夠去打仗更難受。

曾國藩有一句話：「事功之成否，人力居其三，天命居其七。」事情能不能成，你能控制的最多也就三成，七成是天命。天命很複雜，有各種各樣的因素——天時、地利、人和、大勢、其他人怎麼配合、競爭情況，等等。

有一首勵志歌曲叫《愛拼才會贏》，「三分天注定，七分靠打拼」，讓你熱血沸騰，覺得自己應該多努力，但是在戰略上，這種七分靠打拼、三分天注定是不對的。

曾國藩實話實說，七分在天，三分在人。現實往往是殘酷的，認清現實的殘酷，的確不容易開心，但也不容易幻滅，總比犯傻強。認命是一種不得不做的正確戰略。

第二，從戰術的角度，有時候需要你收斂。

《聖經》說：「陽光之下，力戰者未必能勝，快跑者未必能先達。」不提成功之類的戰略結果，即便在戰術上，也要審時度勢。如果只涉及自身努力的，你可以在很多時候盡100% 甚至 120% 的努力，只要不傷身體，比如長跑、斷食，即使你有足夠的毅力和紀律性驅動自己的身體，但要小心身體有可能會懲罰你。

你的努力如果涉及別人，有的時候可以盡 100% 甚至120% 的努力，但多數的情況下，盡 80% 到 90% 的努力就可以了。為甚麼？

1．如果你有太強的目的性，很有可能遭到別人的反感。

　　舉個我的例子。有人特別想要我的簽名，說：「馮老師，送我一本簽名書吧。」我當時心裏想的是，為甚麼作家就一定要帶着自己的書？這得有多自戀，還天天帶支簽字筆，隨時等別人索要簽名書？如果要簽名，你就不能自己買本書來讓我簽嗎？

　　後來，我慢慢越來越紅了，哪怕是別人給我書讓我簽，也讓我挺痛苦的。雖然這看上去是一件小事，別人說「你就簽本書，我閃送給你，然後你再閃送給我」，但他們沒有想過，如果我每天都做這種小事，我一天的時間唰地就過去了，甚麼也做不了。

　　很多人不理解我的拒絕：「你可以去微店買簽名本。」有些人會一直說：「我要簽名本，您在甚麼地方，我把書給您寄過去。」遇上這樣的人，我會在他的微信備註名後邊畫個斜槓，寫一個「2」，以後帶斜槓後邊加個「2」的，他不管提甚麼，我基本上不會搭理了。

2．你有可能因為跑得太快，遭到別人的妒忌。

　　1999 年，我在美國的一個大醫療器械廠做暑期實習。美國 80% 的針頭注射器都來自這家公司。大家日子都過得很舒服。我早上去幹兩個小時，然後一天就沒有其他事可做了。

　　有一天，當時的組長，現在想起來人家職位也挺高的，全球市場營銷的副總，對我說：「小張，工作慢一點，不要

那麼着急。周圍都是比你大二十歲以上的老大姐、小大姐、小姐姐，你太快了，別人就會跟不上。需要其他人的配合，才可以整體呈現團隊成果。光你一個人跑，光你一個人努力是沒有用的。」

我聽了就明白人家說的兩點：（1）我一個人努力，跑到最前頭，最後的結果也不會呈現，而最後的結果才是最重要的；（2）我跑得太快了，別人蹺着二郎腿上網，看我也會生氣，這樣也不是團隊精神，還容易遭到別人妒忌。

3. 長期過份努力做事，會遭到非常嚴重的抵抗。

在麥肯錫的時候，分析、討論問題是一個常見的工作方式。有時候會有激烈的討論（heated discussion），就是大家拍桌子瞪眼，嗓門提高來講自己的觀點，講自己認為最正確的方案。

我發現常贏的人，會讓大家覺得不舒服。如果贏得一個戰術上的小勝利，之後的三四天，甚至幾個禮拜，會受到一些不好的待遇。

後來，我就跟大家討論，咱們定一個規則，這種激烈的討論，不是特別和諧的討論，一到晚上十二點，必須停。每個人把自己的話嚥到肚子裏去，各自回家，各找各媽，洗個熱水澡，睡覺，第二天咱們再討論。

神奇的是，這個規則應用到實際工作中之後，80% 的問題在洗熱水澡、睡覺、吃早飯的過程中消失了。這相當於把兩個要打起來的人硬分開，讓他們再想想，他們為甚麼要打。

第二天，好多人已經打不起來了，其實只要大家都冷靜一下就好了。

再舉一個例子。比如應收和應付，「應收」是你應該收別人的錢，「應付」是你應該付給別人的錢。應收，你當然希望是越快越好；應付，希望是越慢越好。這是商業常識。可是其中也有一個度，如果你往死裏追，可能因為缺錢，追得很兇，別人三天就付你錢了。但市場的常規是一到三個月才付錢，而你每回三天就追回來了，時間長了，對方還會跟你做生意嗎？如果有選擇的話，他會找其他催得不這麼緊的來合作。這樣，表面上你贏得了戰鬥，實際上失去了整個戰爭。

第三，不着急，緩稱王，是一種正確的態度。

曾國藩說：「不慌不忙，盈科後進，向後必有一番回甘滋味出來。」別着急，別慌張，你把小河填滿，小河滿了自然就會慢慢匯成大河，然後大家奔向大海。這實際上說的是人生態度，也是工作態度。不要着急，不要着急立山頭，不要着急稱王稱霸。

但在現實中大家往往相信「成名要趁早」「牛X要趁早」。而且現在是個透支時代，大多數人身上有三張以上的信用卡，不僅出名要趁早，買房更要趁早，透支錢包、透支身體、透支情感、透支智商。在這種氛圍下，跟大家說「不慌不忙，盈科後進」是很難的，但絕對是對的。反時代潮流而行之，從容些，專注些，慢些，不着急，不害怕，不要臉，向死而生，

其實才是真正的對自己好。

成名不要趁早，特別不要成無準備之名。如果沒有準備好就立旗、立山頭，最後累的一定是你。莊子說：「水之積也不厚，則其負大舟也無力。」你積累不夠，無法承擔你的名聲。

你立山頭、立旗，就會容易端着說假話，而最容易招禍的就是德不配位。看似立起來了，但是因為下盤不穩，很容易被時代或其他人滅掉，也很容易成為一個笑話。但是如果你準備好了，你就可以從勝利走向勝利。

舉個簡單的例子。我至少學過八年醫學，又從 2011 年開始做醫療投資，也接近十年了；我讀過一百本原文小說，自己撅着屁股寫文這麼多年，也出了小二十本書……這些不是一天做成的。多數人很難靠第一個勝利就名滿天下，而且太早出名，對長遠的發展也不是一件好事。

說完上面三點，你可能會問，那還用努力嗎？

當然。

第一，你可以不屠龍，但不能不磨劍，你要時刻準備着你的時機到來。你可以把努力集中到去磨劍、長本事上。

第二，能打仗、能力戰、能快跑的時候，請力戰、快跑、成事。你要具備能夠力戰、快跑的能力和精力。這是可以努力的地方。

第三，獲得某個細分領域最多的知識和最高的智慧。在你豎旗、立山頭之前，你在這個細分領域多積累知識和智慧。

第一篇 知己

不要太早就說自己已經具有了，多捫心自問，在你試圖稱王的領域，你的知識和智慧夠不夠？

練就一身本事，能做成大事時成大事，不能成大事時繼續躲在某處練成事的本事。得志行天下，不得志獨善其身，淡定而從容。

選擇，不僅只是斷捨離

　　我們生活和工作中，一直有一個選擇需要我們做——是隨波逐流，還是特立獨行？我個人的意見是，成事的人不甘流俗。

第一，選擇人才，看其志向。

　　曾國藩有一句話：「人才高下，視其志趣。」這個人到底是不是一個人才，不看智商，不看情商，不看我們市面上流行的角度，而看他的志向。

　　「卑者安流俗庸陋之規，而日趨污下」，志趣比較低下的人才，永遠是安於世俗、油膩、潛規則的。一旦接受了這一套，人就會慢慢往下出溜。

　　志趣高的人才是怎麼樣的？「高者慕往哲盛隆之軌，而日即高明」，高級人才會嚮往過去的哲人、聖人，那些高尚的、美好的、更有意義的軌跡。他沿着這個軌跡去走，雖然很痛苦，但是每天都會比昨天好一點，比昨天高明一點。

　　看人才，你到底是看智商還是情商，如果都不是，看甚麼？我非常認同曾國藩的說法——「視其志趣」，就是這個人是一個俗人，還是一個脫俗的人。如果是俗人，他會越來

第一篇　知己

越差，哪怕他智商、情商特別高。智商、情商特別高的俗人，往往會變成更大的隱患。如果他志趣很高，不願意流俗，即使智商、情商比較低，每天也能進步一點。

這句話皮裏陽秋，從表面來看，選擇人才，要看一個人的志向，「卑者」和「高者」志向不同，結果也不同。但實際上再看一層，這句話的核心字在於「規」和「軌」。

「卑者」，比較差的人才，是守規矩的人。「守規矩」並不是守政策、法規，政策、法規是一定要守的，而是「墨守成規」的「規」，永遠遵守潛規則，永遠得過且過，永遠在油膩的世界裏油膩着。

跟「卑者」相對的是「高者」，「高者」是甚麼？不是遵守潛規則這個「規」的人，是開闢道路的人。「慕往哲盛隆之軌」，「軌」是軌跡，是一個新的道路。如果給自己一個向上的通道，建立一個向上的理想，你就有可能「日漸上流」。

安於「規」，一生安穩；創新「軌」，一生顛簸。同樣的一生，可能是截然不同的活法。

這句話，出自曾國藩寫給晚輩的教育信。作為一個德高望重的長者，他教育晚輩，並沒有給出明確的答案，只是說，到底是做一個油膩的人，還是做一個不油膩、走自己路的人，你自己去選。

第二，建立好習慣，戰勝流俗。

如果你問：「馮老師，我想做一個走自己路的人，想戰勝油膩，拿甚麼來戰勝？」最簡單的答案就是，建立好習慣，

戰勝油膩的世俗。

講講我自己的習慣，包括每天、每週和每年的習慣。

在養成一切好習慣以前，要有一個好身體，我的這些習慣是拿身體做打底的。

關於身體，我舉一個例子，2009 年中國台灣開始實施被媒體稱為「亞洲最嚴」的體能測試標準。男性軍校畢業生，必須在十四分鐘內跑完三千米，兩分鐘仰臥起坐滿分八十個，及格四十三個，兩分鐘俯臥撐滿分七十一個，及格五十一個。這意味着如果能做到及格，就是一個身體很強健的年輕人。我試圖達到這個號稱「亞洲最嚴」的標準，45 歲以後，我稍稍放鬆了一點對自己體能方面的要求，比如，十五分鐘跑完三千米就 OK 了，三分鐘仰臥起坐能不能做八十個，三分鐘俯臥撐能不能做到七十一個。

我每天的習慣很少，只有兩個。

第一個就是每天做一百個仰臥起坐、一百個俯臥撐。我通常能做到，但是有時候也做不到，但先設這個標準。

第二個特別簡單，就是看着 Kindle 入睡。你可以把 Kindle 換成電子書，也可以換成紙書，只要不是手機。

我對手機有非常理性的抗拒和戒心。手機以及手機 App 裏應用的這些 AI，常常會用盡它們的辦法來奪取我的眼球，來打斷我——像曾國藩說的，「慕往哲盛隆之軌」，就是打斷我往上走，經常拉着我往下走。我擔心，它們帶着我往下出溜，我想睡覺的時候，它總能產生一些效果：別睡，再看會兒。就在這種誘惑下，經常一個小時過去了，覺已經

不夠睡了。

所以我每天的第二個習慣，就是看書入睡，Kindle 也好，紙書也好。Kindle 的好處就是旁邊可以躺一個人，那個人可以傻傻地睡了，你接着看自己的，不會太影響他。如果你開個燈看紙書，旁邊那個人可能就睡不好了。Kindle 和紙書主要就是這個差別。

如果你整天看着手機裏的小道消息、莫名其妙的東西入睡，跟你看着書裏的唐詩宋詞入睡相比，可能時間長了，長相都會有巨大的差異。這也是我為甚麼越長越帥的主要原因⋯⋯

我再依次說一下我每週的習慣。

第一，每週兩到三次十公里跑。根據每週的安排和天氣，不一定具體是哪天，這樣可以放鬆一點。每月跑到體重公斤數的公里數。

第二，每週兩到三次，十五分鐘完整版的高強度間歇訓練。

第三，每週兩到三次，每次不低於一小時的毛筆字。

第四，每週連續輕斷食兩到三天。這要在某些專業人士的指導下進行。

我現在能做到的，就是爭取體重不要高於我大學畢業時候的體重，BMI（身體質量指數）爭取小於 19。

第五，每週連續戒酒兩天，給肝臟充份的休息時間。年歲大了之後，一個很麻煩的事情就是不太容易開心。喝酒還是一個比較方便的快樂來源。但是喝酒雖然對文章好，對心

情好，對身體一定是有害的。這條是我最近給自己加的，給肝臟充份的休息時間，兩天滴酒不沾。

第六，每週讀兩到三卷《資治通鑒》。《資治通鑒》大概是三百卷，每卷大概一萬字，整本書大概是三百萬字。不要看讀得慢，如果一週能讀三卷《資治通鑒》，我兩年就能把《資治通鑒》讀一遍。在我認識的活人中，我還沒見到一個人把《資治通鑒》從頭到尾讀完的。如果你培養出這個習慣，兩年就可以讀完一遍《資治通鑒》，你就可以比周圍十萬人更有發言權、更有閱歷。為甚麼不做呢？

最後是每年的習慣，因為涉及一些重大戰略問題，這裏我就不得不保密了。

摒棄「身心靈」，
在現實中「修行」

在世間修行，不一定靠「身心靈」。

人，離不開肉身和靈魂，生來就帶着，跟着你一起長大。恐龍都可能飛翔，王八都可能有一天脫殼，但人沒法抓着自己的頭髮上天，離開自己的肉身和靈魂。你的肉身和靈魂會陪伴你一輩子，下輩子去哪兒不知道，但這輩子你躲不開。

成事的人更躲不開自己的肉身和靈魂。比如有繁重的工作，我常跟我的團隊説，保持身體健康，能應付繁重的工作，也是一個職業選手非常重要的能力。一個職業的管理人，三天兩頭生病，第一個星期感冒，第二個星期發燒，第三個星期腿瘸了。我十年不去一次醫院，你一年去十次醫院⋯⋯這是我強調肉身重要的部份原因。

靈魂，更麻煩。我一直不知道靈魂是甚麼，後來當了管理者，越來越覺得靈魂的強力和穩定是特別重要的事。打個比方，電視劇裏的司令都配一個政委，我原來不理解司令和政委之間的關係，直到我有一天當了 CEO，我發現政委真的很有用。

CEO 很大的責任是做政委。你早上八點進辦公室，九

點開始開會，中間有一個小時看看郵件。從早上九點到下午五六點，你的主要工作是做政委的工作：接收吐槽，疏導靈魂。進來的人都是帶着事來的，找你談的事都是麻煩事，也都是他解決不了的。誰讓你是領導呢？你的靈魂要一直戳在那裏。

我當時在想，別人跟我吐槽，我去跟誰吐槽，我的靈魂要怎麼辦？如果身體壞了，還有醫院，西醫不行，有中醫，中醫不行了，還有巫醫（我媽原來是跳大神的），但是心靈出事了怎麼辦？怎麼讓心靈不出事？

第一，在現實中修行。

我被多次勸説參加某些類型的「身心靈」的課，大概腦補此類活動的畫面都是風景秀麗，白白的裙子、蓬鬆的頭髮，大家在一起吸風飲露，辟穀輕斷食。輕斷食是早上吃指甲蓋大小的一頓，可以喝水，中午再吃指甲蓋大小的一頓，可以不限量地喝水，到晚上再吃指甲蓋大小的一頓。吃三天，如果你覺得不過癮，吃七天，還不過癮，吃一個月。

還有「不語」，見面不説話，用心靈去交流，以及香道、茶道、抄經、自然禮拜、萬物皆有靈等「身心靈」的課。

我也覺得畫面挺美的，大海邊，小樹林，白白的裙子，蓬鬆的頭髮。我沒有去的原因有兩個。

第一，去過回來的人——勸我的那些朋友——我沒覺得在心智上有甚麼提高。回來的人有兩個特點：首先都覺得自己在身心靈上有提升，只是我沒覺得；其次，一定都交了下

一次課程的錢。所以他們是去了一次洗腦課，還是去了一次身心靈提升課，我就無從判斷了。

第二，我認為可以在現實中修行，不一定要到大海邊、小樹林去修行身心靈。

如何在現實中修行？珍惜每一個不舒服和難受。在每一個不舒服、難受的時候，跳出自我，把自己的肉身和靈魂，當成人類中的一個，當成另一個他人。你想一想，觀察一下，這個人到底怎麼了？這個稱為「我」的東西，他感受到了甚麼？他為甚麼不舒服、為甚麼難受？我們改變不了基因、原生家庭、環境、教育、遭遇，但我們可以從任何一刻開始覺察「我」這個人到底怎麼了。

第二，真正的修行是忍耐、自強。

不要把舒服當成天經地義，不要把難受當成馬上要丟掉的負擔。珍惜這些不舒服、難受，不要總認為自己都是對的。覺能生慧，察覺才能產生智慧，讓我們更好地與自己的肉身和靈魂相處，更好地運用自己的肉身和靈魂。

舉兩個例子，一個是曾國藩最著名的故事。他說：「困心橫慮，正是磨煉英雄，玉汝於成。」你不舒服，身心被壓制了，有很多東西想不清楚，很焦慮，這正是把你煉成英雄的時候。「李申夫嘗謂余慪氣，從不說出，一味忍耐，徐圖自強」，李申夫（李榕）說，我慪氣的時候從來不說，只是忍，希望慢慢地把事做好。「因引諺曰：好漢打脫牙和血吞。此二語，是余生平咬牙立志之訣」，「好漢打脫牙和血吞」

這句話，一直被曾國藩當成座右銘。好漢，一個能打的人，被打脫牙，血肉模糊，落出來的牙就着血吞到肚子裏去。聽上去好像挺簡單，你想想就知道有多慘。

曾國藩説他「余庚戌辛亥間，為京師權貴所唾罵」，在京城當官的時候，被京城的權貴臭罵；「癸丑甲寅，為長沙所唾罵」，在癸丑、甲寅年被長沙的人爛罵；「乙卯丙辰為江西所唾罵」，在江西打仗，又被江西人罵；「以及岳州之敗、靖江之敗、湖口之敗，蓋打脫牙之時多矣」，他三次失敗，每次都有自殺的心，最後都忍了下去；「弟來信每怪運氣不好，便不似好漢聲口」，弟弟每次寫信過來，都説甚麼運氣真差，這不是好漢應該説的；「唯有一字不説，咬定牙根，徐圖自強而已」，不要抱怨，一個字都不説，咬緊牙根，徐圖自強，慢慢讓自己越來越強大。

這就是曾國藩的著名故事，屢敗屢戰，也是他對自己大半生的總結。他不是從成功走向成功，而是從失敗走向失敗，敗到最後發現，沒敗可敗了，成功了。屢戰屢敗，其實畫成句號就失敗了，但是屢敗屢戰，就還有成功的機會。

曾國藩為甚麼能夠屢敗屢戰？因為他在現實中修行身心靈，在現實中自強。心、身立住，就有機會再次嘗試，只要再次嘗試，就有機會成功。

修身、修行、修養，現在是流行化了，但是無論是在儒家還是在佛家，所謂「修」，都不是喝茶、焚香、看遠方，那麼簡單詩意的事。

曾國藩所説的「一味忍耐，徐圖自強」，才是修的真實

面目。一次「打落牙和血吞」容易，一次次「打落牙和血吞」不容易，做個好漢不容易。不去海邊，不去廟裏，就在現實中的日常瑣事裏修行。

在商學院寫千百個商業計劃書，不如你在實踐中寫一個商業計劃書，然後說服一些人信你、投資你，你就可以創業了。當你失敗時，所有人都恨你、鄙視你、唾棄你，然後你又寫了一個商業計劃書，又說服一些人信你、投資你，然後你又敗了。如果你敗個三四次，最後很有可能成了。這種痛，才是真正的修行。

再舉一個我自己的例子，我發現身心靈修行時間長了，二十年來，我一直有兩份全職工作的工作量。我現在一旦沒有全職工作，就非常擔心，我會變成別人的禍害。因為我會拿別人的事，當成我修行的途徑。比如，你的地有沒有擦乾淨，花園有沒有弄完美，你跑步為甚麼不能一千米跑到三分鐘之內等，就用這些小事苛求周圍人和自己。所以我一定要有一份全職工作，耗光自己，造福其他人。

讓身心靈，在現實中修行。

以笨拙為本份，求仁得仁

在曾國藩漫長的做事過程中，一直不敢忘和一直強調的是，自己是個讀書人。我記得楊絳老師也說過，你的問題就是，讀書太少，想得太多。這些成名、成家、立德、立功、立言的先賢先哲，這些過去的猛人，這些過去成事的人，他們幾乎無一例外都在強調讀書這件事。

第一，以賣弄為醜，以笨拙為本份。

先從曾國藩的一句話開始：「吾輩讀書人，大約失之笨拙，即當自安於拙，而以勤補之，以慎出之，不可弄巧賣智，而所誤更甚。」

這句話是說我們這些讀書人，因為我們笨，因為我們拙，在日常工作中也難免因為是一個老實人而失去了機會，我們怎麼看這件事？曾國藩說的第一個核心詞是「認」。認，就是認可這件事，因為我是一個笨拙的讀書人。失去某些機會、某些錢財、某些利益、某些名，無所謂，而且這是應當的，我認。不要把它當成一件壞事，在油膩的世界裏做個笨拙的讀書人是件好事。

第二個核心詞是「勤」。「以勤補之」，說的是以勤勞去

補笨拙，而非以投機取巧去補笨拙，以跟風隨潮流去補笨拙。

第三個核心詞是「慎」。「以慎出之」，當我們以勤補拙，當我們在這個世界上做事，希望能夠成事、多成事、多成大事的時候，要謹慎。謹慎油膩，謹慎那些在桌面之下的，見不得人的行為、思想、言論和人。需要注意的是甚麼？「不可弄巧賣智，而所誤更甚」，我們本質是個笨拙的讀書人，我們拿勤補之。我們很謹慎地冒頭，很謹慎地成事、多成事、持續多成事，高築牆，廣積糧，緩稱王。我們需要避免的，就是賣弄智慧，不要認為油膩是某種智慧，否則我們的失誤會更多。

這是曾國藩非常重要的一句話，告訴我們，在成事、持續成事、持續成大事的修行過程中，自詡為讀書人的，就要以油膩為恥，以賣弄為醜，以笨拙為本份。因此而有所失，有所缺，那是求仁得仁，讀書人就該認命。

這也是我當時讀完這句話的深切體會，我們最多在安於笨拙的基礎上，比別人勤勞，比常人謹慎，剩下能做成多少事，是天給的。但在實際生活中：一、如果這種笨拙的讀書人，又勤奮又謹慎，他很難做不成事；二、如果是笨拙的讀書人，又勤奮又謹慎，他能夠把風險降到非常低，他會變成一個行走的避雷針。你會發現這個人為甚麼能夠成事、持續成事、持續成大事，而他周圍的人卻出各種莫名其妙的壞事。那很有可能就是因為他保持了一個讀書人的本份。

讀書人一定要記住，自己不是社會人。

請大家畫四個象限：橫軸，左邊是笨拙，右邊是聰明，這個軸的維度是聰明程度；縱軸就是豎軸，上邊是勤奮謹慎，

下邊是油膩，這個縱軸的維度，你可以説是油膩指數。

我們用這兩個軸，把白紙分成四個象限。左下這個象限是甚麼？又笨拙又油膩，這種人我們在世界上也常見，這種人的定義就是「人渣」。我建議各位躲躲這種人，又笨又油膩，總是希望得到在自己的能力、在自己的見識、在自己的智識範圍之外的事情。

左上象限，可能有點笨拙，但是他非常勤奮謹慎，很本份地把自己的事情做好。這類人叫「基石」，這是我們應該找來做朋友的基礎，如果你身邊這種人越來越多，你就會成事越來越多，成大事越來越多。這是成就這個世界、成就你的基石。

再看右邊。右下象限，這類人聰明，但是油膩。這類人，我定義成「欺世」，這類人習慣欺負世界。利用聰明降維攻擊，哪怕你比我還聰明，我也能提前一步把事辦成，你辦不成的我能辦成，你幹不好的我能幹好，你得不到的我能得

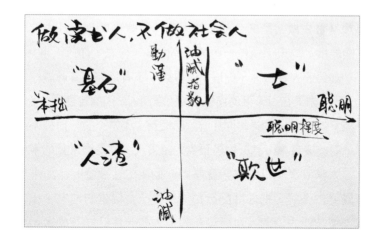

到⋯⋯這種欺世盜名的人，希望各位遠離。這類人不可能做到一直成事、一直成大事、一直持續地成事，歷史也多次證明，往往能夠在局部短期成事的人，劈他們的雷就在路上。

極少數人在右上象限，又聰明、又勤奮謹慎，這些人往往可遇不可求，往往會造成某種突破。一個基石型的人，如果能偶爾遇上這種造成突破的人，多佔他們一點時間，多跟他們交流，多跟他們一起工作。這些有道德操守、又勤奮謹慎、又有聰明才智的人，能夠幫助你打開你作為基石之上的潛力。

第二，得志行天下，不得志則多讀書。

除了曾國藩交代的「安於拙」「以勤補之」「以慎出之」「不可弄巧賣智」，我們傳統知識分子對自己還有一種常見的安排，叫「得志則行天下，不得志則獨善其身」。

如果你遇上貴人，遇上機會，你的見識、能力、修行又到了一定程度，別人給你機會讓你去幹，發揮你的聰明才智，那請努力去做。是關公就該耍大刀，是張飛就應該打大仗，以國為懷，為天下多做一些美好的大事。得志，你行天下。

如果沒人賞識你，你遇不上貴人，沒有足夠的資源讓你去行天下；如果在行天下的過程中，因為別人，因為各種不小心、各種意外，有些雷劈到你身上，怎麼辦？不得不說，這種不得志，對於讀書人，甚至對於頂尖的讀書人，都是很常見的事。

大家看歷史書，常常會看到一個詞，「被貶」。如果皇帝覺得你不好，把你發配出都城，去一些偏遠的地方。比如蘇東坡被貶去海南，我們現在聽上去是一件挺愜意的事，可

那個時候的海南跟現在的海南是兩個概念，那個時候的海南充滿瘴氣，是非常荒僻的地方。去了之後，有可能一輩子再也回不來了，再也沒法跟你的朋友吟詩、作賦、喝酒，再也沒有辦法看到自己的親人了。而且也很有可能因為身體狀況，你不太抗造，在路上得病，或者就勢就掛了。

中國文人、讀書人，給自己強調的是，「不得志則獨善其身」。其中含有一種隱隱的倔強，我獨善其身，但我在等待下一個行天下的機會，皇帝回心轉意了，又有貴人出現了，時來運轉，我還可以再去行天下，為世界變得更美好而努力。

「不得志則獨善其身」，怎麼做？最常見的辦法就是——讀書，「書中自有顏如玉」，「書中自有千斤粟」，書中自有各種開心的地方，而且讀書不僅能讓你快樂，還能為你將來再行天下做好一切必要的準備。

所以說，如果你是一個成事的修行者，先別論自己多有名、多有錢，先別跟人比誰更有名、誰更有錢，先問自己讀了多少書。

今天你讀書了嗎？這週你讀書了嗎？這個月你讀書了嗎？今年你讀了幾本書？

我知道你看抖音了，我知道你看微信朋友圈了，我知道你看微博了，我知道你看這些新媒體了。沒問題。但我想問你的是：

你讀了多少書？紙書和電子書中多少能給你滋養了？你敢回答這個問題嗎？你明年能再問自己這個問題嗎？

最後，送大家一副對聯：「世間數百年舊家無非積德，天下第一件好事還是讀書。」

怎麼通過拯救睡眠 實現人生逆襲

　　跟成事關係最大的是健康問題，失身事小，失眠事大。

　　之前讀者呼聲最大的是希望我分享兩個題目：第一，都想聽我分享如何減肥；第二，都想了解我如何管理睡眠。減肥這件事，不好分享，因為它跟醫學，跟個體有關，涉及面太廣。我只有自己個人的實踐，我的方式不見得對各位有用。

　　而睡眠這件事，我相對來講有發言權，第一，我長期缺少睡眠，所以就希望能夠多點睡眠；第二，我跟一些對睡眠有研究的專家仔細聊過這件事；第三，我身邊有很多被睡眠問題困擾的成事修行者。「睡眠」這件事我有蠻多一手經驗，也有一定的理論知識，可以跟大家分享。

　　「馮三點」：第一，睡眠為甚麼重要。第二，甚麼樣的睡眠，堪稱「高質量睡眠」。第三，怎樣提高睡眠質量。先說一下我個人以及我個人觀察成事修煉者的實踐。不保證 100% 科學，但保證盡我對於科學的理解，不跟大家胡說八道。

第一，睡眠為甚麼重要？

　　「食色，性也」，吃東西、對同性或異性有性上的興趣，

這些都是「食色，性也」，都是天生的東西。一頓不吃，餓得慌，一陣不見好姑娘，想得慌，對吧？但睡眠，並不是一個非常自然的事，我每次都有一種感覺，每次入睡就像死亡一樣，而每次睡醒又如同新生，如同重新從媽媽肚子裏出來一次；有可能你不哭了，但是多數人會感覺到所謂的起床氣，就是起床之後很生氣，想鬧一下，想撒個嬌，這個很像嬰兒剛出生時「哇」的一聲哭泣。

還有個問題，你入睡，你清醒，你自己能完全控制嗎？我自己是不能完全控制的。我每次入睡，就有點兒像等風來，會做一些準備、一些鋪墊，但我無法控制入睡的時間，無法控制睡多長的時間，甚至也無法控制如何醒來——有可能是自然醒（當然，天天自然醒是很幸福的一件事），有可能是鬧鐘叫醒，有可能是午夜夢迴豁然驚醒（當然，這不是一個很好的經歷）。總之，每次入睡如同小死，每次睡醒如同又生，都不由我控制。

睡眠，跟人腦如何工作非常相關。睡眠，人腦關機了，如何做到的？如何產生？如何持續？如何喚醒？我們知道的並不多。對此大家一定要有清醒的認知，如果你聽到有人説，我們知道人腦如何工作，我們對睡眠完全了解，這個人很可能是騙子。

為甚麼説睡眠重要？運動和吃飯，哪個更重要？我可以明確地跟各位説，吃飯。吃飯和睡眠，哪個更重要？我可以明確地跟各位説，睡眠。

一切疾病都和人體免疫能力相關，包括現在的新冠病毒，

哪怕出了很有效的疫苗，也絕不可能對任何打了疫苗的人都管用。疫苗到底管用不管用，其中還有一個重大的因素就是你自身免疫力的強弱，一切免疫力降低都和睡眠不好相關。

三天不吃飯，或者三天吃得很少，對你會不會產生重大影響？不會，不信你可以試試。但是三天不睡覺，或連續三天睡不好，有沒有問題？有問題，你幹事的效率非常低。這也是為甚麼我們要在這本書裏來講睡眠問題。

再者，為甚麼說睡眠重要？睡眠問題沒有藥可以解決，而且藥也不能吃多，吃多了會有生命危險。而且近幾年，以我所知，也沒有太多的希望，因為我們不知道人腦到底是在如何工作。

如果用一句話總結睡眠為甚麼重要，那就是：因為我們不知道睡眠是甚麼東西，如果睡不好，我們也治不了，但睡眠又跟成事是成正比的，所以睡眠重要。

第二，甚麼是高質量的睡眠？

它不是睡的時間長短，不是睡眠中是否多夢，不是睡眠中是否翻身，不是睡眠中是否打鼾，簡單來說，是你起床之後是不是有精神幹事。如果你睡醒之後有精神幹事，那這樣的睡眠就是一個高質量的睡眠。

我原來經常想，失眠沒準是個好事，如果失眠，你就有很多時間可以看書了，可以幹事了。後來發現，失眠真的不是一個好事，你以為你醒着，但實際上你完全幹不了事。健康時間和非健康時間是不同的，清醒的時間跟失眠的時間也

是不同的。

第三，如何提高睡眠質量？

有十六條提高睡眠的法則。

1. 保證規律睡眠。

你通常甚麼時候躺下，就爭取天天這麼做。可以是十一點，可以是十二點，可以晚上一點、晚上兩點，甚至你說，我在北京，我就遵守倫敦的作息時間，早上五六點睡，下午晚飯前再醒，可不可以？可以。我有一些朋友就是這麼做的，我看他們也沒有夭折，而且身體還不錯。但我暗中觀察發現，他們的訣竅就是他天天這樣做，從來不是一天晚睡，第二天早睡，再換一天再晚睡，第四天再早睡。是天天晚睡，或天天早睡，規律睡眠。

2. 保證適合自己的睡眠時間。

我見過有些人睡覺睡得很少，一天四個小時就夠了。凌晨兩點鐘放他回去，他躺在床上開始睡，第二天六點起床，六點半、七點開早餐會，一起吃早餐聊事。我連續觀察過他三次，就是睡四個小時，起來精力旺盛，一點兒事都沒有。

我也見過另外的極端例子。我曾在麥肯錫的一個同事，在項目小組開工之前跟我們講，說他每天必須睡十個小時或者以上，如果睡不足，他的腦子就不工作。我跟他說，你在麥肯錫工作，還想每天睡十個小時，你真是幸福。但他就是

這樣在麥肯錫幹了一輩子，而且幹得非常出色。

3. 睡前撒尿。

記住，睡前撒尿。有尿沒尿抖三抖，活人不能讓尿憋死，睡眠不能讓尿破壞掉。

4. 定時拉屎。

雖然讀者可能會問，馮老師你講睡覺，為甚麼要講拉屎？因為拉屎是人生中非常重要的一部份。拉屎不一定是睡前，你每天可以晚飯前拉屎，中飯前拉屎，睡醒後拉屎，都沒關係，主要是定時拉屎。因為，如果你的睡眠是被尿憋醒的，還好，如果是被屎憋醒的，你的睡眠會被徹底破壞。最簡單的道理就是撒尿快，拉屎慢，你如果被屎憋醒，去了洗手間，一拉屎，怎麼着也得三五分鐘，你就徹底醒了，再睡就非常困難。所以定時拉屎，沒有屎意，在那個拉屎的時間也要去蹲一下；有屎意，今天已經拉過了，也要去蹲一下，為甚麼？除了其他各種原因之外，還有一個理由是保證睡眠，提高睡眠質量。

5. 床頭放一杯水。

為的是甚麼？如果你睡覺出了很多汗，有可能被子蓋厚了，有可能你盜汗，你口渴了，床頭有一杯水，拿起來就喝，喝完了再睡，相當於翻一次身，你的睡眠沒有被徹底打斷。

6. 不要看手機入睡。

那看甚麼？看書。看本紙書，看唐詩、宋詞、元曲，或者看一本艱澀的書，看一本你看了就睏的書。如果你有三四本看了就睏的書，一方面，你可以有很好的睡眠；另一方面，因為它非常艱澀，哪怕每回你就看四五頁，之後還可以因為你讀過這本書，跟別人去吹牛 X。比如，有本書叫 *Being and Time*，海德格爾的《存在與時間》，你翻個四五頁，跟別人一說，我讀過《存在與時間》，我甚至知道英文名叫 *Being and Time*。原著可能是德文，德文我不知道怎麼發音，但我看過幾頁英文翻譯，顯得很牛 X 的樣子。

為甚麼臨睡要讀唐詩、宋詞、元曲，讀一些詩歌？有詩有詞，你就很想背誦，特別是好的詩、好的詞，一背就容易犯睏。還有，那是一個多麼美好的過程，如果你一月、一年、三年、五年、十年都是背着唐詩入睡，你的氣質想不好都難。你哪怕長得像豬八戒，或者是豬八戒他二姨，如果你十年之中都是背着唐詩入睡，你看上去也像李白、杜甫，或李白的妹妹、杜甫的妹妹。

如果沒有紙書，或者你覺得紙書影響枕邊人，看紙書要開燈吧，你又沒有火眼金睛，不開燈怎麼看呢？那換成 Kindle，換成其他電子書，看書入睡，不要看着手機入睡。我也知道，在現在這個智能手機時代，完全不用手機，每天不花三四個小時以上在手機上不可能，但是如果你希望睡眠質量高，不要看着手機入睡。

第一篇 知己

7．不要太胖。

太胖容易打呼嚕，打呼嚕有可能會影響睡眠質量。我説「有可能」，為甚麼？因為往往呼吸不順暢才造成打呼嚕，呼吸不順暢，進氧和排出二氧化碳的過程就沒那麼有效，睡眠長此以往質量就會受到影響。

8．靜坐，在睡前放下執念。

舉個例子，我有一個師弟，這師弟小我十歲，他跟太太一起創業，創業創得非常艱難。創業兩年後，發現日子很難過下去。因為一直在討論工作，從辦公室回到家裏還在討論工作，一討論工作，容易生氣，容易吵，特別是夫妻之間，後來婚姻都很危險，更別提公司了。再後來，他們畢竟是醫學博士，想來想去，決定定下一些規則，這個規則是晚上十一點之後，兩人之間不談生意上的事，十二點之後，各自不要想生意上的事。後來，生意做得也好了，兩人關係也變得更好了。

9．適度性交。

聽好，適度性交。現代社會總體性交偏少，而不是性交過多，適度性交能夠增進睡眠。不是説你每天晚上都性交，或每天晚上都性交好多次，這樣的話的確對睡眠不好。但是，很長時間不性交，很長時間不抱抱，很長時間不皮膚接觸皮膚，是影響睡眠的。

10. 保證運動量。

　　每天適度運動，包括體力運動、腦力運動。我自己就特別明顯，如果連着三天不跑跑步，不做些 Tabata 或 HIIT（均為高強度間歇性訓練）這類運動，睡眠一定不好。特別是我作為一個長期腦力工作者，如果連續三天不做重腦力工作，比如看一本比較艱澀的書，比如想一個非常複雜的問題，比如處理一個非常棘手的事情，比如寫一萬字小說，寫五千字小說……連續三天沒有繁重腦力活動，我當天晚上的睡眠一定不好。

11. 適量飲酒，飲酒到量。

　　這因人而異。有些人根本就滴酒不沾，那相當於沒有這一條。對於我來說，喝點酒是助眠的。但我也見過很多朋友喝酒喝到不多不少，不行，他們會午夜之後醒過來；後來他們解決了這個問題，解決方式是連續兩天甚至三天不喝，還有一種解決方式是喝大一點，半斤酒下去，咣嘰，躺倒睡去。當然，前提是你有這個酒量，前提是身體經得住，前提是不能天天這樣。所以飲酒適量，飲酒到量。

　　另外，還有一類人，對酒不感興趣，或是光喝酒睡不着。如果第十一條 A 是飲酒到量，那第十一條 B 是吃點夜宵。午夜之後，沒有甚麼是一個肉夾饃解決不了的，如果真有，那就再補一碗涼皮。

12. 咖啡和茶，要因人而異。

我見過對咖啡因或茶鹼敏感的人，如果你對茶敏感，要注意，比如，過了中午就不喝茶，過了下午兩點就不喝茶；同樣也適用於咖啡，過了中午不喝咖啡，過了下午兩點不喝咖啡，或者過了晚飯不喝咖啡。

13. 接受。

如果睡不着，那就接受這個事實，再躺躺，還睡不着，就心裏跟自己默念，「沒關係，無所謂，明天效率低些，沒關係，明天中午我補一點兒覺，明天晚上睡個好覺。」人非常神奇，不對抗之後，反而能睡一個安穩覺。

14. 不作惡，多行善，不極端。

很多人睡不着覺，是因為他心不安，做了太多的惡事。因為作惡了，行善少，內心不安，有時候午夜夢迴，會自己把自己嚇一跳。這就是人可愛的地方，如果人沒有這種自省，可能人類也活不到今天，自己人就把自己人都幹掉了。

換一個角度，如果事情沒有做得很完美，有反對的聲音，有些噪聲，不要太搭理他們。「關你屁事，關我屁事」，內心強大到混蛋，非常重要。

15. 藥物。

在這個世界上，存在一些不同類型的安眠藥，如果上述

一到十四條你持續做了都不行，可以考慮藥物，在醫生指導下用藥。能選的並不多，有些純植物的，有些是跟褪黑素相關的，有些是跟抗過敏藥相關的。祝你好運，調調藥，耐心吃一陣子，希望你用藥不要過量，用藥不要過雜，在醫生指導下用藥。

16. 如果真是從一到十五都不行，藥物試了幾種，每種都堅持了一陣子，都按時按量吃了，還是不行，那最後只有一招——硬扛。

相信你的念力，相信你自己做了那麼多善事，這些善行會幫助你睡眠，過一陣子，過幾天，你的睡眠就會好轉。

希望大家每天都有很好的睡眠，睡醒之後都有一顆按捺不住的做事的心。

分清慾望和志向

慾望管理，重點在於如何區分慾望和志向。

曾國藩說「降伏此心」，是說把自己的心按下去，這非常難；但如果沒有這顆心，「柔靡不能成一事」，人太軟，就不能成事。

「孟子所謂至剛，孔子所謂貞固，皆從『倔強』二字出」，孔子、孟子都說人要從「倔強」做起；「若能去忿欲以養體，存倔強以勵志，則日進無疆矣」，人要保持倔強，但是不要把慾望摻在這個倔強裏，這樣可以養身、立志，這麼一步一步走，就可以每天都進步。

如何管理慾望，在我看來，分三點。

第一，如何管理慾望。

1. 尊重慾望，尊重自己的好勝心，這是你的能量之源。

如果你忽然有所企圖，想贏，想去打。千萬不要在起心、起念的瞬間，就「咣嘰」砍掉。那些病態「佛系」的人，就是一有了勝負心就砍掉，比如，我今天俯臥，明天再撐。如果產生任何的好勝心，自己第一個反應都是把它砍掉，那麼

這輩子成就會非常有限。所以管理慾望的第一點，就是尊重自己的好勝心，把它當成自己的能量之源，沒有能量，甚麼事也做不了。

2．警惕自己的好勝心，它很可能是把「雙刃劍」。

就像曾國藩講的，它有可能幫你成就一些事，也有可能引你入邪途。

3．中庸。

處於矛盾狀態中，面對慾望，記住一個原則——中庸。就是別太逼自己，一定要沒有或一定要有甚麼好勝心，別求太快的速度，也別求完全沒有噪聲——能量之源、做事的原始動力好勝心，會帶着一些噪聲、負面的東西。中庸，就是要尊重噪聲，保持它總體的正面能量，幫助我們去做智慧的、慈悲的、美好的事情。

第二、分清慾望和志向。

很多能幹的人搞錯了一點，把慾望當成了志向，他們求名、求利，求權、求色，求頤指氣使，求美食、美酒，求的是個人慾望的滿足。但真正的猛人，不是無欲無求，而是求的千古文章，求的宇宙太平，求的是洞察人性，求的是創造天地至美，「為天地立心，為生民立命，為往聖繼絕學，為萬世開太平」，這些是志向，不是慾望。

舉一個我個人的例子。2019 年年底，在國貿的東南角，

我做了我個人的第一個書法藝術展。展覽叫「馮唐樂園」，是以我的書法和文字作為載體，和十幾個年輕藝術家一塊兒展現慾望是甚麼、到底應該如何看待慾望。它只提了問題，沒有給答案。

其實「馮唐樂園」這個展覽，也是幫助我看清自己慾望的一個努力。

我問過我媽，您在生命的尾聲，為甚麼還有那麼多慾望，清心寡慾不就不油膩了嗎？為甚麼您收拾了三天房間，結果甚麼都沒扔掉，還撿回了三盆巨大的蟹爪蓮？我媽當時這麼跟我說：如果我沒了慾望，就不是活物了，我生，所以我有慾望，我是活物，生而為人，慾望滿身。

那我的問題就是，甚麼是慾望？近觀慾望之海，我想起了甚麼？因為慾望這件事太複雜，我反而想用文學的藝術的角度去觀望它。

提起慾望，我當時想了一系列漢語：

沸騰、玄妙、午夜、繁星、地震、大雨、枯坐、靜觀、流水、花開、天理、野草、肉香、自然、輪迴、無序、不息、凌亂、危險、興奮、慌張、風暴、彩虹、生機、運動、破壞、尋常、逃脫、無助、潛入、掙扎、撲火、非我、狂喜、活着、妥協、兩難、無奈、接受、裂縫、創造、殘缺、沉溺、虛妄、爆炸、驅動、深淵、夢幻……

這些漢語詞語，跟我想到的慾望都相關。

我有一系列的問題：一個人一生努力的目標，是讓慾望的水波不起，還是消滅一切升起的慾望，還是盡力滿足一切

揮之不去的慾望而像行屍走肉一樣過一生？我在慾望管理中給出了自己認為正確的答案。不能讓慾望水波不起，我還是希望它能夠水波常起，我不會盡力去滿足自己的一切慾望，我希望挑一些對這個世界能更好一點的慾望。

每個人的答案可能都不一樣，也不應該一樣，世界美好的程度跟人類的多樣性成正比。

第三，構建自己的樂園。

在一個油膩的世界裏，在無盡的慾望之海裏，正確地對待慾望，用中庸的方式把慾望和志向分開，把一部份慾望結合到志向中去，構建自己的樂園，其實這才是通向幸福之路的選擇。這跟其他人無關，跟境遇無關，甚至跟物質條件無關。

這個個人的樂園有可能大到宇宙，以宇宙為維度，其實你我都是塵埃，只要不做出太惡的事情，我們最後都能給自己一個交代。這個樂園也可以小到百平方米的方圓，幾個主要的空間，就能構建幾乎全部的慾望。

我想有一個書房，類似於抄經處，這個滿足眼睛的慾望，可以神交。在書房，古今中外偉大而獨特的靈魂，通過文字，經過眼睛，蔓延到手，抵達心靈，糾纏魂魄。

要有一個臥室，滿足身體的慾望，它可以是一個遊魂處，它可以意淫。在臥室，肉體滾床單，魂魄暫別肉身，自由自在，去它自己想去的地方。我想你，和你無關。休說萬事轉頭空，轉頭之前皆夢。

需要一個禪室，禪室是一個意識的產物。在禪室，器物簡到不能再簡，慾望旺到不能再旺，剩下的器物是甚麼？剩下的慾望是甚麼？剩下的你是你哪個部份？

　　在浴室，扯脫衣服，坦誠相見，我把它命名成「撕經處」，「撕扯」的「撕」，「經書」的「經」，是扯脫。經不能不念，但經不是佛，衣服不能不穿，但衣服不是真我。脫衣如撕經，洗肉身如洗塵世。

　　還需要有餐廳，餐廳是給舌頭的，是喝醉的地方，是不醒處。在餐廳如果不能飲酒，為甚麼要做成年人？如果菜不好，喝酒；如果酒不好，再多喝點，總能接近開心。醉歸，明月隨我，一去無回。

　　最後需要個花園，花園是給鼻子的，是落魄處，是無我。在花園，世間的草木都美，人不是，中藥皆苦，你也是。無論如何，不知為何，花總是能治癒。我不在的時候，請自行進入我的花園。

　　這個樂園可以很小，小到一個長期的愛好，一個你愛、也愛你的人，一個理想，一場雨，一個吃飯、喝水、喝酒的鉢。

　　願你和我一樣處理好慾望，管理好自己的志向，有個或大或小的自己的樂園。

如何應對年齡危機

男人的中年危機，似乎又稱「男人四十綜合症」，我不知道女人有沒有，按道理來說也是有的，但女人是四十還是四十五，跟絕經期有甚麼樣的關係，我雖然是一個婦科大夫，但我不是一個社會學家，也沒做過類似的研究，不敢說。但是我非常確定，男人在 40 歲左右會出現中年危機，所以簡稱「男人四十綜合症」。廣義上講，是指在這個人生階段可能經歷的事業、健康、家庭、婚姻等各種關卡和危機。因為這個問題相對複雜，我破一下「馮三點」的綽號，講四點。

第一，人人都會經歷年齡危機。

我一直覺得自己還是個少年。

雖然這麼說很不要臉，但是骨子裏我一直覺得自己還是個少年，我還有夢想，還有力氣，甚至在過去兩年體重降了接近二十斤，我現在的體重，比大學剛畢業的時候還要輕。我看到一些人，還是習慣性地說「男生」「女生」，而不是說「老李」「老王」「老張」，我不認為自己已經老了。自己感覺還是個少年，還有些少年氣，還有很多想知道的東西，還有好奇心，還有很多想幹的事，還有一種以國為懷的心。

認為通過自己的努力，能夠把自己這塊材料再多用一點，如果能把自己用得更好一點，也能讓世界變得更好一點，讓別人的生活變得更愉快一點。

　　雖然我一直認為自己還是個少年，但我發現世界不是這麼想的。

　　一覺醒來，世界認為我老了，不僅是我老了，這個世界還認為，比我小十歲的人——很多 80 後也已經老了。我環顧四周，發現在所謂的文學圈子裏，很多過去一塊兒聊過文學、文章的，一塊兒喝過啤酒的，變成某某省某某市的作協副主席、主席。如果看醫療圈，比自己大一點的，有比自己小不少的，都成了教授。忍看朋輩成教授，忍看朋輩成主席，就發現他們不僅是棟樑，而且已經變成前輩了，所以世界認為我已經老了。

　　還有一次，是回北大。因為在網上辦了一個校友卡——「燕緣卡」，那就回趟北大看一看。北大的校園，是我認為最美麗的校園，沒有之一。到北大校園裏一看，怎麼那麼多小學生？我又走了一圈，忽然意識到，不對，他們都是大學生。明白了，是我老了，是我真的老了。

　　另外，你看各種消息，比如，女人 55 歲退休，也就是說，再過五年，我的很多同學就徹底不用上班了。微信朋友圈裏，一堆調侃我這個歲數的，好幾個人已經把名字改成「年近半百 XXX」或「年至半百 XXX」。

　　比如，我還看到騰訊開始勸退高齡員工，所謂「高齡」

的定義是 1980 年到 1985 年出生的、尚未成為高管的從業者。1980 年出生的，已經小我十歲，1985 年出生的，已經小我十四歲，可怕呀。華為是這麼説的：「寧願賠償十億元，也要優化七千多名 35 歲以上的老員工」，這是我在網上讀到的，「35 歲以上的老員工」。

比如，「40 歲以上的高齡老人憑身份證免費領十個雞蛋」，這是我親眼在街上看到的招牌，但是那個雞蛋，我忍了忍沒去領。

我在北京常去一家做新北京菜、叫「拾久」的餐廳，這家餐廳在北京已經開了兩三年，創業的是一個叫段譽的師傅，名字跟《天龍八部》裏那個段譽一樣。段師傅有一次講他們餐飲業，他就説：「他們這些 70 後的老師傅呀……」，叨叨説一大堆，後邊我就沒仔細聽，我就對這個稱謂──「70 後的老師傅」，心裏咯噔一聲，我這幫人已經變成了老師傅。

我的一個 HR 朋友對我説得更明白，他知道我在招人，他説，馮總，你招人，35 歲要慎重，40 歲一刀切。我説，「40 歲一刀切」是甚麼意思？就是，40 歲，一刀切，都不要用，再好也不要用。

回想我在麥肯錫的歲月，我在麥肯錫的師傅，也是在 50 歲之前退休的。所以，哪怕我 2009 年沒有離開麥肯錫，一直幹到現在，也是該退休的年紀了。

我也在想，我那些文學偶像，比如 D. H. 勞倫斯、瑞蒙·卡佛，除了亨利·米勒一人之外，到了我這個歲數的，或者已經死了，或者很少寫，或者不寫了。我的文學偶像，比如

王小波、阿城，在我這個歲數，基本就動筆很少，或者基本不出書了。

所以，不管是商業還是文學，到我這個歲數，基本就已經老了。雖然你的內心還是少年，但這個世界已經認為你是個老頭了。

第二，交代中年危機的七個來源。

1．後生可畏。

我們 70 後是相對幸運的，60 後、50 後知識結構往往會有欠缺，比如沒上過大學，沒留過洋，英文不好，或者數學有明顯缺陷；但是 80 後、90 後的知識結構、經歷結構會比 70 後更好。那麻煩來了，機器人都來跟人搶飯，如果你不做，比你年輕、比你更便宜的人，很有可能幹得比你還好、還快。你作為前浪，大概率的事件是你會被後浪拍在沙灘上，拍下之後就死了，再也起不來了。

聽過一個比較憂傷的例子，是一個女生，為了保住工作，連生孩子都不敢鬆懈。在被推進產房前，接了老闆一個電話，她跟老闆說，老闆，你給我幾個小時，我生完孩子就馬上回來工作，刷郵件，查微信，給您回話。後生可畏，前浪可憐。

2．高速增長不在了。

你可能力氣沒以前那麼大了，精神頭沒以前旺了，你花

一定量的時間學到的東西比以前少了，包括大勢。新常態增長已經不是兩位數的年增長率了，有可能是個位數，在個別行業有可能還是負數，比如影視。這種高速增長，無論是大勢，還是小勢，無論是國家，還是個體，都不存在了。

高速增長不在的時候，你就沒有快感了，蛋糕就不能變大了。原來蛋糕越來越大，飛快增大，你哪怕分給別人一塊，你自己剩下的也比以前得到的大很多。但蛋糕如果不再變大，甚至變小了，你再分給別人，或別人從你手上搶走一塊蛋糕，你剩在手裏的已經不如原來那麼大，你就產生了危機。

3. 人到中年，事越來越多，操心的地方越來越多。

上有老，下有小，周圍有需要你照顧的比你弱的人，領導會期望你是中流砥柱，你的下屬期望你能夠照顧他們往上走，太多的事，無論是工作還是家，核心詞都是兩個字——「照顧」。

4. 壓力越來越大，工作越來越累。

領導把活交給你，然後領導去喝酒，去應酬，去度假了，但是你不行，你要在中間頂着。下邊，80後、90後，甚至00後說，老子不幹了，老子回去再找一份工作。出現這種情況，你不能撂挑子，你甚至要把別人撂下的挑子撿起來，你是在一組人中，幾乎沒有退路的人。

5. 身體越來越差。

我們 70 後以及相當一部份 80 後趕上過好時候，但是趕上好時候、高增長不好的地方是，拼得太厲害了，拼酒精、拼精力。高速增長帶來的壓力，在我們身體上開始逐漸顯現，血糖高、血脂高、血壓高。40 歲以上，一高沒有的，比例不超過三分之一。

6. 花錢的地方越來越多。

在你特別忙的時候有一個好處，就是你沒時間花錢，你沒時間去領會錢能帶來的一些有意思的享受。但是，在你慢慢進入了 40 歲左右，時間多了一點，每次你用空閒時間享受點東西，比如茶、咖啡、酒、旅遊，你發現都是好東西，花錢可以買到更多的愉悦，花錢的地方就變得越來越多；可是，未來的收入來源反而變得更不確定了。因為你不敢保證，你的身體、精力、機會和過去十年相比是更好的，還是更差，你甚至不能保證，你像過去十年一樣能有穩定的財富增長。那一方面花錢的地方越來越多，一方面未來收入的不確定性越來越大，心裏就產生了焦慮。

7. 某種確定性。

人到中年，你開始不惑了，知道事業、家庭、婚姻的瓶頸和天花板在甚麼地方，你出現了倦怠。很多事情你已經做了十年，很多人也已經認識了十年，你知道哪些事情你可以

做，哪些事情你做不到。那些曾經給你快感、興奮感、好奇心的事情不見了，缺少興奮感就會帶來倦怠。

第三，危機的解決辦法。

是老生常談，但卻是肺腑之言，我自己就是按下面這七點老老實實幹的。

1．鍛鍊好身體。

好身體永遠是一切的本錢，我沒見過一個人身體差，還能夠認真地面對自己的危機，不可能。

2．在一個好身體的基礎上，持續修煉。

修煉自己最能夠安身立命的本事，一招鮮吃遍天，比如一些比較專的東西，像戰略思維、戰略管理、法律、財務、CPA（註冊會計師）、CFA（特許註冊金融分析師）、稅務等。你要有一個專業不能放下，不能斷行，這個專業可以是行業專業，可以是職能專業，也可以是綜合的成事能力。繼續做，不要認為過了 30 歲，過了 40 歲、50 歲，你就可以躺在自己已經會的東西上睡大覺，不行的，繼續修煉。

在修煉的過程中，你換一個角度會認清，年歲大了也有年歲大了的優勢。比如，我經歷過，我懂得，一個事會是怎麼樣的，所以類似的事再臨頭，我不怕，沉得住氣；比如，我經歷過，我懂得，我情緒管理就會好很多，不會一出點問題就緊張，不會因為一點小的錯誤就六神無主，不會一出點甚麼事

就拿頭去撞牆；比如，我意識到，我在某方面的技術和智慧還是最高等級的；比如，我認識人，人家對我有信任，後浪還小，後浪還沒有建立信任，等等。年紀大的優勢，要認清。

3.「衰年變法」。

就像齊白石說的，60 歲之後，我改變畫風，做點兒新的，做點兒能讓人興奮的事。比如，創業，把情況往最壞了想，這個事業、這筆錢你能不能丟？這兩三年的時間，你能不能捨？如果答案是肯定的，「我賠得起」，那創個業，或許兩三年之後，不僅解決了你的財富自由問題，也解決了你的中年危機。再比如，另類修煉，我做點兒新的，少年時覺得有興奮點，但是沒有時間去玩的東西，玩起來，像奧數、佛法、第二三門外語、烹飪、藝術，這些人類已經創造出來的能夠愉悅身心的事情，是可以挑一兩個自己好好玩玩的。

我們現在的生命預期比一百多年前的生命預期翻了兩倍，我們有足夠的時間多做一些以前的人一輩子都做不完的事情。智慧的挑戰還是有樂趣的，相信我，能夠想明白自己以前想不明白的事，做自己以前做不到的事，還是開心的。

4. 做減法。

減少無效社交，不要甚麼時候、甚麼人都去陪，減減減，減少工作關係，減少生活關係，減少不能給你帶來愉悅的一切關係、事情、產品，把你最有效的時間放到最能給你快樂的地方去。

5．減少日常花銷。

要想想，一個月最少花多少錢？把錢花在自己真喜歡，也能真享受的地方去。都快 50 歲了，不要裝，不要裝着享受沒有快感的東西，如果你不喜歡開車，何必買一個好車？如果你不喜歡穿漂亮衣服，何必買一身漂亮衣服？已經到了四五十歲，不要裝了，要能夠説，我就是一個「不要臉的」，就是真實對自己，真實面對自己的內心。我花一塊錢能夠給我帶來一塊錢的快樂，那我就花這一塊錢；我花一百塊錢給我帶來一塊錢的快樂，那我要想想我這一百塊錢有沒有更好的地方可以花。

6．認弱，退居二線。

後浪，你不是有精力、有動力、有能力想往上衝嗎？好，你衝，我看着你，你能幹，你不要叨叨，你上去做，咱們把責、權、利説清楚，我祝福你。

7．回歸生活。

終於有時間了，多陪陪父母，父母不會長生不老的。我到今天為止最大的遺憾，就是我父親走得太早，其實他不能算不高壽，他走的時候已經83歲了，但是我那會兒總是太忙，陪他的時間太少。所以勸各位，在解決個人危機的時候，把自己多出來的時間花在父母身上，花在最值得花的朋友身上，花在孩子身上。

知人

人人都該懂戰略

人人都該懂戰略

很多人知道我是寫小說的，也有很多人知道我寫詩，但是很少有人知道，其實我是頂尖的戰略管理專家。色藝雙馨，有理論，又有實踐，在麥肯錫幹過，又在華潤幹過，自己還創過業。知識背景有西方的麥肯錫，有東方的曾國藩，《二十四史》《資治通鑑》。

我試圖完成一個不可能的任務，就是講講戰略管理。

為甚麼不可能完成？

第一，戰略管理太重要了。不怕慢，就怕站，更怕走反了。零售、擴大門店、2010 年電商來了等這些戰略的失誤，幾乎很難在之後彌補。「一將功成萬骨枯」，「萬骨枯」有可能就是戰略定錯了。一人無能是一個人的無能，一個將才的無能是一個軍隊的損失。將才最大的問題，並不是能不能殺人、能殺多少人，而是能不能把方向定清楚，而且篤定地去執行。方向一錯，大家就倒霉，一將無能累死千軍。

第二，這個工作太難、太複雜。邁克爾‧波特（Michael Porter），就是提出「波特五力」的戰略權威，寫了三大本關於戰略的經典理論書，在 MBA 中至少是一個學期的課程。麥肯錫呢？不在麥肯錫工作兩年，不每週八十到一百個小時地

工作，你連戰略管理的門都摸不到。

第三，其實是我個人的原因，無知者無畏，我戰略管理的經驗太多，知道得越多，越難取捨。

但是我還是要講四點：甚麼是戰略，為甚麼要做戰略，如何做好戰略，「四勿」是甚麼。

第一，甚麼是戰略？

麥肯錫的定義，戰略就是一套完整的行動方案。這套完整的行動方案包括：何處競爭、如何競爭、何時競爭。看上去很簡單，但裏面有幾個核心詞，幫大家提取一下。

第一個核心詞：行動方案。戰略不是一個口號。具體行動要做甚麼，教到中層經理水平，而不是一把手水平。他知道之後的兩三年最該幹甚麼，以及怎麼幹。

第二個核心詞：系統性。何處競爭、如何競爭、何時競爭，這幾個關鍵點之間，商業邏輯是不是通暢，互相有沒有矛盾。比如，一個姑娘剛能溫飽，你讓她去買愛馬仕的包，這個是有問題的。一個人剛有點兒錢，想找兒微醺的感覺，你讓他買高級紅酒就是有問題的。但是如果剛剛溫飽的女生，你賣她時尚雜誌；剛剛有點錢想喝一口的人，你賣他二鍋頭，就沒問題。這些是系統性的問題。

第三個核心詞：合理性。當你已有一套行動方案，而且是系統的時候，之後就要面對一個問題，就是為甚麼。每一個關鍵戰略要素後面都要有一個「為甚麼」。何處競爭，為甚麼這麼定？如何競爭，為甚麼這麼定？何時競爭，為甚麼

這麼定？

我有一個好朋友羅永浩，他對着話筒比我説的強多了，他能説一百個小時也不累，我説一個小時就完蛋了。但是有一天他對我説：「馮唐，我要做手機。」我第一個問題，以及到現在還是我的最後一個問題，就是手機是個好東西，但為甚麼、憑甚麼是你做。

第二，為甚麼要做戰略？

也許會有人説，戰略定義我清楚了，但為甚麼要做它呢？這是領導的事，或是戰略部的事，是戰略專家、諮詢公司的事，跟我有甚麼關係？也許有領導説，我幹嗎要跟別人商量、討論？我拍拍腦袋就出來了，而且跟大家想的比起來，有可能我拍腦袋的更好，比起戰略公司提出的方案，我拍腦袋的有可能既省錢，又是真知灼見。這一系列的偏見圍繞着要不要做戰略管理、為甚麼要做戰略管理。

坦率地説，如果是一家很小的公司，創始人非常有實踐經驗，有可能不需要戰略。這是為甚麼麥肯錫很少給小於四百人的公司服務，很少給收入低於五億元人民幣的公司服務。

用我的八個字來總結為甚麼要做戰略——「上下同欲，少走彎路。」欲是慾望、欲想，是大家要想到一塊兒去，以及知道目標在哪兒之後，應該按哪些主要步驟去做，這樣可以減少走彎路。

華潤從 2010 年開始申報財富五百強，這是當時我帶隊申

報的。當年它就進入世界五百強排名 395 位，之後排名連年大幅上升。2012 年是 233 位，2015 年是 115 位。2019 年 7 月 22 日，《財富》雜誌全球公佈了 2019 年世界財富五百強排名，華潤以銷售額 919.9 億美元，名列第 80 位，排名較去年上升 6 位。不到十年中，也就是從 2010 年到 2019 年，華潤的排名上升了 315 位，這是我知道的有史以來排名升速最快的公司之一。

如果總結，當然裏面有人和團隊的拼死努力，但是如果你問這個過程涉及的最核心的一百個人，誰都不會否認，戰略管控在這一過程中的重要性。

三十萬員工，上萬億資產，國內每個省都有員工。怎麼管？怎麼能形成合力？怎麼能達成共識？沒有共識不行，有了共識，沒有非常具體的步驟也不行，同時也不能做到少走彎路。光在香港的總部，把這事想得再透，下邊的人不知道、不認可，具體實施的時候一定不會達到想要的效果。想清楚，避免中間的彎路，「上下同欲，少走彎路」，這就是為甚麼一個上規模的企業要做戰略管理。

舉個小的、個人的、跟公司無關的例子。在野外徒步，幾個人分到一組，最重要的是甚麼？是正確的方向。常見的是，不是人沒力氣了，而是走了一段，走反了，得往回走。有兩三次這樣的情況，你會發現大家就喪失了信心，對自己，對領路人，對徒步本身都喪失了信心。但如果說「沒錯，就這個方向，你就這麼做吧」，不要小看這種話，這種篤定，在現實生活中，不知道有多重要。

第二篇 知人

第三，如何做戰略管理——「大處着眼、小處着手」。

這句話是曾國藩總結的，如果你想知道曾國藩是怎麼把那麼多事做好的，如果你想知道那種持續掙錢的大公司是怎麼做戰略的，就從這八個字開始去想。

1．大處着眼，即高明。

首先是看大尺度時間，講戰略的時候，你要看過去的十年到二十年，以及未來的五年到十年。其次是看大尺度空間，別人是怎麼做的，在二線城市是怎麼做的，在一線城市是怎麼做的，在國外是怎麼做的，在發展中國家是怎麼做的，在發達國家是怎麼做的？

有一個很好的工具，能幫助大家在大尺度時間、大尺度空間去思考，就是特別簡單的「3C」。第一個 C 是 Company，第二個 C 是 Competitor，第三個 C 是 Customer。

第一個 C，意思是你自己從大處着眼，想想你是誰，有哪些長處，現在是幹嗎的，將來能幹嗎。當時老羅做手機的時候，我就問他，憑甚麼是你，你有甚麼樣的優勢。

第二個 C，就是你的競爭對手、市場是甚麼樣子，他們過去怎麼樣，他們的生意做得好不好，他們的利潤如何，他們的生意模式是怎樣的，他們最強的地方在哪兒。

第三個 C，就是你的客戶是誰，誰來買你的服務、產品，他們是哪些人（性別、年齡），他們的心理、購買習慣、購

買力是怎樣的，甚至他們未來的變化是怎樣的。

我寫書寫了二十年，如果你問我誰讀馮唐，他們為甚麼讀馮唐，哪些人是我的競爭對手。作為一個作家，我回答不了這個問題。如果你是我的出版商，不好意思，你必須來回答這個問題。因為我對你來說就是一筆生意、一個產品、一個服務。我作為一個產品，作為一個創造者，反而不需要想那麼多，我做好自己，按我自己的理解去表達就好了。如果你逼着工程師，想這些問題是有問題的，但是你逼着 CEO，逼着創始人，逼着管理團隊去想這些問題，是再正確、再正當不過了。

2．小處着手，是精明，講細節。

戰略就是高高在上的嗎？錯，如果戰略落實不到基礎，落實不到基層，不能把事情做成，它就立不住。戰略從來不會忽視戰術、從頭到尾的變化，以及優化。

「天婦羅之神」早乙女哲哉炸過二百五十萬隻炸蝦，他講，一隻蝦從海上撈起來，到端到客人面前，要經過二百個以上的環節。每個環節對這二百五十萬隻蝦，都要做一遍。經過反覆的落實、反覆的優化，才能説真懂一行，才是從小處着手的精明人。

第四，「四勿」:「勿意，勿必，勿固，勿我。」

1．「勿意」，不要臆想，不要異想天開。

不要「我認為」「我以為」，不要你想。你完全可以到

現場去看看到底是怎麼樣，去問問專家，專家會告訴你真實的世界是怎樣的。

2.「勿必」，不要一定怎樣。

不要「一個流程必須這樣」「一件事一定要這麼幹」，如果一個人堅持一成不變，經常會出現重大的錯誤。

3.「勿固」，不要固化印象。

不要說「我就這樣了，敵人也就這樣了，事情也是這樣的，市場也是這樣的，客戶也是這樣的，他們不會產生任何的變化，他們都會按照我想像的他們這樣，一直持續待下去……」事情往往不是你想的「這樣」。

4.「勿我」，不要過於自我。

自我是個好東西，一個人沒有自我，定不下來事。但是一個人如果總想着我我我，看不到周圍，看不到競爭對手，看不到客戶，看不到同伴，事情也是沒法做下去的，也無法從小處着手，因為他被自己框得太狠了。飄在雲裏，漂在水面，沉不下去。

舉個小例子——訂餐，有多少人拿到訂餐信息之後，非常清楚穿甚麼，去哪兒，甚麼時候去，進哪個包間，坐在甚麼位置，吃甚麼。用這個標準來看，99% 的訂餐信息是不準確的，至少沒有最優化。這種事都不能從小處着手，其他大事怎麼能期望他做成？

再舉個例子。某天，我收到朋友微信，說咱們碰個面吧，我說好。這個朋友說，在神宮前碰面……是有咖啡館的那個神宮……那家咖啡館的陽光很好，我現在就沐浴在陽光之下……這個陽光上面還有一朵像小象一樣的雲彩，我就在那雲彩下邊兒等你。我說給我地址。

只有大處，沒有小處，落不了地，眼高手低做不成事，不行。只有小處，沒有大處，格局不夠，自己做不成大事，而且還可能耽誤領導的大事。所以「大處着眼，小處着手」的做事法則，看上去簡單，其實是一輩子的修煉。

如果你逼問，是選小處着手還是選大處着眼？兩害取其輕，我會說，還得選小處着手，至少能成就些小事，再修行修行，成大事可期。不會管一個醫院還好，連手都不會洗，那連一個醫生都當不好了。

我沒見過，幹不了小事，但是能幹成大事的人。一室不掃，天下也掃不了。但掃了天下，不掃一室，有時候不是不能，而是懶得幹了。

甚麼是終極領導力

我們現在經常會聽到「領導力」這個詞，但到底甚麼是領導力？甚麼又是終極領導力？

我分三部份闡明：第一部份，終極領導力的基本概念和構成；第二部份，曾國藩對終極領導力的獨特理解；第三部份，我鍛鍊終極領導力的幾個座右銘和九字真言。

第一，甚麼是終極領導力？

甚麼是終極領導力？這是一個見仁見智的問題。

引領眾人去一個未知地方的能力，是我認為最好的定義。

首先，奠定領導力的標準是甚麼？

對我來說，好的領導力是成事能力，能否成事，能否多成事，能否持續多成事，這就是領導力最後的金標準。

業務技能、巧言善辯、喝酒交際、人脈圈層，甚至顏值魅力⋯⋯但即便集天地之精華、萬般優點於一身，在我看來，不能成事，領導力也無從談起。只談戰略，實現不了，這個戰略也相當於沒用；人長得再美，事辦不成，在我眼裏也是不美的；能喝酒，最後事沒辦成，酒就是白喝；認識很多人也沒用，嘴裏一直說人名，說那些偉大的人名，都沒有用，

因為這些人名沒有幫你把事情做成……

　　所以能否成事，能否多成事，能否持續多成事，是我眼中領導力的金標準。

　　那麼，領導力的構成是甚麼？這些構成有沒有先後順序？如何練就？都是公說公有理，婆說婆有理。我談談我的看法，以及心路歷程。

　　我的朋友老羅做錘子手機的時候，我知道他不願意聽我嘮叨太細的事，也不願意聽我唱反調。我想作為朋友，作為一個戰略管理專家，總要從我的專業方面給他一些建議。我說，我就給你三點建議，在公司創立的早期：抓大放小、容人、定方向。

　　其實，在中小公司，對於一個很能幹的領導人來講，這三方面代表了他的領導力。首先能不能抓大放小，不是所有的事情都自己做；其次能不能容人，有一個團隊死心塌地跟着你幹，不是為了一份工資而打工，整天聽你發脾氣；最後定方向，能不能給大家指出一個確定的方向，然後去堅持它。

　　抓大放小、容人、定方向，這是中小公司領導力的構成。

　　後來，他的公司越做越大了，員工接近千人，他就變得特別累。我就跟他講，我第一次當 CEO 的時候，管了上萬人。我上頭是董事長，他也是我的一個好老哥。我習慣把事說在前頭，就問董事長，董事長幹甚麼，CEO 幹甚麼。核心問題就是，董事長和 CEO 的分工應該是甚麼。他說得很有意思，CEO 幹，董事長看，就是他看着我去幹。那我下一個問題就是，CEO 是幹甚麼的，你老羅作為 CEO 應該幹甚麼。

第
二
篇

知
人

當公司已經接近千人時，那 CEO 可能就需要做三件事——定方向、找人、找錢。

1．定方向。

因為我是做戰略管理出身，所以我還是把「定方向」當成領導力非常核心的一部份。方向都定不出來，怎麼能領導大家往某個方向去走？篤定的方向，會產生獨特魅力，激發自己和員工更多奮力一搏的熱情。

2．找人。

找到合適的人，彌補自己能力和天賦的不足，幫助一個集團往前走。

3．找錢。

找錢為甚麼是領導力構成的一部份？沒有錢怎麼打仗，沒有錢怎麼發展？管理者如何找到合適的錢、性價比高的錢、能夠跟業務匹配的錢，這個也是高級領導力比較重要的一部份。

第二，終極領導力說到底是個人能力。

如果上述的事你都做了，達到了領導力的標準，能幹成一些事。這時，你可能還面臨一個問題：你最大的風險在哪兒？

很多管理者沒有意識到，**領導力說到底，最大的風險是危機時刻**。公司做大，持續運營的時間一長，總會遇到危機。往往關鍵的一兩個危機時刻，決定公司和組織的生死，考驗

你是不是一個好領導。

對於危機，曾國藩總結過很多看法，我覺得他的看法在今天依舊適用。

「凡危機之時，只有在己者靠得住，在人者皆不可靠」，說的是出現危機的時候，只有你自己靠得住，如果指望別人，都靠不住。這裏的危機是真正的危機，不是小危機（比如公司沒電、被工商局罰款等），而是大危機（比如現金流斷了、主要員工或領導辭職、主要品牌受影響、巨大的公關危機等）。

其他人，「恃之以守，恐其臨危而先亂；恃之以戰，恐其猛進而驟退」，如果你靠他們來守城，守一攤生意，守一個攤子，到了真正危急的時候，他們會自己先亂。如果依靠他們去打仗，去攻伐戰取，恐怕會非常快地前進，遇上一點困難又非常快地退卻。

曾國藩的意思是，團隊其實也靠不住。我們經常說，領導力是能夠選人、用人、培養人、留住人。這是領導力非常重要的部份，但我也認同曾國藩說的，終極領導力還是個人的能力、個人的領導力。

曾國藩一直強調團隊建設的重要，為甚麼他又這樣說呢？其實他強調的是，團隊只是輔助力量。在公司生死存亡的危急時刻，領導者要知道，只有他自己才是可靠的，才是能靠得住的。這要求他親自上陣，親力親為，自己指揮決勝於戰場的瞬息變化之間。

不能等、不能靠、不能指望其他人在最關鍵的時刻，比

自己更努力、做出更重要的決策。打硬仗，自己上，這是領導力的最終體現。一個人，扛得住、罩得住，才是成一切大事的根本。

我必須指出，以上我講的是終極領導力，而不是領導風格。大家在日常工作中，經常遇上一些事必躬親的領導，也會遇上一些甩手掌櫃、完全不管的領導，這兩種領導其實在領導風格上都有需要調整的地方。但這裏只講終極領導力，就是最關鍵、最危急的時候，好的領導應該是甚麼樣子的？一家公司或一個組織能夠依靠的是終極領導力，而不是日常領導風格的變化和平衡。

所以做領導還是很難的，不要只看領導平常都把事情分給下屬去做了。好的領導，如果看見下屬的 PPT 真做不出來，明天又要給更大的領導去彙報，他應該自己抓起紙筆寫 PPT。遇上關鍵的事，確定生死存亡的時候，領導應該站在最前面。

第三，終極領導力是怎樣煉成的。

明白甚麼是終極領導力後，還有另外一個問題：終極領導力是怎麼煉成的？

作為一個終極領導，想擁有終極領導力，但怎麼煉成呢？

我為了練就終極領導力，經過了很多的心路歷程，有過一些座右銘，比如曾國藩的「大處着眼，小處着手；群居守口，獨居守心」。這句話指導我在麥肯錫做了接近十年的戰略規

劃，沒出過甚麼大錯。

另一個切入終極領導力途徑的座右銘，是孫中山的一句話：「夫天下之事，其不如人意者固十常八九，總在能堅忍耐煩，勞怨不避，乃能期於有成。」天下的事，不如人意的經常十件事裏有八件或九件，你總要堅忍耐煩，不避重活，不被其他人各種不好的說法所打擾，堅持住才可能有成就。這句話指引我在創建華潤醫療的三年裏，忍了很多不可忍，吃了很多在想像中吃不了的苦。

曾國藩和孫中山的話，我讓好友給我寫成毛筆字，掛在牆上，天天看，月月看。

第三個對我修煉終極領導力有幫助的，其實是我媽的一句話。我媽說：「一個男的，生下來帶個小雞雞，只能自己奔命去。」雖然我沒有理解這句話的內在邏輯，但是我媽從我能聽懂人話的時候就跟我嘮叨這句，我聽多了，腦子裏就默認它是某種真理。這句話至少告訴我，你沒有別人可靠，你要獨立，要掙錢，要自求多福，要好自為之。

這三句話，讓我 40 歲之前的人生，受益頗豐。但是 40 歲之後，我漸漸感覺到，就這些催人做事、拚命牛 X 的座右銘開始產生副作用，而且年歲越大，副作用越強。

我們這些人，從認字開始，就被社會和父母迫着做好學生，任何一門功課，似乎考不到滿分就是某種或大或小的恥辱。後來，隨着年歲越來越大，你會發現如果總這麼做事，你在關鍵時刻可能已經沒力氣挺上去了，因為你太多的精力、

太多的能量，在過程中已經被充份地消耗掉了。

小二十年下來，認真負責，盡心盡力。這些狀態，被這些催人奮進的座右銘，狠狠地砸到了血液和骨髓裏。工作的確是做好了，但心性會變得特別艱澀生硬，長期睡眠不足，睡個懶覺都會覺得在做夢。十次做夢，兩次夢見如臨深淵、如履薄冰；五次夢見一棵巨大的議題樹，幫助客戶釐清問題的核心所在；還有一次是夢見高考，一路趕到考場，卻沒帶准考證。

活到快要知天命的年歲，開始自我懷疑，人生如果天天按那些座右銘去活，你會發現這輩子好慘，很快睡眠沒了，很快人毀了，很快甚麼也都沒了。我不想總夢見這些提心吊膽的事。但我還想，如果真的出現危急關頭，我還能把終極領導力拎出來再使一下子，怎麼辦？

第四，馮唐九字真言。

痛定思痛，我自己寫下了九字真言：「不着急，不害怕，不要臉。」

「不着急，不害怕，不要臉」意味着甚麼？

雖然很多人有共鳴，但是大家的理解或許跟我的理解有些差異。人生不同階段有不同感悟和訴求，各位關照己身，取其精華。

「不着急」，説的是對時間的態度。

「不害怕」，説的是對結果的態度。

「不要臉」，説的是對他評的態度。

1.「不着急」，説的是對時間的態度。

　　一個人做完該做的努力之後，心裏要放下，手裏要放下，要做的是等待。有耐心，有定力，給自己足夠的時間，給周圍人足夠的時間，給事物的發生和發展足夠的時間。彷彿你已經播了種，澆了水，施了肥，給種子一些時間，給空氣、陽光和四季一些時間，給萌發的過程一些時間，你會看到明黃嫩綠的芽兒。

　　「有時候關切是問，有時候關切是不問。」有時候不做比做甚麼都強。這就是「不着急」，對時間的態度，遵從萬事萬物的發展規律。

2.「不害怕」，説的是對結果的態度。

　　自己充份努力了，有足夠耐心之後，結果往往是好的。在好消息來臨之前，擔心結果一定是無用功。我習慣了給自己和團隊打氣：盡人力，知天命。我的經驗是，只要我們盡了人力，天命就會站在我們這一邊，實際情況也往往如此。

　　即使結果不好，也不意味着就到了窮途末路，人生可以依舊豪邁，只要人在，我們可以從頭再來。細想想，歷史上哪個真正牛 X 的人物不是多次敗得找不到北？只要不害怕，能總結得失，能提起勇氣再來一次，就不是真正的失敗。

3.「不要臉」，説的是對別人評論的態度。

　　這裏的「不要臉」並不是沒臉沒皮，沒有責任心。説實

話，九字真言裏「不着急」「不害怕」看上去難，練久了還是容易做到的，最難做到的是「不要臉」。

做不到的破壞力也特別大。心理學研究表明，自責、後悔、慚愧是負能量等級最高的情緒，「只要想起一生中後悔的事，梅花就落滿了南山」。

我安慰自己的話是：「我已經盡力了，還要我怎麼樣，我還能怎麼樣？咬我呀！咬我呀！」

佛法的「四聖諦」也早早説明了，「諸事無常，無常是常」。一個結果有可能由太多的因素決定，有些因素是你不知道的，更是你控制不了的。「花開滿樹紅，花落萬枝空」，別人再説甚麼，那是別人的事，你不要把它當成自己的事。

一個人盡力之後，要永遠地面對自己、面對他人，對宇宙説，我有足夠的耐心和定力，面對任何結果和輿論。

古話講：「是非審之於己，毀譽聽之於人，得失安之於數。」如果耐心和定力不夠，你就閉上眼，伸出雙手，大聲喊九遍九字真言，讓宇宙聽見你的聲音。

「不着急，不害怕，不要臉。」

這麼做，或許十年、二十年，你漸漸會有一個堅硬的內核，會有終極領導力。

你需要知道的職場溝通規範

　　職場如何溝通，人和人之間形成一道鴻溝，怎麼才能繞過這道鴻溝？

　　曾國藩在溝通這點上，說得非常少，最重要的，只說過六個字：「多條理，少大言。」

　　「多條理」，是先想清楚，想清楚是表達清楚的基礎；很多人表達不清楚，往往是他沒有想清楚。「少大言」，是不要說廢話，集中在要說的事情上。在職場溝通的時候，特別是跟高級領導溝通的時候，尤其要注意這點。如果大家能體會清楚這六個字，對於職場溝通中 60% 的事情就能夠處理和解決好了。

　　我跟大家分享十三個職場溝通要點，這十三個職場溝通要點都是我在工作中的一些總結。

第一，傾聽。

　　為甚麼溝通第一條要強調傾聽？其實在職場溝通中遇見的困難，一半以上來自你或者對方不去傾聽。只有先聽，才有可能構建你理解其他人想要說甚麼，或其他人想要理解你說甚麼的基礎。所以，不要總想着自己想說的，在跟別人溝

第二篇 知人

通的時候，同時也要想想別人在想甚麼，想說甚麼，要真心去聽。

教大家一個特別簡單的訣竅，在你表達意見之前，先問三個問題，再發表自己的意見。這三個問題是：你對這個問題是怎麼想的？為甚麼這樣想？有沒有其他解決方案？當然這三個問題可以有各種各樣的變化，可以是五個問題，甚至是十個問題。但是，下次在你發表意見之前，先至少問三個問題。如果經常這麼做，甚至形成這種習慣之後，你會發現自己的溝通能力上了一個台階。

第二，在傾聽的基礎上，理解別人的訴求。

傾聽並不是簡單地聽明白，而是再進一步，理解一下別人這麼想是為甚麼；甚至多了解一下這個人的背景、這件事的背景，可以幫助你理解他為甚麼這麼想。聽不是簡單地聽，而是帶着腦子、帶着心去聽，並且你要站在他的角度想，如果我是他，我會怎麼想。

第三，開放。

不要預設答案，不要預設解決方案，不要把溝通的過程當成你下命令的過程。如果你跟另外一個人是明確的上下級關係，那這個溝通不能嚴格定義成職場溝通，而是大家把問題講清楚，你告訴他怎麼做就好了。但是，更多的時候，真正的溝通，你需要放鬆自己的預設，要打開心態，不要認為自己一定是對的，不要認為我已經有答案了；否則的話，你

馮唐成事心法

還溝通甚麼，你還討論甚麼？

第四，平等。

好的溝通，是大家聊的過程，你一邊聽，一邊想，他為甚麼這麼說，然後你說說自己的意見，看看別人怎麼反應。在整個過程中，一個重要的態度是平等，不要居高臨下，哪怕你是絕對上級，你都要知道，在一線工作的人，他很有可能掌握更多的數據、信息；他作為一個受過良好教育，在這個問題上花比你更多時間的人，很有可能在這件事上的思想比你更強。所以希望各位要平等地、不要居高臨下地去聊聊看。

第五，多條理。

大家總是希望溝通的效率能高一點。溝通效率要提高，多用「金字塔原則」，「金字塔原則」能夠不重不漏地思考和表達。你列舉了三點，這三點彼此之間沒有重複，合在一起，又對整個問題的全貌幾乎有 100% 的描述。

第六，少大言。

「少大言」就是越具體越好。情況是甚麼樣子的？背後的關鍵原因是甚麼？結論是甚麼？希望解決的具體措施是甚麼？越具體越好，不要用那些常用的套話，多用一些具體的、老老實實的街面上的話來表達，這樣在職場交流裏邊，反而效果要好得多。

第七，創造一個好的職場溝通環境。

老話講「酒後吐真言」，大家能夠彼此就着一瓶啤酒聊聊天，這種聊天，很有可能比大家面對面在會議室就着一杯白水，聊得要更痛快、更真實、更放鬆。比如，約個跑步。在鍛鍊過程中，大家聊一個相對複雜的事情。能夠在一個相對扯脫，跟商業環境不太相關的地方，作為一個有溫度的個體，和另外一個有溫度的個體，聊一個有可能彼此要花點努力才能互相理解的事情，有可能效果會更好。

第八，就事論事。

事是怎麼樣的，之後應該怎麼辦？在過程中避免情緒化，避免把個人的榮辱、對錯和個人的責任放在第一位。常見的情況是，有些特別簡單的事，特別明確應該如何去做，對於有些人就是講不清楚；這時稍稍側面看一下，就容易明白了，這個人一定是之前對這件事發表過甚麼意見，或者這件事如果按常識去做之後，會對他產生某種影響，比如某種權力的丟失，某些榮辱的記載。

第九，可長可短。

如果你去溝通的對方，有足夠多的時間，比如一個小時、兩個小時，你可以用「金字塔原則」從上到下、從下到上把各種細節都講清楚。如果他沒有時間，只有上完廁所之後洗手那二十秒，你就可以只講二十秒，把最重要的話擱在這

二十秒去説，你能不能做到？如果想做到，就不得不使用「金字塔原則」，把最重要的一、二、三列清楚，説明白。

第十，職場溝通中多講事實，少講個人喜好。

觀點對觀點，理論對理論，通常很難分出對錯。比如，我喜歡紅顏色的車，你喜歡綠色的車，我很難説你對，你也很難説我錯；但如果我説，紅色的車遇到的交通事故少一點，綠色的車遇到的交通事故多一點；或者相反，你説，我的數據顯示，紅色的車會面臨更多的交通事故，綠色的車面臨更少的交通事故，大家就容易形成共識。

第十一，交流時不要龐雜。

不要在跟別人交流時還一直看着手機，或你跟對方交流時，對方還在講着電話。如果希望交流的效率高，那各自都把手機放下，你可以説：「你現在有五分鐘時間嗎？咱們把手機放在旁邊聊一會兒。」甚至你可以主動做出姿態，把手機擱在身後，他很有可能也像你一樣把手機擱在身後。甚至可以提醒：咱們這五分鐘老老實實地、好好地聊幾句，你能把手機放下嗎？這些都是可以提醒的。

另外要注意的是，不要在特別累的時候交流。比如晚飯後，喝過酒了，已經累了一天了，這時候再交流很複雜的事，很有可能造成彼此一腦門子官司。希望各位能找到對方最好的交流狀態。

甚麼是最好的交流狀態？舉幾個例子。

比如，之前在麥肯錫，我跟一個法國合夥人一起做項目。發現他有一個特點：中午會抽空去游個泳，我就一直讓他的秘書給我約他剛游完泳之後那一個小時。跟他在游泳之後那一個小時交流工作，他情緒很愉快，我交流的事情很容易跟他達成共識，然後我們的事情就推進得特別快。他也會產生很多很有意義的想法，能讓我們共同把方案弄得更漂亮、更有意思。

找一個對方最好的交流狀態，就是找他最容易聽進去話、他最有創造力的時間。

再舉一個例子。我原來有一個領導，他是一個脾氣比較大的胖子，他經常因為自己胖要減肥。所以，他有可能一天從早到晚都不太開心，特別是他處於長期輕斷食這種狀態，一直不是很開心。你很難找到一個他心情比較好、可以跟他有效溝通的時間。那我使用的方式就是，帶一大包果仁，再帶一些很好吃的茶點，擺在他面前，然後把這個袋子給他撕開，我先吃一點，然後我們一邊吃，一邊交流。你會發現，他血糖高了之後，交流狀態就會好很多。

第十二，在職場交流中減少使用口頭禪。

大家經常會下意識地說「沒問題，我搞定」，這種背後隱藏的潛台詞是，我已經知道了、我很棒、我沒問題、我最好了，等等。其實你往往會發現，說這些「沒問題，我搞定」的時候，不一定真沒問題，不一定能搞定，那還是把這些口頭禪收起來吧。

第十三，在職場交流中少情緒化。

比如，保持低聲調，不要吵，吵是不能解決任何問題的。哪怕你有一股火從胸中湧起來，還是要記住，這股火出去，一定是對這個交流有傷害的；你把這股火壓下去，用更低、更緩的聲調來講你要說的話。

比如，喝一瓶香檳，互相傾訴一下衷腸，互相吐吐槽，互相說一些平常在酒前不敢說或說不透的話。但是要小心，酒對有些人，特別是對一些男性，容易激發他的打仗狀態。如果他沒喝多，可能他還可以冷靜地跟你談一些相關的問題；但是喝多之後，他往往會覺得，我說的對，現在的目的並不是談事，而是我要「敲掉」你，我要「幹掉」你，我是要在言語上勝過你，等等。後來我發現，對於喝多之後容易激動、容易有很強進攻性的人，可以談大家都喜歡聽的話題，不要談有嚴重分歧的話題。

以上之所以沒有按照溝通場景去跟大家講技巧，是因為如果大家能夠看懂並不斷練習，甚至掌握以上多數的溝通技巧，各位在不同的場景都可以溝通得很好。

帶團隊的四條鐵律

　　一個成事的人，除了管理自己之外，還要管理項目、管理團隊。管理不好團隊，其實你也管理不好自己，因為你自己也是一個團隊。具體如何管團隊，有各種各樣的說法和理論，下面我講講帶團隊的四條鐵律。

第一，勤。

　　我引曾國藩一段話：「治軍以勤字為先，實閱歷而知其不可易。」管理軍隊、帶團隊，第一個字是「勤」，雖然像句廢話，但的確是經歷了很多事之後，發現必須以「勤」字為先。

　　「未有平日不早起，而臨敵忽能早起者；未有平日不習勞，而臨敵忽能習勞者；未有平日不忍飢耐寒，而臨敵忽能忍飢耐寒者。」從來沒有平時不早起，而打仗的時候忽然能早起的人；從來沒有平時不吃苦耐勞，一旦要打仗的時候就能吃苦耐勞的人；從來沒有平時不忍飢挨餓，一旦面臨敵人忽然能夠忍飢挨餓的人。我完全同意，平時這個人是甚麼樣子，然後他上戰場、遇上特別難的項目是另外一個樣子，不存在這種人。

「吾輩當共習勤勞，先之以愧厲，繼之以痛懲」，我們要一起習慣勤苦耐勞，開始的時候，用思想教育，上思想課，讓大家包括你自己在內，知道不足，自己奮進。你要身先士卒，比你的團隊提早養成好的習慣，不然人家有足夠的理由不信你，不跟着你做。

如果上思想課還不夠，那就上紀律課，就是所謂的業績文化。

Performance Management（業績管理），可以變成很複雜的一套 KPI（Key Performance Indicator，關鍵績效指標法），就是用甚麼樣的指標，衡量甚麼樣的人、甚麼樣的位置等。但是也可以非常簡單，比如獎勤罰懶、獎優罰劣。獎勵，包括物質獎勵、精神獎勵等；懲罰，包括扣錢、降薪、降職等。

如果上思想課不管用，那就上紀律課，如果還不行，就用大棒子。

曾國藩這段話，一定是基於慘痛的教訓而發的。對於自己、小團隊或者大隊伍，都不要心存任何僥倖，平時做不到的，戰時也做不到；其實反過來，平時即使能做到的，戰時也不一定能做到；一個月、一年能做到的，不一定五年、十年、一輩子能做到。所以，平時就是戰時，不能拿平時當藉口。對於自己，每天必須早起、習勞、忍飢耐寒，就是這麼簡簡單單的做人之道。

第二，放。

曾國藩説：「前曾語閣下以取人為善，與人為善，大抵取諸人者，當在小處實處；與人者，當在大處空處。」「與人為善」現在成了一個成語，意思完全變了。我們回到曾國藩的原義上，他是引用了《孟子》的「取諸人以為善，是與人為善者也，故君子莫大乎與人為善」。君子是指士大夫、執政者、團隊的領導者。執政者並不是管得很細，並不是要事事躬親，他們最要做到的是帶領老百姓向好的方向發展。「與人為善」的本義是帶領老百姓向好的方向發展，不是説對人要善。

要實現與人為善、全民奔小康，第一步就是要總結、提煉、吸收老百姓的好經驗和好想法。絕大多數人認為特別好的事、特別嚮往的事，就應該是執政者最該推動的事。你是給誰服務的，執政為誰？為的是絕大多數人。一切以人為本，不是一句口號，要真的把老百姓而不是其他放在一切行動的出發點上，這就是曾國藩引用的「取諸人以為善」。

看上去挺簡單的，但我見過的很多管理者，做的都是從自己出發，自己認為這樣做好。勿意，勿必，勿固，勿我，別總説我以為如何如何，別總認為必須如何如何，別總強調過去如何如何，別總維護自己，別總把自己放在最核心和最高處。

如果你管理團隊，是以你為中心出發去管，你會發現，會遇到很多障礙，會做很多無用功甚至產生壞結果的功。但

你反過來，從老百姓、從團隊成員的角度出發，知道他們在想甚麼，然後你就放手讓他們去做，這才是真正的以人為本，你也可以事半功倍。

曾國藩進一步細化了這兩個步驟。首先，總結、提煉老百姓或者團隊成員的好想法和做法，重心落在小處、實處。老百姓想説點話、想跳跳舞，你就讓他説點話、跳跳舞。大話空話、不可能錯的話就是廢話，不是犯懶，就是犯壞。其次，引導老百姓奔小康，要指引方向和遠景，不必規定細節。你總結出小處、實處，就讓老百姓去幹，相信老百姓，相信高手在民間，不干涉老百姓怎麼做，他們會找到方法。

做官如此，做管理也一樣。我自己做醫院投資，幾乎每個醫院都跟我説，我以人為本。實話説，我幾乎沒有看到一家醫院是以人為本，它以誰為本？有的是以當地領導為本，從領導的方便、舒服、利益出發。下面再以大專家為本，以大專家的方便、醫生的方便甚至護士護工的方便為本。還有的可能是以投資者的利益最大化為本。這其實跟以人為本不是一回事，以人為本是以患者為本，以普通的醫護人員的工作需要為本。真能做到以這兩個為本，產生有質量又有服務的醫療，實話講太少見了。

再舉一個歷史上的小例子。1978 年 11 月 24 日的晚上，安徽省鳳陽縣鳳梨公社小崗村西頭嚴立華家，低矮殘破的茅屋裏擠滿了十八個農民。他們在開一個秘密會議，討論一件事情。最後，誕生了一份不到百字的包幹保證書。其中最重要的三條內容：一是分田到戶，包產到戶；二是不再伸手向

國家要錢要糧；三是如果幹部因為這個坐牢，社員保證把他們的小孩養活到 18 歲。1979 年 10 月，小崗村打穀場上一片金黃，經計量，當年糧食總產量 66 噸，相當於整個生產隊 1966 年到 1970 年五年的糧食產量。

你看，其實沒有做任何事情，只是放手讓群眾、讓老百姓、讓團隊去幹，這些最基本的獎勤罰懶，幾乎是打響了改革開放的第一槍，迎來了之後接近四十年的承平。

「放手」的「放」，才是真的以人為本，切記。

第三，勢力。

曾國藩説：「用兵之道，最忌勢窮力竭。力，則指將士之精力言之。勢，則指大計大局，及糧餉之接續、人才之可繼言之。」勢是全局，是計劃的前瞻性和人力物力的可持續性。全局是甚麼樣子的，糧草是不是跟得上，人才的後輩是不是頂得上。對於勢，帶兵打仗的人，最需要估計的是，是否有取勝的可能，有多少可能。不影響最重要戰略目標的前提下，節流到骨頭，手上的現金還能燒多少個月，多少核心管理人員會走，還需要補充多少，還能不能找到替手。其實做管理、做領導是一件很煩的事，就煩在這些東西，你要天天、週週、月月盤點，如果有缺，要想着怎麼補上，誰來補，怎麼補，等等。

力，是指實戰。全局有大致的概念了，並不意味着具體打仗的時候一定能贏。你把這個勢、局都安排好了，具體打仗的時候，能不能遇事平事、遇河搭橋、遇山開道。力，是

實戰，是團隊在執行戰略中解決問題的能力和動力。

　　我總強調，一星期幹八十個小時，你再增加一點，幹九十或一百個小時，再往上那是要出人命的，要出精神病了。所以，勢窮力竭是用兵大忌，你本來手上有一把好牌，但是勢頭沒了，團隊幹不動了，本來已經有戰略上的勝算，但是痛失好局。這種情況我也見過多次。

第四，理想。

　　「古來名將，得士卒之心，蓋有在於錢財之外者」，真的名將，能讓人一直跟着他的，沒有錢一定不行，但有錢不意味着一定行。一個好團隊，不是靠薪酬維持的。

　　「後世將弁，專恃糧重餉優，為牢籠兵心之具，其本為已淺矣」，後代這些帶兵打仗的、帶團隊的，總是仗着糧食多、給錢多來籠絡人心，其實這個修為已經是很淺的了。為甚麼？「是以金多則奮勇蟻附，利盡則冷落獸散」，你錢多的時候，很多人在你旁邊聚着，錢一沒，大家就作鳥獸散了，你門前冷落鞍馬稀。錢重要不重要？重要。是不是最重要的？不是。

　　這句話是曾國藩給他的 CFO（首席財務官）寫的。CFO過來找曾國藩要加錢加薪，曾國藩果斷拒絕了，講了一番道理。那「錢財之外者」是甚麼？曾國藩沒説，我來告訴你，有兩點。一是偉大的理想。我們在做一件能讓世界變得更美好的事、一件開天闢地的事、一件解決社會最痛點的事、一件前人從來沒有做過的、能讓我們子孫享受好幾代的事。大家會覺得，我們是一塊兒做非常了不起的事，這對團隊有巨

大的激勵作用。二是給團隊幹事的機會。除了理想之外，他如果能幹，就讓他多幹，如果能成事，一定要給他一個環境，讓他多成事、多成大事，成為一個偉大的成事者。

帶團隊的四條鐵律：「勤」字為先；該放手的時候放手；維持好勢能，不要讓團隊勢盡力竭；最後不僅用錢激勵團隊，還要講理想、講精神。

如何制定團隊激勵政策

公司一定要思考，要去做激勵，在現實工作中常會遇到問題。比如，做了所謂的激勵也沒甚麼用，無非是完成了 KPI（關鍵業績指標），獎勵一兩千塊錢；或者，激勵政策是做了，但設的門檻高，大家不知道怎麼實現，努力到死也達不到；比如，激勵政策是給了，員工也做了，但是公司不兌現。

究竟怎樣的政策，才是真正的激勵政策？為甚麼要做激勵政策？在公司管理的大背景下有甚麼作用？作為領導層應該怎麼激勵？

團隊激勵，技術上的細節，需要專業諮詢機構提供。這裏我就三個關鍵點展開：

第一，業績理念（含業績管理、業績道德）在整個經濟範疇中，是一個甚麼樣的概念；

第二，業績理念的背景下的激勵；

第三，如果想做好激勵，最應該注意哪幾個步驟。

第一，何為業績理念？

先說業績理念。二十年前，我在麥肯錫做的第三個項目，是一個公司內部項目，當時為甚麼做這個項目？因為有一個

問題一直困擾我，也困擾着大家，就是一個基業常青的企業到底應該長甚麼樣？

財富五百強企業起起伏伏，有時候企業進去，有時候企業掉出來。如果拿三十年作為時間維度，會發現曾經進入財富五百強的企業，三十年之後還在財富五百強裏的，概率不超過50%，那問題來了：甚麼樣的企業能夠進入財富五百強，並且長盛不衰三十年？從這些企業學到的關鍵點，能否適用於亞洲企業，甚至中國企業？

答案是：能在財富百強中長盛不衰的企業，有五件事一定要做好。這五件事同樣適用於亞洲企業，適用於中國企業。

第一件，要志存高遠，要有一個願景，這個願景是企業存在的價值和最終目的。就像一個人一樣，他要志存高遠，他要想到不朽，才有可能不朽，如果想速朽，那很快就會被人忘記。做一個基業常青的企業，如何能夠長久地為人類和地球創造價值、財富、服務和產品，好的企業通常都會立住這樣的願景。

第二件，有非常切實具體的，可以衡量，經常會調整的近期、中期、長期目標。會有一年的、三五年的、十年的目標，這個目標也是可以衡量的，經過一段時間，還會調整一下。

第三件，組織架構一定要相對扁平，而且組織架構中的核心，要有明確的責權利（責任、權力、利益）。一個組織要相對扁平，才能夠讓管理信息通暢地流通，比如，事情做好了、做差了，知道最出力的、最應該負責的團隊是誰。

第四件，要有業績反饋。經過半年、一年，甚至更短，

一個季度、一個月的努力，要非常清楚地沿着戰略，設定好的宏觀目標、近期目標，判斷到底做得如何。你的組織、團隊知不知道誰做得好、誰做得差，內部是不是相對透明，而不是你好、我好、大家好。內部要相對透明，外部也要相對透明，你總覺得自己做得好，但是跟外界的主要競爭對手相比是不是做得足夠好，不能只是自己嗨。

第五件，結果管理，形成閉環。設了願景、目標，組織往前去做了，最後拿到業績反饋，要獎勤罰懶。如果持續做得差，該開除就開除，該降級就降級；如果持續做得好，你該升職要升職，該加薪要加薪。這就是結果管理。

這五件必須做的事，歐美基業常青的企業做得都相當不錯。挪到亞洲，挪到中國，我們當時也做了很多訪談、問卷，有意思的是，亞洲企業，特別是中國企業，相對要「溫良恭儉讓」一點。比如，願景會定得更高遠、宏大，但是目標沒有那麼具體，組織沒有那麼扁平，業績反饋老闆知道，但是自己的團隊內部不是相對透明的。

最大短板是結果管理。如果做得壞，持續壞，怎麼樣呢？我們畢竟還是一個人情社會，往往老闆不敢下手開掉這個人、降薪、讓這個人挪開位置，不讓他擋住後浪前進的腳步。

以上講的共性，好的企業都會有，但是企業管理不是鐵板一塊，它有很多地方可以相對靈活。從管理的層面來看，有兩組槓桿體現了不同企業的風格，一組叫「Coordination Control」，協調和控制，另一組叫「Motivation」，激勵。

控制、激勵，是管理學中兩個重要的議題。

控制，再進一層，有三種側重點不同的控制。

一種是控制人。把人的選、用、育、留，人的分工做好，80% 的事情就做好了。

一種是控制財務。它不會花那麼多精力在人的選、用、育、留上，而是在財務上下功夫。也就是讓你去做一件事，一定時間後，我要看到財務結果。特別是一些發展較完善、增長沒有那麼快的行業中比較成熟的企業，會看重財務控制。最後的財務報表，收入、利潤、成本……差出 5%，股價變化會非常大。原因就是比較成熟的企業在比較成熟的行業裏，財務控制理應比較好。如果它實際產生的財務回報跟預算的數字，差異稍稍大一點，就説明管理出現了嚴重的問題。

還有一種是控制運營。生產型或者產品主導型企業，它主要的管理維度是沿着運營，通過控制產品或服務，按一定的時間、質量、成本遞交到市場去，完成對市場的佔有、對市場的控制。

所以不同的企業、行業、完善程度，用的槓桿可能不一樣。

一個大型企業，幾萬甚至幾十萬人，光靠控制，就沒有足夠的動力來成事、持續成事、持續成大事。這時候就需要另一個重要的議題——激勵。

第二，業績理念下的三種激勵形式。

激勵靠甚麼？激勵也有三個槓桿。第一，Money，錢；第 二，Opportunities and position，機 會、職 位。第 三，

Values And Believes，價值觀、理想。

激勵，曾國藩沒直接講過，但他應該知道、實踐過。他弟弟曾國荃透露過這一點，「揮金如土，殺人如麻，愛才如命」，也有另外一種說法，「愛財如命」。特別是湘軍後期，升官發財是他們重要的推進手段，很像某種風險投資，高風險、高回報。打下這個城池，燒殺搶掠，回家之後吃香的，喝辣的，娶老婆，娶一個老婆，娶兩個老婆……這是過去，清朝的時候。但是，如果沒有激勵，很難想像這麼多人在那個時代、那種環境下能夠拼死。同理，一個好企業，如果想基業常青，想中長期一直能夠成事、多成事、成大事，不平衡地做高風險、高財務的激勵是不行的。

第三，三種激勵的實操要點。

這三種激勵，財務激勵、機會激勵、理想激勵，在實操中應該注意甚麼，避免甚麼？

財務激勵常見的錯誤：

1．平均主義。

大家看上去都有獎金，都有期權，如果每個人相差只是10%、15%，甚至20%，那就相當於沒有激勵。都有激勵就相當於都沒有激勵。平均主義一定要避免。

2．不和戰略掛鉤。

財務激勵和你的戰略沒有關係。我總是跟 CEO 講，要有

系統性。戰略指揮棒指到哪兒，之後的激勵要跟到哪兒，而不是戰略是戰略，激勵是激勵，兩張皮，戰略完成了，或完不成了，跟財務激勵一點關係都沒有，這是大忌。財務激勵要和戰略掛鉤，要和戰略目標的達成嚴格掛鉤。

3．一把手捨不得給錢。

一把手老想把錢擱在自己的腰包裏，「財散人聚，財聚人散」，如果這一把手經常把 80% 甚至更多的錢，擱在自己腰包裏，不跟大家分，兄弟們沒法跟他幹的。

機會激勵，要注意以下幾點：

1．不要怕用年輕人。

一些 CEO，特別是年歲大一點的 CEO 經常説，現在的年輕人真是不能幹，真是懶，真是很佛系……後來我就問，您當 CEO 的時候幾歲呀？他説，三十二三歲。我説，您剛才說的年輕人，他三十幾歲？他説，三十八九歲了哦。我説，對，歷史上很多建功立業的，咱就不舉霍去病的例子了，現在成名立萬的很多猛人、很多 CEO，他們真的獨當一面的時候，往往是三十出頭。我想説，已經有江湖地位的、成名成家的 CEO，多給年輕人機會，多用機會來激勵他們，甚至比給錢效果更好；讓他們去逐鹿中原，讓他們去攻城略地，把他們身上的年輕、青春、能力，發揮到極致。

2．要相信學習能力和常識的力量。

想拿機會激勵一組人或一個人，但你擔心，這組人、這個人身上沒有這件事需要的核心能力。說白了，人雖然好，但他幹不了你想讓他幹的這件事。儘管如此，但一定要相信學習能力和常識的力量。他如果做成過事，有基本的大學教育，又帶過團隊，又正值三十出頭，很有可能，把戰略、目標、機會都給他安排好，通過他的學習能力和常識，他能把事情做好。這是東方管理智慧中非常核心的一點，相信通才，相信一個合格的官吏是又可以治水，又可以管兩三個縣，又可以挖運河的，這是通才教育。

管理上也是一樣。當時在華潤，能賣怡寶水的人，去賣啤酒，也不見得差多少；他能賣啤酒，就可能能做水泥；做水泥的，有可能去發電；能發電的，有可能能去紡織……這種團隊的學習能力和常識的力量，是職業經理人應該倚仗的地方。作為領導，應該相信你手下具備的能力和力量。

3．要避免山頭主義。

給機會的時候，要注意，不要在一個賽道給一個人長期的機會。該互調的互調，該輪轉的輪轉，幫他學習更多的技能，為他提供提高學習能力和常識力量的機會。同時，避免在一個集團裏，出現太多的山頭，如果出現四五個山頭，而且尾大不掉，整個集團很難長治久安。

最後講講理想激勵。

理想激勵在東方管理裏用得特別多。不管有些人愛聽不愛聽，不管有些人已經聽出繭子了，作為一個 CEO，公司的理想、願景，必須常講，而且必須結合戰略講。要常説，公司存在的意義是甚麼，要給人間帶來甚麼樣的產品和服務，所以這三年、五年的戰略是甚麼樣子，今年我們要做甚麼事情。

1. 必須講。哪怕你周圍的人已經聽了一二十遍了，你就當自己話多。直到周圍的人，你提第一句，他們能説出第十句的程度，才能做到：中層及其以上，大家想法是類似的，對於戰略、願景是很熟悉的；大家願意為一個理想，共同去奮鬥。

2. 要注意真誠。哪怕你已經講了一百遍，你要發自肺腑地認可自己這個理想，要發自肺腑地認為自己講的是對的。

3. 如果大家有隔閡、界限，講理想激勵的時候，可以讓大家喝點兒酒，酒在講理想的時候是個好東西。

最後再次強調，制定團隊激勵是一把手工程，作為 CEO，要帶着你的 HR 的頭兒、戰略部的頭兒、財務的頭兒，共同參與，制訂出一套真正有激勵作用的計劃。它跟你的人、要做的事情、手上有的財力物力密切相關，要強調系統性。

麥肯錫的信任公式

　　成事中很大的一個痛點是缺乏信任。因為沒有信任，很多事辦不成，別人不信你，不給你資源，不給你時間，不給你機會。有了信任，我們才能去結交我們生命中的貴人；有了貴人相助，一起團結更多可以團結的人，我們就能變成一個成事的高手，共同把事情做成做好。那麼如何建立信任？

　　針對這個問題，麥肯錫經常運用一個高級管理人的信任公式。可能你會奇怪，信任還有公式？這是西方的一種管理理念。它試圖把一個複雜的東西科學化，把一個比較軟的東西硬化。信任是一個非常軟的、模糊的東西，而麥肯錫用一個公式，最簡潔地表達出信任是甚麼，以及為了建立信任，你能怎麼做。運用信任公式，和你一生中少有的貴人好好相處，是特別重要的事情。

第一，成功要素——結交貴人。

　　我非常恨成功學，但是成功確實是每個人都想要的。中國古人有成功十要素：一命，二運，三風水，四積陰德，五讀書，六名，七相，八敬神，九交貴人，十養生。提示注意「九交貴人，十養生」，身體是革命的本錢，身體那麼重要，

但是貴人還在身體之前。而結交貴人之前的「一命，二運，三風水」，跟自身努力關係都不大，但是「交貴人」是可以努力做到的，至少可以努力做得更好。如果讓我排，我會把人為的成功要素「交貴人」挪到更前，可能排在前三。

我一生中的貴人有好幾個，除了天天懟我的、給我挫折教育的老媽媽，至少還有如下幾個人。

首先是我學醫學的導師郎景和、沈鏗，他倆教會我非常簡單的兩件事。一是精益求精。精益求精意味着在患者和死神之間，你是最後一道防線，意味着你跟病人說的治療方案是這個世界上最後的醫療智慧，所以你的壓力很大。二是君子之交淡如水，不必多見面。有一次見到郎景和、沈鏗大夫，他倆說：「海鵬（我本名），畢業之後，我們見你只有四面。」後來我想，雖然二十年已經過去了，我們只見過四面，但是有這樣的老師在，你就知道「患者和死亡之間，你是最後一道防線」。雖然不必見面，你還能感受到來自老師的壓力。

其次是在麥肯錫遇到的兩個貴人。一個是 TC，他是帶我最久的人，訓練我的基本功和控局能力。每次他見我，問的第一個問題就是 Are things under control（事情是否在掌控之中）。其實無非是兩點。一是解決問題的流程進行得怎麼樣，是否在控制之中？二是時間線是否在控制之中，是否能夠按時、按質量解決問題？因為在麥肯錫的工作就是解決問題。另一個是鮑達民（Dominic Barton），麥肯錫原全球管理合夥人、全球總裁，2019 年任加拿大駐中國大使。他告訴我：「儘管你非常強，但更強的是，激發周圍人的潛能。」

一個再強的人發揮自己的最強面，你也只是一個人，不能做很多的事情，所以你要和周圍的人一起激發潛能，讓這種潛能成為合能，共同做事。

最後一個貴人是在商業上教會我如何做事落地的人。我一直記得他跟我説的話：「馮唐，你一直要想三件事，其實説白了是一件事：掙錢。如何掙錢，如何多掙錢，如何持續地多掙錢。」講虛頭巴腦的故事沒有用，最終要看的是怎麼能夠形成一個生意模式，如何調動一支大部隊，如何在一個廣袤的市場中持續地多掙錢。

每回當我想不清楚事情的時候，我總想一想，這些貴人教會我的東西，好像他們就站在我背後，督促我説：「精益求精；控局；激發周圍人的潛能；掙錢，多掙錢，持續多掙錢，是一個生意人的商業良心……」

以我的定義，貴人不是有錢人、有權人，不是幫你遇事平事的人，而是在暗夜海洋裏點亮方向的燈塔一樣的人，是你摔斷腿之後能當拐杖一樣的人，是非常不開心的時候像酒一樣的人，是渴了很久之後像水一樣的人。

結交貴人太重要了。珍惜這麼三五個人，一輩子。

第二，運用信任公式結交貴人。

這就涉及剛才講的「麥肯錫信任公式」。

麥肯錫的生意模式，是一小撮極其聰明、教育背景極好的人，服務於大公司的 CEO 們，讓大公司更大、更強，同時讓這一小撮人解決商業問題的功力在極短的時間內迅速提

高，並過上體面生活。總結一下就是兩點：幫 CEO 解決問題，幫公司本身的諮詢顧問提高解決問題的能力。

麥肯錫的管理極度扁平，各個合夥人共用管理平台，有很大的自主權。這種生意模式，最重要的基石就是信任，我們內部就需要信任公式。我剛才講到的 TC 和鮑達民，我們彼此都運用這個信任公式，建立了長期的信任關係。

另外，就是公司服務的財富五百強企業，以及這些大企業的 CEO 對麥肯錫合夥人的信任。這是另一層信任。無論是內部的信任，還是外部的信任，都把「信任」提到了最重要的位置。再有一層，就是合夥人和項目團隊經理、諮詢顧問之間的信任，以及諮詢團隊之間的信任。

信任建立起來極難，建立之後又極容易被破壞。它像玻璃一樣脆，像水晶一樣難以掩飾。你信任一個人還是不信任一個人，你心裏像明鏡一樣。

特別是對於一個管理公司，CEO 和合夥人之間的信任很重要。如果他信任你，他可以給你無數他認為最重要的問題、最難解決的問題、最私密的問題，你因此獲得生意，獲得進步的機會。

我曾經問過客戶：「你為甚麼要用我？」他說：「雖然我覺得你很貴，你的團隊很貴，每當想起這件事時，我就恨得牙根疼。我要做多少個集裝箱、造多少隻船，才能負擔你們一支團隊在我公司裏待三個月到半年的費用。但是，我是這麼想的，我的生意足夠大，麻煩事足夠多，我把一部份麻煩事，特別是需要動腦子的麻煩事交給你和你的團隊，我就

可以對這些事高枕無憂了。你對這些事的焦慮會比我多。這樣，雖然我覺得很貴，但是貴得值得。」

他的這種「值得」，最終就落到一個信任公式上：信任＝（可信度 × 可靠度 × 可親度）÷ 自私度。

1. 可信度。

可信度就是你是一個甚麼樣的人，你的團隊是一個甚麼樣的團隊，你周圍的專家資源是不是這方面的頂級專家。其實常見的問題是，很多人不知道自己在說甚麼，不懂裝懂，很多專家只是那一小方面的專家，他既沒有其他相關領域的專家能力，也沒有辦法問到那些專家的意見。

並不是說我和我的團隊能夠解決所有的問題，但是團隊裏有些成員會是某些子領域的真正專家，以及我們有足夠的常識和方法論，有足夠的專家資源，能夠把相關的專家引來，並把他們的想法拎出來。把很多專家的意見形成最後的真知灼見，這就是可信度。簡單地說，就是你和你的團隊，以及相關的專家，是不是這方面頂級的專家，你的能力，是不是解決問題的頂級能力。

2. 可靠度。

可靠度就是個人、團隊以及能調動的資源，是不是能夠全心撲在項目上，是不是能夠保質、按時、按價格把答應的事情辦完。你說的事，我能不能信；你答應的東西，能不能完成。英文叫 reliability，就是能不能 rely upon you，能不能

信任你，能不能依靠你。

可靠度跟可信度不完全一樣。你有可能是某領域的頂級專家，說的話可信，但是我不知道下星期還能不能找到你這個人，你是不是把具體信息收集完了，能不能把具體意見給到我。所以，可信度與可靠度是相關的，但不是一回事。

3．可親度。

可親度英文是 intimacy，就是你和你的團隊以及能調動的資源，是不是跟我很親近。沒有生意的時候，我願不願意見他，我願不願意跟他在工作之外喝杯茶、喝杯酒，甚至達到更高層次。比如說我有一個兒子，我願不願意讓他多跟這個人接觸，甚至跟這個人一塊兒工作。這就是可親度。可親度的核心，是你招不招別人喜歡。可親度看上去跟專業性沒關係，但是在實際工作中，在建立信任中，是非常重要的。

我建議到了高階的管理者，應該在工作之外有一點點愛好，喝個茶、喝個酒、插個花、跑個步、旅個遊……這樣，你和你的貴人除了工作之外，還能有點別的聊的，能建立一些非工作相關的友誼。如果只是純工作，你很難和那個人有長期的聯繫。大家換了工作，不在一個地方居住了，不在一個城市，不在一個國家，不在一個大洲……你會發現你們漸行漸遠。但是有一些工作之外的愛好，比如說你們都喜歡宋詞，都喜歡寫小說，都喜歡喝手沖咖啡，你們可能慢慢還會走得很近。

前面三個「度」：可信度（這個人是不是專家），可靠

度（這人是不是能交活），可親度（這個人跟我是不是很舒服），是除號上邊的被除數，它們是一個相乘關係，它們仨越大越好。

4．自私度。

自私度就是你在多大程度上把自己的利益放在我的利益之上或之前，或者說你考慮你個人的利益多於考慮我的利益，你考慮你團隊的利益多於考慮我公司的利益，你為了多掙我的錢，會把我的利益放在後邊……還是相反，你不想讓我多花錢，你哪怕掙不到錢也會說該說的話，做該做的事。

我最好的客戶，也是我生命中的一些貴人，其實這些關鍵點是他們跟我講的：你能掙錢的時候，你覺得你不該掙，你沒掙，所以之後，我會讓你掙到更多的錢。一個能夠把其他人的利益，特別是生命中貴人的利益，放在自己利益之前的人，一個能拎得清的人，往往會走得更遠。說白了，所有的便宜都被你佔了，人家為甚麼跟你相處？如果你把自己利益的很大一部份給了別人，那別人會越來越多、越來越長時間地希望跟你相處。

這就是麥肯錫的信任公式：

信任＝（可信度 × 可靠度 × 可親度）÷ 自私度

舉一個古代的例子，清代的中興四大名臣曾胡左李，其中一個是曾國藩，一個是李鴻章。曾國藩對李鴻章說：「信

只不說假話耳，然卻極難。」「信」這個東西，也沒那麼複雜，看上去只是不說假話，但是非常非常難。「吾輩當從此一字下手。」我們應該從這一個字下手，也就是「信」，真實的、不說謊話的信。「今日說定之話，明日勿因小利而變。」今天說定的話，明天不要因為得到一點小利就改變。整段話裏，「信」有兩層意思：一是不說假話，二是不要變。按廣東人的話說是「口齒當作金」，說的話是金子，就是不變的東西，不要因為小利而變。其實這個小利跟麥肯錫信任公式裏的第4點「自私度」相關，如果你因為一點小利就變了，那我跟你怎麼能建立信任呢？

這句話雖然很簡單，但放在晚清的歷史大背景中，讓人非常感嘆。曾國藩和李鴻章之間，先是上下級，後是師友，然後是同事。兩人都是翰林，既飽讀詩書，又帶兵打仗，有理論有實踐，能密謀能周全。以上級和老師的身份，曾國藩教給李鴻章的，卻是一句大白話的道理：講信用，不說假話，極難。

最後，建立信任是一件非常非常不容易的事情，不一定能身體力行，但是考慮到信任這麼重要，希望你能一步一步開始做起來——做一個可信的人、可靠的人、可親的人，做一個盡量忘掉自私自利的人。

如何成為中層幹部

如何挑選中層幹部？這個問題轉一個角度，就是如何成為一個好的中層幹部。如果你是高層領導，你需要知道如何挑選一個好的中層領導；如果你剛參加工作或者還是中層幹部以下，你可以從如何成為一個好的中層幹部這個角度去看。

甚麼是好的中層幹部？曾國藩講了四「不」：不笨、不怕死、不汲汲於名利、不惜力。我加了一個，不貪財。

第一，不笨。

這個標準好像有點低，但在實際工作中會發現，很多人對自己有更高的預期。認為自己很聰明的，可能只是不笨而已；認為自己不笨的，可能是真笨。我說的「不笨」是一個客觀的標準。

曾國藩的要求相對高一點，他說：「帶勇之人，第一要才堪治民。」要有才，才能夠治理團隊、治理老百姓。甚麼是不笨，甚麼是有才？在成事角度上來看，就是有條理，少大言，多落實。

1．有條理，能夠把事想清楚、説明白。

常常能看到一些不是很成熟的中層幹部，問他一件事是怎麼回事，他説得回去再問問人，再收集點資料。如果高層領導沒有那麼多時間，這種現象又出現了好幾次，他對你的信心會降低，會覺得你讓他多了很多麻煩。在把基層信息數據收集清楚的基礎上，能夠歸納總結你的管理建議，把結論給領導，這就是有條理。

2．少大言，不要吹牛。

不要在做事的時候，總想着説自己有多好、多牛 X，等事做完了，打開一瓶酒，再講。做事的時候，少一些大話，不要把自己架上去，不要讓自我價值感強加於事情之上，不要為了滿足自我價值感，做出將來會後悔的事。少大言，少説點大話，做多做點實事。

3．多落實。

説過的事情要做到，如果做不到要反饋，不要一件事交下去之後就沒了，黑不提白不提，就希望別人能忘掉這件事。這實際上是最可怕的。

第二，不怕「死」。

「不怕死」是曾國藩在打仗的時候説的。在和平時期，「不怕死」意味着甚麼？是不要怕犯錯，不要墨守成規，要敢於

嘗試、敢於犧牲。

舉個我自己的例子。我在做華潤醫療創始 CEO 的時候，考慮是不是收徐州的某家礦山的醫院。徐州離北京不遠不近，這個醫院的面積不大不小，但是徐州是四省通衢，民風彪悍，這麼一家醫院不是太大，又不太好管，做壞的可能性很大，做好則需要長時間的投入。

我忽然發現沒人可派，好多中層幹部都在躲。有的說有老婆孩子，有的說父母年歲大了，有的說沒有這方面的經驗，有的說自己身體不好……都有各種理由來躲事。那個時候，我特別感激一個人，他說：「領導，讓我去吧。我想來想去，您手上這二三十人，我去最合適。」他真的去了，幹得還挺好的。從我的角度，我非常感激他在那一瞬間願意冒風險，願意嘗試一些新鮮事物。

有了那次礦山醫院的成功，我們之後才敢探索企業的、礦山的、鐵路的……附屬醫院歸到華潤醫療的方向。作為中層不怕犯錯、不怕死、敢於嘗試，是領導特別喜歡的一種品質。

第三，不要汲汲於名利。

不要汲汲於名利，不要老想着閃爍，要排名第一，這畢竟不是考試。

一定不要說，我現在應該有甚麼樣的名利，應該受到甚麼樣的認可和重視，應該得到甚麼樣的獎金和升遷……這些事情你最好先不要問，只問耕耘，不問收穫，好的領導看得

第二篇 知人

到，好的手下、同事也看得到。你自己內心要告訴自己，不要着急獲得認可。

在這點上，我有一個不好的傾向，我甚麼事都喜歡爭第一。我知道自己有這個毛病，那我處理的方式就是先問自己，在想閃爍之前，有沒有這個基礎。我先做好學徒，打好基礎，等機會來。接着深挖，長期深挖。我打好了基礎，又耐得住寂寞，長期深挖，然後某個機會來了，我拿到了第一。這是實至名歸，別人也沒甚麼好說的。

舉個例子，1998 年我開始寫「北京三部曲」的第一部《萬物生長》，最後一部是 2007 年出版的《北京，北京》。這個「北京三部曲」，《北京，北京》《十八歲給我一個姑娘》《萬物生長》，都已經成為某種程度的經典。一步一步寫，一步一步邁，現在都有了影視作品，如果你想看漢語講的青春，想看北京，想看改革開放的早期，你躲不過這個三部曲。

我舉這個例子，並不是想吹牛，而是想說，你看一個三部曲，我折騰了十年，然後把相關的東西又折騰了十年。即使天賦如我還是想先打好基礎，等機會來了再爭取做到某些領域的第一。所以，不要汲汲於名利，不要剛寫了兩三萬字，就說為甚麼大獎還沒有砸到我頭上。不要汲汲於名利，太着急，反而會走得更慢。

第四，不惜力。

在成事這件事上，做比說重要，你索性拎起棒子，把事做了，把仗打了，而不總是拿話去哄人，拿話去說明這件事

有多重要。

　　做比說重要，說比想重要。太多人想很多不說出來，更不會去做。所以，領導最喜歡的中層幹部是，說得少，做得多，不惜力氣去做，而不只是想想，偶爾跟別人說一說，但從來不行動。不要老想，你有甚麼想法說出來，跟大家表達出來，提合理化建議。

　　無論是說，還是做，還是想，重要的不是你替領導去想，而是你作為中層幹部，多想細節，多想技術上、戰術上如何實現，多想到底面臨哪些操作上的困難點，以及如何在技術上、戰術上處理掉它。注意細節，通過做事說話，把一個一個的難點克服掉，這就是不惜力。

第五，不貪財。

　　中層不要貪財。你可能會問，為甚麼不強調高層不該貪財，所有人都不該貪財？首先，中層比高層離錢更近，有更多的採買權，更容易接近貪污受賄的前沿；其次，他有可能相對更缺錢，把錢看得更重。所以高層出事，有可能出大事，但是如果中層貪財，他會更早出事。

　　我曾經問一個投資做得特別好的企業家。他在大企業裏做二把手，曾經是我最重要的客戶之一。我說：「您投資的訣竅是甚麼？您是如何做到——至少我觀察——沒有一次嚴重的失敗？您是比別人聰明嗎，還是比別人更努力，還是比別人資源更多，還是老天對你更好？到底是為甚麼，您在企業裏做投資，做得比我看到的很多人都好？」

然後他就笑：「你是不是覺得我不比別人聰明，覺得我走了很多捷徑？」我說：「不是，我只是很好奇為甚麼有些坑您沒掉進去過。」

　　他很認真地跟我說：「馮唐，如果你問我投資的訣竅，兩個字──『公心』，三個字──『不謀私』。這兩個字或三個字是一個意思，就是不要把個人的利益摻到裏面去。不貪財，貪財容易出事，而且時間長了，貪財出的事就是大事。不要因為自己貪某個數額的錢財，讓公家損失十倍、一百倍甚至一千倍的錢。你只要秉着公心，不謀私，去考慮這個案子，在多數情況下，你會勝過很多謀私的、有私心的聰明人。」

　　當時給我的感觸還是蠻大的，而且現在也很受益。其實大家如果用成事的方法論，加上基本的 MBA 的教育、基本的商業訓練，不會犯特別重大的錯誤。但是如果不能秉着公心，不能做到不謀私，很有可能跌大跟頭。

　　這五條綜合起來，如果都能做到，就是一個很好的中層幹部，也具備了很好的成為一個高級幹部的基礎。

　　曾國藩說：「大抵有忠義血性，則四者相從以俱至。」如果你內心是善良的、忠誠的，是有義氣、有血性的。不笨、不怕死，不汲汲於名利，不惜力，這四「不」你可能都能做到，如果在大是大非面前，你又養成了長期不貪財的習慣──選人，以及作為中層幹部或初級幹部，把這些標準當成自己的做人標準，是非常實用的。我也是按這個標準來要求自己的。我非常佩服華潤集團用人的方法，不是在所有時候、所

有情況下，都用一流人才。不是一流的智商、情商，但能做到一流的業績。這是怎麼做到的呢？我一直在思考這個問題，現在有了結論：首先是戰略管控，其次是選好中層。

他可能智商、情商沒有很高，但在管理環境下，他至少不笨。他不怕死，敢於嘗試，敢於犧牲，敢於推功攬過。他不汲汲於名利，能夠吃一些虧，能夠不那麼着急被晉升、獎金所鼓勵。他不惜力，願意一週工作七八十個甚至九十個小時，拎着包就走，把力氣花在做生意上。他不貪財，公事公辦，不謀私利。華潤用這種二流、三流的人才，就是因為他們能夠做到上面的「五不」，能把一個大公司的多項多元化的業務越做越好。

能成事的中層幹部，如果有一定的數量，這家公司、機構一定能夠成事。

我之前好奇念珠為甚麼是一百零八顆。後來看到華潤集團在培養第一梯隊、第二梯隊、第三梯隊的幹部的時候，我想到，如果說有八個能成事的，大家三觀相同，在同一個層面，稍稍分分工，這八個人（別說是一百零八個）就可以成一些大事。如果能有一百零八個特別能成事的中層幹部，別說大事了，甚至能夠治國平天下。

如果你覺得，這個五步太多了，能不能再精減一點，那我挑三步，不貪財、不怕死、不惜力。不貪財、不怕死、不惜力，就是一個合格的好幹部，假以時日、假以時機，就很有可能成為一個高級幹部。

CEO 的工作是甚麼

剛參加工作的時候，我經常有一個疑問──領導是幹嗎的？覺得那些 CEO、CFO、CAO（行政總監）……整天晃悠着開個會，拍個板，日子過得也太爽了吧。

直到 2011 年，我做了華潤醫療的創始 CEO，才慢慢開始了解 CEO 是做甚麼的。

CEO 到底整天在幹甚麼？把這件事想清楚了，即使你不是 CEO，也至少知道了 CEO 在想甚麼；他們是不是在做正確的事情，把時間用在了正確的地方。

第一，找人、找錢、定方向。

曾國藩說：「為政之道，得人、治事二者並重。」做官之道，就兩件事：得人、治事。其實就是找人、幹活。

「得人不外四事，曰廣收、慎用、勤教、嚴繩。」廣泛招人、謹慎使用、辛勤教導、嚴格管理。曾國藩的言論跟現代 HR（人力資源）的理論和實踐非常相符。現代人才管理有四方面：選、用、育、留。即選人、用人、培育人、留人。當然這個「留人」，也包括開除人。

「治事不外四端，曰經分、綸合、詳思、約守。」作為一

個戰略專家，我可以很負責地講，這其實跟現代的戰略管理也非常契合。「治事」就是做項目。「經分」就是一定要分析到最細節、最扎實、最落地的地方，分析到地攤、街面、街頭，分析到你具體的客戶。「綸合」是通盤斟酌，可以沉到深深的海底，也要能拔到高高的山上，要想大局是甚麼。「詳思、約守」就是規劃周全，執行堅決。執行戰略的人，要非常清楚自己在甚麼時間幹甚麼事情，這樣大家一起做一個相對複雜的事情時，才能保證在相對合適的時間達到預期的效果。

執行堅決，看上去像是一句廢話，其實不是。病人沒被醫生治好，最大的原因是甚麼？是病人不遵醫囑。我做了這麼多年戰略，最煩的就是人不聽話。

舉個例子。我有一個二貨媽，她經常在群裏說，哎呀，我頭暈。我說，血壓怎麼樣？你給我看看你現在的血壓。她拿那個電子血壓計一看，血壓太高了。我接着問，你過去一個星期有沒有按時按量吃抗壓藥？我媽說，我腦子不暈的時候，就不吃了，是藥三分毒，對吧？我暈的時候，偶爾吃吃。我說，你是醫生還是我是醫生啊?! 雖然這話跟一般的患者不能講，但跟自己媽可以敞開說。

當時在手機屏幕前，我手是抓成鷹爪狀的：好不容易給你做了診斷，調了藥，定了治療方案，你不聽。你為甚麼不聽？我媽就說，醫生也有傻的。我想說，那你……那你就不要找我了，你就不要說頭疼了！——我當然不能這麼講了。我就說，老太太，為了你好，為了大家好，為了世界和平，

請你按時按量去吃藥。你一定要明白這一點，並不是沒症狀，就可以不吃藥。只是，每次苦口婆心説一番後，我依然不知道，明天她會不會按時吃藥。

説起來像是笑話，但在現實生活中這種事比比皆是。很多好的戰略落不了地，原因就是戰略執行不堅決。一個沒想透、沒想好的戰略，如果堅決執行，會誤事、會死人；一個想透了、想好了的戰略，如果不堅決執行，也會死人、也會誤事。

舉個例子。有個做水的公司，水在華南地區賣得特別好，市場佔有率很高。他們賣水，會有一個戰略問題：能不能做其他品類？能不能延伸到其他地方去？後來他們研發了一個新品，跟紅牛相對的一款飲料。紅牛是累了、睏了喝紅牛，但是成年人有另外一面的需求，特別想放鬆的時候喝甚麼，當時他們從這個理念研發了一款飲料。

當時戰略規定得非常清晰：我們掘井及泉，先在一個核心城市，讓它成為當地現象級的飲料；把這個市場打得相對透，在功能飲料裏面有一定的佔有率、口碑，讓一些客戶形成長期飲用的習慣。但戰略具體執行期間，CEO 有一天晚上給我打了一個時間很長的電話。他説，這個戰略是咱們一塊兒定的，我非常同意。但是，我頂不住了，其他幾個區域的一把手跟我説，他們也要一起賣這款飲料。當時我跟這老哥説，不行。

打仗需要有勝算。別説四五個區，兩個城市、兩個區域同時開打，都不敢保證能夠產生聲量；沒有足夠的聲量，

就沒有足夠的第一次購買者；沒有足夠的第一次購買者，不能口耳相傳到別人那裏去，就沒有足夠的第二三次、反覆長期購買者。這是一個瀑布，在很多品類、品牌那裏都已經被驗證無數次了。我跟他說，我們只能找一個區域往死裏打，咱們打贏了，慢慢再去打別的區域，再去打別的品類。

結果非常可惜，最後這位老哥還是沒守住。當然，我完全理解他為甚麼沒有守住，各個區域已經一二十年沒有看到新品了，看到新品興奮，迫切需要握在手中。沒守住，這個東西最後也沒賣起來。

這個例子說明，「約守」很重要，除了定一個好戰略，執行戰略的時候，一定要堅決，再堅決。

CEO 整天干甚麼？ 我的總結跟曾國藩說的類似，但更好記。**三方面：找人、找錢、定方向。** 曾國藩講，得人、治事，就是我說的，找人、定方向。他沒說找錢，因為他是個官員，找錢這事歸政府。但作為一個 CEO，找錢有時候可能比找人更重要，比定方向更重要。因為沒錢就沒法找人，定了方向也沒法執行。

我原來在華潤，因為華潤是大國企，我也沒想到找錢這麼重要、這麼難。到了中信資本後，我才發現找錢非常重要。所以，CEO 找人、找錢、定方向，之後盡量盡情玩耍，保持身心健康。

第二，在關鍵時刻識人、用人。

找人，有兩個重要的衍生問題：第一，找甚麼樣的人？第二，怎麼找到這些人？

曾國藩說：「專從危難之際，默察樸拙之人，則幾矣。」**選擇在危難的時候，默默觀察哪些人能做到樸實厚道，這正是識別人才的好方法。**

「老實和尚不老實」，這是我常說的、古龍小說裏的一句話。貌似忠厚老實的人，其實內心雞賊得很。生活中這樣的人不在少數。

沒有甚麼人的腦門上大寫一個「渣」字，在確定一個人的基本素質，確信其靠譜程度之後，如何辨識他的心性修為？要等到重要節點，「Moment of Choice」，關鍵時刻。為甚麼我常說，「寧用樸拙君子，不用聰明小人」？因為危難之際，樸拙之人最靠得住；聰明人會多想，會油膩，會撒謊，會逃跑，會給自己找藉口，也就是靠不住。剩下的樸拙之人，有可能站在你旁邊，一直陪你度過最艱難的時刻。

為甚麼要找關鍵時刻，平常為甚麼不容易看出來？因為我們都是普通人。平常，大家都可以做謙謙君子，都可以把事情做得漂亮，既然市場好，你分一點我分一點，大家都有飯吃。只有到了關鍵時刻，才能看出來，哪些人是富貴不能淫、貧賤不能移、威武不能屈的樸拙君子。

最後一點，關鍵時刻看樸拙的人，怎麼判斷他們？用我前面講的信任公式，信任＝（可信度 × 可靠度 × 可親度）÷

自私度。你用這個信任公式，看這個人是不是萬事都從自己的角度想；是不是在你倒霉的時候，他還能陪你抽根煙、喝杯酒；他是不是能把自己的私利，放在公司的利益、團隊甚至你的利益之後。

如果你能找到在關鍵時刻富貴不能淫、貧賤不能移、威武不能屈這樣的樸拙君子，而且這些人願意跟着你同甘共苦，恭喜你，請善待他們。

高級領導的關鍵點

　　雖然你現在可能不是高級領導，但是我堅信，在讀完這本書，而且身體力行十年、二十年，你會成為高級領導。

第一，知人、曉事。

　　高級領導應該是甚麼樣的？曾國藩寫過一段話，把高級領導應該甚麼樣、做甚麼以及怎麼做說清楚了。

　　「大非易辨，似是之非難辨。竊謂居高位者，以知人、曉事二者為職。」「大非易辨」，比如吃喝嫖賭抽，坑蒙拐騙偷，敲寡婦門，挖絕戶墳這種大是大非是容易辨別的，但是一種似是而非的、似非而是的事就不容易判斷了。居高位的人，就是所謂的高級領導，最重要的是知人曉事。

　　「知人誠不易學，曉事則可以閱歷煙勉得之。」想知道一個人，不容易學。沒有壞人腦門上寫倆字「壞人」，好人寫倆字「好人」。你看一個人走過來，腦門上寫倆字「好人」，你只能說遇上了一個「二貨」。那怎麼判斷，這個人是好人還是壞人，是能幹的人還是不能幹的人，這是非常難學的。知人很難，而明白事理這件事可以通過閱歷，通過不斷地做事培養見識，通過努力得到。

「曉事，則無論同己異己，均可徐徐開悟，以冀和衷。不曉事，則挾私固謬，秉公亦謬；小人固謬，君子亦謬；鄉原固謬，狂狷亦謬。」如果明白事理，無論別人是不是跟你一夥兒的，慢慢就事論事，你會逐漸開悟，得到和諧的解決方案。如果不曉事，懷着私心是錯，秉公做事也是錯；小人是錯，君子也是錯；言行不一、偽善是錯，說話很直也是錯。

「重以不知人，則終古相背而馳，絕非和協之理。」你不曉事，再加上又不知人，則從頭到尾做不對，不能做到平衡、和諧、中庸，不能和他人和睦做事。

因為曾國藩強調了知人曉事的重要性，以及曉事比知人更容易做到，他接着就說：「故恆言以分別君子、小人為要，而鄙論則謂天下無一成不變之君子，無一成不變之小人。」中國的傳統智慧，一直說君子是君子，小人是小人。曾國藩在這塊兒挑戰中國的傳統智慧，他認為，天下沒有一成不變的君子，也沒有一成不變的小人。

他後邊又進一步闡釋他的觀點，說「今日能知人、能曉事則為君子，明日不知人、不曉事則為小人」。你今天能知人曉事，你就是君子，明天不能知人曉事，就是小人。「寅刻公正光明，則為君子；卯刻偏私晻曖，則為小人」，你一時公正光明，你就是君子，你在另一個時辰陰暗狹隘，你就是小人。這是他的觀點，我不完全同意，後面我會展開細講。

他接着說：「故群譽群毀之所在，下走常穆然深念，不敢附和。」不參與別人對其他人的評論，一旦聽到大家都誇一個人或罵一個人，他就不說話，默默地走過去，不敢附和。

以我對曾國藩的了解，他並不是一個非常厚道的人，他有他刻薄的地方。我本身也不是一個非常寬厚的人，心中經常有千萬匹草泥馬跑過。我能體會到他在一大堆人誇一個人或罵一個人的時候，心裏很想湊過去跟著誇或跟著罵，跟大家一塊兒八卦、吐槽、毒舌。但是他剛才説的知人曉事的辯證關係，讓他不敢説，也不能説，就默默地走過去了。

這段話講的是高級領導的管理藝術，總體來説，管理學是很難的，它並不是一個絕對的科學。儘管相關的一些學科，已經在一定程度上成了科學，比如經濟學、金融學等，但管理學整體還是一門藝術。管理人員，特別是高級管理人員，和詩人一樣，在可見的未來，還很難被 AI 代替。

在曾國藩看來，管理學的難度有幾個層次。

1. 一切皆模糊。

剛才説了，大是大非容易判斷，但似是而非的東西非常多，以及非常難判別。想一想，在我們成人的世界裏，你周圍的親人和朋友，只要不是太笨，總能找到藉口説自己是對的。絕大多數管理決策似是而非，似非而是；絕大多數的人似忠而奸，似奸而忠。每個成人做任何事情，都能找出理由和藉口。每件成人做出的事情，都能從不同角度去解讀。這也是為甚麼有發言權是很好的一件事，就是你總能給自己找一堆説法，説這麼做其實是特別正確的。一切皆模糊，是管理學的第一個難度。

2．知人最難。

　　識人識面不識心，你怎麼能知道這個人，是非常難的一件事。面試的時候，只有半個小時，你怎麼知道這個被面試的人能否勝任某個工作？即便你能判斷他的行為能力、硬技巧，那你怎麼能判斷，他是不是能跟你的團隊配合，是不是人品非常好。沒人會說自己人品不好，沒人會說自己不是一個很好的團隊工作者。你怎麼知道他有潛力成為十年之後的領袖？平時老實謹慎的人，你怎麼知道在危機時刻，這個人還依然老實謹慎？你怎麼知道這個人手握重權之後，不會幹出壞事，不會起殺心？知人是要有天賦、要犯很多錯誤，才能解決好的一件事。

3．曉事也不容易。

　　比起知人，曉事是更好的着力點，在這點上我完全同意曾國藩說的。你努力多讀書（比如《資治通鑒》）、多做事，閱歷多了，你就會徐徐開悟，多少有點明白事了，在商業判斷上也就多少能夠平和公允了。

4．不曉事，君子也沒用。

　　小人做錯了是錯的，君子做錯了也是錯的。剛才說管理是模糊的，知人是難的，曉事也是難的，更可怕的是，哪怕你知道他是一個好人，但他業績非常差，他也不是一個成事的人。

第二篇 知人

5.對事不對人。

先別忙着定某人是君子還是小人，沒有一成不變的君子，也沒有一成不變的小人。

第二，寧用樸拙君子，不用聰明小人。

做管理的人，職責有兩個：第一，知人善用；第二，懂得做事的規則和邏輯，就是所謂的曉事。曾國藩對居高位有深刻的體會。大是大非，黑白分明，但黑白分明的事是少數，實際發生的事情更多是處於灰色領域，實際做事的人，面對更多的困境，是非成敗都在變化。這是曾國藩在晚清這麼一個特定的歷史時期，做了那麼多的大事後深刻體會到的。

針對剛才曾國藩這段對於高級領導的說法，我了解他的苦衷，知人特別難，人心變得快，老實和尚不老實，正人君子辦傻事，甚至持續地辦傻事，特別是在末世、在末法時刻。但是，我還是反對他這個觀點，這個觀點突破了他成事方法論的底線，是他的污點。

我堅定地認為，**人先於事，寧用樸拙君子，不用聰明小人。當然要有業績，但是要先講價值觀。**在華潤有這麼一句常說的話：「業績不向辛苦低頭。」甚麼意思呢？每個人都辛苦，你光跟我講說，你多苦多累，你幹到多晚，你熬了多少個夜，你如何累到身體不行，等等。但是如果你沒有業績，沒有成果，不好意思，我不能向你的辛苦低頭，不能認同你的辛苦。

但是後面還有一句：「價值觀不向業績低頭。」如果你喪失底線，獲得了業績，這個業績不是我們要的業績。如果不能堅守「業績不向辛苦低頭，價值觀不向業績低頭」，會出現甚麼？一個團隊裏就會有相當比例的小人——很能幹但是品性不好的人，他們會不惜使用降維攻擊。

　　我的作家朋友大劉，在《三體》裏說過「降維攻擊」。他能夠降維去打擊，你有道德，我沒道德，你站着，我趴下，你要遵守規則，我不遵守規則，那這個被降維打擊的人就佔據劣勢，去降維打擊的人就有優勢。如果說只強調業績，不強調價值觀，時間長了，你會發現一個團隊裏一定有相當比例的小人。業績文化越強，小人使用降維攻擊的可能性就越大，這樣的團隊成就的事功越來越大，控制的難度也越來越大。戰車被能幹的小人們綁架，時間就會變成我們的敵人，翻車的風險與日俱增。

　　在末世，成事的人容易追求速效，容易忽略對於樸拙君子的培養，容易向聰明小人和降維攻擊低頭，這種心態和做法也加速了末世的敗亡。曾、胡、左、李這四大名臣，造就了晚清的中興之後，再也沒有出現這樣成事的人，大清朝很快就在內憂外患中煙消雲散了。剛才曾國藩講的事大於人、業績大於價值觀的用人原則，或許在他去世之後對晚清的速朽做出了重要貢獻。

第二篇 知人

如何避免團隊油膩的結構化

在個體去油膩的基礎上，如何避免一個團隊的油膩化？

「油膩」這個詞，是我幾年前在雜文《如何避免成為一個油膩的中年猥瑣男》中提出的。很多人對這個詞非常敏感，因為我們所處的環境的確有容易油膩的地方。

一個人的油膩是自己的事；一個團隊的油膩，是一組人的事；團隊油膩與否，向上影響到整個社會，向下影響到個人。所以，如何避免團隊的油膩化非常重要。

第一，敢坦誠，敢尖銳，敢不同。

曾國藩說：「二三十年來，士大夫習於優容苟安，揄修袂而養姁步，倡為一種不白不黑、不痛不癢之風。」這二三十年來，這些做官的、做 KOL（關鍵意見領袖）的、做公知（公共知識分子）的人，都願意苟且偷安，非常優雅從容地待着；希望得過且過，你好我好大家好。

「見有慷慨感激以鳴不平者，則相與議其後，以為是不更事，輕淺而好自見。」如果有人慷慨激昂，奮不顧身，説一些不平則鳴的話，這些士大夫就在背後議論，説此人少不更事，不上道。

「國藩昔廁六曹,目擊此等風味,蓋已痛恨次骨。」曾國藩原來在六部歷練,看到這種風氣,恨到骨髓。他看到油膩已經結構化了。

古往今來,風氣依舊。油膩不僅是個人的事,朝廷如此,企業也如此。

「國藩從宦有年,飽閱京洛風塵,達官貴人優容養望與在下者軟熟和同之象,蓋已稔知之而慣嘗之,積不能平,乃變而為慷慨激烈、軒爽骯髒之一途,思欲稍易三四十年來不黑不白、不痛不癢、牢不可破之習而矯枉過正,或不免流於意氣之偏,以是屢蹈愆尤,叢譏取戾,而仁人君子,故不當則責以中庸之道,且當憐其有所激而矯之之苦衷也。」

這段話曾國藩是說,我當官很多年,熟悉京城官場的風雨變幻。在上位的人,生活安逸,只求名望;在下位的人,像個麵團,直搗糨糊。對於這種官場習氣,這麼多年看慣了,也受夠了,積鬱在心,我不平則鳴。為了改變這三四十年來黑白不分、不痛不癢的風氣,我做官,說話,開始變得慷慨激昂、正大剛猛,我矯枉必須過正。但是這種積習,不會因為我一個人就輕易改變。我有時免不了考慮得不周全,意氣用事,由此經常被嘀咕,被埋怨,被諷刺,被怨恨,被排擠,被打壓。所以,我曾國藩希望各位仁人君子、同道中人,別要求我只行中庸之道,而且希望憐惜我奮起矯正的一片苦心。

曾國藩一生在官場,又在中央六部清閒地坐過辦公室,也在基層前線打過仗、流過血。後人只看到他的風光,卻很少看到他的苦惱。

第二篇 知人

做企業其實跟做人有類似的地方，企業是人構成的，是多個人的群體。如果想基業常青，要容納、獎勵能表達不同意見和持不同意見的人。這個我是從心底認同的。

作為一個文人、一個詩人，面對這個世界，我給自己定下一條規矩，70 歲以前我不毒舌，不臧否人物，不説別人壞話。但是做企業，我非常贊同曾國藩的話，就是要鼓勵持異見者，鼓勵敢於坦誠，敢於尖鋭，敢於不同的人。只有這樣，才能避免一個企業的油膩，只有避免了一個企業的油膩，這個企業才能基業常青，才能一直有生命力、一直能夠面對無常的世界、能夠做得越來越好。

第二，企業如何做到不油膩？

1．一把手要有腦子。

要對油膩有覺悟，不要同流合污，不要降維攻擊，一定要定好底線和權宜之計。底線就是哪怕這個油膩的世界給我們掙某些錢的機會，我們不去掙，把底線設好，守住。權宜之計就是我們畢竟要在這個油膩的世界生存，那作為一個團隊，哪些事情相對來講可以做，可以不那麼計較。要有一個有腦子的一把手，把底線和權宜之計定好。

一把手要有焦慮感和危機感，他要明白，在這麼一個容易油膩的世界裏，很有可能會出現，團隊中相當一部份人會變得油膩；要能夠把這些人身上的油膩控制住，讓他們變得更加清爽一些。

除了對油膩的覺悟和對油膩的焦慮，還要求這個一把手受過良好的訓練，有從實踐中得來的見識，即對油膩有防範，對油膩的團隊有防範，對油膩的個體有焦慮，但還能把事情做成，還要經歷過市場歷練。這樣的一把手，不多，但並不是沒有，如果遇上一個有腦子的一把手，你要盡量地幫他，幫他形成一個不油膩的團隊。

在這個一把手的領導下，你也可以幫他創造一個相對不油膩的內部世界。外部你管不了那麼多，內部卻可以做一些屏蔽。比如，有些人負責處理某些關係，就把某些相關的事情外包出去，其他人不要碰；有些人只負責產品和服務的開發，不要碰相對油膩的事情；有些人負責銷售和售後，大家把分工形成，就會形成相對的屏蔽。

2．分配好利益。

要讓團隊明白，在桌面上是可以掙到錢的，不油膩，也可以過上像樣的、體面的生活。至少在內部要分配好，不能因為不油膩，所以有人掙不到錢。如果是這樣的話，不油膩的內部環境是形成不了的。

3．明確底線。

管好身邊的人，管好你的司機、秘書、家人，長期跟你的團隊成員形成這種明確的底線，一旦底線被突破，那必須堅決處理。這個底線你要跟大家先說清楚，比如，你可以列出「經理人十戒」，其中一戒，你可以說，不能在公司之外

擁有任何股權，你以及你的直系親屬在公司之外，不能因為公司有相關的經濟往來，而擁有相關的利益。

4. 真誠溝通。

要反覆去真誠溝通。在這麼一個油膩世界裏，為甚麼我們的團隊不想油膩，不能油膩？我們到底怎麼做，為甚麼這麼做？一個月溝通不夠，那就兩三個月、兩三年，持續溝通。老員工、新員工都包括。

如果在明確底線和持續真誠溝通之後，還有人突破底線，必須堅決處理。該開除開除，該送司法機關送司法機關，該降職降職，該扣獎金扣獎金，一定要處理，否則，這個閉環無法形成，就形成不了一個相對不油膩的內部世界。

5. 創造一個相對不油膩的團隊，要長期執行下去，面對各種輪迴和起伏，不為所動。

為甚麼強調長期主義？因為一個不油膩的企業文化，是需要「傳幫帶」和因材施教。如果有些人不能履行這種文化，該淘汰就淘汰，同時加入認同這種文化的新人，不斷優化團隊。

作為一個不油膩的個體，需要長期的、艱辛的努力；作為一個不油膩的團隊，有可能需要核心的一小撮人，以及核心之外的幾十個人，長期的、艱辛的努力。但這種對於去油膩的努力是值得的，如果我們所有的團隊都不做這種去油膩的努力，那我們的世界會變成一個越來越差的世界。

保持團隊銳氣的五條秘籍

如果你是一個團隊領導，在一個工作環境中，帶團隊最應該忌諱的事情是甚麼？

曾國藩是這麼說的：「銳氣暗損，最為兵家所忌。」帶兵打仗，最怕沒有了那股銳氣。

第一，能不能幹，讓不讓幹，想不想幹。

我跟很多做過大事的人聊過，成一件事，最需要的是甚麼？最怕的是甚麼？最後總結為三個必要條件：第一，這件事你能幹，你有能力去幹；第二，這件事讓你幹，政策、法規、大形勢、體制、機制讓你幹；第三，這件事你想幹，你有動力去幹，你有熱情、激情去幹。如果非要在這三點裏拎出更重要的，還是你想不想幹。

能不能幹這件事，重要不重要？重要。但是不能幹是可以解決的，你可以學習，可以補充你的團隊和組織能力。

政策、法規、大形勢、體制、機制讓不讓你幹，重要不重要？非常重要。但它不是決定性因素，因為它是變動的，很多政策、法規、大形勢、體制、機制並不是鐵板一塊，隨着時間、各種力量的努力，會產生變化，原來不讓幹的，現

在讓幹了，原來不讓包產到戶，現在可以，現在可以多勞多得、獎勤罰懶了，所以當時在蛇口才會提出「時間就是金錢，效率就是生命」。改革開放四十年，實際上都是在制度、體制、機制上，看哪些事能讓世界變得更美好，可以讓幹。所以它不是固定、一成不變的。

想不想幹？這件事是你最能抓得着、看得到的。如果不想幹，再好的能力你不會用，再好的體制、機制，你也不會享受到好處。「銳氣暗損」，當你的銳氣已經沒了，沒有了鬥志時，你就甚麼也做不成了。

曾國藩說：「用兵無他謬巧，常存有餘不盡之氣而已。」我們總說，時間是我們的朋友，前提就是你的銳氣一直在。曾國藩講，打仗用兵，儘管打打殺殺複雜，如果只需要一種機巧，就是銳氣源源不斷。一直想拿第一、想成事、想讓世界變得更美好，不想把這麼美好的世界留給那些二貨，就是「常存有餘不盡之氣」。除了你之外，你的核心團隊、中層甚至普通員工，如果都有這種勁兒，你們一定有能力去做事，一定能夠等到體制、機制變得更容易做事的那一天。但是，如果沒有「有餘不盡」的銳氣，不好意思，所有的機會、所有的風都是給別人設的，不是給你設的。

「有餘不盡之氣」的「氣」其實就是精神。所謂團隊有銳氣，就是團隊有心氣兒，就是有強烈的好戰心和必勝的慾望。我最敬佩的老哥，在給他的團隊、員工講事情的時候，最令我感動的話是「我是個戰士」「我們是戰士」。

帶兵、帶團隊其實沒有太多機巧，最重要的一點就是讓

團隊有綿綿不盡的心氣兒，勝不驕，敗不餒，永遠不可抑制地跳動着要爭取更大勝利的好勝心。如果一些事讓團隊的心氣兒潛消暗損，沒了鬥志，沒了動力，接下來哪怕勝面依舊巨大，但就是不想勝了。你可以牽着一匹馬到河邊，但是你沒法逼一匹馬去喝水。沒了鬥志，贏不了戰爭，哪怕你有一切。一杯酒下肚，一時鬥志昂揚不難，就像寫文章的人，偶爾寫一篇好的千字文，覺得寫得不錯，得到一些掌聲，這並不難。但是長期用兵，長期讓團隊保持心氣兒，是極難的。銳氣暗損，想爭勝的心慢慢地消損，最為兵家所忌。

第二，如何保持團隊銳氣。

曾國藩沒講如何「常存有餘不盡之氣」，但是他多次提及，如何不讓銳氣暗損。我總結了五點。

1．帶隊的人最好是個狂熱的阿爾法人。

男的也好，女的也好，最好是一個阿爾法人類。阿爾法人類有哪幾個特徵？我的總結是三個「A」：Aggressive，他／她要一直保持一個非常強的好勝心；Acquisitive，他／她非常想獲得；Accumulative，他／她不僅想獲得，想勝利，而且「貪得無厭」，想一直勝，一直獲得。（聽着有點兒像我媽……）

帶團隊的人，最好在似乎不可能勝利的狀態下取得過勝利，這樣的人會產生巨大的信心，繼續去好勝強取，繼續「貪得無厭」。

帶團隊的人，最好有魅力或者手腕，讓團隊有時候盲目

地去相信他，能夠跟着他走。在看似沒希望的時候，只要他說有希望，團隊就認為有希望；在看似沒有方向的時候，只要他定方向，堅持這個方向，團隊就願意信他。下次遇上更困難的情況，他還能更加堅定地確定一個方向，大家又跟他走，他又勝了。這種仗只要打三次，這個團隊就接近於無敵了。

2．選擇本性樂觀、好勝的人加入團隊。

我經常有一種判斷，就是那種相對悲觀的應該去做藝術、做研究，不要做商業，商業不好幹。我在麥肯錫第一次見客戶，對方忽然來了一個電話，他抓起電話聊了半個小時，聊的都是很煩的事，後來他就跟我講，煩是一個好的高級管理者的日常，他只能面對各種煩而不煩，才能在這麼一個環境中做好。

如果你團隊裏有三四個看甚麼都悲觀的，一點沒好勝心的、特別佛系的人。他們一直在團隊裏在宣揚負面的、悲觀的、不進取的情緒，甚麼「人類啊，沒啥指望」「大海呀，過不去啊」「路上有獅子啊」等，你可以想想，這個團隊最後會是甚麼樣的氣氛。其實，說這些人佛系，是對佛系的誤解，佛是樂觀的、往前走的，只是能拿得起、放得下而已。

3．如果想一直保有銳氣，需要制定長期制勝的戰略。

中長期要往甚麼地方走，只有變成一個願景，在大家心中，上下同欲，這樣的團隊，它的銳氣才會一直在。

4．必須有一個有挑戰的、有勝算的、有誘惑力的近期目標。

光有長期戰略，大家總想着長期，身上沒有任何的壓力、興奮點了。有時候團隊需要一個甚至幾個短期的勝利，來鼓舞士氣。比如「這個月我們多賣了十萬」「這半年我們市場份額又增了 20%」，這些對團隊是有巨大的鼓勵作用的。千萬不要小看短期目標的實現。

「有勝算」的意思是，不要故意去打沒勝算的仗，偶爾一兩個去碰碰運氣可以，但多數要有勝算。「有誘惑力」是這個仗如果打贏了，你的團隊、相關的有功的人，有甚麼好處？要有非常具體的好處。我見過太多這種近期目標沒有實現，一個主要的原因就是，失敗後板子打不到任何人身上，成功後好處分不到任何人身上。勝，沒有獎勵；敗，沒有懲罰——在日常工作中比比皆是。所以制定有挑戰、有勝算、有誘惑力的近期目標，讓大家一個一個去實現，這樣對保持銳氣非常重要。

5．永遠讓團隊有事情做。

在最差的大環境裏，哪怕看不出明確的短期目標，都要讓團隊有事情做，不能讓大家閒着。逼他們去學習、野營，甚至做一些基礎研究，哪怕沒有短期的事情做，也不能讓團隊閒着。閒是很可怕的，閒則生事。有仗打，打仗；沒仗打，備戰。

銳氣暗損是兵家最大的忌諱，一定要保持團隊的銳氣，有強烈的好戰心和必勝的慾望。怎麼辦？找一個帶頭的人，他/她是一個狂熱的阿爾法人類，選擇本性樂觀、好勝的人加入團隊，制定長期制勝戰略，永遠有一個有挑戰、有勝算、有誘惑力的近期目標，永遠不讓團隊閒着，讓他們有事幹。有了這五點，就是一個能成事的團隊了。

怎樣看待公司的規章制度

　　講規章制度管理，先從曾國藩的一句話開始：「立法不難，行法為難。」意思是，設立法並不難，但是這些法制法規能夠執行，相對要困難一點。「以後總求實實行之」，「且常常行之」。立法之後要切實地、老老實實地去做，而且經常去做。「應事接物時，須從人情物理中之極粗極淺處着眼，莫從深處細處看。」在執行這些法、這些規則、跟人打交道、跟人一起做事的時候，要從人情、事理、最淺顯的地方去看，不要在細處看那麼清楚，不要太較真。

　　曾國藩這段話，往字裏行間去讀，有兩層意思。

　　第一層意思，就是規則。建立規則容易，執行規則難。對於規則，其實很多人總認為制定一個完美的規則最重要，其實不是。制定並不完美但是很實用的規則，能夠充份執行的規則，要遠遠比制定所謂的完美的規則而不去執行要好得多。規則建立後，要扎扎實實地執行，不間斷地執行。

　　第二層意思，是人情。規則是人定的規則，執行是人去執行，所以在規則的裏裏外外、前前後後、上上下下，都有兩個字——「人情」。做事要落實到具體，應事接物，揣摩人心，易粗不易細，易淺不易深。事情能做，大家能一起共

事就好，別考驗人性，考驗人性的都輸了；別想太多，也不需要知道那麼多，能長時間做到最基本的就已經很不錯了。

有些太小、太草根的公司，沒有任何規則。有些公司，有各種各樣的規章。但立規章是一回事，按規章辦事是另一回事，規章的人性化又是另外一回事。層層遞減下來，其實有很多執行的規章，以及執行過程中不講人性的規章，實際上比沒有規章、規則還要糟糕。

隔一年，最好再梳理一遍現有的規章，對於任何企業可能都適用。做做減法，沒減掉的就留下，留下的落到實處，切實執行。

在職場中有很多員工會抱怨公司的流程太多、太冗長、太刻板、太教條，沒有靈活多元的企業文化，怎麼能有創新？

有一類觀點甚至是，考勤開始嚴格起來，領導天天開始強調紀律，說明這個公司業務發展已經進入緩慢，甚至到了嚴重的瓶頸期，只能不停在這些事上去苛刻。這個說法，有它一定的道理，但並不是說，規章制度就是一個洪水猛獸，刻板地去做規章制度就是走向衰敗的象徵。

第一，規章制度的本質是協調和控制。

從一個管理專家的角度來看，規章制度的本質是甚麼？是協調和控制。大家怎麼配合，去做一個複雜的事情，以及如何控制這個事情能大致做到風險可控。

為甚麼說沒有規章制度不行？

1. 因為沒有規章制度，效率低。

　　我帶過上萬人的團隊，一萬個人，一萬個心，你基本可以確定，大家的心想得都不一樣。你再退兩三步，甚至退一萬步説，即使重心都相同，大家想的都一樣，都想做成一件事，都不想謀私利。但遇上具體某件事情，如何能保證大家做法相同？如何能保證大家配合有效？如何能保證大家能夠在風險可控的狀態下，把事情完成？坦率地講，沒有規章制度，並不是説所有問題都解決不了；只是即使問題解決了，效率也可能很低，而且在過程中，因為沒有規章制度大家不知道應該怎麼去做，風險也絕對不會小。

　　2011 年我和我的團隊一起創建了華潤醫療，當時有一個老哥創業非常成功——他把城市燃氣行業，從無到有，做到中國最好，甚至亞洲最好，中國最大，亞洲最大——我問他，老哥，你對我有甚麼建議？他説的非常簡單：你是戰略專家，你在戰略方向、戰略部署、戰略敏感度方面比我強，我只提醒你一點，在創業的開始，團隊要聽你的。

　　當時我想這句話想了很久，團隊要聽我的，我要有威信。但在解決「團隊要聽我的」這個問題之前，還有一個問題就是，他們聽甚麼，我的方向是甚麼，以及做事的方式和方法是甚麼。而做事的方式和方法中的很大一部份是規章制度。後來在創業的初期，我花了很多的工夫來制定規章制度。在有了規章制度之後，又用一個神奇的方式解決了「團隊聽我的」這件事，這個神奇的方式是民主集中制。如果你有了規

章制度，也不能保證團隊一定聽你的，但如果你沒有規章制度，我可以保證團隊一定不聽你的。

2．沒有規章制度，很難規模化。

舉個例子，如果你想用一個新團隊去管理一所新醫院，甚至是從零開始建一所新醫院，那新團隊建、管、運營一所新醫院，怎麼能夠做到事情辦得有條理，能夠在成事的過程中，從文化、從價值，跟你整個集團的文化和價值不偏離？你的管理手冊在哪兒，你的運營手冊在哪兒？而管理手冊、運營手冊跳出來看就是規章制度。

3．沒有規章制度，風險會高。

也許有人會說，沒有規章制度，在某些事上會產生神奇的效果。的確，某些時候沒有規章制度，產生了一些意想不到的效果，但從總體管理上，這並不是件好事。因為它風險太高了，投機取巧不能長久，個人英雄主義也不能長久；因為不能確定，個人是不是每次都能在大家的協調配合下完成這件事，也不能確定每次風險是否都在可控的範圍內。的確有些時候個人冒了巨大的風險，壞的事情沒有發生，但並不意味着，這麼大的風險個人每次都可以面對。因為你不是一個人，你後邊是團隊、是公司、是集體，不能讓一個人或一個小團隊，經常去冒整個大集體、大公司、大團隊不能冒的風險。

第二，如何制定和執行規章制度？

1. 制定規章制度圍繞三個維度：運營制度、財務制度、
   人事制度。

   如果再精練一些，一個是運營手冊，一個是管理手冊。

   公司的一個維度是運營制度。公司從產生產品和服務，
   到最後收上錢和客戶維護，這一步一步主要的運營流程，大
   家應該如何配合，誰負責甚麼，互相有甚麼樣的信息流，互
   相有甚麼樣的決策流，互相有甚麼樣的物流，這些要明確。

   另一個維度是管理制度，特別是財務制度和人事制度。
   比如，應收應付的管理、現金的管理、貸款的管理、借款的
   管理；比如業績管理、招聘管理、幹部培養制度，等等。

2. 運營制度、財務制度、人事制度建立了之後，重要的
   是行勝於言。

   執行，執行，執行，不斷執行，非常謹慎地制定規則，
   堅決執行已經制定好、大家已經同意的規則；不要產生惡法，
   或者產生沒用的、浪費的、沒人去執行的法。

   舉個簡單的例子。在我曾經非常用心建的一所新的大型
   兒童醫院的時候，我們花了四個月的時間，重新梳理了它的
   業績管理制度，獎勤罰懶，獎優罰劣。四個月的時間，我們
   訪談了接近一千個人，最後定出一個制度，管理層做出決定
   後，開始執行。

執行制度後的第二個月，原來管理層中非常重要的一個人，找到我說，馮董事長，這件事不能這樣做，這個管理制度執行不下去。我問，為甚麼？他說，你看，這個麻醉科的主任，因為執行業績管理制度之後，他的業績獎金從一萬元上升到三萬元，接近四萬元。我說，那又怎樣？他說，這樣不行的！我說，為甚麼不行？他說，漲得太高太快了！我說，數算對了沒？他說，算對了。我說，符合咱們新的業績管理制度不？他說，符合。那後來我就跟他講，不好意思，管理要講誠信，人要講誠信，一個新的制度、新的改革，也要講誠信；別說他這個月掙四萬元，如果這個月按新的管理制度算出來，他掙四十萬元，我們也要照付，我來負這個責。

　　如果你定了一個制度，特別是在早期，有絲毫的猶豫、搖擺、不執行，不好意思，你定的制度就是廢紙一張。

3. 積攢執行中的問題，一年或半年後修正。

　　並不是說，一旦頒佈制度，在制度執行過程中絕對不可以修改。如果問題太大，可以臨時開特別委員會商討。通常是一年之後再修訂，如果問題挺多，最快半年修訂，不要不修訂，也不要修訂得太頻繁。

4. 「二八原則」，定制度不要求全，盡量淺顯，否則很難做執行。

　　如果不能執行，會影響管理層的威信，影響一把手的威信。

5. 在執行過程中，勸團隊，特別是團隊的核心人員，不要太去想彼此做事的行為動機。

　　就像不要總把辦公室裝修得跟家一樣，也不一定要把工作團隊處得太親密無間，不必都成 100% 的親人，有點距離挺好，能共事就好。

　　我有一個很好的團隊成員，跟我一起工作了很久，久到甚麼程度？我們一起摸爬滾打十年以上。坦率地講，我甚至不知道他的性取向，完全沒見過他的太太，或者說沒見過他的合夥人，但這些完全不影響我對他的信任，以及我們在工作中的配合。

　　也勸各位，好的團隊不一定要親密無間，成為親人，彼此之間沒有秘密。只要大家能夠配合，按照規章制度，大家能把事幹好，能夠有福同享，有難同當，就可以了。

第三，光靠規章制度不行。

1. 即使是最好的規章制度，也解決不了團隊動力問題。

　　團隊的動力靠甚麼解決？我在其他文章裏講過，要靠理想，共同的事業；要靠錢，也就是說，大家如果把事情做好，要分到足夠的錢，能夠過上體面的生活。還要靠甚麼？靠所謂的事業，就是你做得越好，你會有更大的責任，你會管更多的人，你會成更大的事，成事本身是很有誘惑力的一件事。

2．即使是最好的規章制度，也解決不了能力問題，代替不了人才管理。

比如，培訓。正式的、非正式的培訓，你定好了規章制度，並不意味着萬事大吉。有些 CEO 說，我已經把規章制度都定好了，有一個管理手冊、一個運營手冊，兩本書，我「咣噹」就可以扔在桌面上，我是不是就可以睡大覺了？我是不是就可以去忙別的事了？不是。定好了規章制度，不意味着萬事大吉，你的團隊不一定有動力，你的團隊不一定有能力，去解決他們工作中面對的問題。特別是最開始，這個 CEO 還是不得不撸起袖子自己下場去幹。

3．再好的規章制度，也會限制某些天才。

如果你認為這件事對於這個小天才、這個天才小團隊需要網開一面，那你就在規章制度中明確出來。比如，在規章制度中，明確這個小天才、這個天才小團隊的投資權限、用人權限等重要權限，可以跟其他的團隊、其他人不一樣。你要跟其他人、其他的團隊說清楚，為甚麼不一樣，怎麼不一樣，為甚麼這對整個公司會好。甚至在組織架構上，可以把他們設成特別行動小組，跟 CEO 直接彙報。再比如，你甚至在他們發展起來之後，給他們一個願景，給他們一個遙遠的目標，讓他們單獨去上市，單獨 IPO。

99% 的人不會開會

　　我們誰都不喜歡開會，但是我不得不説，如果想成事，請把開會作為你最喜歡的運動，修煉成你最擅長的運動。

　　我們為甚麼要開會？有句老話叫「二人同心，其利斷金」。如果兩個人想的事，能夠發自內心地彼此認同，他們做出共同的動作能產生的效果，像切掉金子的寶劍一樣鋒利。如果想產生這麼大的價值，那只有一個辦法，就是面對面地開會。

　　還有句老話叫：「知人知面不知心。」隔着那麼大的社會背景、成長背景的差異，你們很難對一個詞都產生同樣的概念，何況對一件事，所以説必須開會交流。

　　我在美國讀全職 MBA 期間，學到了一個關鍵詞──communication（交流）。交流是通過甚麼形式？開會。交流不好的時候去做事，很有可能是破壞價值。

　　99% 的領導都不會開會。會議往往有四大痛點。

　　第一，冗長。領導誇自己一個小時，罵員工一個小時，互相扯淡一個小時，除了領導話癆，還有下屬的話癆，抓住自己那點屁事，從頭説到尾。還有一些愛説競爭對手壞話的話癆，總是説自己有多好，別人有多差。

第二，無效。會議不準時，沒有議題，沒有準備，討論的時候不聚焦，最後達不成共識，當然也沒有執行。

第三，傷感情。本來還是好朋友，還是好的領導下屬關係，開着開着掰了，摔門而去，朋友都沒得做了。

第四，冷場。開會就是走形式，宣佈一下決議，問誰誰也不說，領導說甚麼大家都舉手說領導說得好。開這種會有甚麼意思呢？如果只是領導宣佈一下決策，那為甚麼不寫個郵件呢？

麥肯錫的開會法是全球財富五百強公司的開會法。在我過去二十年繁重的管理工作中，幾乎每天開三個以上的會，總數超過兩萬個。這兩萬個會提煉的經驗，能做兩天面對面的培訓。這裏只談三步：會前、會中、會後，如何管理會議。

第一，會前：不召開無準備的會。

1. 會前做好五個 W。

What，開會的主要內容是甚麼，目的是甚麼。

When，何時開會。不能說：「啊，明天上午開。」上午幾點開？要精確到分鐘。

Who，誰來開會，誰做主持，誰做發言，誰做記錄，每個人來做甚麼，通知到每個人。

Where，何地開會。

Why，為甚麼開會要講這個問題。不能簡單粗暴地說「OK，明天過來開會」，而是要把會議目的講清楚，大家了

解此事，才會對此事有動力，開會效果才會好。

2. 會議材料提前一天發到參會人手上。

除非是頭腦風暴會，否則給大家二十四小時的時間來消化會議內容。

3. 會議主講人會前做好演講準備。

一個秘訣就是，如果你想被大家了解，想獲得更多的機會，在會前好好做好演講準備，是最快的捷徑。不要浪費任何一個能在大家面前發言的機會。

會議準備的一個常見誤區是：你有一個小時的準備時間，卻花五十五分鐘在完善 PPT，重新潤色。你應該要做的是想想怎麼講。你明天只有五分鐘，面對一堆高管，一年可能只有幾次這樣的機會，為甚麼不花一個小時，甚至兩個小時，好好練這五分鐘要講的東西？這五分鐘講好了，給別人留下深刻的印象，別人知道你的表達清晰、思維縝密，你將來就會有更多的機會。

4. 會議細節再發一遍。

如果有電話撥入號碼或密碼，你如果兩天前給，有可能這個信息已經消失在茫茫的 E-mail 或消息中。在會前兩三個小時再發一遍，大家就不用再翻記錄，讓參會人的麻煩越少越好。

以上是會前的一些準備，能做到這樣，你已經成功了一半。

第二，會中：不結束沒結論的會。

1. 到場必須準時。

不能準時的人控制不了自己的時間，控制不了自己時間的人，也就是控制不了自己生命的人。從根本上，這樣的人不會是一個好的管理者。交通擁堵永遠不是藉口，北京、上海永遠會堵。我發現一個特點，到了高階的領導，80% 的人會提前十分鐘到十五分鐘到會場。

2. 比較嚴肅、正式的會，最好有一個主持人。

主持人是控局的人，這個人要把整個流程管理好，甚麼時間討論甚麼事情，還有就是解決問題。有些人是光管時間，沒意識到時間是用來解決問題的。一個好的主持人，能一步一步地解決一個個不成形的問題，到最後讓大家達成共識。

下面是給會議主持人的一些小技巧。

（1）在最開始的時候，可以強調四個「P」。第一個 P 是 Purpose，也就是告訴大家會議的目的是甚麼。第二個 P 是 Preview，告訴大家這個會有幾項內容，做一個預覽。第三個 P 是 Procedure，也就是這個會怎麼進行。你可以說，我們這是一個頭腦風暴會，大家有任何意見，可以隨時舉手說。也可以說咱們是一個彙報會，先由主講人講多少分鐘，講完之後，有多少分鐘是大家的討論時間，還有最後的總結時間是多少。先把流程跟大家說好。最後一個 P 是 Pay off，就是

這個會希望最後達成甚麼共識，或者完成甚麼決策、安排甚麼事情。一個 Pay off 讓大家對於會議的效果有一個預期，對最後達到的效果會很有幫助。也可以把最想要達到的效果放在最前面講。

（2）如果會議裏有陌生人，大家第一次相見，一定要彼此介紹，這是起碼的禮貌。介紹的時候突出各自的姓名，以及背景和身份。比如説他是一個大分子生物藥的專家，國家「千人計劃」的其中一個。這樣當其他人聽他講大分子藥物的技術細節的時候，就會把他的發言當成專家意見。而他講管理、營銷這些事情，就可以把他當成一個從常識角度講管理問題的人。大家帶着一定的重點去聽會有更好的效果。

（3）在歐美開會一定會介紹逃生門。萬一發生火災、地震，應該從哪裏跑，最近的逃生門在哪兒。

（4）運用白板做關鍵記錄。有時候大家討論，特別是在空氣比較稀薄的地方，溫度比較熱的會議室，已經討論兩三個小時了，大家的腦子很容易變木，如果你有一個白板，站起來記錄下討論中的關鍵，對解決問題的推進有相當好的作用。

（5）幫助有些説不清楚的人，提煉關鍵點。有時候，有些人有點內容，但説不出來。你作為主持人就要把他的關鍵點提出來，最後跟他確認你提出的，是不是他想説的。這樣方便探究不同的意見，做好 1＋1＞2。

（6）如果大家的爭執不能產生結論，或者爭論跟會議主旨無關的問題，那怎麼辦？Parking lot，你單列出一張紙，

説這幾件事情，討論完這次會議的問題之後再討論，或者再安排會議討論。把跟會議主旨無關的爭論點單列出來，就是 Parking lot。

（7）爭論失控的時候，時間被拖延的時候，回到原點。提醒大家，這個會議的目的是甚麼，有甚麼要解決的問題，應該如何來討論，等等。

（8）控制好話癆和情緒化狀態。有兩類人，一類人把事情都想好了再説，另一類人是在説話的過程中把問題想明白。後者有他們的優點，但是在有些會上，有可能成為會議的破壞者，説得太多了，帶着情緒説，佔用太多的時間。這種時候，你可以遞給他一瓶水，必要的時候，你要站起來説某某某，您的説話時間到了。

如果大家都進入話癆和情緒化的狀態，特別是有很激烈的情緒狀態，我的建議是停止會議。沒有甚麼是睡覺不能解決的。明天再討論爭執的這些點，90% 的爭執點已經沒了，甚至 100% 的爭執點已經沒了。我們只是太累、太情緒化了，只是為了爭論而爭論而已。情緒管理非常重要，我們都還是人。

（9）控制大家玩手機。接電話的時候請他去會議室外接。如果能做到這一點，坦率地講，在現在這個商業環境裏，這個會已經做得比其他 50% 的會要好了。

（10）總結提煉發言人的觀點，達成共識。達成共識有很多小技巧，最重要的技巧就是民主集中制。在會上要給大家足夠的時間、足夠的空間、足夠的自由度去説話。每個人都把話説完了，最後民主集中表決。

這種民主集中，又有幾種方式。比如從長單子到短單子，大家提供的解決方案有 A、B、C、D、E，能不能把最不靠譜的篩掉，只剩 A、B、C，然後對 A、B、C 進行舉手表決。

還有一個方式，就是訴諸權威。開會一定有一個級別最高的負責人，如果舉手表決之後發現票數相差不多，那讓他做最後的總結發言，定這個會議的決策是甚麼，以及他為甚麼這麼定。讓他一個人的意見比平均每個人的意見多一些權重。

你看一個主持人，還是需要做好多事的。一個人如果能主持好會議，其實就已經是一個挺好的管理者了。

3．發言人遵循兩個最重要的原則：一是要守時，二是金字塔原則。

給你十分鐘，你就說十分鐘，不要講得太長，講得長就是佔用別人的時間。想守時，想用時短，又想把東西說明白，要苦練「金字塔原則」。這是一個思考問題和表達問題的結構化原則，就是 Misc 原則。不重不漏，你說的幾個點，要基本上覆蓋所需要說的全貌，同時又彼此沒有重複。「不重不漏」這四個字，用普通的中文表達，就是一個中心、三五個基本點，說完了就可以了。

4．參會人有反對的義務。

既不是主持人，又不是發言人，這個參加會的人要做甚麼？在麥肯錫，我們給每個人灌輸一個觀念，就是反對的義務（Obligation To Dissent）。公司給你工資，給你時間，讓

你參加一個會議，不是讓你去喝水的，不是讓你在筆記本上練硬筆書法的。你要聽大家的發言，一旦有任何意見，哪怕你是最小的職員，也有反對的義務。這一點再怎麼強調都不過份，因為往往參會的初級管理人員、初級工作人員，對一線的信息收集最全、最敏感，可能最沒有成見，又是最沒有利益衝突的人。他如果看出一個問題，產生了反對情緒和反對意見，如果這時候不說，對於整件事可能有非常大的風險。會議定了決策之後再翻盤是一個很費事的工作。在定決策之前，如果有人有反對意見，如果你能鼓勵他說出來，對整個風險控制是一個極大的幫助。

5. 相對正式的會議，最好有一個的書面會議紀要，哪怕很簡單。

這樣大家不會逼着彼此去想會議上講了甚麼，最後做了甚麼決策。因為人是有弱點的，有時候只想聽自己喜歡聽的，只想記自己想記的。如果我們對當時的情景產生羅生門一般的狀態，大家想的都不一樣，聽的都不一樣，記得都不一樣，怎麼辦？這時候如果有一頁會議紀要，重新看一眼，問題就解決了。

第三，會後：不允許不落實的會。

做了會議準備，好好開了個會，並不代表就結束了。離開會議室，只是這個會議效果的開始。會後要做到兩點：一個是 Follow through，一個是 Feedback。

1．Follow through，督促執行。

有可能是主持人做這個工作，有可能是一把手做這個工作，有可能是記錄人做這個工作。這就是會議做的決策：誰，甚麼時候，幹甚麼，遞交甚麼東西，得有人去盯着，要隔三岔五看這件事做到甚麼程度了，又發生了甚麼新的情況。

2．Feedback，結果反饋。

具體執行的人有義務跟相關領導反饋。反饋上次開的會做了甚麼決策，讓我做甚麼事情，我去做了，結果發生了甚麼。如果需要，再召集一次會議；如果不需要，也要告訴相關的領導，事情怎麼樣了。

我在實際管理工作中，特別不贊同團隊成員的一種態度：這個事拖拖就過去了，或許馮老師就忘了。從「成事心法」的角度，我不得不說，不一定每件事都能做成，但是要做到件件有落實，事事有回應。養成這個習慣，你會發現很多事也就做成了。

如何傾聽不同的意見

　　做人不能只聽誇的，維繫關係不能只靠誇讚。不論戀愛，還是婚姻，甚至工作，需要平衡感，需要相互聽到對方的聲音，尤其是反對的聲音。

　　如何傾聽不同的意見？

　　想傾聽不同意見，有兩個最核心的問題：一、你要鼓勵別人說出來；二、如何去聽，如何去判斷。這兩方面缺一不可。

　　如果人家不願意，或者沒有完全說出來，你怎麼去聽？如果人家說出來，你不會聽，或者不想聽，人家也不會繼續說。所以這兩件事情，是相輔相成的，如果做得好，構成一個正向循環；如果做得不好，就會構成一個惡性循環，甚至死循環，你再也聽不到別人的好意見了。

　　這是管理中常見也很難處理的一件事。

第一，如何鼓勵別人把不同意見說出來？

　　在麥肯錫，有一條鐵律——「Obligation To Dissent」，就是你有反對的責任。注意，是「責任」。公司培養你，給你花時間，給你工資，如果在大家討論的時候，級別比你高的人說的東西，你不同意，你不是有權利說反對意見，而是

你有責任說。

當聽到不同意見的時候，麥肯錫還有一套「三步走」話術。

1. 必須感謝，要謝謝人家。說「謝謝 Jenny 提意見」「謝謝 Henry 提意見」。

2. 需要停頓一下，重複一下別人說的意見，讓對方感覺到，你尊重他的意見。

3. 如果同意對方的反對意見，就表示同意，非常真誠地表示同意。如果不同意，不必爭論，不必反對。說一句，「我會認真考慮，感謝你的意見，我會再想一下」。

這一套話術，在麥肯錫幾乎形成鐵律。如果不這麼做，底層的信息很難一層層傳到上邊。如果你是 CEO，你與一線員工有可能隔着兩層、三層，甚至四層。各公司的組織結構不一樣，是否扁平也不一定。在這樣的情況下，如果不讓大家把意見說出來，特別是不同意見說出來，你會發現你離實際情況越來越遠，公司的風險也會越來越大。

因為你不在一線，一定要記住這一點。

第二，如何形成文化？

其實人有一個很神奇的特點：別人誇你九句，罵你一句，你往往只記得罵你的那一句，會對負面的評價非常敏感、非常不舒服。而對好的評價你會越聽越覺得不夠，越聽越覺得順，越聽越想聽。你會經常想，怎麼還沒有人誇我，怎麼今天這個人不誇我，為甚麼這個人昨天誇了我五句今天才三句，

等等。

如果一個機構把這種人性擴大到極致，大家只會說好話，慢慢就變成只會誇人的小人。整個機構，就會把問題越拖越久、越拖越多，直到有一天實在包不住就露出來了。

這也是為甚麼中國歷朝歷代都鼓勵諫官。像魏徵，他能夠秉心直諫，自己想甚麼，就能夠坦誠地說出來，哪怕批評的是皇上，他也能說出來。之所以有鼓勵諫官這種傳統，恰恰是因為，能把反對意見公開大膽說出來非常難。

在一個機構也是一樣，你作為一個有較高位置的管理者、成事者，會有很多人說你好話，很少有人說你不好。我有一個訣竅，因為我的書越賣越好，幹的事越來越多，黑我的人就越來越多。最開始我還去拉黑，偶爾還會有一些想法：我要不要回應一下、反駁一下？我現在在處理的方式就是：首先一律不拉黑；其次一律不反駁；最後我偶爾還會去找一找是怎麼罵的，誰最近以新穎的方式罵我。有時候用這種方式，讓自己冷靜一下，對我來說，是一盆挺好的涼水。

當你跟周圍人明確說，你希望聽到不同意見，並慢慢培養出這種氛圍的時候，下面的問題就是，如何去聽不同意見。

第三，如何聽取不同意見？

對這個問題，曾國藩是這麼說的。

「用人極難，聽言亦殊不易。」你想人盡其才，物盡其用，其實是很難的。你聽別人給你的意見，也是不容易的。「全賴見多識廣，熟思審處，方寸中有一定之權衡。」

1．見多識廣。

真的想聽別人的意見，想要很好地、有建設性地聽別人的意見，全靠你見多識廣。

2．熟思審處。

不能別人說啥就是啥，或者別人一說反對，你就堅持自己的意見，這兩種極端都不可取。你需要做的是，反覆多次思考，謹慎給出意見。不要認為自己總是對的，也不要總是聽別人的。一個成事的人、一個好的管理者，是不可能沒主意的。多數時候有可能你是對的，但在有時候你要考慮別人的意見也有可能是對的。

3．權衡。

權衡各方利益和各個方案，有公平心、有主次、有取捨，綜合地做出判斷。這是聽意見最後一步要做的，也就是形成管理決策。

怎麼做出管理決策？我再給出一個非常實用的框架工具，分三步。

（1）**列出備選方案。**一件事有哪幾種可行的方案。

（2）**列出每種方案的優點、缺點。**沒有一種方案是十全十美的，如果真有一種方案十全十美，大家就不用討論了，你一說，我就聽。

（3）**給出建議。**要給領導明確的態度。因為幾個方案有

怎樣的缺點、優點，以我的見識，我認為應該怎麼辦，我選擇方案 A，還是 B，不要讓領導做選擇題。

其實這麼做的好處有很多。

（1）培養你的判斷能力和見識。時間長了，我提出十個建議，領導都同意了，說明我也不錯。

（2）減少領導的工作量。領導有很多的工作，需要應付很多人，你讓他省一點力氣，他就會做事效率更高一點。

（3）第一個做決策的、提出建議的人可能是你，而不是領導。因為你最接近一線，了解的情況最全面，你做判斷，再讓領導說對和不對，這樣是最合理、風險最小的。反過來，如果領導基於你給他的不足的事實，做出判斷。你因為他是領導，礙於面子，不願意發出反對的聲音。前面說的「Obligation To Dissent」，在現實生活中，大部份人是不願意反對領導意見的。這樣時間長了，風險就會越積越多，管理效率也會越來越低。

舉個例子，在疫情期間，某超一線美妝品牌，銷售大受影響。品牌總監跟我講，在 2020 年的第一季度，銷售下降率為百分之七八十，甚至百分之九十。

我問：「你們的品牌力不是很強嗎？」

品牌總監說：「馮老師，我們的銷售模式都是線下導購模式。當你進高端的商場，有導購小姐介紹，有店面的陳設、廣告……看到這些實體，眼花繚亂，心裏非常舒服，感覺買這麼一個高檔品牌，自己也變得高檔起來。而當疫情一來時，商場關掉，逛街的人越來越少。這對於品牌來說，就產生了

一個管理問題，怎麼進軍電商？已經不是要不要做電商，而是怎麼做電商。」

高端品牌如何進入電商，一定會存在幾種方案。

第一種選擇是全面外包。從廣告文案到推廣，到支付、物流、客服……全包給別人，我還做自己線下的生意。無非是把線下的產品，委託不同的第三方來做線上的推廣和銷售。

第二種選擇是全面自己幹，從廣告文案、推廣、支付、物流、客服等。

第三種選擇是有些自己做，有些外包，比如廣告文案外包，物流、客服自己來做。幾個不同的方案，一定都有優點、缺點。對於不同品牌，一定會有一個最合適它的方式。在列出每種方案的優點、缺點後，給出意見。

要利用「庸眾」的無知

眾情管理是甚麼？即如何更好地管理大家的情緒。

曾國藩有句話：「愚民無知，於素所未見未聞之事，輒疑其難於上天」，老百姓愚蠢、無知，在他們過去沒有看過、聽過的事情上，他們會認為這些事情像上青天一樣難；「一人告退，百人附和」，愚民中有一個人說，我不幹了，我不跟你玩了，我趕快跑，我嚇壞了，那一百個人就跟着跑，跟着認同，「其實並無真知灼見」；「假令一人稱好，即千人同聲稱好矣」，反之，有一個人說好，你也會看到有一百個人，甚至幾百個、上千個人跟着往前走。

表面上這句話的意思是，群眾無知，只會盲從。實際的意思是，一個好的領導，如果他能掌握時機，在合適的時機振臂一呼，就能夠起到以一當十、以十當百、以百當千的作用，這就是精英的素質，也是領導的藝術。庸眾無知，是個事實，這個事實，常常令人悲哀，也常常被各種領袖人物利用，你不洗他們的腦子，別人也會洗他們的腦子。

曾國藩這句話，如果用來作惡，常常能做成大惡；如果用之行善，也能做成大善事。那我就借此跟大家分享五點，這五點都是關於如何更好地管理大家的情緒。

第一，要有個領袖。

　　成事躲不開的就是一個領袖。這個領袖，戰略上要看得清，甚至退一步，他至少認為自己看得清，至少對未來的方向、自己要做的戰略舉措，非常篤定。做到這些其實是不容易的。從正面去看，這需要特別好的戰略素養，需要建立在過去業績上的信心。從相對負面去看，這個領袖需要偏執，需要自信，甚至需要有些盲目的自信，這樣才有可能更好地管理眾情。

第二，要有個戰略。

　　針對戰略，常見的誤區是，戰略是領袖的一句口號：「我們要實現四個現代化。」這是願景，是宏偉目標，但這不是戰略。甚麼是戰略？戰略就是如果一個領袖帶着他的班子、他的核心團隊，把這個戰略制定出來了，這個組織的中層要非常清楚，在之後的三年，和三年裏的每一個月做甚麼，以及為甚麼去做。讓這個組織中的三四個中層分頭去默寫，下月該做甚麼，公司最重要的目的是甚麼，他們默寫的東西應該有 80% 的類似，這樣才能說這個公司是有一個好的戰略。

　　不得不說，如果是新團隊，情況複雜且緊急，戰略制定必須相對簡潔，甚至相對獨斷。意思就是上面說的那個領袖，完全可以說，你願意跟着我走，大家一起走，你不相信我，你自己走開。這也是司馬遷在《史記‧滑稽列傳》中說的一句話：「民可以樂成，不可與慮始。」這些庸眾、這些群眾，

可以坐享其成，但是不可以和這些庸眾、這些民眾來考慮最開始的戰略。戰略要由 CEO 定。當然，如果情況不緊急，如果不是新團隊，大家還是可以嚴格地去按戰略規劃的方式方法做，但是緊急情況下，我同意「民可以樂成，不可與慮始」。

第三，要一個好的契機。

這種契機，在眾情管理上往往是一個關鍵點，在這個關鍵點上大家需要一個方向。好比在漫漫的長夜，在一個不知道方向、沒有 GPS，也沒有北斗指向的地方，大家應該往何處去？這種時候，需要明快決斷。像做藝術最強調的：「所貴者膽，所要者魂」，需要領袖、核心班子的膽量，需要能抓住現在事情中最重要的部份，甚麼樣的方向幾乎來講是最對的方向。你需要這麼一個往前衝的契機，但在這個契機上，如果你不決策，一定是「死」。

第四，要有個口號。

這個口號，要跟制定的戰略有契同性，同時，要把你的戰略訴求口號化。口號就是老太太也能明白，老頭聽了也能嗨起來。

比如，在秦朝的時候，大家就講「王侯將相寧有種乎？」王侯將相，他們難道天生基因跟我們不一樣嗎？

比如，曾國藩在起兵打太平天國之前，他說：「舉中國數千年禮儀人倫，詩書典則，一旦掃地蕩盡，此豈獨我大清之變，乃開闢以來名教之奇變」，太平天國是把我們數千年

的禮儀人倫、詩書典則都摧毀了，斷了我們的根，這不只是在大清朝的奇變，也是開天闢地以來，我們儒教，我們名教，面臨的最大的危險；「我孔子、孟子之所痛哭於九原」，我們親愛的孔子、孟子，因為這樣在地下痛哭；「凡讀書識字者，又烏可袖手安坐，不思一為之所也」，我們這種讀書識禮的人，又怎麼能袖手旁觀，看着這種禮崩樂壞持續呢？

曾國藩在跟太平天國開戰之前，寫的文章中最重要的就是有口號化的訴求。大家一聽到口號就義憤填膺，覺得我要去幹！之後大家也是遵從這樣的原則──比如，「驅除韃虜，恢復中華」；比如，「為中華之崛起而讀書」；比如，「分地主的糧，上地主的床」；比如，「大眾創業，萬眾創新」──這些把某種戰略化成口號，都是屢試不爽的嘗試。

你有可能會問我說，我沒戰略，還想有個口號，怎麼辦？教你一個訣竅，如果做不到有邏輯，做不到有戰略，做不到動員，那就數字化，比如，「五講四美三熱愛」；比如，「三好學生」，等等。

第五，堅持。

在前面我分享過，我有一個老哥，在我創辦華潤醫療的時候，給我的第一個建議是，你要讓你的團隊聽你的；給我的第二個建議是兩個字，「堅持」。讓你的團隊持續聽你的，你持續相信自己制定的戰略，堅持執行下去。不要因為一個月、半年、一年，甚至兩年，局部的艱難困苦，局部的暫時失利，而改變你的戰略方向。

修過成事心法的人，不會輕易被自己的情緒、利益、虛榮把持，戰略方向也不會差得太遠。那戰略方向基本正確之後，帶着團隊堅持，掘井及泉，就變成制勝成事中最重要的一個因素。你一旦堅持，一旦推動自己掘井及泉，那時間就成了你的朋友。定好口號和戰略只是開始，下邊還需要堅持，除了不斷行之外，就是要反覆嘮叨，特別你是 CEO，你話一定要多，要讓你的團隊基本能夠背出來你到底是怎麼想的。我自己到了 50 歲，厭倦了嘮叨，所以才想起寫《馮唐成事心法》，讓團隊反覆去看，讓大家反覆去看。

變革管理：以不變應萬變

變革管理的另外一面：以不變應萬變。

其實在實際的工作和生活中，80% 的情境下，最好的變革管理是不變，以不變應萬變。聽上去是個悖論，但是你在不變的前提下，維持和保護固有的東西，並且改善相應的不足——「開着車的時候換輪胎」，在很多情況下，是可以應萬變的。

變革管理，如果切一刀，一個維度是變革制度，另一個維度是變革人。關於這兩個維度，曾國藩有句話「先哲稱利不什不變法，吾謂人不什不易舊」。意思是，先哲說，如果沒有十倍的利益就不去變法；如果沒有十倍的人才儲備，或者說，新人沒有比舊人好十倍，這種情況下，不換人。

這兩個維度看似簡單，但無論是生意模式，還是做生意模式的人，這兩個合在一起，差不多就是一個能成事的組織的最重要的部份。

順着曾國藩這兩個維度，談談變革管理。

第一，制度改革，「利不什不變法」。

1. 有些事是亙古不變的。

比如，佛陀現在還是佛陀，耶穌還是耶穌，孔子還是孔子，老子還是老子，曾國藩還是曾國藩，這些智慧層面的東西並沒有明顯的改變。

記得我剛去麥肯錫的時候，第一天，新人介紹，讓我熟悉這個公司，熟悉公司的工作環境、生活環境。當時會找一個資深的合夥人，我記着那次是 Gordon Orr（歐高敦）來跟我們説，公司是甚麼樣子的，你會遇到甚麼事情，你會遇到甚麼大的困擾，如果遇上這些困擾應該怎麼辦。然後 Gordon 説，你們有甚麼問題問我呀？我當時年幼無知，也年輕氣盛，很二貨地舉手説，Gordon，我要問問題。我説，已經 21 世紀了，非歐幾何、量子物理，包括像 AI 的進步，各種數、理、化、天、地、生、文、史、哲的進步，已經有這麼多更新了，麥肯錫作為一家有一百年歷史的管理公司，圍繞着戰略管理來做商業管理的諮詢，會不會出現「時代變了，科技進步了，這些管理的智慧、管理的方法，對於今天它不適用了？」

當時 Gordon 認真想了一下，很坦誠地跟我説，以他所知，他覺得這些管理智慧，哪怕是一百年前的，甚至五百年前、一千年前的管理智慧，至今仍然適用。

有人問我，「我能理解，麥肯錫一直在用西方的管理智慧在做管理實踐，這麼多年都在持續地改善，持續地進步，

那你為甚麼會對東方的管理智慧，特別是對曾國藩的管理智慧這麼看重？」不得不說，以麥肯錫為代表的西方管理智慧，並沒有因為科技的進步、時間的推移而變得毫無用處，絕大部份的智慧到現在依舊有用。與此類似，以《二十四史》、以《資治通鑒》、以曾國藩的理念為代表的東方管理智慧，到今天，特別是在中國，也依舊適用。

我堅信，如果曾國藩能活到今天，還是能夠當上大集團的 CEO，或者某個官員的，他的戰略思維和管理智慧，在相當大的程度上還是適用於今天的。

2．存在即合理，再不合理，也有合理性。

一個公司，它現在的生意模式、企業文化、規章制度，當你看到各種不合理的地方時，不要用頭搶天，用頭撞地說，為甚麼會這樣？你試着換一個角度去理解。很有可能這個企業現在這麼做、過去這麼做、延續到今天還這麼做，是有它的道理的。這個在很大程度上是企業的基因，是他骨子裏的東西，這骨子裏的東西在過去顯現，一直延續到今天，它這種存在，就具備一定的合理性。這種合理性，是希望大家試圖理解，而不是永遠說為甚麼、為甚麼、為甚麼，因為我們大家不是在演電視劇，不是在看電視劇，而是在具體的實際的工作、生活中想成事、持續成事、持續多成事。那與其去挑戰這些所謂的不合理性，不如在你挑戰之前，想想有哪些是合理的，即使不合理，它是如何形成的，它形成的根本原因是甚麼。

第
二
篇

知
人

3．為甚麼「利不什不變法」？

因為變革很難。要明確現狀，無論是公司的情況，還是團隊的情況，甚至包括你自己的能力、狀態，都是在過去漫長的時間裏，集眾多力量，共同作用之後的結果。一個公司、一個團隊，以及你自己的成事基因，其實是極其難改變的，它是一個眾多積累的過程。

曾經有句話：「百代皆行秦政制。」「政制」不是我們現在理解的政治，而是規則，是這個社會的組織形式、行事方式。秦朝之後，各朝各代的很多規章制度、很多帶引號的「法」，都是秦朝時候制定的。它們在過去的兩千多年裏，的確有各種各樣的修修補補，各種各樣的完善，但並沒有根本的變化。

4．漸變往往是更有效的變革。

通常在工作中，我一聽到「銷售渠道要革命」「銷售架構要革命」「營銷方式要革命」……就意識到巨大的風險。空喊沒有用，太快的變革，團隊很有可能跟不上。其實漸變，在絕大多數情況下，比翻天覆地的革命，對一個公司更有效。特別是這些漸變結合了公司戰略的制定和公司的執行，在公司戰略制定和執行過程中逐漸發生改變。作為一個 CEO，作為一個核心團隊，心中有一個要達到的目標，為了達到這個戰略目標，每年、每月、每週應該幹甚麼，在幹的過程中，需要培養哪些組織能力，需要培養哪些價值觀。把這些東西

想好，在執行過程中逐漸突出，在做事中，在成事中，逐漸變革。少説多做，會比你説「OK，我要改革了」「我要大面積革命了」這樣強得多。

5. 如果真要變，認清主要問題，分析好左左右右前前後後。

問題的根源是甚麼？我如果要解決這個問題，有哪些方案？哪些方案有甚麼樣的好處和壞處？主選方案是甚麼，備選方案是甚麼？推進這個方案有甚麼樣的路線圖？中間可能會遇上甚麼樣的問題？我有甚麼樣的應急預案？⋯⋯把這些東西完完整整地想清楚想明白，然後狠狠去改。

必須強調一點，在這個過程中要充份準備，特別是充份準備克服困難，把困難想像得比你想像得再多兩倍、五倍，甚至十倍。

以上是對變革制度「利不什不變法」的五點看法。

第二，人事變革，「人不什不易舊」。

新人沒有好過舊人十倍，無論他的情商、智商，還是成事的能力，如果沒有好過舊人十倍，不要淘汰舊人。為甚麼這樣説？

1. 喜新厭舊是人之常情。

作為一個管理者，常常出現的問題是：你看見一個小伙子，覺得這小伙子挺能幹，挺好，商學院畢業，國外大公司歷練過，説拿過來，我給他一百的薪水，他給我創造一萬的

價值。這種喜新厭舊、這種小算盤，是人之常情。

從心理學的角度解讀，人和人相見，最開始是蜜月期，所謂的「相見歡」，所謂的「若人生只如初見」。第二期就是衝突期，過了一陣子，大家逐漸露出牙齒和爪子，逐漸顯示出脾氣，顯示出每個人的特點，這樣非常強的一組人就會彼此衝突。第三期是要麼改善期，要麼惡化期；要麼大家從衝突期，通過改善彼此的工作方式和工作習慣，達到改善的目的；要麼變得更差，彼此不說話，彼此不能共事，彼此甚至不通電子郵件，甚至互刪微信，互相拉黑。第四期是所謂的平穩期，惡化就平平地惡化，大家老死不相往來，或者平穩期在改善期之後，我們也不是那麼喜歡，我們也不是那麼討厭，我們是 80% 的喜歡，20% 的討厭，我們能夠平穩地繼續下去。

2．信任非常難以建立。

大家要知道，如果作為一個組織想成事、持續成事、持續成大事，需要彼此互相配合，在彼此互相配合之前和之下，是互相信任的。這種信任，需要很長時間磨合才能產生，需要經事，也就是要一起幹事，一起多幹事，一起多幹大事，才能有真正的信任。光喝酒，光尬聊，沒有用。日久見真心，患難出真情，如果沒有經過事，這種信任很難建立，你很難期待一個全新的組織能有很高的效率，且能長期有很高的效率，這幾乎不可能。這種信任，是舊人對舊人的信任，而不是對新人的信任。

3．兔死狐悲。

　　人都有一個同理心，如果你對舊人太狠，殺舊人殺得太多，清舊人清得特別厲害，會出現很大的問題。如果你對新人永遠比對老人好，就不得不接受老人兔死狐悲的心理，以及老人的動力、老人的忠誠度等各種問題。如果老人大面積出現問題，你這個組織的組織能力會受到嚴重的損害。

4．如果你真想淘汰某個舊人、某些舊人，我的建議是，在淘汰前給他們充份的機會，最少兩次，最短一年。

　　給他們機會之後，發現他們還是不行，確定要淘汰他們，那想一想。可以不可以把他們轉到其他崗位上去？而不是直接讓他們捲舖蓋走人。甚至他們的權被去掉之後，其他的待遇，我建議不要變，甚至還要提升。

　　總之，變革管理的另一面，一種看似悖論、但是更有效的方式，是以不變應萬變。沒有十倍的利益，不需改革制度；沒有十倍的人才儲備，或者新人沒有好過舊人十倍，不要淘汰舊人。這句話偏保守，但也從一個側面體現了兩個殘酷的事實：從長期看，需要變以及真正能變的法，並不多；從長期看，真正能更好用的人才，並不多。

第二篇　知人

如何在團隊中
用民主集中制達成共識

　　民主集中制，不是集中講民主集中制，而是講在團隊中使用民主集中制這種方法達成共識。這個問題也是一個團隊經常面臨的很令人尷尬的問題。胡適曾經也講：「民主是幼稚園的政治。」

　　在商業環境中如何利用民主集中制？一方面，民主集中制好像是可以讓每個人都有發言權，都有存在感，都能得到鍛鍊和成長；但另一方面，似乎又會讓很多工作效率明顯降低。那在商業環境中，到底是「一言堂」效率更高、效果更好，還是民主效果更好、效率更高呢？

　　圍繞民主集中制，講三個問題。

第一，為甚麼要有民主集中制？

　　答案是，兩個極端都不對。哪兩個極端？一個極端是絕對集中，「一言堂」，領導 / CEO / 領袖一個人說了，就定了。看上去效率高，但是有幾個非常大的問題。

　　1. 有可能他 90% 戰略方向對，決策對；但也有可能剩下的 10%，他錯了。這種絕對集中形成的高效率，有可能造成

風險增大，一旦錯了，幾乎沒有辦法彌補。特別是當這個一把手年紀大了，身體變差時，他的知識結構變得不適應新的技術發展，不適應新的商業模式的發展，這種時候，他出錯的概率比較高。因為他的決策，往往是基於他之前成功的案子、成功的經驗，以及他自己的知識結構、自己的見識、自己的經歷做出的。

2. 哪怕這個領導還是年富力強，還是非常睿智，還是在絕大多數的決策上能夠做出正確的判斷，但這個領導意氣用事，為了樹立威信而樹立威信。他圍繞着商業判斷來樹立自己的威信，讓自己爽。這種時候，如果是絕對集中，效率的確很高，但是對於整個團隊、整個機構來說，風險巨大。

與絕對集中相反的另一個極端是絕對民主。它會出現的問題是效率非常低，沒有人來負責。

再者，你會發現，智慧有高低，高的智慧集中在少數人的頭腦裏。如果絕對民主，一人一票，差的主意、沒有智慧的主意，很有可能笑到最後，成為最後的集體決策，這樣問題就大了。效率低，而且風險並不一定降低，因為最差的主意很有可能被更多人投票選出。

讀過一個文獻，說在舊社會，最開始實施所謂的民主選舉，一人一票選村裏的村長，結果怎麼樣？村裏的大流氓被選成了村長。為甚麼？因為大流氓敢使錢，敢動刀，敢吆喝大家聽他的，不聽就動刀。

絕對集中、絕對民主，都可能有問題，所以才要有民主集中制，達成某種程度的平衡才是最好的方式。

第二，如何在商業環境中實施民主集中？

1．先民主。

在實施民主集中制的時候，要先民主，發言的必須發言，反對的必須反對，傾聽的必須傾聽。

發言是真的發言，不是假的發言，不是說，今天天氣不錯啊，大家很辛苦啊，領導很努力啊，我們面臨機會又面臨挑戰啊，這些「片兒湯話」。要發言，要真的發言，每個參與的人對這個問題必須產生想法，必須說話。

反對的必須反對，這更重要。當你看到一個問題，你覺得不對，這個方向有一、二、三、四、五幾個大問題，如果你不說，實話講，領導很有可能沒有你想得全面，領導甚至想不到，其他人就是想到了也未必會說出來，或者未必會意識到。

必須傾聽。有些領導、有些 CEO、有些一把手，其實他不是在傾聽，他是在找別人的話裏有哪些言論能夠支撐他的想法，哪些人跟他的意見一致，哪些人反對他的意見，這不叫傾聽，這叫挑着聽。甚麼叫傾聽？傾聽，是把自己放空，把自己的想法先放在一邊，聽聽別人在說甚麼，別人怎麼看這個問題。傾聽，是要把身子往前傾過去，把心放空，去聽別人的意見。

先民主，還有一些要注意的事項，比如，要控制時間，不能形成「一言堂」。比如，一個會爭取控制在一小時以內，

一小時分成三段：有一部份人介紹情況；中間大家紛紛發言來討論；最後形成決策。第一部份是十分鐘，最後一部份是十分鐘，中間四十分鐘有八個人要發言，那主持會議的人要控制好時間，不要讓一個人的發言超過十分鐘。如果說，會議主持人不能控制好時間，實際上這個所謂的充份民主也做不到，這時候領導要行使主持人的角色，控制好時間。

好的領導在控制發言時間之外，還要判斷發言的質量。領導要傾心去聽。有些人不見得善於表達，但他可能知道很多事實，甚至對決策都有自己一些獨到的見解和判斷，那相關的領導聽到他的話之後，甚至問一些深入的問題，進一步把信息和一些真知灼見，從發言人的腦子裏拉出來。

所以，必須發言，必須傾聽，必須反對，控制好發言的時間，甚至問深入的問題。好的民主，從來不簡單，很考驗參與者和領導者。其實要把這種發言、這種開會、這種民主當成成事的修行，當成多成事、持續多成事的最好的修行方式之一。

2．民主之後再集中。

大家都已經把話說完了，那最後，如果意見都統一，沒問題，如果意見出現不同，怎麼辦？是下級聽上級的，是多數聽少數的，還是少數聽多數的？這就要定好決策機制。其實決策機制沒有絕對的正確，比如，你可以說我們的投資委員會有七個人，要全體同意才能過會，沒問題；你也可以說，我是一個絕對多數，「絕對多數」你可以定義成三分之二是

多數，你也可以定義成 51% 是多數；你甚至也可以定，如果在決策委員會中出現爭議，最高位的領導決策。這些都沒問題，都是行之有效的決策機制。無論你民主得多麼充份，如果沒有集中，沒有決策，就不是一個好的團隊。

先民主，再集中，民主集中制一旦形成決策之後，往前推進，這個決策就是大家共同的決策，這個推進就是大家共同的決策落實。哪怕最後效果不好，沒有成事，彼此不要明裏暗裏相互指責，不要在背後說，你看，那天會上我是怎麼怎麼想的，他們沒聽我的，最後怎麼怎麼樣。這種事特別影響情緒，特別破壞企業文化，一定要糾正，一定要小心再小心。

3．必要時重新修正決策機制。

如果經過半年、一年的實踐，發現這種民主集中決策機制有偏差，可以更民主一點，或者更集中一點。

第三，採取甚麼心態？

作為領袖、CEO，他有戰略堅守，在戰略執行過程中，他敢於承擔責任，敢於面對困難，堅持不懈、不動搖。最後，這個領袖在民主集中制實施過程中，他能夠推功攬過。不管別人怎麼講，不管他的決策有沒有經過民主集中制的流程，他還是最後拍板的那個人。

除了一把手、領袖之外，副手、核心團隊，在民主集中制過程中應該是甚麼樣的心態？上面提到過，你有反對的責

任，出發點並不是為了顯得你有多牛X、多智慧、多偉大，而是為了團隊的共同利益、領導的利益、自身的利益。完全不想自己的利益，完全不顧自己的團隊、自己的部門，不對。但把自身的利益永遠擱在整個大團隊利益之上，總是擱在領導利益之上，你作為副手，作為核心團隊人員，你很有可能走不了太久。

另外，作為副手，不要開小會，不要立山頭。你最不該做的，就是民主集中制制定了決策之後，實施過程中出現這樣那樣的問題，你拉起小山頭，開起小會，跟別人說，你看，當初我就是這麼說的，他們不聽，他們真是傻X呀。可能你內心潛台詞是，我太牛X了，我多牛X啊，我是世界上最偉大的人。但是，這只能讓你一時爽，對你的小團隊不利，對大團隊也不利，對領導也不利，因為你違反了民主集中制，你這樣形成不了集體的合力。

最後，有領袖，有核心團隊，那我們作為群眾應該幹甚麼？

1. 要主動發言。把它當成一種權利和責任。

2. 要自信。不要因為自己是個小嘍囉、最一線的人，就覺得，我為甚麼要發言呢，我這麼判斷對嗎？不要管對不對，你要給出論點、論據、論證，給出自己有信心的發言。

最後，這是一個進階的對群眾的要求——你要做比較。比較有兩層意思，一層是你是怎麼說的，其他人是怎麼說的，CEO 最後是怎麼總結的，最後的決策是怎麼做的；一層是你的判斷跟最後實際發生的情況是否相符，哪些不相符；哪些

比你判斷得要好，哪些比你判斷得要差，這些好和差，底層的原因是甚麼。

如果在民主集中制執行的過程中，你總是主動發言，總是很自信地主動發言，總是比較自己的判斷、領導們的判斷，以及實際未來發生的情況，你會進步飛快。

說到底，無論是領袖／CEO、副手／核心團隊、群眾，在民主集中制中要秉着八個字：「盡心盡力，盡職盡責」。

如何設計晉升機制

在我的管理實踐中，「晉升機制」是繞不過去的課題。如何設置晉升機制？

第一，大公司和小公司在晉升機制的設計上，本質沒有不同。只是大公司複雜一些，小公司簡單一些。

第二，公司晉升機制，要緊扣公司戰略。我見過太多做錯的公司，他們的晉升機制設計，脫離他們的公司戰略，形成所謂的「兩張皮」，公司戰略是公司戰略，晉升機制是晉升機制，這是最要不得的。緊扣公司戰略，意味着三個維度：以戰略為基礎的業績，以戰略為基礎的文化，以戰略為基礎的潛力。

公司最重要的管理思路，無非圍繞兩個維度：一是管理，二是控制。不同的公司有不同的管控模式，可以分為三類：一是財務管控，二是戰略管控，三是運營管控。

第一，晉升機制緊扣公司戰略。

公司的規模越大，業務越複雜，越傾向於財務管控。它核心的要求是在同等風險下，投資回報最高，或者是在同等投資回報下，風險最低。因為公司太大，管運營、管戰略，

都管不過來，就傾向於收錢就好，平衡好風險和回報、投入的關係。

相反，在另外一個極端，**公司越小，業務越單一，越傾向於運營管理。**你只開了一個有兩個包間、八個吧台位的天婦羅專門料理店，如果是這樣，那管好中飯和晚飯就好。

看世界各地、古往今來的大概率事件，都是這三種管控：財務管控、戰略管控、運營管控。

以戰略管控為核心，戰略管控相對是一個更好的平衡，它不像運營管控管得那麼細，又不像財務管控管得那麼寬，它對很多多元化業務的企業，有相當的適用性。而且**戰略管控是晉升機制設計背後最應該強調的管控。**

第二，晉升考評多元化。

提到戰略管控，不得不提 GE（General Electric，通用電氣公司）和華潤。在華潤以 GE 為老師的過程中，提出了華潤第一版「6S」；在 2015 年左右，提出了「6S」的 2.0 版本，現在還在使用 2.0 版本。

這個「6S」，就是 6 個「System」，6 個系統構成。「6S」，是華潤從自身特點出發，探索的多元化管控企業的管理模式，包括以下 6 個系統：戰略規劃體系、商業計劃體系、業績評價體系、管理報告體系、內部審計體系、經理人考評體系。

其中的邏輯是：

第一步，戰略規劃體系，要明確集團下屬業務單元中長期的戰略。如果以三年為期：一、要做甚麼事；二、要完成

甚麼戰略目標；三、會形成甚麼樣的財務回報；四、需要甚麼樣的資源支持。這是非常簡要的戰略規劃體系的精髓。

第二步，**商業計劃體系**。商業計劃體系建立在戰略規劃體系之上——你有了三年中長期規劃，那最近的這一年應該幹甚麼？誰負責甚麼，要提交甚麼，要甚麼樣的資源，最後形成甚麼樣的財務表現……其實就是三年規劃和一年的詳細的商業計劃，或者叫「商業預算」。

第三步，**業績評價體系**。一年執行商業計劃，三年執行戰略規劃，那要如何來考評這個團隊？這幾個人做得是好還是不好？關鍵要看哪些戰略指標？業績評價體系，是晉升機制中一個最重要的輸入。業績不向辛苦低頭，要清晰用甚麼樣的標準評價業績是好還是不好？

第四步，**管理報告體系**。作為一個管理上萬億元資產的集團，如何能夠非常準確、及時地看到管理數據？半年、一個季度、一個月、一個星期能看到甚麼樣的數據？擺到各層管理者面前，這個管理報告應該長成甚麼樣？

第五步，**內部審計體系**。管的是在戰略規劃體系、商業計劃體系、業績評價體系、管理報告體系這幾個體系運營過程中，數據的真實可靠，人的真實可靠，有沒有作假，有沒有做壞事？

第六步，**經理人考評體系**。這一點是晉升機制中最重要的一部份。那考評哪幾方面？先是業績評價體系，這個體系要緊扣商業計劃，商業計劃又要緊扣戰略規劃。他的戰略目標，一定要相對好地達成。

第二篇　知人

經理人考評體系，還有一部份是考評文化認同、文化執行、文化實踐。如果你光有業績，並不認同企業文化，那不好意思，還是不能晉升你。

業績維度，企業文化維度有了，還差一個維度——潛力，就是作為一個職業經理人，你是不是有足夠的潛力晉升到下一個維度？你從一個初級管理者，有沒有潛力晉升到中級管理者，再晉升到高級管理者，你有沒有可能成為一個利潤中心的下一個 CEO？業績、文化、潛力這三個維度，都是經理人考評體系中一定要認真考慮的。

以上不是紙面上的理論，都是在華潤、GE 這種大型多元化集團長期被實踐的理論，並且這些理論被其他的很多公司局部，甚至全面地效法過。

「6S」系統使華潤集團多元化企業管理模式更科學有序，整體管理框架更加扁平；管理層又可以及時、準確地獲取管理信息，有效地促進了總部戰略管控能力的提升和戰略導向型企業的組成。實際上就是公司整個經營體系要圍繞着公司的戰略目標、戰略規劃去制定和執行；甚至包括公司的經理人評價體系，以及公司經理人評價體系中最重要的組成部份——晉升機制，要升對人，也要知道為甚麼去升他。

上萬億元資產的大公司按照「6S」去執行，小公司是不是也要這麼做？要這麼做，規矩、原則是一樣的。小公司，也要想三年的戰略是甚麼；一年的商業計劃是甚麼；業績如何評價；管理報告哪怕只有兩項，應該長成甚麼樣；也要有

某種內審機制，能確保人、財、物的準確和合法；還要有經理人考評體系，哪怕團隊只有二十人，也要選出最合格的人。簡化，但是邏輯不能變。

以上說的是，無論大公司、小公司，晉升機制的本質並無不同。但晉升機制的設計，要緊扣公司的戰略，圍繞戰略業績達成、企業文化踐行、戰略實施潛力這三個維度去考量晉升的人，去培養成事者，讓他們能夠多成事、持續成事，持續成大事。

規模不大的公司，如果也是按大公司的路數去做晉升機制設計，會不會令很多人絕望？比如，如果直屬的主管、總監不走，業務做得不錯的人就一直很難有升遷機會。

這是有一定誤導性的想法。換一個角度，如果按照剛才說的「6S」的思路、戰略管控的思路，把小公司做大，大家就都有機會；如果不按照這個思路走，蛋糕做不大，那對於一些有潛力的人，的確存在天花板問題；這些有潛力的人，如果把自己翅膀變硬，他就可以跳槽。

知世

成事者的自我修養

怎樣做一個討人喜歡的人

「如何討喜」，如何招人喜歡。講三點：第一點，喜歡是怎麼回事，以及喜歡的殘酷事實；第二點，為甚麼討喜很重要；第三點，如何討喜。

先說喜歡為甚麼是件殘酷的事。

在我的人生閱歷裏，只有兩類人天生招人喜歡。一類是小孩。3歲以下的小孩，無論男女都可愛，無論長得甚麼樣子，你都會覺得好可愛。這是根植在人類基因裏的。如果一個人，哪怕是個大壞人，連小孩都不喜歡了，這個壞人就徹底無藥可救了。

另一類人是二十來歲的女生。作為一個詩人，我流傳最廣的詩是「春風十里不如你」，流傳第二廣的詩叫《可遇不可求的事》——「後海有樹的院子，夏代有工的玉，此時此刻的雲，二十來歲的你。」我也不知道為甚麼大家都喜歡，現在想來有可能是擊中了人類的基因。二十來歲的女生，誰看都喜歡，即使是豬八戒他二姨，年輕的時候估計也好看。這也是人類基因使然，也只有這樣，人類才能繁衍。但是通常只有這兩類人天生招人喜歡，我想不出第三類了。

馮唐成事心法

我們作為人類一件很悲哀的事是甚麼？是你剛生的時候，你一手指天一手指地，上天下地，唯我獨尊。所有小孩都這德行，他如果不這樣，他就沒法掌握自己的生存技能，他就不會走，不會說，不會跑，完成不了他長大的過程。但一旦他升了小學之後，他發現不得不面對一個殘酷的問題：你不是世界的中心，你父母之外的人類為甚麼喜歡你？給個理由吧。這是我們作為人類要面對的最殘酷的一件事。

喜歡不是天生的，有可能還很殘酷，但招人喜歡為甚麼重要？我們在職場招人喜歡為甚麼重要？

之前我寫過信任公式，（可信度 × 可靠度 × 可親度）÷ 自私度，就等於信任。有了信任，我們的生意才能越做越大，才能成事，多成事，持續多成事。這個信任，一個重要維度是可親度，intimacy。可親度的核心是甚麼？是你招不招別人喜歡，人家願不願意跟你親近，願不願意跟你聊事，願不願意跟你共事。

舉個現實生活的一個小例子，我見過倆小男孩，一個 5 歲，一個 3 歲。這個 5 歲的男孩，頭身比例很好，大長腿，長得也好看。另外一個 3 歲小孩，我發現他還沒長開，比他哥哥要差。我用人生技法、成事心法教給老二三招。我說：「如果你遇上一個女的，抱大腿，看眼睛，叫姐姐。記住這三招。」然後這小孩就會了，門一開，咣嘰就抱大腿，看眼睛，叫姐姐。開始還有幾次錯，抱大腿一看眼睛，說不出話了，但後來就越來越熟練了。兩個月之後，我發現這個抱大腿、看眼睛、叫姐姐的小孩，拍任何照片都有一個明顯的特點，他會

坐在照片裏最漂亮的女生的腿上，永遠在 C 位，特別招人喜歡。

在職場裏，招人喜歡的方式挺多的。某些不合法也不合理的方式，到最後也不見得成，不能持久。合法、合理且能成事的，有一條明路，但明路很有可能不是一條，我先指出這一條。一條我從曾國藩和我自己的經驗中體會出來的路：兩「心」──一是誠心，二是虛心。

第一，誠心。

誠心就是堅持，發自內心地想把一件事做成，不放棄。三國時期，劉備想招諸葛亮。諸葛亮那個時候還不是全國頂尖的戰略專家，劉備就三顧茅廬了。現在也有人找我出去做事，但他們是找三個獵頭來找我，而不是一把手三顧茅廬來找我。

如果當時是三個獵頭三顧茅廬，諸葛亮能出山嗎？不一定。但劉備那麼遠去諸葛亮的茅屋，三次求他，諸葛亮有可能就被感動了。這就是誠心。你聰明，但是我篤定；你機巧，但是我赤誠。到最後我能成事，你做不成事。簡單地說，就是不輕易言敗。

有一類不招人喜歡的人，在職場甚麼事都覺得難，一碰壁就走。有想法，沒辦法，不能成事。產品出不來，出來之後也賣不出去，賣也形成不了爆款。相比之下，招人喜歡的人是那種定了戰略，就堅定執行的人，是能堅持做出名堂的人。

我舉個自己的例子，不說「北京三部曲」是中國有史以來第一個「青春三部曲」，不說我寫的某些「黃書」，也不說翻譯和詩歌，咱說説醫院投資。我想，中國缺醫院，那我就決定幹，花了十年創了現在中國乃至亞洲最大的醫院管理集團。再比如，寫專欄這件事，我在《GQ》（《智族》）2009 年 9 月開了第一個專欄，那也是《GQ》中文版第一期。我寫到現在，寫了接近十一年，中間負責催我稿的編輯走了六個，包括創刊主編。我默默地寫了十一年，這個堅持勁跟我的成事或許有點關係。

再舉個小例子，職場裏經常會遇到的，很重要的老大、CEO 沒有時間怎麼辦？我初入職場的時候也常會遇到。我只是一個小小的諮詢顧問，CEO 沒有時間給我怎麼辦？我説：「那咱們吃早飯吧，您沒有時間吃中飯和晚飯，我跟您吃早飯吧，反正早飯是在酒店裏吃。」他説：「早飯我也定了，我有個早餐會。」我説：「那一塊去遛遛彎兒，咱去跑個步，散個步。」估計這個時候，有些 CEO 可能要和其他女生一起散步，說還是沒時間。我説：「我送您去機場，或者我去機場接您。在機場來回的路上，我就可以跟您聊清楚了。」在我工作的前三年，我至少因為這些情況，多去過二百次機場。

第二，虛心。

虛心就是無我。別整天「我我我」，你看你的郵件、你的微信，你會發現你百分之八九十的話都是以「我我我」開始的。你又不是馮唐，你沒那麼自戀。在麥肯錫，我們給新

人的第一條建議往往是你走到這個世界上，走在這個社會裏，別太把自己當根蔥，要擺正自己位置。

在多數情況下，人是習慣性地高估自己，最不能接受的事就是自己不行。小時候，你是世界的中心，別人都認為你行、你行、你行，這樣你才會走路，你才會說話。但長大之後，你得把自己往後扳。這個扳的過程，很多人做得不好。人最不愛承認，其實自己就是一個凡人。根據自然規律，天才是極少數的，凡人是絕大多數的。大多數人在大多方面是不行的。的確有天才存在，但這個天才不是你。

所以還有一類在職場裏不招人喜歡的人，就是那些永遠要閃爍的人。退一步想，即使他是天才，他是燈泡，要永遠閃爍，不是也需要別人鋪電線發電通電嗎？對比之下，招人喜歡的人就是能夠成就別人的人，而不是自己天天要閃爍的人。更不讓人喜歡的，是那種天天要閃爍而自己還不能閃爍的人，既沒能力又覺得自己強的人。避免成為這種人的方式就是虛心，要無我。不僅自己行，也要帶着大家去成事，或者幫助別人成事。其實你想想，在職場中的很多事，不是自己一個人能幹的，哪怕你是一個天才。如果你遇上一個人，他沒有那麼大的自我，還一直在幫助你多成事，你說招不招你喜歡？

虛心，是知道自己在甚麼地方行，在甚麼地方不行。儘管戰略看得很明白，也需要靠結果增強信心。

對於我來說，我是一個心很虛的人，經常沒有自信，但是我將方向看得明白，我用剛才說的誠心正意，團結一切可

以團結的力量，這樣慢慢地成一點事。誠心和虛心，相互呼應，形成合力，就是誠心跟虛心之間的良性互動。

除了誠心和虛心，還有甚麼方法招人喜歡？我補一點曾國藩沒有提到的。

誇人，嘴甜一點，也招人喜歡。在職場裏，總捨不得誇人的人，是很難招人喜歡的。訣竅是，找準別人真的很讚的地方，往死裏誇。不見得話很多，但是要往死裏誇，多誇幾次。

最後，引用曾國藩關於討喜的原文論段：「凡辦一事，必有許多艱難波折，吾輩總以誠心求之，虛心處之」，辦一件事，肯定有困難，我不放棄，無我，把自己會幹的，結合你會幹的，一定要把它幹成。「心誠則志專而氣足，千磨百折而不改其常度，終有順理成章之一日。」心誠，志向就不變，中氣很足，無論颳風下雨，無論別人怎麼說，我不改我常度，這樣就總有順的那一天。「心虛則不動客氣，不挾私見，終可為人共亮」，不是幹了壞事心虛，而是說把自己放開，這樣我們就不會帶着太多個人的偏見，帶着太多個人的情緒，我們會堅持以情大於自我為前提，和大家一起把事情做成。最後他說的「終可為人共亮」，就是要帶着誠心、虛心，成事，多成事，持續多成事，和大家共同閃爍。

如何正確看待別人的評價

我們在職場、社會中，總有自己的名聲。名為何物，如何看待名聲，如何看待別人對自己的評價？

第一，先正確看待自的的欲求。

我過了虛歲 50 歲的生日，按孔子的話講，已經是知天命之人。我在這點上非常佩服孔子，孔子生活在春秋時代，那個時代人的平均壽命是 40 歲，但孔子預言説「五十知天命」。很神奇的是，現在人的預期壽命在七八十歲，根據地理、環境不一樣，稍稍有變化，但基本是 70 歲以上，這個時候我還是到了 50 歲才基本知了天命。

到了知天命之年，我發現成事之人難免有貪慾，但貪慾不全是負能量的壞東西。千萬不要認為貪慾是 100% 負能量的壞東西，需要連根根除。貪慾如果管理得好，是成事的動力。

下一個問題就是貪甚麼？人一生最容易貪的是三件事情：權、錢、色。很開心的是，我在 45 歲左右基本克服了這三點，而且是從心裏往外地克服了。怎麼講呢？

先説「權」。有人起高樓，有人瞬間樓塌了，有權的人

往往有巨大風險。握着權的時候，實際上也握了一把殺自己的劍。那我説，算了算了，這件事情如果不在一個合適的體制機制內，如果不是風險相對可控，年歲大了還是不要碰了。

再説「錢」。天地良心，我在四十出頭的時候都沒完全解決。對那種特別有錢的人，總有一種隱隱的妒忌，這麼有錢，有好幾個、十幾、幾十個億，真是了不起。但在 45 歲之後，我深度接觸了幾個真有錢的人，我一點都不羨慕他們了。我發現他們這些錢：

第一，跟他們的生活質量毫無關係，他們怎麼花也花不了。

第二，這些人基本上對於生活質量沒有理解，就是讓他們去花這些錢，都不知道怎麼花。

第三，這些錢只是「紙面」上的錢，經常請個客、吃個飯，還要我來花錢。就是錢都飄在外邊，他很有可能是九個鍋、三五個蓋子，一直在倒騰蓋子蓋這些鍋。也就是説現金流管理一直是問題——短債長投，錢回不來等——自己一直被這些錢繞在當中。

第四，周圍一堆貪他們錢的人，這些人對他們來講就是一個麻煩、負能量，就是整天要提防的。如果你身邊一直圍繞這麼一堆人，你很難説自己很開心、經常開心、天天開心。

第五，如果你的能力、三觀、見識、智慧，沒有達到一定的層次，給你這些錢，就相當於給一個拎不起劍或者不知道如何控制自己力氣的人一把鋒利的寶劍。他會幹出很多莫

名其妙的惡事，最後把自己害了。

　　所以綜合起來，我在45歲左右，發現不要給我這麼多錢，真不是站着說話不腰疼。我也沒拿過那麼多錢，也沒掙過那麼多錢，但是謝謝，不需要給我這麼多錢。如果有這些錢，我也是把它當成一個公器，再去投一些醫院，再去做一些醫療健康，再去做一些有可能讓世界更美好的事。

　　最後說「色」。我在40歲之前，奮力完成了一本叫《不二》的書，作為獻給自己40歲的生日禮物。從那個時候開始，激素水平真像我的醫學知識告訴我的一樣——開始下降。然後就發現，我眼神中隱隱出現了一種非狼性的成份，就是我眼睛裏漸漸有了慈祥之氣。

　　可能是因為我的學業背景，我覺得人還是一個激素的動物，隨着年齡的增長，你會發現好色之心，無論男生、女生，不得不往下走。不見得是個壞事，你可以變得很慈祥、善良、友好、人畜無害，我想再給我幾年，我可能也會變得人畜無害。年輕的時候會盯着看的好看姑娘，你可以不看、不想了，過去克服不了的心結，現在似乎也可以克服了。不知道這是不是好事，但是至少它不會讓你百爪撓心，不會讓你像以前那樣撓牆了。所以作為一個貪財好色的金牛座，我在45歲左右，對權、錢、色沒有像以前那麼貪了。以前貪，但也是有底線的，這是另外一個議題，大家不要有誤解。

　　我現在如果貪，還貪甚麼？我反覆問自己這個問題，我想我很大一部份還是貪名聲。即使我克服了權、錢、色的貪慾，唯一放不下的貪念，就是名聲。

小時候想文字打敗時間的不朽之心，現在還沒有完全消滅。當時想流芳百世，現在還是想，過一百年、二百年、三百年，還有年輕人會讀我的文章。年輕的時候有過逐鹿中原的機會，也使勁逐鹿中原了，但是從某種程度上看敗了。現在還想說，如果我有機會，是不是還可以再做一些相關的善事？現在想起蘇東坡，還會想我能不能也寫出幾個類似於「明月幾時有」的句子，再修個蘇堤，再創個東坡肉……這些想法都是和打敗時間的不朽之心相連的，但它背後貪的還是一個字——「名」。我這個貪婪，我自己慢慢治，我敞開心扉，實際上是想跟你講對於名聲，如何來管理。

第二，處理他人評價的五個要點。

　　小時候聽見趙傳唱「我終於讓千百雙手在我面前揮舞……我終於失去了你」，當時想，如果有千百雙手在我面前飛舞，失去你就失去你了，當時就是非常渣。當時還有一個主持人說，別支簽字筆，揣個平常心，走南闖北……我忽然發現這些事我好像都做到了。我在上海的展覽中心友誼會堂簽售，下邊兒也是小一千人，也是千百雙手在我面前揮舞。我現在包裹經常要擱支簽字筆，走南闖北，也有人讓我簽字。然後我上街的時候忽然發現要戴墨鏡了，我戴着口罩跑步都有人認出來了，好像我終於紅了。

　　這個感情是複雜的。從小到大，權、錢、色都可以看開，但這個名還是沒有看開，還是有點小激動。雖然有各種各樣的彆扭，因為名聲帶來了拖累，我就想名是很多人都想要的，

所以從這個角度上來看，名是一個寶物；因為很多人惦記你的寶物，你有很大的名聲，必然會招黑、招恨。

如何處理？我真心實意講五點：

1．保持要名的心。

「了卻君王天下事，贏得生前身後名」，按李鴻章二十幾歲的說法是，「一萬年來誰著史，三千里外覓封侯」，想成事、想成大事、想爭第一，有些名就是想要。對於各位想要名的，或者是說已經有名的，我覺得不要躲，要承認。

2．理解黑你的人，他們是正常人。你對黑你的人特別上心，這是人性的弱點。

十個人裏邊，有九個人誇你，你記不住那九個人誇你甚麼，但有一個人罵你，你肯定會記住那個罵你的人。所以說，對黑你的人，不要過份上心，要理解。

因為你的知名度提高了，哪怕是黑你的人的絕對數，一定比你知名度小的時候多了很多。假設我 30 歲之前文章寫得也不錯，可能有一百個人知道我，有五個人黑我，而且這五個人的話不見得能傳到我耳朵裏。現在因為基數大了很多，那一定有幾萬人甚至幾十萬人覺得馮唐是個傻 X，這個就是你成名的代價之一。

人通常很少會建設性地理解其他人的成就。有句話說：「恨人有，笑人無。」這個現象現在還大範圍內存在。理解黑你的人，他們是正常人。

3. 希望你境界再高一點，善待黑你的人。妥善地、善良
地對待黑你的人。

不要反駁，不要反駁，不要反駁，重要的話說三遍，別
跟他們在公共媒體上爭。比如，在微博、微信朋友圈、公眾
號，越大的媒體，越公眾的場合，越不要反駁。這麼做的好
處是表現自己的風度，如果從負面一點的角度講，就是不給
他們這個臉。

舉個例子，我的詩歌。詩歌界，或者詩歌評論界，對於
馮唐是不是個詩人，分為兩派，99.999% 的人認為馮唐不是
個詩人，只有個別、極少數人認為馮唐是個詩人。不好意思，
我不反駁。有時候我會主動看一看、問一問，最近又有誰罵
我了，怎麼罵的？看看他們是不是有特別的創意，除了能夠
讓自己更清醒一下，另外就是學習一下有創意的想法。

4. 推功攬過。

對於真的是幫你的人、團隊，把功給人家。但前提是所
有的大過你必須自己擔，這樣才能保證你將來成名成家的可
能性會大一些，不要一時之名。我還是做到了推功攬過，在
多數情況下不是為了我的名聲而使勁辯駁。不攬不該攬的功，
不推不該推的過，該我認的我就認。

5. 夯實基礎。

把黑你、罵你、損你的那些負能量的話當成你的動力。

第三篇 知世

看準地面，發足狂奔，用作品說話。我是一個業餘寫作、寫作不業餘的人。那我就用作品說話，兩三年一部長篇，第一部長篇——我 17 歲寫的《歡喜》，現在還在賣；2001 年出版的《萬物生長》，不僅拍成了影視，現在還在賣，就用作品去打那些罵我的人的臉。雜文，我 2009 年開始在《GQ》封底寫公開信，一直寫到現在，已經寫了十一年，這個過程中六個編輯離職，我想這個從某種程度上講也是一種記錄了。詩歌，雖然那麼多人罵，非常統一、有創意性地罵，但是我的確有三四首詩老嫗能懂，很多人在傳唱。

曾國藩也說過類似的事情：「功名之地，自古難居。」有功的、有名的地方，自古就很難待。「人之好名，誰不如我」，大家都喜歡名，跟我一樣。所以你看曾國藩也很坦誠，認為自己是好名之人。「我有美名，則人必有受不美之名，與雖美而遠不能及之名者，相形之際，蓋難為情。」我有了好名聲，一定有人受着不好的名聲或名聲不如我的，相形之下他就會不開心。曾國藩是明白人，並不是一個悶着頭打仗的武夫。權、錢、色，誰都想要，得到的人開心，這是人性，沒得到的人失望，這也是人性。你做成了一件事，獲得了名聲和利益，那麼必然有失敗的人失去了這些東西，他們說一點小話、捅一點小刀理所當然，就受着唄。

保持要名的心，但是理解、善待黑你的人。查查那些罵你的閒話，可以讓你冷靜一下。做大事，在不涉及底線的前提下推功攬過，功勞是同伴們努力來的，過錯是自己造成的，

如果你是領導者，你要負絕對的領導責任。

　　「功可強成，名可強立」，人生無非兩件事，關你屁事，關我屁事。「不着急，不害怕，不要臉」，「不要臉」不是沒底線，而是不要特別在意別人怎麼評價你。九字箴言裏，「不要臉」最難，與君共勉。

第

三

篇

知

世

如何面對人際交往中的心機

我們做事，非常頭疼的一點是內耗。槍口不能一致對外，自己人給自己人使絆兒。內耗的一大原因是人際交往中的心機，互相猜忌而不是互相信任，互相拆台而不是互相補位。

怎麼看待人際交往中的心機？這是一個問題。

第一，團結與內耗。

先講個故事。我很早就知道，自己在數理化上沒有天賦，再苦學也沒有出路，但是因為有中考和高考，我又選了做理科生。為甚麼選做理科生？因為中學的時候比較自大，覺得文科書看看就會了，不需要老師教，理科還需要學學，不得不學。結果是，數理化我考試能考得很好，但是考完後都還給老師了，能記住的特別少。其中一個印象最深刻的，是初中物理講熱學，如果一壺開水的熱能能夠全部轉化成動能，這個動能能把一頭駱駝從地面提到四層樓。

為甚麼我對這個故事印象如此深刻？因為我在管理工作中，無數次發出類似的感嘆：如果團隊能夠齊心協力做事，你會發現，似乎很弱的團隊也能做出極其偉大的事，就彷彿

一壺開水的力量，把一整頭大駱駝從地面提到四樓。

古往今來，歷朝歷代，東南西北，以弱勝強，小米加步槍戰勝飛機加大炮⋯⋯之所以能成事，核心原因除了領導人及其戰略修養，就是團隊能夠齊心協力，勁兒往一處使。但可惜的是，你也會看到太多的無奈，手裏一把好牌打爛掉。

當然，你也會發現有人彎道超車，戰勝行業霸主，用三流人才取得一流業績。比如我經歷過的華潤雪花、華潤怡寶。雖然説人家是三流人才，我那些兄弟可能不開心，但是跟那些上過哈佛和斯坦福的碩士，以及博士、教授等組成的團隊比起來，他們確實是三流人才。我們有些團隊，就是大家齊心協力，向着領導指揮的方向一塊兒走，悶頭走個五年、十年，就走出來了，走出世界第一啤酒品牌、中國第一飲用水品牌。

團隊不能齊心協力，原因可能有七八個方面，具體的有十來個，這裏不能全面展開，但是其中最重要的原因是人際交往中的內耗。

一壺開水的熱能轉化成動能，轉化率只有 20% 左右，甚至 10%。你捫心自問，一週工作五天，每天工作八小時，有幾個小時是在創造價值？休假時間一長，你驚奇地發現，公司沒有你照樣轉，對不對？而且人和人還可能因為心機互相傷害，這是物理世界裏不會出現的。物理中效率從零到一，不會是負數，但人和人之間是可以的。

你可能慨嘆過，如果沒有某個人，公司裏有些事能幹得

更好，對不對？這説明在團隊裏，他不僅沒有創造價值，還在破壞價值。

第二，心機與忘機。

那我們如何應對心機？我建議三點：交流，明責，忘機。

1. 交流。

當時讀 MBA 的時候講到，管理最重要的是交流。交流甚麼？交流一件事情的前因後果，交流你為甚麼把這件事交給我做。如果你不交流，別人很有可能會多想，多想就會出現心機。

你為甚麼要讓我做這件事？為甚麼讓我交出密碼？這件事對我的好處和壞處是甚麼？特別是和不熟悉的人剛共事，一定不能只説「你去把這件事辦了」「你能不能把這件事這樣做」……你要跟對方交流：為甚麼要做這件事，我們的目標是甚麼，以及這件事對於你、對於他的好處和壞處，這些一定要講明。

他人是地獄。我們經常會問自己，這個人怎麼會這個樣子？但是要知道存在即合理。我建議，要多思考、多了解這個人為甚麼這樣子。不要總氣憤地説，這個人怎麼這個樣子，而是真誠地問自己，這個人怎麼會這個樣子，他是怎麼想的。站在對方的角度想一想這個問題，就會豁然開朗。

人總認為交流太費時間，總認為要把自己已經知道的事情跟別人講，反覆地講，甚至跟不同人反覆地講，太費時間。

但是看了無數管理的例子，經歷了無數管理的事情，我可以負責地說：交流的時間永遠能夠幫你省下未來處理麻煩的時間，只要你是針對事交流，而不是針對人的心機去交流。

不要把交流的時間花在評論某人可能怎麼壞，而是明明白白告訴大家：我為甚麼做這件事，我打算怎麼做，做這件事對你有甚麼好處，對我有甚麼好處。

2．明責，明確責任。

如果你在和對方深度交流之後，對方還是不明白，還是不能有效地跟你配合。那麼下一步要做的就是，大家明確責任：你幹甚麼，我幹甚麼，你遞交甚麼，甚麼時間遞交。點到為止就可以了，不一定要獲得全面的認同。

用我媽的話說，你看我傻 X，我看你傻 X，點到為止就可以了。不必和每個人都交心，不要妄圖改變每個人的想法。大家約定好誰幹甚麼，如何配合，甚麼時候交，就好了。

3．忘機。

交流，是試圖改變別人的想法，試圖大家心在一條線上；明責，是知道改變不了別人想法的時候，大家同意甚麼時候交甚麼樣的東西就行。但是千萬不要忘了，還有一種更高階的處理心機的方式，忘掉它，忘掉機心。

舉個曾國藩的例子。曾國藩做過很多事，尤其是殺伐決斷、攻城略地的大事。大事一定會涉及很多人的利益，讓很多人不舒服，也可能讓很多人生生死死。所以圍繞着曾國藩

第三篇

知世

的，有很多的心機。

面對心機，曾國藩説「唯忘機可以消眾機，唯懵懂可以祓不祥」，只有忘掉心機，才可以消除大家的心機，只有懵懵懂懂，假裝糊塗，或者不去想，才能除去不祥。「祓」，是除去的意思。

「機」，心眼、心思。每個人都是一個宇宙，一腦門子心眼和心思，一刻都不停止。每個人的心思都不一樣，同一個人不同時刻的心思也可能不一樣。一個人的三觀形成之後，因為基因的力量、原生家庭的影響、教育的積累，非常難被常規手段改變。當然，洗腦等非常規降維攻擊的手段除外。

作為一個要成事的修煉者，尊重「人是不同的」的事實，不要妄圖改變每個人的想法，不要妄圖在每一件事上都能達成共識。更重要的是，不要讓不同人的不同心眼和心思，特別是那些負面的心眼和心思，影響到自己。

比如，對我來講，對我哥和我姐來講，就是不能因為我媽的心眼和心思，影響到我們自己的心情。我媽有一個神奇的能力，她自己煩了，就跟我們三個人每人説一遍，然後我們三個人都煩了，她自己開心了。一定要避免這種情況。

修煉者篤定不容易，不要去想周圍人的心眼和心思，既然想也沒用，那就索性不想。忘機，忘掉機心，把力氣花在能使出力氣的地方，難得糊塗，吃得下，睡得着，老實最安全。

絕大多數人的心眼和心思終會如浮雲般飄去。你如果問我媽，三天前她恨誰，她可能已經記不住了。絕大多數人的矛盾和不祥，會在置之不理中懵懂地消失了。

交友的標準

在多數情況下，曾國藩跟我想的一樣，但是在結交益友這方面，我們有不同的意見。我知道他的道理，但我也有我的一些道理。

益友，能夠互相幫助的好朋友，相對的是損友。

交友的標準，曾國藩定的是能罵你的人、能挑你毛病的人。

「吾鄉數人均有薄名，尚在中年，正可聖可狂之際」，在湖南這一塊，我們好幾個人都有一些小名聲，都在中年，三四十歲，可以往聖人發展，也可以往狂人發展。「唯當兢兢業業，互相箴規」，就應該仔仔細細地做事，互相給對方挑毛病、提意見。

「不特不宜自是，並不宜過於獎許，長朋友自是之心」，不僅不能老自誇，而且不能經常互相誇、捧臭腳。總是誇，會讓朋友覺得自己很好，他雖然很舒服，但對他的成長、成事不利。其實這跟我不太一樣了——好多人認為我自戀，其實我只是實事求是而已——有時候我會自誇，生活已經很苦了，自誇還能開心一點兒。我身邊的人如果老挑我毛病，那

麼大家做朋友做得也挺累的，日子過得就更慘了。從成事的角度來看，曾國藩説的是對的。從過日子角度來看，稍稍放鬆一點，也不是沒有道理。

「彼此恆以過相砭，以善相養，千里同心，庶不終為小人之歸。」我們要經常地、持續地互相「罵」、挑毛病，這樣才能讓我們逐漸進步。隔着一千里，用寫信的方式互相挑毛病、批評和自我批評。這樣到最後，我們都會變成君子，都會變成成事的人，而不是小人。

其實他談的是通過朋友來加持自己。為甚麼要交這樣的朋友？

中年，正處在一座山的半山腰。如果往下看，人很容易沾沾自喜，因為下面是他已經走過的路，揚起頭來的人都是一張笑臉。他也可以往上走，會當凌絕頂，也可以在半山腰得意、轉悠，當然也可以往下出溜，一出溜就可以成為標準的「油膩猥瑣中年男」。

這就是曾國藩説的，中年正是可聖可狂之際，可以往上走，也可以往下走，也可以在中間晃悠。這就是中年人的難辦之處。

在這個人生關鍵點上，曾國藩説，好朋友之間不是互相抬轎子，互相讓對方爽，一直爽不見得能成事，而是應該互相挑刺兒、互相督促。「庶不終為小人之歸」，就是一起做個好人，不要成為小人。人生一世，能成事固然好，但不一定能成為一個不朽的聖人（不朽有命、有運的成份），能不成為一個油膩的小人，就是相當的圓滿了。

我曾經寫過一篇文章，有可能是我雜文裏最著名的一篇。當時是 2017 年 10 月，我在意大利，發完文章我就睡覺倒時差了。一覺醒來，我的手機被自己這篇文章的評論刷屏。文章講的是，面對中年如何自己努力，避免成為一個油膩的「中年猥瑣男」。

　　其實我的想法，就像曾國藩當時想到的——一個中年人，可以往上走，也可以往下出溜，也可以躺在自己所謂的成就上自娛自樂、自滿自誇。我需要警醒自己，看一看自己是不是已經油膩了？為了避免油膩，我可以做甚麼？我完全沒有想到這篇文章會刺激到那麼多人。這就說明，周圍有很多人已經油膩，或者被油膩威脅着。

　　通過我的內省，為了避免成為一個油膩的「中年猥瑣男」，我應該做些甚麼？

　　第一，不要成為一個胖子，控制好體重，哪怕已經沒有年輕時候那麼緊繃、那麼玉樹臨風，但是至少保證體重不比年輕時候重太多。哪怕不是樹了，哪怕你是柴了，柴也不要比樹重。

　　第二，要不斷學習，不能想「我已經三四十歲了，已經學夠這輩子要用的東西了，不學新東西了」。

　　第三，不要待着不動，不要總「癱」在沙發上、床上玩手機。一旦不動，你離「三高」就已經很近了。

　　第四，不要當眾談性，除非你像我一樣，是情色作家。當眾談性的時候，是很容易讓女生認為你是個油膩的「中年

猥瑣男」。

第五，不要追憶從前，哪怕你是老將軍，也不要總是追憶昔年壯勇，嘆自己的慾望未酬。一旦開始經常追憶，離這個「中年油膩」就不遠了。

第六，不要經常教育晚輩。其實，我如果不是認為自己真是二十年辛苦，有一點管理上的心得，我可能就不會寫這本書了。在多數情況下，我都會把嘴閉上，不教育晚輩。

第七，不要給別人添麻煩。給別人添麻煩，很容易讓別人產生一種你真是很油膩的感覺。

第八，不要停止購物。不能說「我已經有了所有東西，我對新的事物已經失去了興趣……」。去購物，去買最新的電子產品，比如電腦、手機、VR 女友等，你會發現你還有一顆年輕的心。

第九，不要髒兮兮的。年輕的時候，髒是不羈，中年時候的髒是真髒，一天爭取洗一個澡，一身不油光。

第十，不要鄙視和年齡無關的人類習慣。比如文藝，該文藝還要去文藝；比如保溫杯，你喜歡喝熱水，你繼續喝熱水。

以上這十條，是從我個人的角度講如何避免「中年油膩」。

曾國藩講的是如何從朋友的角度，避免成為油膩的「中年猥瑣男」。就是除了管好自己，爭取有幾個好朋友，能夠時不時地挑剔你，「你看你又胖了，又講黃笑話了，又好幾天沒洗澡了，又給別人添麻煩了……」。有這些常挑你毛病

的朋友，你會變成一個更好的、清爽的中年男子或女子。

你捫心自問，生活裏有經常挑你毛病的朋友嗎？你喜歡這樣的朋友嗎？

我捫心自問，可能沒有經常挑我毛病的朋友。而且，我不希望有這樣的朋友。但是我非常認同曾國藩講的，如果説你想成事，你可能需要這麼幾個朋友在你身邊，但是生活總是矛盾的。

有一次訪談，記者問我：「您喜歡甚麼樣的女生？」我反問説：「過去還是現在？」他説：「過去呢？」我説：「我喜歡愛笑的。」他又問：「現在呢？」我當時直接回答：「不挑我毛病的。」不管這個女生長得多寒磣，只要不挑我毛病，我們就可以在一起。

人總是矛盾的，既想成事，又不想身心受煎熬。有些人認為好愛不為難，有些人認為不為難不是好愛。做人真是很難。

爭取有幾個挑你毛病的朋友，也爭取有幾個一直不挑你毛病的朋友，或許是一個平衡的解決之道。

找合拍的人一起做事

我們經常說，人在生活中最大的幸福，是來自你有好的伴侶、好的親人、好的夥伴，那麼工作中呢？職場最大的幸福來自甚麼？如何獲得它？

第一，職場最大的幸福來自身邊人。

我講兩個親身經歷。當年在麥肯錫，有一個「Up Or Out」（上升或出局）的晉升規定。也就是兩到三年，如果不能升一格，那就得自己找轍離開。「找轍」是北京話，就是你自己要找地方養活自己，大致是兩到三年一個坎。

如果大學剛畢業，你進來有可能是「BA」（Business Analys，業務需求分析師）；如果是 MBA 畢業的，進來是「Associate」（經濟分析員或者諮詢顧問）。「BA」上一級是「Associate」，「Associate」上一級是「JEM」（Junior Engagement Manager，初級項目經理）。「JEM」再上一級是「EM」（Engagement Manager，項目經理）。「EM」再上一層是「Senior EM」（Senior Engagement Manager，資深項目經理）。再往上，是副董事，再往上就是合夥人，合夥人之上還有資深合夥人，等等。大致是這麼幾個分級。

這樣的職場軌跡裏，有幾步是非常重要的。其中一步是項目經理，你要成為項目經理，必須具備兩個非常核心的能力。

一個是解決複雜問題的協調能力。你能夠帶着團隊的小夥伴，有可能是兩三個人，最多也不會超過四個人，把一個異常複雜的問題分析清楚，表達明白，讓客戶滿意，這是項目經理的核心技能。

另一個是管理項目進程。你和團隊的每一天，都有很高的成本。你能不能通過你自己的努力，在規定的時間，用規定的質量，完成規定的動作，推進這個項目。

如果這兩點做得很好，就是一個很稱職的項目經理。

接着非常重要的一步就是合夥人。合夥人的概念就是你簽字相當於公司簽字，可以全權代表公司。你升上合夥人之後，有薪酬的提高，也可以拿到分紅，另外你還會明確感覺到，從一個中層經理人變成高級經理人，自己要做很多重要的決策。

這會是蠻有人情味的一刻，很多人會來向你祝賀。我當時收到了五六件小禮物，一瓶酒、一個本子、一本書等，還有近十封信，其中一封令我印象深刻。一位老的資深合夥人用英文寫了封信，解答了我一個很大的困惑，就是我們人類幸福的根源是甚麼，特別是在職場中，幸福的根源是甚麼。

他引用了一個諾貝爾獎得主的話，那個人研究人類的組織行為學，他説人類幸福的根源，只有兩件事：

第一是人，就是和自己喜歡同時也喜歡自己的人，在一

起工作。

第二是事，做自己擅長又喜歡的事。

這位老合夥人在信裏跟我闡述：有可能你擅長的事不是你喜歡的事，你喜歡的事有可能是你不擅長的事。如果你不得不挑，是做自己擅長的事，還是自己喜歡的事？那你還是做自己擅長的事。因為慢慢地，別人的、社會的正向鼓勵，你會認為自己擅長的事也是你自己喜歡的事。如果非要挑，是和自己喜歡的人在一起，還是和喜歡自己的人在一起？他說他挑的是和喜歡自己的人在一起。如果不得不做這個選擇的話，標準答案可能不止一個，這只是一個有智慧的麥肯錫老合夥人給我的建議。

還有一次，我和老領導去台灣做經濟訪問，我充當他的秘書。我們在酒店門口抽煙，周圍只有我們兩個人。在他的職業生涯中，他已經做了好多大事，我說：「您下一步還有甚麼更暢想的事，這輩子還有甚麼暢想的事？」他抽完一整支煙，一直在想。

我還清清楚楚地記得那天的黃昏，有風，那支香煙一閃一滅、一明一暗的煙頭。他說：「我非常暢想再過十年退休，咱們在一個房子裏，有可能是你的房子，有可能是我的房子，最好有個露台，要不然有個院子，不用特別大。我們四五個人一塊兒吃點小菜，喝點酒。喝酒的時候，想想當年壯勇，說說當年我們幹過甚麼特別暢快的事，有哪些特別難的時候，哪些我們忍過了，我們打過了，然後我們變得很開心。」這幾乎是他當時的原話。

其實你看這兩個故事的共同點：一是要有喜歡的人，二是要和喜歡的人一塊兒去做事。所以，在職場中我想給的提示是，最大的幸福來自最美的身邊人。不背叛，能互相包容、互相幫助，不為小利所動，不爭一時得失，能夠推功攬過，最美好的是能和這樣的身邊人一起工作，一起度過好時光。

　　那下一個問題，如何找到最美的身邊人？

第二，如何找到合拍的人？

　　曾國藩有一句特別簡單的大實話：「危險之際，愛而從之者，或有一二；畏而從之者，則無其事也。」真的危險出現了，因為愛你能夠跟你在一塊兒的，或許能有一兩個，因為怕你而跟你在一塊兒的，根本就不存在。

　　一個成功的 CEO、成功的高管，會有兩類下屬：一類是出於愛，被管理者的人格魅力、理想所打動，被能夠跟着他學習到的技能、體會到的智慧所打動；另一類是出於畏，被權力和能產生的利益所籠絡，有工資、獎金，有升上去的機會、炫耀的資本，等等。

　　從外號叫「曾剃頭」的曾國藩嘴裏聽到愛，真是很神奇。他非常坦誠地說，在真正危難的時候能跟你走的，一定是愛你的人，那些怕你的人，絕無一絲可能跟着你走。

　　深層的道理，是不要對人性要求太高。共患難、共進退的人，能有百分之二三就很不錯了，「樹倒猢猻散」是天下常理，不要期待每個人都有風骨和節操。所以如果走了背字，不要抱怨自己，不要抱怨命，也不要抱怨周圍的人不跟着你

走，「大難臨頭各自飛」非常正常。那些不走的是非常個別有性情的人，激勵這些人，靠的不是錢，而是長期一起做大事的兄弟情和溫暖感。

為甚麼願意一塊兒吃這麼多的苦？更大的利益面前，為甚麼不去追求？為甚麼有更好的機會，不去？為甚麼有其他更強的團隊，不願意加入？其實都因為一句簡單的話——「We had good time together」（我們一起有過好時光）。

跳出來想，人生一世，起點都是「哇」的一聲墜地，終點都是「唉」的一聲離世，生不帶來，死不帶去，中間的構成就是時間，只有時間。性情中人明白，人生沒有終極意義，如果有意義，就是那些過程中的點滴小時光。就像一根項鍊，它一定有一個起點，有一個終點，中間就像那些閃爍的珠寶小石頭一樣，那些點點滴滴的美好時光會留在記憶裏，體現生命的質量和意義。這似乎是個悖論，成事的人似乎應該更冷酷、更可靠、更機械，但是我在特別能成大事的人中發現，性情中人比例奇高。

希望你看到上述之後，能夠找到你最美的身邊人，能夠在危難之際有個別人還跟着你，能夠在度過漫長的職場時光之後，你可以跟周圍最美的身邊人說「We had good time together」（我們一起有過好時光）。

第三篇 知世

女孩貴養是歪理

　　我說過，人生可遇不可求的事：夏代有工的玉，後海有樹的院子，二十來歲的姑娘，還有此時此刻的雲。

　　我很早就意識到自己骨子裏對女性的熱愛，也毫不避諱自己「為泡妞而寫作」的動機。狂放又青澀的青年總覺得，天性浪漫的女性，是可以被文字蠱惑的。

　　曾經被冠以「嚴肅情色作家」的標籤，對此我不置可否。但在我心中，女性是偉大而可愛的，真正讀懂的人，能參透我對她們的愛慕和崇拜。這裏請參照我散見各處的文字中對我老媽和老姐的描述，她們在我的筆端，彪悍、狂野、可愛、靈動。

　　我也想過，生個女兒，頭髮順長，肉薄心窄，眼神憂鬱。牛奶、豆漿、米湯、可樂澆灌，一二十年後長成禍水。在長成禍水之前，我不能允許任何人傷害她。

　　是的，我對女性的態度就是友愛、熱愛、寵愛，但希望她是獨立的、可愛的，即便身陷囹圄也能向陽而生的。所以，我不會無條件寵溺，而時下一再被宣揚的「女孩要貴養」的歪風邪氣，讓我深惡痛絕。理由很簡單：

　　第一，社會階級分層，壁壘已經固化，礙於傳統理念和

生理構造，女性已經處於弱勢，再像養寵物一樣嬌慣，失去競爭能力，還如何在社會上立足？

第二，長期被物化、伸手錢來的女性，受到金錢誘惑的可能性更大。

第三，不得不說，也不想為廣大男同胞們狡辯，實名勸一句廣大女性朋友，2020年了，醒醒吧，哪個男人不渣？除了自強不息靠自己，你還能靠誰？

「女孩要貴養」，我認為純屬胡扯。既然要男女平等，女孩就要承擔同樣的社會責任和義務，要像男孩子一樣成事。當然，相夫教子、齊身治家也是成事的一種。

接下來，給想要成事的女孩提幾點建議。

第一，吃苦耐勞。

一個人成事的基礎，並不是EQ（情商）、IQ（智商）有多高，而是吃苦耐勞。如果能做到吃苦耐勞，你基本上就有了80分。在那之上，你再突出你的天賦，無論是情商上的還是智商上的，你就會做到95分，甚至100分或120分。

曾國藩也反覆強調，吃苦耐勞在成事中的重要作用。「吾屢教家人崇儉習勞，蓋艱苦則筋骨漸強，嬌養則精力愈弱也。」我經常教導家裏人，崇尚節儉，習慣勞苦，說白了就是吃苦耐勞的意思。如果你經常幹苦活，你的筋骨就會慢慢變得強壯。如果你「嬌養」，包括自己「嬌養」自己，別人「嬌養」你，你的體力、精力會越來越弱。

曾國藩反覆強調的「崇儉習勞」，是家庭教育的箴言。

我不得不說，這也是成事的基礎。咬得菜根，百事可做；跑萬米不累，百事可做——吃苦耐勞的心和身是成事的基礎。

簡單來講，我認為吃苦耐勞有三點。

1. 自己的事情自己做。不要吆五喝六，自己拎包，自己管理好自己的時間和身心，盡量少用助理。

你作為一個成事的訓練者和自修人，自己永遠是一切的開始，就像「道生一，一生二，二生三，三生萬物」一樣。你把自己管理好，把自己的身心管理好，才能帶個小團隊，多做一些事情。

2. 不給別人添麻煩。自己的事情自己做和不給別人添麻煩，看上去一樣，其實不一樣。舉一個簡單的例子，在地鐵上大聲喧嘩溝通工作，是自己的事情自己做了，但給周圍很多人添了麻煩。所以，自己的事情自己做的前提是不侵犯他人邊界。

我有一個老哥，做了四十年的投資。在他 60 歲的時候，他跟我說：「一個人做不了的生意，我就不做了。」其實成事的人，會修煉自己、修煉團隊、修煉事情，但是轉回來一定要知道你的起點是你自己。你的起點是你一個人，一個人能夠把自己的事情做成。

3. 在前兩項的基礎上，人作為一個個體，他應該有自由選擇另外一種人生，比如，你可以選擇激盪的人生，也可以去鄉下買塊地悠然自得，或者僅僅是追求精緻的一日三餐……但前提是第三點不跟第一、第二點有衝突。

第二，強健的體魄。

「自己的事情自己做」，給自己一種「我只有我自己，我不能生病，我要保持體力」的緊迫感，然後產生健身的慾望。一以貫之，你就有了成事的基本身體狀態——強健的體魄。

「帶兵打仗」的這些年，有個怪象一直令我費解，身邊比我年輕十幾二十幾歲的人，生病的概率、頻率和嚴重程度要遠遠高於我。我可能兩年不去一次醫院，五年、十年生不了一次大病。如果這個喝酒之後腦袋疼、摔跤不算病的話，那其實我很少生病。

後來我就跟團隊講，保持身體狀態良好，也是職業管理人的職業素養。不只是會做 PPT，會做數學模型，懂得資產負債表應該如何解讀……保持一個好的身心狀態，特別是身體狀態，也是一個職業經理人不可或缺的一部份。

堅持鍛鍊、保持體重、少生病、提高免疫力，是「成事」的基礎，也是抵禦病毒侵襲的最佳手段。經歷了一場「戰疫」，你信了嗎？信藥，不如信自己。

第三，自強不息。

世間好物不堅牢，彩雲易散玻璃脆。你不一定要學富五車、盛世美顏、職場白骨精，但如果素養、學識、專業度……跟不上年紀的增長、社會的進步，心裏終歸是虛浮的，在職場或生活中的話語權也會越來越低。

選擇舒適閒逸，就要付出遭人輕慢被邊緣化的代價。

選擇力爭上游，就要付出與慣性、惰性搏鬥的代價。

時代從未放過任何人，女性得到越多尊重，同時也面臨着比男性更嚴苛的社會準則。渣男防不勝防，想要姿態優雅地在這個世界興風作浪、遺世獨立、歲月靜好，女性必須吃苦耐勞、自強不息。

而自強不息的吃苦耐勞精神，要從娃娃抓起。「女孩要貴養」的邪門歪理，讓它「自嗨」去。

甚麼是能量管理

　　一個似乎不重要，又一直隱藏在成事、持續成事、持續成大事背後的事——能量管理。

　　曾國藩說：「凡行兵，須蓄不竭之氣，留有餘之力。」存力氣，存使不完的力氣。

　　很多人說，想成事，要有資源，要有風，要看競爭對手、市場⋯⋯卻往往忽略了一個本源，就是做事的人，你和你的團隊，有沒有能量？這能量能不能持續？

　　給十條能量管理的建議：

　　第一，為甚麼要儲備足夠的能量？因為我們的目標不是掙一筆錢、出這一個月的名就走，我們不做一天的買賣，要做基業常青的事。

　　有兩類大事可以成：一類是立功，立功不朽；另一類是立言，立言不朽。要把這種目標定了。

　　第二，為甚麼要積蓄能量？因為真正的成功往往需要十年以上的經驗儲備。

　　我原來不理解，為甚麼企業招聘一個人，要求有八年以上的工作經驗。後來我發現，如果想了解一個人的工作能力，沒個五年是看不出來的，這個五年是一個從無到有，從小到

大，從不會到會的過程，而要再精英化一點，沒個十年幾乎是不可能的。

古人說「十年磨一劍」，你也不能把這個時限縮得太短，「一年磨一劍」幾乎是揠苗助長，基礎不扎實。

第三，為甚麼要管理能量？人生不全是打仗，還有生活。

我沒有見過一直工作還能把工作做得非常好的人，純粹的工作狂，完全沒生活、沒情調、不放鬆，還能把仗打好，幾乎沒有。對這種人，我往往會心存一點點戒心和恐懼，因為像一把刀一樣，他很有可能造成巨大的風險。

打仗不是人生的全部，有時候你要稍稍歇下來，發發呆。這種發呆，這種「浪費」，是為了更好地打仗。你和團隊都需要調整。

在麥肯錫雖然非常累，每週幹八十到一百個小時，但是每年有三到四週的帶薪假。強制的帶薪休假除了讓你身心平衡之外，也是為了這個機構能夠更好地生存和發展。這看上去像一個悖論，我講講背後的原因。

1. 高管一旦離開了，相對的審計、監察、紀檢部門就很容易做事了。因為高管一離開，一定是要把自己的工作託付給他的替手，替手一接手，如果有嚴重的問題，很容易就會暴露出來。這是從內控的角度說，為甚麼高管帶薪休假是必需的。

2. 一個組織的能力不在於某個個人的能力。如果高管帶薪休假，組織雖然會有些彆扭，但還是會相對正常地往前走，說明機構的組織能力是不依靠任何一個單一個人的。好處是，

整個組織的風險大大降低，它不會因為一個人的離職、抱病、意外，而造成毀滅性的打擊。

第四，如何保持能量？做一些勝算大的項目，不要總是去賭，去博。

全力去賭，放馬一博這種事情不要天天做，三五年做一次就好了，為甚麼？保持能量，保持能量的持續供給，多做一些勝算大的項目，增加信心，增加團隊持續的能量輸出，這樣公司可以一直持續運營。

其實寫作也一樣。因為時間的關係，我不得不每年都用假期集中寫作，每年十天寫一個長篇，的確是一種快跑狀態，我是沒辦法。如果有辦法我一定跨到半年甚至一年去寫。這樣，可以相對悠哉地把非常痛苦的創作過程，變成相對痛苦、有某些享受成份的創作過程。我後半生打算這麼做，也希望你如果有能力、有時間，不用那麼着急，有的是仗，將來可以打。

第五，如何管理能量？慢一點，馬拉松。

它的好處是能夠在良好、相對緩慢的節奏過程中，讓你維持身體、心氣的平衡。打得太兇，看上去在短期形成了某種成效，但不持續，你會發現，猛打、猛跑，效果差於你用不快不慢的速度持續行進。因為身體怕忽起忽落的節奏，心氣其實也怕巨大的起伏。

馬拉松的一個大忌，就是在前五公里跑得太快。我第一次參加全馬之前，教練就跟我說，前五公里最重要的是把速度壓下來，不要逞能，不要快跑，這是馬拉松，後邊還有好

第三篇 知世

多里。

在職場也一樣，你二三十歲一直想，早一步提升，早一步把事幹成，早些揚名立萬，一切早早早……耗得自己心氣急躁，缺乏平衡，你捫心自問，這種高強度的狀態你能持續多久？

我常用一個比喻：你本來能跳一米，讓你再跳兩米，看上去只是增加了一米，但不是增加一倍的能量消耗，可能增加十倍的能量消耗，人是有極限的。其實在麥肯錫、華潤，是受着類似特種兵的訓練和對特種兵的能量的要求，也是種極限，我眼睜睜見過，有人躺在辦公室的地上說腦子實在動不了了。那種腦力消耗，像體力消耗一樣，我不希望你在現實生活中，每天都殺紅眼到這種狀態，這種狀態一定持續不了，也不是一個正常的、長期的做好生意、成大事的狀態。

第六，維持能量平衡。

西方的管理理論裏有一個叫「開着車的時候換輪胎」，「在飛行中換引擎」。意思是，運營相對穩定的公司，允許出現大錯誤、掉鍊子，可以「換」。你需要時間去在市場上找替換，那就需要你能維持在好的、平衡的能量狀態，太快你一定換不了引擎。

第七，留出犯錯的空間。

在漫長的成事過程中，最怕的是你帶着團隊往錯的方向快跑，跑了一陣發現錯了。即使坦誠地把所有的功勞都記到你的團隊身上，把所有的過失也都攬在自己身上，你還是會發現，團隊非常沮喪。往錯的方向快跑，非常耗損團隊能量。

如果你把成事當成十年期的事，用參加馬拉松的態度去做，會給自己留下犯錯的空間。如果你瘋狂地往前跑，跑了一年，才告訴大家咱們跑錯了，現在離正確方向是一百八十度、一千八百里。不僅大家沮喪，大家對你的信心還會銳減，以後你再指一個方向，大家跟着你往前走的動力和信心就會少很多。基本上，你的團隊最多給你兩次犯錯機會。

第八，管理能量可以及時調整方向。留下犯錯空間還有另外一個角度，就是稍稍跑偏了一點，從戰略上說，不是錯誤。但是你偏離正確方向又走得太快，會白耗很多能量。但是，你沒有那麼快，能量耗得沒那麼多，行路的時候，你還能抬頭看看路。你甚至不用告訴大家，你作為 CEO 心裏知道好像有點偏，你稍稍用一些戰術手段，可以糾正一些。糾正得好，甚至外人都感覺不到你曾經偏了二十度，只感覺，我們這個 CEO，一直是光明、正確、偉大的 CEO。

第九，等待團隊成長。

人成長是需要時間，需要犯錯的。作為一個組織，你不希望自己犯大錯，但是也不要妄想甚麼人都不犯任何小錯，這不現實。

人的成長需要時間，三十而立，四十不惑，到現在也適用，如果你想讓 30 歲的人不惑，這對 30 歲的人是一個過高的要求。這是人類基因決定的，一個人如果沒有到一定的歲數，激素水平沒有到一定的程度，沒有經歷過足夠多的世事，沒有走過足夠多的路，有些事擱在紙面上、反覆被別人教育，他也不會明白。

所以，我總説，時間是我們的朋友，為甚麼時間不是你的朋友？因為你沒有耐心，沒有好好管理能量，總是在做百米跑，而不是馬拉松。所以，管理能量就是要相對慢下來，哪怕你很強，也要給周圍人成長犯錯的時間。

第十，慢下來，讓你的團隊能夠有充足的時間和錯誤空間來鍛鍊核心競爭力，切記，是團隊的核心競爭力，它是一個配合的過程。

比如，第一次做產品研發，我選一個產品經理，一組人配合他，如何銜接工廠、設計、包裝，第一次想做得完美，絕無一絲可能，需要配合再做一次、兩次……做到十次的時候，你的核心競爭力——產品研發的能力——可能初見雛形。做一百次，你會發現比你做十次又提升了一個台階。

團隊配合要在實戰中練習，它是一種實踐科學，而不是完全在書本上。我替很多公司做過戰略，看過更多公司的戰略，為甚麼同樣好的戰略，同樣的聰明團隊，卻做出不同的結果？其實核心的差異，就是團隊有沒有一塊兒演練、實施、執行過戰略，整個組織是不是給了他們足夠的時間、空間去練習。

獵人們每天做的事跟打仗有相似的地方：幾個人，騎着馬，拿着弓箭、刀槍去捕殺獵物。可能一兩天獵不到獵物，但也可能配合越來越熟，然後在一天獵到很多獵物。這是通過反覆練習、試錯，形成的默契和配合。

所以，慢下來，持續管理能量，讓自己的團隊能夠經常通過一些事來以練代戰、以戰代練，多次反覆來熟悉彼此的

配合，才能在真正的商場上，真正的沙場上，成事，持續多成事。

舉一個例子，司馬懿和孔明的故事。《三國演義》是從蜀國的角度講故事，所以推崇諸葛亮，但如果你看野史，甚至《三國志》這些相對來講的正史，會發現史書對司馬懿的評價會更高一點。

司馬懿是一個成事修煉者，他更堅信計算、戰略，而諸葛亮的賭性比司馬懿大一些，在五丈原之戰，體現得特別明顯。

當時司馬懿堅壁拒守，以逸待勞，我就守着我的硬寨，我不去打仗，我等你消耗完。這背後是戰略考量：魏國比蜀國戰略資源多，他能扛得住。而諸葛亮與之相反，有志向，也知道自己生命有限，等下去蜀國不見得能夠在實力上超越魏國，所以他等不及了，總試圖逐鹿中原，他就希望司馬懿出來，兩人賭一把。司馬懿堅信，我不去賭，我的勝算更大，只要我不賭，我就贏了，就堅定這個戰略立場，一直執行下去。

諸葛亮甚至送給司馬懿女人穿的衣服，意思是，你怎麼像個姑娘，為甚麼不敢打仗？如果你是個男的，就出來打！我覺得這挺有意思的，諸葛亮一個文人，諷刺別人像個女人⋯⋯當時司馬懿這邊出現的困境，是他下邊的人也非常想打。想成事的人，往往都是喜歡打仗的。兩軍對峙這麼長時間，又有挺大勝算，比如有八成把握能打過諸葛亮，為甚麼

不去打？那司馬懿的想法就是，我注定能勝，為甚麼還要損失兩成把握？但是他又不好意思或者不能跟他的團隊把這個道理直接說清楚。他的方式就是回去問皇帝，我能不能打？皇帝就勢說，你不能出去打。他把決策的包袱、責任，推給了皇上，皇上順水推舟說，你是對的，你繼續守。

諸葛亮一直求戰，司馬懿就是不打，他問蜀國的使者諸葛亮的情況，並不是問，諸葛亮為甚麼要打，想怎麼打……沒有說任何打仗的事，司馬懿只問了一句話，諸葛公起居飲食如何，一頓能吃多少米？一頓吃多少乾飯。使者說，三四升。

然後，司馬懿開始問第二個問題，諸葛亮現在怎麼管理軍營？使者說，打三十軍棍以上的處罰，都是諸葛亮自己批閱的。使者也是笨，司馬懿這問題問得好，看上去無關痛癢的問題，都是非常重要的問題。

問完這兩個問題，司馬懿就把使者送走，說，你侮辱我的衣服我收到了，這是婦人的衣服，我承認我不敢打，不願意打。但，司馬懿對團隊說，諸葛亮要死了。因為諸葛亮吃得太少了，管得太多了。

這就應了為甚麼要管理能量。如果吃得又少，管得又多，睡得又差，一個人能持續多久？如果主帥都完蛋了，仗還怎麼打？

果不其然，諸葛亮掛了，病故於五丈原（現在陝西寶雞岐山境內），享年只有 54 歲。當然 54 歲在那個年代不能算早夭，但司馬懿也是一輩子打仗，活到了 72 歲。

後來，司馬懿的弟弟問司馬懿，你為甚麼能判斷諸葛亮不行？司馬懿回覆：「亮志大而不見機，多謀而少決，好兵而無權。」

　　「志大而不見機」，他有很高的志向，想逐鹿中原、想光復漢室等很多大志向。但是「不見機」，這個仗有沒有勝算，他心裏沒數。所以他一次次出蜀，打魏國，哪次他捫心自問，說有勝算？如果一次都沒有，為甚麼他還做？我同意司馬懿，諸葛亮有很大的志向，但不懂戰機。

　　「多謀而少決」，通常很多家庭婦男和家庭婦女，包括我媽，屬於「多謀而少決」，她就想很多事，掰扯很多人世間的道理，但是她不做決策。我常見一些沒有受過訓練、沒有結構化思維的「聰明人」，開四個小時的會，說一大堆有的沒的，最後沒有任何決策、跟行動有關的事情，走出會議室就完了，這四個小時也就沒了。

　　「好兵而無權」，喜歡用兵打仗，喜歡帶着人往前衝，但是又沒有足夠的權力能支使這個團隊。我當時創業的時候，我問過幾個老哥，我第一次創業，又在體制內，又在這麼大平台下，創華潤醫療，您告訴我最重要的幾件事。有兩三個老哥一致提醒我，團隊要聽你的，能跟着你的方向去走。如果諸葛亮兩次、三次打魏國失敗，他的手腕、權謀、激勵機制就會失效，又不能讓團隊去聽他的，這個團隊的戰鬥力就會大減。

　　所以，司馬懿看諸葛亮帶着十萬人，卻不認為他有任何能戰勝自己的機會。果然，諸葛亮自己把自己累死了。「死

諸葛氣死活司馬」這只是一種民間的說法，畢竟魏國戰勝了蜀國，而且司馬懿家族建立的西晉取代了魏國。

能量管理是隱含在成事背後的發動機。把成事的事業作為一個馬拉松，而不是一個百米短跑。你會發現漫長的一生，有了更多成事的可能和希望。

示弱的殺傷力

這個話題，可能會引來些許唏噓，因為我經常講，男兒當自強，女兒當自強，要自己管自己，自己顧自己，等等。既如此，那為甚麼要示弱？

第一，示弱，是成大事的智慧。

古人云：「地低成海，人低成王。」

在現代商業環境中，想要成大事，不是一個人能全擔起來的。那怎麼辦，事就不辦了嗎？當然不是。在講好權責的前提下，如果你能讓別人樂意分擔一些，這不是給別人添麻煩，而是合理的社會分工，往往能讓成事變得簡單。

我寫過一段關於古龍的話：古龍雖然在文字上有這樣那樣的毛病，「但是，文字和人一樣，很多時候比拼的不是強，是弱，是弱弱的真，是短暫的真，是囂張的真。好詩永遠比假話少，好酒永遠比白開水少，心裏有靈、貼地飛行的時候永遠比坐着開會的時候少」。

示弱，是能達到以上效果的。記住，最能成事的人，不是事事勝人的人，是自身有極強之處，但是能示弱、敢示弱、會示弱的人。自己強行努力，不如在保有自己強處和優勢的

前提下，向潛在的合作方示弱，借助他們的力量成事。

第二，何時示弱？

非常直接、簡單，就是有件事，你特別想做，但是沒時間和精力做的時候。

你一週工作八十個小時，看上去只是一週工作四十個小時的兩倍，其實耗的精力、心血，後四十個小時要遠遠大於前四十個小時。你的心可能挺大，想要做的事情很多，但我從來沒有見過一個人一週工作一百個小時，能夠長時間持續的，這樣人會耗死的。所以，時間可能是一個示弱的提示點，你時間、精力不夠了，你要明確說，無論是從時間、體力、精力，還是你的能力、資源來看，你沒本事來做這件事。這個時候就是你需要示弱的時候。

第三，如何示弱？

有時候示弱是件好事，那麼如何示弱？用曾國藩的話說，就是「能立、能達、不怨、不尤」。

1．能立。

如果真想做成一件事，但是你想示弱的時候，不能說，這些事別人做吧，你就撤了。示弱不是臨陣脫逃。事是你想的，自己也要積極參與，讓被示弱的那個人知道，如果不成，責任你扛，如果成事，好處大家分。

2．能達。

辦事圓融、通達，是你自身解決問題的能力。組局拼的不只是你有多少資源，認識多少人，在考慮資源和人之前，你還需要有分析問題和解決問題的能力。如果在組局前，都不知道面對的是甚麼問題，事會被你的能力所限制住。

3.要坦誠。

承認自己弱，做不到就是做不到，勇敢直言你要做成一個甚麼事，看中對方甚麼能力，希望得到幫助。簡單坦誠，別扯來扯去，別找藉口。

4.不抱怨。

作為一個阿爾法人類、一個很能幹的人，示弱的時候，心裏有強烈的不滿，不滿自己這麼弱。在這種情況下，你要想到，示弱是件非常美好的事情。對於自己負面的想法，我認、我忍，我接受自己的不完美、不能幹。天地皆殘，何況物乎，何況人乎，何況事乎？沒有完美的事情，天下事不如意者十之八九，總能在你堅忍、耐煩、勞怨不避的前提下，示弱組局共同完成，乃能期於有成。

舉個生活中特別小的例子，我很久以前買了個房子，實在沒有時間裝修。我聽說，裝修經常讓男女朋友分手，讓家庭破裂，讓婚姻垮台，那我就示弱說，不好意思，我實在沒時間，但我希望把這個房子裝完。我承認，我審美、裝修的

能力也沒有你好，希望你來主持這個工作，我只負責把鑰匙給你，錢打給你，裝完之後，你再把鑰匙給我，我中間不說一個不字。如果裝不好，我一句壞話、一句廢話都不說。我拿到鑰匙之後，的確有個別地方是我不滿意的，是我覺得能做得更好的。但是我就說，真好，真好。結果就把這事辦了，不到兩個月拿到鑰匙，然後這個裝修用了接近二十年。

其實示弱管理，核心是強者示弱。強者示弱有兩點非常明確的好處。

1. 讓被示弱方知道你是他的同伴，而不是高高在上的所謂領導或者冰冷的對手。你並沒有在裝，跟對方清楚地說你甚麼地方不足，你也有缺點，也有弱點。

2. 在示弱過程中，你自然而然地做了預期管理。如果到最後共同把事情做成了，大家反而會覺得，你做得不錯，你其實有長進。慢慢你會發現本來弱的能力提高了。

第四，向誰示弱？

組局的時候需要找能幹的人。但是如果你資源很多，有很多能幹的人，找哪些呢？在能幹的人中，找真心疼你的人去示弱，激發他們的父性和母性。

舉我的例子。在工作的時候，從早上八點到晚上六點全是事，全是會，全是別人跟我吐槽。最後，我實在是沒力氣了，就把幾個我協調不了的女性叫過來，都是我姐姐輩的人。我說：「我幹不動了，協調不了你們幾個，你們說這事怎麼辦吧？」這三個人立刻不爭了，直接跟我說：「您回去休息，

我們自己協調一個我們之間的方式，明天跟您講方案。」第二天我去公司，一切安排得妥妥的。我問這仁人：「同意不，是不是可以這麼幹？」仁人說：「沒問題，現在是不是不那麼累了？」我說：「的確是，感謝各位。」然後這事辦得就特別漂亮。

原來我作為麥肯錫合夥人，不允許自己會被事難倒，但有次真的無計可施了，求助同事後，我發現產生了奇效。實在沒辦法、實在累的時候，找一個能助你一臂之力的人、能放你一馬的人、真的心疼你的人示弱，這個挺重要。

舉曾國藩的例子。曾國藩在別人心目中，從書生到將軍，非常能幹、強悍，但是他說：「兄自問近年得力，唯有一悔字訣。」最抓得着的、最管用的一招，是「悔」，是往後退半步的「悔」。「兄昔年自負本領甚大，可屈可伸，可行可藏，又每見得人家不是。」過去少年意氣，覺得自己本事很大，可以屈，可以伸，可以去攻城略地，也可以藏起來不幹事情。「得志行天下，不得志獨善其身。」常常能看到別人不好的地方。但是，「自從丁巳、戊午，大悔大悟之後，乃知自己全無本領，凡事都見得人家有幾分是處」，忽然覺得自己甚麼本領也沒有，所有的事都能看到幾分辦得對的地方，人也有幾處可以取的地方。「故自戊午至今九載」，從戊午年到現在，九年了，「與 40 歲以前迴不相同」。

曾國藩的「悔字訣」，不是頓足捶胸，而是知道自己全無本領，凡事都見得人家有幾分是處。認清自己，用好他人，自己雖然強，但也有不足，甚至有很多不足。年輕的時候，

看到別人身上的弱點，現在看，每個人身上都有閃光點。

所以，首先知道自己無本領，才需要用人；其次知道他人的長處，才能用好人；最後恰當地表現出自己的無本領，才能讓他人為自己所用。注意曾國藩說的「凡事都見得人家有幾分是處」，隱含的意思是，這些人也不見得都做得很好，也沒有所謂了不起的真本領，有些可取之處而已，只要能做到這樣，這些人就可以用。

這是曾國藩晚年的感悟，早期他可不是這樣的。他早期事必躬親，自負本領甚大，而且證明了自己本領甚大。到了人生後半場，他悟到了，帶大隊伍不是這樣的，也不能這樣。推功攬過，自己想立，先把別人立起來，自己想幹事，先讓別人也能幹事，己欲達而達人，己欲立而立人，成大事的人，其實應該讓他人也成大事。

我提醒一點，關於示弱，女性更應該體會和使用示弱的力量。這裏並不是說女性要打女性牌，而是說要避免一個極端。在職場中，女性往往為了掙得和穩住話語權而陷入「我有三頭六臂，我八面玲瓏，我職場白骨精」的人設，把自己端起來，甚麼事情都要自己幹，甚麼仗都要自己打，甚麼重活都要自己背。這是沒必要的，就按上文提到的，我承擔責任，我組局，我坦誠，我不抱怨，我做不到的事情，我就承認，我就尋求幫助，希望大家一起來成事。這不丟人，也和女性牌沒有任何關係。

職場中最重要的品質

身處職場最重要的品質是甚麼？沒有標準答案，見仁見智。

我的回答比較直接：**職場中最重要的不是能力、人脈、所受的教育，而是態度。**如果態度對了，就不會走錯路，不會吃大虧，即使沒甚麼成就，你還是一個很好的人。

我們總說「修身、齊家、治國、平天下」，殊不知這句話還有一個很關鍵的前綴，「修齊治平」之前是「誠意、正心」。

「古之欲明明德於天下者，先治其國；欲治其國者，先齊其家；欲齊其家者，先修其身；欲修其身者，先正其心；欲正其心者，先誠其意。」這一層一層是有邏輯關係的，想平天下，先把自己的國家治理好；要把自己的國家治理好，先把自己的家管好；想把自己的家管好，先把自己管好；如果想把自己管好，先把自己的心管好；那如果真想把心管好，先要把自己的態度擺正。擺正態度，就要學習、多問，格物、致知，等等。格物、致知，已經在中學和大學階段基本完成了，你基本知道了世界的道理，那在你結束大學教育之後，進入職場之前，最重要的就是擺正態度。

第三篇 知世

第一，敬，對自己嚴。

曾國藩說，「敬以持躬，恕以待人」，「敬」，對自己嚴，「恕」，對別人寬；「敬則小心翼翼，事無巨細，皆不敢忽」，對自己嚴，就是要小心翼翼，事無巨細，甚麼都不敢疏忽；「恕則常留餘地以處人，功不獨居，過不推諉」，給別人以餘地，有功不自己獨佔，有過不推給別人。「敬」是對自己嚴，「恕」是對別人寬，為人處世就這麼兩個字，但多數人都是從來不責備自己，對別人嚴，對自己寬。

在北京協和醫學院，林巧稚大夫教婦產課的時候，問那一屆學生，卵巢有多大？拿手給我比一比。三十個學生，很多是答不上來的，有比畫蘋果大小、鴨梨大小、棗大小、花生大小，到底有多大？

這個問題看似平常，但生活中、工作中很多重要的東西，其實是不求甚解，不知道到底怎麼回事的。你可以問周圍人，他們最熟悉的事，比如問你的領導、CEO，你的核心客戶是誰？他們將來有可能有哪些變化？未來五年，五年之後，你的核心客戶是不是還是這些人？如果不是，會是誰？可能你的領導、CEO 也答不出來。

很多事情不見得有正確答案，但你要有一個正確的態度。「時將天地常揣摩，終有一日妙理開」，一定要事無巨細，綜合分析，高到高高山頂，低到深深海底，大處着眼，小處着手，反覆揣摩一個事情。然後你才能說，你有可能是對的。

再舉個例子。世界上單一銷量最高的啤酒品牌是甚麼？

不是百威，不是 Miller（美樂），是華潤的雪花啤酒。當時雪花啤酒給我最大的感動，是創業的團隊對於基本數字掌握的及時性和扎實度。

啤酒在中國最大的銷售渠道，叫「現飲渠道」，就是當場喝的。比如，你去一個餐館，說來兩瓶啤酒。很少有人特別在意品牌，比如你要雪花，如果人家說沒有雪花，你有可能會說，有甚麼啤酒？有燕京，那你就喝燕京。很少有人因為沒有想喝的某種啤酒，起身就走。所以對於啤酒品牌，現飲渠道重要又非常難管，因為品牌影響力達不到沒有這種品牌的啤酒，客人起身就走的程度。而現飲渠道曾經佔到整個啤酒銷量的 50% 以上，佔絕對的大頭。

雪花啤酒為甚麼能做到銷量第一？有各種各樣的原因，其中一個重要原因，就是對現飲渠道數據掌握的扎實性。從 2000 年開始，每天晚上十點鐘，就能知道在甚麼區域、精細到每條街，賣了多少啤酒，銷量產生甚麼樣的變化；如果出現大的問題，立刻就打電話去問，問題出在甚麼地方以及如何解決。

數據是怎麼來的？最開始的時候，是用特別笨的方法收集來的，靠管每條街的經銷商，一戶一戶統計，哪種啤酒賣了多少；在八九點鐘晚飯結束的時候，回到啤酒分銷的小倉庫，輸入電腦，計算出基本幾個重要的數，用手機短訊傳給賣啤酒的總部；總部有相關的人，在五點半到十點左右，把這些數統計成全國總的銷售情況，傳給管理層。那時候還沒有智能手機，就是用短訊的形式，報告給相關管理層。

看上去特別簡單，無非是幾個數。可就是這幾個數，如果能比競爭對手提前兩三天，甚至一個禮拜拿到，那就佔了戰略、戰術上的先機。這個事情沒有特別複雜，但是能不能有這種態度，認真地去做這件事，最後就變成競爭方面的巨大優勢。

無論你從事哪個行當，「敬」，用一個常用的詞語來概括，就是「慎始敬終」。「慎始」，如果沒有想清楚，就不要開始；「敬終」，就是一旦做了，扎扎實實地落實，從頭做到尾。

我總是對團隊說，你們都是聰明人，受過很好的教育，哪怕你們拍腦袋，都有可能得到百分之八九十正確的答案；但是拍腦袋，保證不了落實；對聰明的年輕人，我只要求一個，落實。

第二，恕，對別人寬。

「敬」是對自己要求嚴，而對別人一個核心的、正確的態度是「恕」，寬恕、饒恕，從別人的角度想，為別人找他犯錯可能的理由。不要為自己找理由，但是，別人犯錯的時候，請你找一找他犯錯的理由，然後寬恕他。這是第一方面。

第二方面，「功不獨居」，如果得到了一些榮譽、好處，無論是經濟上的，還是名譽上的，不要自己獨佔。一個人幹不了這麼多事的，把一些功、榮譽，甚至把主要的功勞和榮譽跟別人分享，嘴要甜一點。我最煩的一類人是自己永遠要閃爍的，不管是不是到了一定程度，他永遠要閃爍，永遠不

認真誇別人，這種人最不招人待見。這種人，哪怕很美、很聰明、很辛苦，就是不招別人喜歡。因為把功勞都佔了，得到了所有的鎂光燈，那讓別人怎樣？

第三方面，「過不推諉」，如果出現了問題，攬在自己身上，特別是你當了領導之後。沒有任何團隊成員會真正看得起這樣的領導：有甚麼功勞都說這是自己的，有甚麼錯都說是下屬的、臨時工幹的、外包公司幹的、別人幹的。一旦出現過錯，好的領導先看自己哪些做得不對，再看別人；哪怕自己做的都對了，別人做錯了，你也要找找自己的領導責任。

「敬」和「恕」，雖然重要，但不是沒有不好的地方。

我的成長背景，在協和八年，在麥肯錫九年，然後開始走向領導崗位，又在華潤的大平台上創立華潤醫療。這一路走來，秉承着一個「敬」字，似乎沒有出過大的紕漏。但是如果這麼幾十年如一日，是會得焦慮症的，會擔心一切。我克服焦慮症的辦法，有幾個特別常用也好用的：

第一個，把自己變得很忙，時間都是按十五分鐘、三十分鐘切開，這樣還沒來得及焦慮，就馬不停蹄地去幹另外一件事了；

第二個，培養專注的能力，就是一段時間不焦慮其他的，先把手上的事幹了；

第三個，培養一些能夠克服焦慮的非工作習慣，比如跑步、喝點小酒、寫點毛筆字、閱讀一本有意思的書，戰勝焦

慮症。

那「恕」，對別人寬，有沒有甚麼副作用？如果你持續地來實踐這個「恕」，最大的副作用是，你身邊的人最苦。當你身邊的人跟你久了，你會把他們當成自己人，就不用「恕」去對待他們了，而用「敬」去對待他們，不是尊敬他們，而是希望他們跟你一樣去敬對猛虎，天天擔心一切事，把一切事都操心好。這樣，你不把身邊人當成外人，而是把他們當成你自己，然後你對他們的態度就會從「恕」變成非常嚴格。所以我聽到最多的抱怨，往往是來自我身邊最近的人，「馮老師，你為甚麼對別人那麼寬容，對我就這麼兇狠？」我只能說，因為我太愛你了，因為我太把你當成自己人，所以只能對你非常嚴格。

在職場，最重要的品質，是正確的態度。「敬」「恕」，對自己嚴，對別人寬。

做個老實人

如果想成事，有一個原則一定要遵守，那就是：在世界上、在地球上，老實修煉，老實做事，在任何時候都做個老實人。

可能有人會說，過去《孫子兵法》講「兵者詭道也」，就是打仗要出奇兵，要爾虞我詐，要不講道理。商場如戰場，就應該出奇兵，講詭道，不誠信，然後才有可能贏。我在地球上活了五十年，學商業、做商業也超過了二十年，也看過一些商戰小說，我不得不說，在商場，說到底還是要靠誠信，時間長了，可靠的人還是比不可靠的人擁有的更多。

第一，做個老實人，走得長久。

對於那些在商場上已經做得有聲有色的人，對於那些在成事上修煉的已經很不錯的人，聽我一句勸，做個老實人。不管其他人如何油膩，如何走捷徑，如何通過不老實成功了，你都要做一個老實人，這樣你可以走得長久，睡得踏實。

在我參加工作之後的二十年裏，我見過很多猛人，就是特別兇的人，能幹好多事，能征服世界，開疆拓土，等等。這兩三年，他們慢慢都歇了，而且是在加速度地歇菜。過去

有一句話：不好意思，我出門一定得帶把傘，樓上總是掉人。意思是說，總是有人跳樓。最開始這句話是從華爾街傳出來的：你上了華爾街，最好出門帶傘，總有人撐不住了，想不開了，從樓上掉下來。最近從我們辦公樓上也經常掉人。與其出門帶傘，不如壓根兒不要做那些不老實的事情，如果能行，你自然行；如果不行，你還能睡一個踏實覺，吃一個踏實飯。平安是福，這句話聽上去，是一個沒有比它更老生常談的老生常談，但絕對是最重要的一句話：做個老實人，平安是福。

第二，做老實團隊，不用險招。

曾國藩說：「平日非至穩之兵，必不可輕用險着。」如果平常不是很穩定、很老實的隊伍，就不能涉險，不能冒險；「平日非至正之道，必不可輕用奇謀」，平常不是用最正、最扎實的方法，不能用陰謀詭計。他這句話看上去沒有說甚麼，只是說老實，但實際上他在和一個非常能幹的人在討論用兵打仗之道。這句話是他跟胡林翼說的，「兵行險招」，部隊一定要一直扎實可靠，才可以軍出奇謀。領導者也要一直光明正大，才可以。

在現實生活中，一直扎實可靠的隊伍，幾乎不可得。一直光明正大的領導，幾乎沒有。所以還是老老實實，不要心存僥倖，永遠不用險招，永遠不用奇謀。再退一步講，哪怕被迫到牆角，我也建議不要用奇兵，不要用陰謀詭計，還是老老實實，做不到就是做不到，能做到就是能做到。不用奇

兵，那平時應該怎麼辦？平時要老實，危急關頭還要老實。

曾國藩說：「愛民乃行軍第一義，須日日三令五申，視為性命根本之事，毋視為要結粉飾之文。」打仗的時候，也要非常注意愛民。不要認為在打仗，可以胡作非為，可以放鬆對自己的要求。作為一個個體、一個團隊、一個公司，能夠愛你的客戶，能愛你的上下游，不要與人爭地，老老實實長期去做，實際上你會在更長的時間做得更好。

第三，誠實、誠信、誠心。

曾國藩曾寫信給李鴻章：「用兵之道，最貴自立，不貴求人。驅將之道，最貴推誠，不貴權術。」做事情最重要的是求自己，自己做，不求人。帶團隊最重要的是誠實、誠信、誠心。不要跟自己手下耍權術，不要跟周圍人耍權術，也不要跟自己的領導耍權術，更不要跟相關的合作方、相關的利益者耍權術。

做人也一樣，老老實實去做就好，自己的事情自己做。

第一原則，不給別人添不必要的麻煩，特別是不能陷害他人，不能耍權術。第二原則，自己的事情自己做。能做到這兩條基本原則的人，無論貧、賤、美、醜，就是一個堂堂正正、合格的人。如果在此基礎上，再能做到勤奮、謹慎，就是人才。如果再能做到大處着眼、小處着手，就是人傑。反之，如果這兩個做人的基本原則都做不到，哪怕智商、情商再高，哪怕腰再細、胸再大、跑得再快、跳得更高、投得更遠，都是人渣。

第
三
篇

知
世

看上去非常普通的事情，其實是最難做到的。所以曾國藩另説：「養生與力學皆從有恆作出，故古人以有恆為作聖之基。」看起來很簡單的事情，你觀察周圍能做到的人卻非常少。為甚麼？因為他們沒有恆心。他接着説：「有恆，不投機取巧。」無論你是養生還是做學問，帶兵打仗還是成事，貴在堅持。換到現代，無論健身還是創業，都貴在堅持，反過來也一樣。

病人吃藥沒效果的最大原因是不遵醫囑，不按時按量吃藥，不該停藥時停藥，這些病人裏包括我媽。所有人都有一個媽，我也有一個媽，我媽經常説，欸，我感覺我血壓挺好，不用再吃了。然後等她感覺血壓不好的時候，就直接去叫救護車了。

創業失敗的最大原因是甚麼？是沒耐心、沒有恆心，不尊重商業規律，總認為我可以乘風而起，撈一把就走。不耐心營造商業模式，不孜孜以求現金流為正，不孜孜以求經營現金流為正。一直醉心於講故事，忽悠一輪融資，再忽悠一輪融資。如果總這麼做，很難長久。

最後，我再引用曾國藩一段話來強調一下如何做個老實人。曾國藩説：「凡道理不可説得太高，太高則近於矯，近於偽。」道理説得太縹緲、太高，那就是矯情，就是虛偽。「吾與僚友相勉，但求其不晏起、不撒謊二事，雖最淺近，而已大有益於身心矣。」別整天講那些甚麼情懷啊、理想啊、世界啊、宇宙啊，太矯情，甚至接近虛偽東西，咱們就談兩點，不要晚起、不要説謊。聽上去很簡單，不晚起，那就早起唄，

不説謊，那就是有甚麼説甚麼唄。但如果細細用這兩條去量，能做到的人的比例之少令我震驚。

做 CEO 不要天天講情懷，不要忽悠。整天不動腦子講那些放之四海都皆準的話，就是矯情，就是虛偽，就是沒有真知灼見，那些不可能錯的話就是標準的廢話。曾國藩是個實在的 CEO，他只要求下屬，一不睡懶覺，二不撒謊。不知道這兩個小要求在如今的職場，在你的團隊裏邊，包括你自己是不是高要求？捫心自問，聽上去像廢話，但是做到就能有效果。捫心自問，你自己做到了嗎？周圍與你共事的有幾個人能做到？

説到底，想成事、多成事、持續多成事，就要做個老實人，不要用陰謀詭計，平時愛你周圍的人，愛你的兵，扎扎實實，建立誠信。即使在亂世，不要使詐，不要油膩，説一句是一句，牙齒當作金。有恆心不投機取巧，幾個月、幾年、幾十年如一日，落實好基本功，不晚起，不撒謊。

希望你不要因為這點事平淡無奇，就不去身體力行。就是這點事，如果堅持的時間夠長，就會有效果。

第三篇 知世

成事者的自我修養

有一本書叫《演員的自我修養》。我經常問自己,甚麼是一個成事者的自我修養?

曾國藩提煉出三方面:一是有志,志氣;二是有識,見識;三是有恆,有恆心,能夠持久。

第一,有志。

有志,要有「長志」「高志」。「長」是時間長的意思,人不能經常變換志向。「高志」就是把志向立得比較高,即使達不到,向上努力,你也及格了。比如,你瞄着一百分或者一百二十分去努力,有可能你達到八十分、九十分;如果你瞄着七十分、八十分去,有可能只做到五十分、六十分,一出溜可能就不及格了。

以我自己為例。別人問我:「你有甚麼志向?」我認為得分不同的階段。小的時候,膽子比較大,也沒有甚麼禁忌,當時就想名垂千古。我有寫札記的習慣,手邊一直有個本子,有點甚麼就記下來。在小學三年級的時候,我在其中一頁裏寫,我要得諾貝爾文學獎。

估計那時候,我已經隱約感覺到自己在數理化上可能沒

有天賦，在文學上可能會有一點天賦。這個理想現在看是有毛病的。我心目中最好的中文作家，其實都沒得到諾貝爾獎，比如老舍、王小波、王朔等。再者，把作品翻譯後再來判斷一部作品是不是好的作品，實在有很多值得商榷的地方。這個名垂千古的追求，事不歸我定，我埋頭寫好自己的文章就好了。

過了大學階段，我這個名垂千古的理想越來越淡，產生的理想是逐鹿中原。一個人竟然想逐鹿中原？可能那時候武俠小說看多了，周圍相對出色、腦子好的男生，多多少少都會有逐鹿中原的想法，希望能領着一支隊伍——大大小小的隊伍——攻城略地，殺伐佔取，創立一番事業等。現在看起來也挺可笑的。

現在，我面相都變得慈祥了，激素水平可能也低了一些。除了投資醫療、講課，再把心中的文章想一想，我現在的理想反而是幫助後人名垂千古、逐鹿中原，理想是能夠成就別人的理想。

簡單地說，我已經「二」過了，需要各位再去「二」了。

過去有一本黃書叫《肉蒲團》。《肉蒲團》有一個叫未央生的主角，他的理想簡單：「要做世間第一個才子，要娶天下第一位佳人。」

曾國藩作為一介書生，他的理想是甚麼呢？他沒直接説過，但是現在看來，他是希望天下太平。當時太平天國運動死了很多人，特別是在中國最富庶的江南。曾國藩看到家鄉被兵亂所荼毒，然後立下志向：為天下求太平。

第三篇

知世

拋開這些個案，中國的士大夫、文人，也總結過甚麼是大的理想。北宋理學大家張載說：「為天地立心，為生民立命，為往聖繼絕學，為萬世開太平。」當代哲學家馮友蘭把這四句話，稱為「橫渠四句」。意思是，人的大志向分為四種。

　　第一種，為天地立心。你應該有甚麼樣的世界觀、人生觀、道德觀。

　　第二種，為生民立命。自從開天闢地以來，天地一直存在，未來還會存在。但是當下活着的人，中國土地上的人民應該過上甚麼樣的日子？為生民立命就是幫助活着的人過上好日子。

　　第三種，為往聖繼絕學。過去有些先賢先哲開創了學問，但可能因為戰爭、動亂，學問已經斷絕了。你能不能繼承過往聖人的好東西，並進一步延展？用某種方式，繼承先賢先哲的絕學。

　　第四種，為萬世開太平。能夠為將來的一世、兩世、百世、千世、萬世，迎來太平的日子，不要有戰爭，不要有動亂。

　　「為天地立心，為生民立命，為往聖繼絕學，為萬世開太平」，多少年來一直是中國士大夫、文人最大的志向。

　　其實作為成事者的自我修養，立這樣大的志向，是能夠成事的第一步。

第二，有識。

　　除了立志之外，還要有識。光有志向，沒有見識，很難走得遠。見識怎麼培養？其實古往今來培養見識沒有捷徑可

走，行萬里路，讀萬卷書，做萬般事，結識萬種人。

我在北京大學學的醫學預科，後來回了協和醫科大學，又學了基礎醫學和臨床醫學。當時我並不懂，為甚麼要學那麼多沒用的東西？比如植物學學了兩門，動物（無脊椎動物、有脊椎動物）學又學了兩門，化學學了六門。甚至，學了二十幾門基礎醫學課，似乎跟臨床都沒有必然的關係。到底為甚麼要學這些「無用」的東西？

當時我的老師跟我講：「我也説不清楚為甚麼，我們以前也學了這些。另外，你看那些專家，他們都有相對完整、全面的知識結構。我雖然不知道為甚麼要學這麼多東西，但是有一點可以告訴你。如果你希望，來看病的不是一個人，而只是一個器官，那你一定當不了好醫生。」我當時明白了，病不只是病，首先是人生病，而不是病本身。

後來隨着年紀越來越長，見的事情越來越多，發現這些似乎無用的東西，構築了人健全的三觀。實際上，這是人見識的一部份。有了這些見識，人才可以把一個相對細小、具體的東西，放在一個更宏觀的環境中來看待，這樣才能更好地去處理一些事情。

第三，有恆。

「有恆」，是指要有「恆心」「恆行」。要有一顆恆心，要堅持。我有些朋友，馬不停蹄地幫他們的孩子報各種班。可是幾年甚至十幾年下來，我看到有些上過很多班的孩子，並沒有變得有多優秀。就有朋友問我：「馮老師，你經常跨界，

為甚麼我孩子學了這麼多，還沒有學會跨界？」我說：「你要總是這麼左跨右跨，最後只會傷了胯，折了腿。」

前面說了，要有志有識，如果你立了很大的志向，又培養了很多見識，接下來就是用恆心驅動自己。因為你只有堅持，才能完成志向。

舉個我的例子，我是 2000 年進的麥肯錫，當時大中華區有四個辦公室，一共有三十個年輕人。這三十個年輕人，都是名牌大學畢業，基本都受過 MBA 的教育。麥肯錫有一個政策叫「Up Or Out」，就是上升或者出局。每半年一次人力評估，看看你這半年做得怎麼樣。這「怎麼樣」，分為兩部份：一部份是你的能力怎麼樣，另一部份是你的業績怎麼樣。打分是從一到五，如果你得一分，馬上就要被開除；如果是兩分，你會得到一個警示；如果是三分到四分，會逐步獲得晉升；如果是五分，馬上就會被升遷。

在這種壓力下，加上好勝心切（我遺傳了我老媽非常好勝的一顆心），我當時很想成為第一批從諮詢顧問升成項目經理的人，完成非常重要的第一步升職，再從項目經理升到副董事合夥人，再從副董事合夥人升成董事合夥人。我希望自己每一次都是早於同伴地升上去。

我跟兩個同事第一批一起升為項目經理。但是我從項目經理升為副董事合夥人的時候，就不是第一批升的。原因可能有很多，當然我覺得這是一個公平的結果。因為最後臨升職那一年，項目忽然變少了一些。不管怎麼樣，我還是非常沮喪。

當時我的導師 TC，就跟我説了一番話：在這個公司，從基層升到最高層，它是一場馬拉松，不是短跑。職業生涯總體來説都不是短跑，都是馬拉松。人生也一樣，不是短跑，是馬拉松。局部、暫時的失敗，或者暫時慢一點，不是個事，不用太着急，還是要有恆心，繼續一步一步往前走。

這番話讓我收穫蠻大。一個特別好勝的、似乎又比較強的人，如果能夠有恆，能夠忍受暫時的失敗，能夠在暫時失敗的情況下不放棄，繼續埋頭往前走。我想，在擁有知識和見識的基礎上，逐漸實現理想是有可能的。

以上是作為成事者的自我修養。曾國藩説：「諸弟此時唯有識不可以驟幾，至於有志有恆，則諸弟勉之而已。」有識，培養見識，開闊視野是需要時間的。但是樹立志向，養成好習慣的毅力，這種有志、有恆，是馬上就可以做的。

我們總説，不讓孩子輸在起跑線上，那就要從有志、有恆開始。如果只從一件事開始，那就從有恆、養成一個好的習慣開始。如果讓我挑一個習慣來培養自己、培養周圍的人、培養團隊、培養你，那我選擇養成早起的習慣。

早起的習慣可能比去國外遊學更切實，比上各種補習班更重要。早起也會讓睡眠更好，這看上去是一個悖論，但實際上有很多的科學性。睡覺是你這輩子的頭等大事，涉及你的身體、你的心靈。睡覺這件事，之後單講。作為一個非常簡單具體的事情，有恆從早起開始。早起，堅持早起，你作為一個成事者的自我修養就邁出了重要的第一步。

第三篇 知世

在有風骨的基礎上持續成事

　　甚麼是風骨？提到風骨，我會想到孟子的一段話——「富貴不能淫，貧賤不能移，威武不能屈」。

　　孟子跟景春有一段對話，景春説：「公孫衍、張儀豈不誠大丈夫哉？」像公孫衍、張儀這種縱橫的謀士，在江湖上混來混去非常如魚得水，難道不是真正的大丈夫嗎？「一怒而諸侯懼，安居而天下熄」，他們一發怒，諸侯就害怕；他們一在家裏待着，天下就太平無事，像詩裏説的：「英雄一旦拔劍起，又是蒼生十年劫。」

　　聽上去挺有道理，但孟子非常明確地跟他説：「是焉得為大丈夫乎？」這種算甚麼丈夫，有甚麼牛X？「子未學禮乎？」你學過禮嗎？「女子之嫁也，母命之，往送之門，戒之曰：『往之女家，必敬必戒，無違夫子！』」女生出嫁的時候，母親訓導她，把她送到門口，告誡她説：「到了你家，一定要恭敬，一定要謹慎，一定要聽丈夫的，把順從當成最大的原則，是婦人家遵循的道理。」「以順為正者，妾婦之道也」，這種把順從，順着別人説，順着權利説，順着勢力去説，把這種順從當成最大的原則，是婦人之仁，是婦人家遵循的道理。「居天下之廣居，立天下之正位，行天下之大

道」，處在天下最廣闊的地方，站在天下最正確的位置，行天下最該行的最大的道理；如果得志，則「與民由之」，和人民一起走在這條正道上，如果不得志，「獨行其道」，這樣才是大丈夫。

後來，孟子又說了三句非常具體的話：「富貴不能淫，貧賤不能移，威武不能屈。」你富了，你不能亂，不能迷亂；你窮了，你困頓了，你變得沒那麼重要、沒那麼有名、沒那麼有權了，你不會改變你的操守，你不會降低你的底線；比你有錢的、比你有名的、比你有權勢的，非逼着你去做一些你自己不想做、不願意去做、在你底線之下的事，你就是不做。

孟子的這三句話，是指甚麼樣的風骨？以現在的時間為觀照，孟子說的「婦人之仁」，是我定義的「油膩猥瑣中年男」，而風骨就是多做一些油膩猥瑣中年男不會做的事情。

但要強調的一點，也是曾國藩說的，風骨並不是傲慢。

曾國藩原話說：「詞氣宜和婉，意思宜肫誠，不可誤認簡傲為風骨。風骨者，內足自立，外無所求之謂，非傲慢之謂也。」好好說話，真誠表達，風骨不是外在的傲慢，而是內在的自足自立。真正有風骨的人是有骨頭的人，任何人的骨頭都是在裏頭的，骨頭的外面有肉，有衣冠；所謂的風骨，不是擺在頭上，長在嘴上，不是時時都要看見，事事都能看見。有風骨的人，從來就不多，到了末世就更少。末世裏常會看到一些所謂的有風骨的人，噘着嘴，昂着頭，一眼望去，全身都披掛着骨頭。如果骨頭裏邊還是骨頭，挺好；可惜的

是，骨頭裏面都是軟軟的肉，掛在外面的骨頭就是為了端一個架子，立個人設，邀個名聲，用名利一試，人設崩塌，骨散一地，就是一團油膩的肉，他就是另外一個油膩猥瑣中年男。

真正有風骨的人，理解輪迴，立如松。不去羨慕別人起高樓，不去死盯着街上的霓虹燈、標語和廣告，不會去看現在街上流行着甚麼。微微閉上眼，你可以聽到松聲如海。

你很有可能會問我，雖然馮老師你講了這個風骨是甚麼，以及風骨不是甚麼，但是為甚麼要有風骨？

我們是人，我們不是一堆行屍走肉，我們要有骨頭，我們想活得有個人樣，我們不想在回首往事的時候，內心充滿油膩感和對自己的反感，一口隔夜飯吐在自己的胸前。我們想自己有風骨，我們也想和其他有風骨的人在一起成事，成事固然重要，但是在有風骨的基礎上，才能成好事，多成事，持續成事，才能在退休後、死後被人惦念，思念，景仰。說到底，為甚麼要有風骨？我沒有特別簡潔的答案，但是我想，生命是要有質量的，生命對於任何人只有一次，沒有風骨就沒有好時光。

人要有個終極理想

在職場、在世上，甚麼是終極理想？用北京話説，甚麼是最牛 X？如果是我，回答得很不要臉，我的終極理想是：不朽。

有可能你已經把早飯、中飯、晚飯一起都噴出來了。有可能你年歲比我輕，會説，瘋了吧！你在想甚麼？——沒錯，我的確是想不朽。

我很小的時候就想，通過我的行動、言語、文章，通過我的項目管理、我帶的團隊，讓世界變得更美好一點。再過一二百年，還有人讀我的文章，還有人聽我的方法論，還有人因為我建的醫院、我做的事情，生活變得更容易、更美好一點。過去的聖賢就是這麼教的。

人和人可以不一樣，也可能關於不朽的想法就是一個妄念。沒關係，我已經 50 歲了，能有一個妄念，還能再堅持走十年、二十年，這樣也挺好。反之，一點妄念都沒有，只是每天都希望過得好、過得舒服，其實不一定活得很好。

我認識一個似乎無欲無求的老哥。他這輩子上了很好的大學——北大，出來之後跟家裏人説，我真的不想工作，我一個月一百塊錢也能活下來，這一百塊錢我去找。我覺得這

樣非常好，沒有問題。

　　有一天，我跟這個老哥喝酒，他喝多了，站在餐館門口忽然大聲向天怒吼，吼了七八嗓子，我在旁邊聽。從一個醫生的角度，他不工作，選擇只是天天活着，選擇每天粗茶淡飯，其實這種選擇，三十年過去，並沒有消除他內心之苦。

　　其實我自己的哥哥就是另外一個版本的剛才的老哥。他40歲就退休了，一直住在海邊，面朝大海，春暖花開。我一週可能工作八十到一百個小時，他一週可能工作三到八個小時，我很羨慕他，他也可能羨慕我，也可能完全不羨慕我，我們倆沒有具體聊過這個問題。但是我那個北大畢業之後就沒有工作過一天的老哥，比我的親哥要貼近生活很多，從來沒工作過，全是生活。

　　我想說的是兩層。第一層，我想不朽，你可能想速朽，這是你我之間的差異。第二層，想速朽，也不一定能夠完全解除內心之苦；想不朽，像我這樣的，也不見得心裏一直是苦。做一天和尚撞一天鐘，和一葦渡江，弘揚佛法，是不一樣的，也不一定誰更快活。

　　我做過一個小小的調查，問不同年齡段的男性朋友，這輩子剩下的時間，最大的希望是甚麼？所謂餘生何求。我忽然發現，有些男性朋友，雖然可能不提「不朽」，但他們的終極追求還是希望能夠不朽。所以從某個角度講，這些男性朋友有可能被基因中某個片段所控制。春去秋來，斗轉星移，很多事情可能都變了，但生前身後名，在處男時挺立過的街頭飄蕩，以及個別金句、黑話、語錄、小說、事跡、影視劇

台詞等，依舊在他們的身體裏流轉。

無論他們怎麼講，還是希望能夠吹牛，能夠做得出色。不少男性是這麼想的，喜歡追求不朽，那女性餘生何求？

我身邊有很多很強的女性朋友，我問她們，現在二十／三十／四十／五十多了，剩下的時間想追求點甚麼？甚麼是你認為最牛的事？我在問她們的時候，全力做到內心純淨、純粹好奇，盡量保持一個問話者的平靜。

這個終極問題，女性比男性的回答要多樣化得多。回答最多的，是要有安全感。最令我驚訝的，是一生有安全感地端莊着。這類回答的變形，是一生有愛，愛和被愛，一生一世。有些女性的回答簡單直接，嫁一個很帥、一直帥、不斷更帥的老公。有些女性是希望比男性更少一些羈絆，想幹甚麼就幹甚麼，幹甚麼都像模像樣。有些女性的回答，是我要呵護，其變形包括呵護自己的孩子成為了不起的人，呵護自己愛的人成為了不起的人，呵護自己的國家成為了不起的國家，抱抱、親親、舉高高、轉圈圈，或者被抱抱、被親親、被舉高高、被轉圈圈。當然也有些女性跟上面提到的一些男性是類似的，終極的追求是不朽。立功，做成一些絕大多數人都做不成的事；做成一些讓千萬雙手都為我叫好鼓掌的事；讓我的名聲比我的身體流傳得更遠，等等。

綜合男性和女性對這個終極問題的回答，我感到的終極困惑是——立德。

如果說，我們做人做事最終極的理想是不朽，而不朽是立德、立言、立功。立言、立功好理解，你留下一部份作品

就是立言，你留下一條運河是立功，立德，是甚麼？其實這個問題我想了超過十年，甚至為此還寫過一篇雜文。那立德到底是甚麼？我是這麼想的：立德是智慧、慈悲、美感。

智慧是三觀、方法論、進退的分寸，包括對靈、肉，以及情緒的管理，等等。

慈悲是善良、底線、同情心、有所不為和有所必為，等等。

美感是對於眼、耳、鼻、舌、身、意，綜合愉悦的感知力和鑒賞力，説不清，但就是知道。

如果你能夠把自己這個「德」立起來，你口吐蓮花和攻城略地，立言、立功的成功概率就會高出很多。的確有少數天才，德立不起來依舊能夠口吐蓮花，少數運氣好的人依舊能夠成事，但是這樣的立言和立功往往不能持久，本人甚至不能善終。

從這個理解出發，如果能夠把上述的德傳給後輩，一個家族有可能鼎盛十代以上；把耕讀的習慣，早起、吃苦耐勞、「咬得菜根，百事可做」等傳給後輩，希望他們能夠簡單守成，有可能騰達六代到十代；把讀書、寫書的能力傳給後輩，希望他們立言，有可能聞達三代；把財富和權勢傳給後代，希望他們立功，就是咱們常聽的一句話——「富不過三代」。如果只是把財富和權勢傳給後代，留不住的。

儒家是精英主義教育，闡述的對象是官員和士人，不是普通人。普通人不需要立德，做個自食其力的善良人就很好。

終極理想是不朽，不朽的基礎是立德。那下一個問題

就是，在你的不朽之路上最大的坑是甚麼？做人的大忌是甚麼？

曾國藩講過一句話：「吾輩互相砥礪，要當以聲聞過情為切戒。」

這句話非常重要，就是不要德不配位，不要浪得虛名，一定要天天擔心自己是不是德不配位。盛名之下，其實難副，在曾國藩眼裏是大忌。名過其實，時間長了，人會被名壓死，會被其他人妒忌死，或者被人家找到名實不符的地方嘲笑死。

今不如古，人心不古，如今有名就有經濟利益，名過其實在現在很多人眼裏是求之不得的好事。能掙一天錢，就是一天錢，明天之後，哪管洪水滔天，成名要趁早，大家都着急。偶爾看着這些急吼吼的趁早成名的人的作品，我心中只有「呵呵」，無真知灼見，無天地大美，這樣急出來的名聲，如夢幻泡影，如露亦如電。

在寫這本書之前，我經常想，憑甚麼我來寫，該不該我來寫，別人為甚麼要看？其實我考慮的就是，是不是德不配位，我配不配講這個問題？想來想去，我在麥肯錫做了十年；我讀東方管理智慧，讀了三四十年；我自己做管理實踐，經過了二十年；而且我因為寫書，又有相對強的表達能力——口頭的和書面的，我覺得做這件事，我配。我環顧四周，看是否有更適合中國的通用管理學教程，很遺憾，我沒看到。不好意思，我就冒天下之大不韙，認為自己德能配位，來講《馮唐成事心法》。

對於想成事的人，有可能不朽是極致的追求。在不朽之路上，德不配位，有可能是最大的忌諱。如果德不配位，浪得虛名，很有可能劈你的雷已經在路上了，這是最大的陷阱、最大的忌諱，希望你能有所警醒。更希望你志存高遠，不只是混吃等死，達得到，達不到，是另外一個問題。先賢的壯志，先立一個，萬一老天給你機會，達到了呢。

創新管理的關鍵點

　　無論在甚麼領域，創新都很難。但近些年，似乎多數公司、多數團隊都要求高舉「創新」這面旗幟，選題要創新、文案要創新、產品要創新、服務要創新、營銷要創新、銷售要創新，以互聯網公司最為典型。但是，到底如何看待創新，如何去創新？作為一個企業，創新是必需的嗎，創新應該注意甚麼？談談我的看法。

　　我雖然不是一個創新管理專家，但創新在通用管理範疇中必定是需要考量的。

　　曾國藩關於寫文章有過一席話：「欲學為文，當掃蕩一副舊習，赤地新立，將前此所業蕩然若喪其所有，乃始別有一番文境。」你如果想學作文，就應該掃蕩舊習，在一個乾乾淨淨的地上立出自己的旗，把之前會的、之前存在的都抹去，這樣才能開始有新的東西出現。

　　梁啟超給這句話加了一個按（編者批註）：「此又不唯學文為然也。」意思是，曾國藩的這番話，不只是針對寫文章而已。所以，今天講創新管理，先講文章的創新，再去講商業模式的創新。偏巧我又寫了不少文章，偏巧我又做了不少商業創新的諮詢，這兩個有互動的關係，是蠻有意思的一

件事。

為文之道，曾國藩認為只有兩個字——創新。

如果你看過前面的文章，一定知道曾國藩總體上是一個偏老實的人，如果「老實」和「創新」這兩個標籤一定要挑一個給曾國藩，他一定會被貼上「老實」的標籤。那曾國藩為甚麼這麼強調創新呢？一個事實就是，他已經老老實實把很多基礎打得很扎實了，在這個基礎上，他覺得創新是必需的，是特別重要的。這是曾國藩沒說，但我要提醒各位特別注意的。

曾國藩的那句話也充份講了創新為甚麼難。在創新之前，要掃蕩一切舊習，空地蓋房子。

對於一個作家來說，從小讀「魯郭茅巴老曹」（魯迅、郭沫若、茅盾、巴金、老舍、曹禺）、卡夫卡、托爾斯泰，前人的影響會深入骨髓，一旦要把他們全扔掉，就是一件剝皮剔骨的事情。

讀萬卷書，行萬里路，這個對很多人來講是很高的要求，但是對想開天闢地的作家來講，有可能只是初階。清空萬卷書，行萬里路，這也僅僅是作家的進階；登堂入室，不能清空，就談不上下一步的創造，也談不上真正的個人的寫作。但你真的想用文字打敗時間，真的想立德、立言、立功三不朽，那是在這個清空的基礎上，再長出一棵草，再開出一朵花；做到哪怕這一棵草、這一朵花，是前無古人，後非常難有來者，這才是第三個高處不勝寒的階次。

依此標準來看，我們當代的作家有幾個？我們當代的企

業家又有幾個？

下面把這三步稍稍分解一下，説一下關鍵點。

第一，登堂入室。

不要為了不同而不同，不要有新舊之分，很多產品、很多服務、很多文章，其實只有好壞之分，沒有新舊之分。

大家也聽説過日本三大食神：壽司之神，天婦羅之神，鰻魚飯之神。我有個問題，為甚麼這些所謂的食神都是年紀很大的人？年紀最大的可能已經過了 100 歲，年紀最輕的早乙女哲哉（天婦羅之神）也接近 80 歲了。仔細思考之後，忽然明白，要創新，要真的封神，真的被別人封神，真的被時代封神，第一步是要有特別深、特別扎實的積累，你做的產品、服務、文章要達到金線。

我曾經提出一個金線論。我一直認為，文章是有金線的，藝術是有金線的。雖然這個金線不像理論物理、火箭力學那樣有非常清晰的好壞，不像體育運動有非常明確的世界紀錄，但是文學有標準，就像音樂、繪畫、雕塑、書法、電影、戲劇等藝術形式一樣，和美女、美玉、美酒、好茶、好香、美食等美好事物一樣，和道德、文明等模糊事物一樣。儘管「文無第一，武無第二」，儘管難以量化，儘管主觀，儘管在某些特定時期可能有嚴重偏離，但這個標準是存在的，兩三千年來，薪火相傳，一條金線，綿延不絕。

在這條金線之下，盡量少看，否則在不知不覺中會壞了自己的審美品位。這條金線之上，除了莊周、司馬遷、李白、

杜甫這樣幾百年出一個的頂尖碼字高手，沒有明確的高低貴賤。二十四詩品，落花無言、人淡如菊、流水今日、明月前身等都好，萬紫千紅，各花入各眼，各媽各人愛，你自己可以只挑自己偏好的那一口，也可以嘴大吃四方，嘗百草，中百毒，放心看，放寬看。「文章千古事，得失寸心知」，但是金線在，在金線之上，各花入各眼。

可惜的是，有些人會懷疑、甚至嘲笑這個金線論，甚至給我起了一個外號叫「馮金線」。但金線的定義其實掌握在少數人手裏，不由大多數人決定，所以唐詩有句話説：「爾曹身與名俱滅，不廢江河萬古流。」

幸運的是，大多數原理在這裏依然適用。如果讓孔丘、莊周、呂不韋、司馬遷、班固、昭明太子、劉義慶、司馬光、蘇東坡、王安石、曾國藩、吳楚材等人生活在今天，從這兩千五百年的好漢語中選出三百篇，《詩經》、楚辭、漢賦、唐詩、宋詞、明清小説、先秦散文、正史、野史、明小品、禪宗燈錄百無禁忌，我相信就剛才説的這幾個人，挑選的重合度很有可能會超過一半，這些被明眼人公認的好文章體現出的特點，就是那條金線。

西方人有《小説的五十課》，中國人有《文心雕龍》，這些大部頭的文論都構建了相當複雜的標準體系。簡潔的版本也有，西方人有好文章的「6C」：Concise，Clear，Complete，Consistent，Correct，Colorful，就是簡約，清澈，完整，一致，正確，生動。更簡單地説，表達的內容要能衝擊愚昧狹隘的世界觀和人生觀，探尋人性的各種幽微之火，

表達的形式要能陳言務去，挑戰語言表達能力和效率的極限。

舉些例子。王小波的《黃金時代》：

> 我在山下十四隊，她在山上十五隊。有一天她從山上下來，和我討論她不是破鞋的問題……這時陳清揚的呻吟就像氾濫的洪水，在屋裏蔓延。我為此所驚，伏下身不動。可是她說，快，混蛋，還撐我的腿。等我快了以後，陣陣震顫就像從地心傳來。後來她說她覺得自己罪孽深重，早晚要遭報應。

王朔《致女兒書》裏描寫原始人的生活，住在山洞裏的冬天的生活：

> 冬天天冷，大雪封山，一出門就是一溜腳印，跟蹤別人經常被人家反跟蹤，搞不好就被人家抄了窩子，堵着山洞，像守着冰箱一樣樣吃。

阿城《棋王》：

> 拿到飯後，馬上就開始吃，吃得很快，喉結一縮一縮的，臉上繃滿了筋。常常突然停下來，很小心地將嘴邊或下巴上的飯粒和湯水油花兒用整個食指抹進嘴裏。若飯粒落在衣服上，就馬上一按，拈

進嘴裏。若一個沒按住，飯粒由衣服上掉到地上，他也立刻雙腳不再移動，轉了上身找。這時候他若碰上我的目光，就放慢速度。

李白晚上在月光下喝多了，忽然醒了，覺得花的影子零散在周圍的整個世界裏，鋪滿了人的整個衣服，鋪滿了人的衣袖，感覺自己就像在一個冰壺裏邊，在洗滌着自己的魂魄。於是寫出了：「夜來月下臥醒，花影零亂，滿人衿袖，疑如濯魄於冰壺。」

不一一列舉了。再過一些年，比如說，60歲、70歲，如果老天給我這麼多陽壽，等我創作能力衰竭以後，我會花時間編一本文選，名字就叫《金線》。

第二，標新立異。

標新立異是非常難的，要克服自己的過去、自己學的所有的東西，要革自己的命，要抓着自己的頭髮，把自己從地面上拎起來，這是非常難的一件事。

所以標新立異，不要試圖面面俱到，而是爭取有自己的風格。我聽過有些書法學了三十年的人，為了希望自己寫得跟過去不一樣、跟其他書法家不一樣，他甚至摔斷自己的胳膊，傷了自己某隻手，甚至原來常用的是右手，現在拿左手開始重新寫，為了重塑肌肉記憶，為了變法。這個只是一個例子，讓大家感受一下，有自己的風格、革自己的命、克服自己的過去有多難。

第三，不要小看任何看似簡單的創新。

我經常聽到別人說，那家公司的服務不就是好那麼一點兒嗎？XX 那個烤鴨，不就是鴨皮下邊那層油沒有了嗎？一個看上去簡單的東西，如果你仔細深入下去，都是非常複雜的。

去東京的時候，如果有可能，我會去張雪崴的師父早乙女哲哉那兒吃個天婦羅。看了張雪崴翻譯的早乙女哲哉先生寫的一本書——《天婦羅的僕人》，我才第一次知道，天婦羅的第一道炸蝦，做到了外邊是基本焦和脆的，裏邊幾乎還是軟的、半液體狀的。想達到這種程度，蝦從海水裏撈出來，直到做好端到客人面前，要經過二百多道工序。所以一個你看上去非常簡單的創新，背後都是一個非常苦的過程。

再多舉些例子。這些例子可能能幫你理解創新的難。

比如，大家如果跑步的話，或許聽說過一種鞋——「五趾鞋」，五個腳趾是分開的。看上去不就是在這個鞋前邊把五個腳趾頭分開嗎？但就是這個創新，讓鞋子的重量降低了很多，讓五趾抓地變得有力和舒服很多。當然，個人習慣不一樣，我想說的是，五趾鞋你一看就知道怎麼做，但是你沒看到之前，其實沒有想像的那麼容易的。

再比如，礦泉水瓶子。問大家一個簡單的問題：大家認為礦泉水的瓶子有可能佔整個生產成本的多少？大概 80%。那如何降低整個礦泉水生產的成本呢？因為成本越低，競爭優勢就越高。所以說，礦泉水減成本，一個重要的方式是減瓶子的克重，你能不能把瓶子的重量降低百分之幾，甚至百

分之十？看上去挺容易的事，但瓶子減克重，沒那麼容易。如果你克重減得過份，這個瓶子感覺上就像一個塑料袋，手一使勁就會摁下一個大坑，是一點高級感都沒有的。

其實在日常生活中，任何創新都要面臨各種各樣的困擾、各種各樣的限制條件，有些限制條件甚至很難被克服。

創新之前，要達到金線，要達到一定標準；創新，要標新立異，有自己的風格；創新，哪怕看似簡單的創新，都非常不容易，希望大家能夠落到實處。

跳槽的秘籍

跳槽管理，通俗來講，就是如何管理換工作。這個議題非常重要，又非常普遍，整個職業生涯裏，幾乎每個人都會面對一次、幾次或者好幾次跳槽，幾乎每次都意義重大。

關於跳槽管理，有三點。第一，要不要跳槽；第二，如何跳槽；第三，跳槽秘籍。在跳槽流程的關鍵節點，有哪些最重要的、最隱秘的小技巧、大技巧。

第一，要不要跳槽？

答案非常肯定，要跳槽。跳槽是職業生涯裏的大概率事件，除非你在日本，除非你爹是某某某，你是家族企業出身，否則大概率事件就是你不會在一家公司從頭到尾做一輩子。

為甚麼要跳槽？三個原因。

1. 為了修行，為了成長。這是在職業生涯早期最常出現的一個因素。你在現在的崗位學不到新東西了，師傅那裏能學的都學了，這個師傅已經很害怕你了；然後這個行業，你該學的都學了，這個行業的細分，該學的也都學了；這個角色，你該做的都做了，覺得已經做了九十五分了，再往上做，有可能也不見得能做上去了。

而且你也膩煩了，在這個領域做得已經太久了，沒甚麼新東西了。如果人現在平均活 80 歲，將來要平均活 120 歲，你還想有新人生，想學新東西，想去新地域，比如，在北京已經幹了二十年了，你幹煩了，想去非洲、歐洲。想接觸新的東西，想發揮自己的潛力，想成為一個更了不起的成事修行者。希望通過跳槽來找到一個新師傅、一個新行業、一個新角色、一個新領域、一個新地域，打開一片新天地。

2. 為了成事，為了能夠再成更多的事，再成更多的大事。意思是需要一個新平台，這個平台能夠讓英雄有用武之地。比如一個職位，甚至一個 CEO 的候選人，你輸了，其他人當上了 CEO，那你怎麼辦？是留在這裏，還是選擇離開？比如你跟這個領導跟了三四年，他明顯不喜歡你了，你在公司裏也沒有太好的辦法來換崗，怎麼辦？

如果在目前的崗位你覺得也能學習，有點事幹，但是沒勁。不想去公司，不想跟你現在的這些同事花任何時間，甚至連一杯啤酒都不想跟他們喝；還非常想懟現在的老闆，每天心裏總有二十句罵他的話。如果你這麼想，其實你也該考慮跳槽了。

3. 為了錢。我從來不迴避錢，一定數量的錢是必需的。錢財、物質基礎，能讓我們活得像個人樣，活得有些尊嚴。

曾經有人問我他要不要跳槽，甚麼時候跳？⋯⋯問了我一大堆相關的問題。但是我看他們的動機，不是為了修行和成長，也不是為了有用武之地。他們是很能幹的人，但是也並不見得有很高的理想，並不見得有很多自我修行的動力，

其實這不見得錯。人有很多類，我給他們的建議往往就是如下：「Double your pay, you go.（付你兩倍的薪水，你就走。）」如果你跳槽之後的新工作能付你兩倍的薪水，你就擁抱新的更多的錢去吧。

總之，沒學習，沒事幹，錢不夠花，考慮跳槽；沒勁，不想去公司，不想跟同事花時間，非常想斃老闆，也可以考慮跳槽。

以上三個跳槽的原因，其實換一個角度，企業要留住想留的人，也可以從這三個方面去做文章。

第二，如何跳槽？

在明確了為甚麼要跳槽，以及你感受到現在跳槽有可能是對的時候，下一個非常核心的問題，就是如何跳槽。

1. 你要清楚自己要甚麼。在為甚麼要跳槽這點上，只給大家一個建議：30 歲、35 歲，甚至 40 歲之前，最好不要為了錢財而跳槽。雖然前面提到給你雙薪就可以考慮跳槽，但是在你年輕的時候，如果只是為了錢財而跳槽，勸你三思而後行。這個年輕的定義，至少是 35 歲。

為甚麼這麼說？因為大學畢業到 35 歲，大致十年左右的時間，是練本事的時候，無論換到哪個公司、哪個崗位，那個公司、那個崗位也不會給你很多錢。人在職業生涯中掙錢最多的階段是 35 歲之後。在 35 歲之前，如果你把掙錢設成跳槽原因的第一位，會發現到了 40 歲、45 歲甚至 50 歲以後，掙錢能力嚴重受損，嚴重少於那些在早期為了修行、為了成

第三篇　知世

長、為了成事、為了新平台那些人掙得多。

2. 在清楚自己為甚麼跳槽之後，要非常關注跳槽後和誰直接彙報。因為很有可能說服你去跳槽，跟你說願景、說平台、說成長的那個人，可能資歷很深，可能是你下一個公司的董事長或者 CEO，你和他之間有可能會變成直接彙報的關係。

如果是這種情況，你需要見這個人不止一次，你最好能夠跟他比較舒服地相處。我見過很多失敗的跳槽例子，是因為他們對直接領導不熟悉，對他的直接領導沒有欽佩感，甚至沒有舒適感。我們除了日常生活，工作其實佔據我們相當長的時間，在工作時間裏邊，你的幸福、開心、滿足與否，在相當大的程度上，取決於你和你直接領導的關係。

所以在跳槽之前，一定要關注跳槽之後跟誰直接彙報，你需要跟他見兩次，甚至兩次以上。爭取有一次能夠吃飯，能夠喝點兒小酒，還有一次能夠在他非常累，甚至心情不好的時候，跟他聊一次；就像看房子，不要只在售樓小姐通知你時，在這個房子、這個戶型最能顯示它的優點時去看這個房子，要在不同的時間去看這個房子。

3. 最好盡可能地把談妥的事落在紙面合同裏。雖然我理解，越是高階的跳槽，有些事越是口頭協定，但是盡量把談妥的條款落到僱傭合同裏，在你跳槽之前有書面簽字。這些談妥的條款，可能包括職位、直接彙報給誰、薪酬的多少和薪酬的構成、你還有哪些權利和責任，特別是非競爭條款，萬一離開這個崗位，你要多長時間不能從事類似的工作，等

等。有一個合同，你要看的相對仔細些，把自己的責、權、利看得相對清楚。

4. 特別強調，最好不要過河拆橋。不要一旦自己有了書面的新的 Offer，覺得自己可以到一家新公司了，可以跟一個特別好的領導，能拿到兩倍的工資，甚至三倍的工資就開始膨脹，不要這樣，做人留一線，日後好相見，不要過河拆橋。

第三，跳槽的關鍵點。

如果你為了修行、為了成長，離開現在的平台，那過去的師傅、過去的行業、過去的角色、過去的領域、過去的地域，都對你有滋養，對你有恩德，你要感謝他們。如果你為了成事、為了新平台，跳槽，你要想到你成事的能力，你現在的業績，至少在很大程度上是你過去平台給你的，你要感謝你過去的平台。哪怕你是為了錢財跳槽，也不得不說，你學的那些本事，你養家餬口之前的那些錢，是之前的平台給你的，不要過河拆橋。

跳槽的幾個關鍵點：

第一個關鍵點，一生中要有幾個貴人。

如果跳槽想跳得特別好、特別舒服，從我個人的觀察來看，最重要的是一生中要有幾個貴人。貴人最好大你 10 歲到 15 歲，甚至 20 歲；非常「愛」你，「愛」是帶引號的愛。貴人不在多，在於他要非常喜歡你，非常信任你，能夠把重要的工作交給你，一有好活就想到你，隔三岔五就想見到你。

如果你一生中有這樣兩到三個貴人，那你一輩子跳槽幾乎都會跳得很舒服。這個「舒服」我強調一下，不是不花力氣，而是能使出力氣，是能夠不讓你光陰虛度的舒服。

第二個關鍵點，一生中認識一兩個好的獵頭。

你要知道，你是成事修行者，你是職業經理人，你的時間和精力也是一種產品。你需要認識一個、兩個，甚至三個好的獵頭，幫你打磨你的時間、精力，以及把你的時間、精力長期賣出一個好價錢。讓你成事、持續成事、持續多成事，並且因為成事，獲得相應的財務回報，以及名聲的回報。

第三個關鍵點，要在你所在的細分行業內做出名號。

你自己在你的細分領域，你有一號（有一號，意味着有名號）。提起張三，有人説，OK，這個人在酒精飲料銷售上做到了全國前三；這個人在快消品，特別是大眾快消品上，他的產品研發能力最強；這個人做天婦羅，是整個國內做得最好的，沒有之一。

你在自己的行業細分裏如果做出名號，甚至不見得地理範圍有那麼大，比如他們説我有可能是垂楊柳的金城武，但這在某種程度上也夠用。比如，你的專業是飲料類的產品研發。你説，好了，北中國飲料類產品研發，有我一號，我是第一。你出去找工作，再跳槽都沒那麼難。假設南中國有家食品飲料企業，想擴大北方的飲料市場份額，他有可能會想到你。説，哎，小王，聽説你在北方飲料市場做產品研發有一號，不是第一，就是第二，你説第三，沒人敢説第二、第一，那請你來我公司幫我做一款飲料，咱們打北方市場。

第四個關鍵點，在工作期間，包括跳槽前、跳槽後，以及跳槽期間，做好手頭工作。

你要知道，你的貴人、你的獵頭，以及你在行業中的名號，其實最牢固的基礎都是你的業績、你的能力。你的業績和能力是怎麼出來的？是你自己做出來的。你光想着自己有多牛 X，是沒有用的，讓作品說話、業績說話，讓你做出來的事情說話。

第五個關鍵點，要避免幾個坑。

第一個坑，非常常見，期望過高。這種期望，包括新的工作能帶給你的收入和職位的期望。即使拿到，新公司也很有可能不能長久地給你，過了三個月，又給不了你了；即使拿到，也有可能在新公司裏、新崗位上遭到上上下下很多妒忌，大家說這個人憑甚麼拿這個錢？憑甚麼坐這個位置？所以我建議，不要給自己太高的期望。

職業生涯是個馬拉松，不是百米短跑，不要爭取說，25 歲我就要當軍長，30 歲我就當元帥。這在戰爭的時候有可能實現，在非正常的高速增長期有可能出現，正常的時候是做不到的，還是要按部就班。在中國的職場環境裏有一個調查，職業經理人對自己的期望，往往會高於自己的實際能力，這幾乎是定論。

所以要避免過高期望這個坑，有時候要非常現實、非常清晰自己是塊兒甚麼料，自己有甚麼樣的市場價值，然後不要要價太高。要價太高，即使你拿到，最後的結果都可能不太好。

第二個坑，**離職太快**。我見過新工作還沒徹底談定，有人就喝了半瓶香檳，唱着《滿江紅》，殺向了新工作。到了新崗位，發現人家還沒給他準備好，甚至到最後新工作沒談成，新的位置沒有了。但是他跟過去已經拜拜了，他跟過去已經說，不好意思，我終於可以擺脫你們了，我太開心了。等他想回頭的時候，那個位置已經沒有了。

離職太快還有另外一層意思，就是這山望着那山高，總認為自己哪怕沒有拿到新工作，將來也有的是工作，我先把現在的工作辭掉，很快就會有新的工作。其實不一定的，我見過比比皆是的例子，就是市場上給他們的機會，沒有他們想像得那麼多，沒有他們想像得那麼好。

第三個坑，**意氣用事**。工作中往往會有不快，會有摩擦，因為你要想到，工作本身就是相對痛苦的，花錢永遠比掙錢要開心。工作就是要努力克服一些困難，長期來看，沒有任何工作是一帆風順、順風順水、永遠得意的；與之相反，幾乎任何工作，不如意的有八九，如意的不足一二。不要意氣用事，不要為了爽，為了自己或許在新的崗位爽，而去跳槽。

第四個坑，**避免新人情結**。不要有新人比老人好，相見歡，人生若只如初相見的觀念。你可能習慣性地一見到新的領導、新的要一起工作的團隊會認為，不錯呀，大家喝杯酒挺開心呀，大家聊聊家常很開心呀，覺得很有新鮮感，這種新鮮感能讓工作很愉快。但其實日後工作接觸多了，缺點都會逐漸呈現；新人不一定比老人好，新的工作也不一定比舊的工作更適合你。

第五個坑，缺乏背景調查。在跳槽的過程中，你決策做得太快，信息收集的太少。你沒有打過兩個以上的電話去問一問你的新領導的口碑如何；你沒有在網上查查你的新公司有甚麼樣的正面報道，有甚麼樣的負面報道；甚至有些人在這個新工作的環境裏工作過，你也認識，但是你沒有問過他們。你收集的信息不夠。在你接受了這個工作邀請，在你已經幹了一個月、兩個月、三個月、一年、兩年之後，才忽然發現，你傻 X 了，這些那麼清楚的事情，為甚麼在來公司之前沒有了解？你會恨不得自己抽自己。

怎樣在體制內成事

在體制內應該如何生存、發展、成事，應該注意些甚麼。體制內跟體制外的確存在一些差異，到底這些差異是甚麼？到底如何在體制內成事？

第一，甚麼是「體制內」。

如果嚴格定義，就是事業編，做公共事業，拿自己一份工資，是國家養你，你是國家的人，這是非常嚴格的狹義的「體制內」。如果把定義稍稍擴大一點，就是國企，特別是央企。如果再擴大一點，就是大型跨國企業、大型私企──像 GE（美國通用電氣公司）、飛利浦、西門子、強生這樣的大型跨國企業；像阿里、騰訊這樣的大型私企，都會有自己的體制。這種大型的組織架構都可以廣泛地定義為「體制」。

過去二十年，體制產生了甚麼樣的變化？未來十年，體制有可能產生甚麼樣的變化？

我 2000 年念完 MBA，從美國回到中國，然後開始第一份工作。2000 年到 2009 年在麥肯錫，2009 年到 2014 年在華潤集團，2015 年到現在，在中信資本。所以基本上十年外企，十年大型央企、國企，這麼一個工作履歷。但如果回顧

2000 年到 2020 年這二十年，我不得不用「天翻地覆」來描述體制的變化。為甚麼？

1．工作選擇。

二十年前，作為一個剛畢業的年輕人，第一選擇是外企，為甚麼？升職快。你去了國企，去了私企，做得好也不見得能得到晉升，至少這是 2000 年那時候大家的普遍認知；外企規矩清晰透明，你只要做得好，就可以得到比較快的晉升。

到了 2020 年，如果你大學剛畢業或者從國外剛剛留學回來，選擇就不是那麼清晰了。外企不見得是你的第一選擇，可能國企變成你的第一選擇，為甚麼？你能做更大的事情，你可以以國為懷，更好地發揮自己的力量，工作更穩定。私企也有足夠的規模了，不像二十年前私企都小，馬雲、馬化騰的影響力還非常小，現在他們的影響力都已經變得很大了；你可以在他們的平台上發揮作用、能力，可能私企給的工資比外企、國企，比事業編給的工資還要高。

這對於一個年輕人來說，已經是一個翻天覆地的變化。

2．大環境的變遷。

二十年前，如果在國外掙錢，在國內花，那是非常美妙的一件事！留在美國，在 BD（美國 BD 公司）、強生、GE（美國通用電氣公司）工作，掙美金，然後換匯到國內，在國內買房子，2000 年北京最好的房子一平方米一萬塊錢，一般的三四千塊錢就可以買到。

第三篇

知世

但到了 2020 年，反過來了，很多 80 後、90 後會想，如果能在國內掙錢，在國外花，那真是一個不錯的事情哦！在國外買一個有地、有景色的房子，同樣的價格，在國內一線城市，很有可能你買不到地鐵旁邊的房子。

這可能是另外一個翻天覆地的變化。現在體制不像二十年前那麼清晰，如果從工作角度，不一定甚麼就是第一選擇。如果看之後的十年、二十年，其實選擇也不清晰，還是要根據自己的情況去選擇合適的體制。

如果你希望規則清晰、更業績導向一點；如果，你英文好，喜歡寫電子郵件、做 PPT，那去外企有可能是個不錯的選擇。如果你想做大事，喜歡在大平台上發揮作用，你可以相對慢下來，那央企、國企甚至事業編，會是你更好的選擇。如果你喜歡跟一個老闆、一個老大，一起相對靈活地做事情，那私企有可能是你更好的選擇。

這是我現在對未來十年、二十年的看法，沒有一定的第一選擇，它需要你根據自身的特點去確定選擇。

第二，如何在體制內成事？

這個「體制」，可以把它定義得相對窄一點，在事業編，特別是在央企、國企內如何成事？分享八點。

1．必須樹立成事的信念。

無論在體制內還是體制外，能夠把事辦成的人，大家都喜歡，特別是你的領導喜歡。

2．懂事。

　　能按體制內的規矩辦事。我一開始到央企，最常問的一個問題是：「過去類似的事都是怎麼辦的？」也就是，過去的規矩是甚麼樣子？體制內這些流程是怎麼走的？如果沒有非常明確的反對意見和理由，我就跟着走，先走幾遍，看一看，如果有覺得特別不對的地方，總結起來，跟領導溝通。

　　一方面是做事的流程，另一方面是人。多問幾個願意坦誠跟你說實話的老人：在這個體制內，誰跟誰都是甚麼關係？都是甚麼樣的人？都有甚麼樣的背景？他們之前都有哪些恩怨？這些問題，在不同場合多問幾次，哪怕對同一個人在不同場合都多問幾次。你把這些都默默記下，然後稍稍總結，不見得要落在紙面上，你心裏也可以漸漸地歸納、總結、提煉說：這個體制內，你的小環境、中環境和大環境，到底有哪些關鍵人？這些關鍵人到底是甚麼樣的背景？他們彼此甚麼關係？之前有哪些恩恩怨怨？之後可能還會面臨甚麼樣的事情？了解這些，是「懂事」的另外一個基礎，就是懂事情，以及懂與事情相關的人。

3．建立信任。

　　信任怎麼建立？我覺得有方法，有態度。在態度上，特別是在體制內，在你自己冒頭之前，先要想，你要花幾年的工夫跟隨，做學徒、做跟隨者；就是別人怎麼說，我怎麼做，特別是領導怎麼說，如果我沒有非常大的反對意見，我就跟

着去做。據説清華不成文的校訓是：「聽話，出活」，話少、幹事利落、低維護，這樣的人永遠是招人喜歡的，往往容易得到信任，特別是在體制內。

回想信任公式，信任 ＝（可信度 × 可靠度 × 可親度）÷ 自私度，再跟在體制內如何爭取信任相對比，你會發現，裏面有很多微妙的相近，以及應該突出的地方。簡單地説，話少，幹事，低維護。

4. 耐心。

在體制內，哪怕你事做得再好，你也不要期望能夠跳級，特別是在很平穩、不打仗的時候。你跳級，周圍人不好過、不舒服，你領導壓力很大，你周圍人給你的壓力也會很大。所以説，耐心，等待，等待機會。

5.「三從一大」。

從嚴、從難、從實戰出發、大運動量訓練。流程不要出錯，留好所有證據鏈，有時候流程正確比結果正確更重要。

6. 希望你跟對人。

甚麼是好領導？簡單地説，就是推功攬過，自己能承擔責任，自己能立得住；能給下屬做事的機會；自己有上升空間的。符合上述三點，就是好領導，選準好領導，跟着他，跟得時間長一些。

７．不貪。

不貪圖私利、小利，你畢竟不是在純商業環境中做事，你是在給更大的、更偏重公有、公益的環境下、體制內做事，就在自己做事、成長的過程中，把物質慾望放低一點，不要在花公家錢的過程中掙錢。

８．要能夠忍受起伏。

雖然體制是一個相對穩定的地方，但是在體制內，不排除你和你跟的人，或跟你的人，有起起伏伏、上上下下。這種起伏和上下，雖然讓人傷心或者狂喜，但是希望你，如果在體制內想成事，不要為這種上上下下，特別是不要為暫時被調整、被邊緣化失望。上上下下，幾上幾下都很正常，不為之所動，該幹甚麼幹甚麼，把合適的成事心法用在合適的事上。

成事的標準是甚麼

總説「成事」，那成事的標準是甚麼？

在歷史上，很多人物，例如諸葛亮、岳飛、文天祥，在他們所處的時代裏，並沒有實現自己的理想，最後都失敗了；但是過了幾百上千年，你會看到，他們的精神是有可貴之處的，有不朽的地方。那，到底甚麼算成事？應該在多長的時間軸來看這個成事？應該從哪些維度來判斷是否成事？

第一，成功不等於成事。

成事跟成功是有區別的。成功不等於成事，成事不等於成功，因為以下三點：

其一，成功不可複製。我認為成功涉及太多的因素，它是一個無常是常最後形成的結果，這個結果很難在事前預測。你最後成功了，你説，「因為我成功了，所以我之前做過的一、二、三都是對的」，這個邏輯不成立，因為你在做一、二、三的時候，你並不能確定能成功。我們可以講，因為我修行成事，我做了一、二、三，所以我成功的概率會增加一些，所謂成事在人，成功在天，成功不可學，成事可以修煉。

其二，成功雖然不是成事，成事也不是成功，但是大家

都想要成功。成事修行得好，成功、持續成功、持續成大功的概率會明顯增加。

其三，只講成功，不一定是好的一生。你成功因素裏邊有太多天命，有太多老天幫你的地方，但是你看不到，在那個節點，你很有可能忘記自己是個甚麼人，忘記自己有多少能力，忘記天命不是一直持續的。持續的成功有可能讓一個人自高自大，最後再往前走兩步，劈你的雷可能就在路上了。所以，一直成功，不一定是好事，但反過來，如果成事、一直成事、一直成好事，那一定是不錯的一生，你一生只成就一些小事，也是好的一生。

以上是成事跟成功之間的三點重要區別。

再者，成事不僅不等於成功，甚至不等於偉大，反之亦然，偉大也不等於成功，亦不等於成事。

成就一些「第一、唯一、最」的事情，往往等於偉大，就是在世界上，我是成就這些事最棒的一個人，往往被認為等於偉大；但是，成就一些相對日常、正常的事，人是非常好的人，人生也是非常好的人生，但是不能被定義為偉大。我會烙一張餅，這張餅可能在我們家算烙得最好的，對於這個屋子裏四五個人來說就是一件了不起的成就，這是一次成事。這次成事讓今天變得很有意義，變得很快樂，如果天天這樣成事，哪怕這些事很小，你也是過了偉大的一生。

反之，像諸葛亮、岳飛、文天祥，在他們所處的時代並沒有實現自己的理想，但是他們確實是不朽的，失敗也可以

很偉大，為甚麼？因為他們那些精神，他們做的那些事情，如果天命給他們，如果換一個環境，一些其他的關鍵要素產生改變之後，有可能會成就一些非常偉大的、好的事，所以他們的精神是可貴的。如果我們不尊重這些偉大的精神，那麼我們就會變得油膩，失去很多能夠成就事情的機會。道理是這樣的，充份但是不必要，必要但是不一定充份，這是一個邏輯問題。

第二，成事無大小，但有善惡。

回到最終一個議題——成事的標準。簡單地說，就是交代的任務完成了，定義好的任務完成了，就是成事。至於最後是否成功，別人是否認可，並不重要。成事無大小，本一不二，治大國若烹小鮮，烙一張餅，管理一個街區，管理一個城市，管理一個國家，管理一個星球，其實是類似的。管好，成就好，都是成事。

成事雖然無大小，但是有善惡。諸惡莫作，諸善奉行，惡的事情再小，請你不要做，善事哪怕小，成就一件就是成事一件。

成事有效率高低，有概率高低，有持續與否。最好的、最棒的成事修行者，能夠不給別人添很多麻煩，甚至不給別人添麻煩，創造很多美好的事情，讓很多人持續享受到，讓世界持續變得很美好。

曾國藩曾經跟李思清說：「我輩辦事，成敗聽之於天，毀譽聽之於人。」成和敗，這是有天命在，誇和罵，這是別

人的説法，我們能管的是甚麼？「唯在己之規模氣象，則我有可以自主者，亦曰不隨眾人之喜懼為喜懼耳」，我做我自己的事情，我可以做主，我們需要擔心的是，從我的、團隊的角度，是不是非常清楚這件事的是非、效率、戰略、戰術，我們是不是盡心安排了？一旦是非、效率、戰略、戰術都安排好了，都堅決地盡心盡力、盡職盡能去完成，其他「聽之於天」「聽之於人」，不因為別人的開心、恐懼、不高興，而開心、恐懼、不高興。真英雄不必武夫，曾國藩的大丈夫、真英雄氣概，這一句表露無遺，不需要解釋，大家多讀幾遍就好。

曾國藩還講過類似的事，比如，「蒼蒼者究竟未知何若，吾輩竭力為之，成敗不復計耳。」「蒼蒼者」就是老天，天意不可知，只管盡力做事，成敗由天，我們不考慮。

曾國藩還説過一句：「堅其志，苦其心，勤其力，事無大小，必有所成。」這句又是普通話、老套話，曾國藩説過很多普通話、老套話，但是這些普通話、老套話做起來並不容易，你好好想想，你是不是真的做到了？

第三篇

知世

知智慧

知可為，知不可為

大勢不可為怎麼辦

　　面對小地方、小局面，自己的團隊、公司，往往可以管理，但是在大的環境裏成事，社會、風氣，甚至地球的大勢不可為怎麼辦？大勢影響個人成就公司，成就自己，卻很少受個人所影響，你自己、你的團隊、你的公司做甚麼，對大勢的影響非常有限。

　　簡單來說，大勢不可為的時候，不為。能做甚麼就做甚麼，讓做甚麼就做甚麼。「苟全性命於亂世，不求聞達於諸侯。」諸葛亮的智慧，是在亂世保全個人和團隊的生命、財產要緊；不用整天抱達官貴人的大腿，混圈子，他們沒有聽說過你，不知道你，沒關係。

　　我非常尊重曾國藩能打、能戰鬥、能幹，能做到打落牙齒和血吞，屢敗屢戰，直到最後勝利。但是，如果有仗可打、有市場可爭，有事可為，當然是需要打落牙齒和血吞，屢敗屢戰、堅韌不拔，攻城略地、開疆拓土。記住，是在可以作為的時候。但是，這個世界又的確存在五年、十年，甚至幾十年、一輩子，大勢不可為的情況。無論你怎麼做，都可能沒辦法開啟一片天，創造一個新的世界。世界存在這樣的悲哀之處。如果一個成事修煉者試了再試，想了再想，還是不

可為，那麼在這段時間裏就以不為為主。看上去像是被動，實則被動中有主動，被動中打基礎，被動中堅定等待明天大勢可為繼續再做的信念。

在大勢不可為的時候，不為也是一種為，但是不為是有學問的。

第一，更加謹慎小心，更加抓落實。

曾國藩有一段話，「時事愈艱，則挽回之道，自須先之以戒懼惕厲」，在情況越來越不好、越來越艱難的時候，如何挽回與自全，重在小心謹慎。「傲兀鬱積之氣，足以肩任艱巨，然視事太易，亦是一弊」。你覺得自己萬事可成，做到第一、唯一，甚至做到世上最好也不在話下。有這樣的想法是好的，但是在大勢相對差的時候，如果你用這種傲兀鬱積之氣，肩負重擔，認為大事可為，人定勝天，其實容易倒霉。事情越艱難，做事越要小心謹慎。

戰略重要，但是戰略的實施也一樣重要。我在過去的管理工作中，見過太多缺少合格戰略的例子，也見過更多有好戰略但是沒有良好實施的例子。落實不容易，要找對人，要有胡蘿蔔和大棒，要及時跟蹤、及時調整。曾國藩說，大處着眼，小處着手，就是這個意思。毛澤東說戰略上藐視敵人，戰術上重視別人，也是這個意思。總的來說，在大勢不可為的時候，更加謹慎小心，更加抓落實。

第二，用勤奮對抗不可為的大勢。

曾國藩這麼說，「以勤為本，以誠輔之。勤則雖柔必強，雖愚必明，誠則金石可穿，鬼神可格」，做事情一要勤奮，二要專心，只要勤誠樸謹，不怕性格軟弱，不怕智力愚鈍，必然能夠成事，鬼神都會被你感動，會幫你。所謂大勢不可為的時候，繼續勤奮，繼續專心，繼續誠懇，繼續學習，不管順逆，找個可以使力氣的地方，繼續去使力氣。

大勢不可為，但是總有你可以做的事情，哪怕是把身體煉得棒棒的，哪怕把書讀多讀好。你雖然可能不能佔領市場，創造不出新的服務、生活模式或新的產品，但是你可以看書、寫書，不問世事不等於不創造，哪怕你離開商業，離開市場，並不等於你不思考。在亂世，不做大富大貴，不立志做天下首富，但是可以做天下第一讀書人。有《四庫全書》，你可以一直去讀，哪怕你時間很多，《四庫全書》也可以耗盡你不少的歲月。除了《四庫全書》，還有歐美那麼多古典的、成名的作品，都可以拿來讀。挑一個自己喜歡的作者，把他的書都讀完。這種勤奮其實跟大事無關，你在讀書的過程中，除了能夠對抗無聊，還能增長經驗見識。另外，你還能過好每一天。其實一個常用的衡量標準，就是你做沒做多數人不願意做、不想做的事情。多數人不愛讀書，你愛讀。多數人讀書少，你多讀；多數人捧起手機多過捧起書本，你捧起書本。那麼，時間長了，哪怕大勢不可為，你持續這麼做，都會比別人強。

第三，認命，不要有太高的期望。

曾國藩說：「逆億命數，是一薄德，讀書人犯此弊者最多，聰明而運蹇者，厥弊尤深。凡病在根本者，貴於內外交養。養內之道，第一將此心放在太平地，久久自有功效。」意思是，撐着命數去做事，是有問題的。知識分子、讀書人中犯這個毛病的有很多。人很聰明，對自己要求太嚴，但是命不好，總想跟命對着幹。怎麼辦？最重要的是養內，就是自己把心放在太平地，把心放低，不去求，一命二運三風水，這是老天注定的，老天最大。作為凡人，別瞎猜，別多想，別糾結，別老逆着命去幹。放下心，端正身，去做事，命中該有的就會有，不該有的別強求。

簡單來說，修煉「成事」這門功夫的人，如果屢屢不成大事，也別求總能做大事，一日勞作一日食，歡喜不盡。其實做點小事成就自己和周圍，成就每一天，也挺好。

第四，耐煩。

曾國藩說：「若遇棘手之際，請從『耐煩』二字痛下功夫。」特別簡單、樸實。「耐煩」二字是做任何事的首要修養。既然要成事就要做事，做事哪有不煩的。既然要做事就要耐煩，自己不要嫌麻煩，不要不耐煩，不要總覺得，這個小事好煩，為甚麼讓我做，等等。曾國藩還說過：「居官以耐煩為第一要義，帶勇亦然。」如果想做官，第一要義是耐煩，帶隊伍也是一樣的。理學家講「功夫」，功夫不是一日可得，

是一輩子做事修煉出來的。有的人看上去甚麼都有，怎麼打都能行，但背後，可能天天、月月、年年都在練「耐煩」這門功夫。

第五，寬心。

大勢對所有人來說，很可能都是不可為的。如果你的心比別人寬，有可能你在大勢不可為的時候過得比別人好一些，以及大勢變得可為的時候，你比別人身心更健康，更容易抓住機會。

你要想，以宇宙為尺度，我們都是塵埃。如果把時間軸拉大，你可能會容易開心一點。曾國藩說：「閣下此時所處，極人世艱苦之境，宜以寬字自養。能勉宅其心於寬泰之域，俾身體不就孱弱，志氣不敢摧頹，而後從容以求出險之方。」意思是，當你所在的時候、位置、處境艱苦，要寬自己的心，讓身體、志氣不變弱，慢慢等待機會。

曾國藩給出的解藥是心寬。心寬有兩個好處，一是好身體，二是好心情。有身體才有本錢，有心氣才有鬥志，然後慢慢等待解決困境的辦法。心寬之後，時間就是我們的朋友。堅信在我們有生之年，時間會給我們做事的機會。

第六，甘於寂寞。

「君子欲有所樹立，必自不妄求人知始。」總想讓別人知道你，讓台下千百雙手為你揮舞，這想法是有問題的。想出名，想瘋了，四處遞名片，混圈子。在大勢不可為的時候，

一定要更加小心，不要這麼做。成大事的人開始幹事的時候，民眾不知道他要幹甚麼、為甚麼幹、能不能幹是再正常不過的事。最棒的極少數，他們的驕傲、心血不被世人理解，特別是在大勢不可為的時候，更不為多數人所理解。那只有甘於寂寞，等待該有的時候。

「人才非困厄而不能激，非危心深慮則不能達。」是金子，總會發光的；是人才，無論何種處境都不會被埋沒的。曾國藩這句話可能以偏概全，但也有其可取之處——沒有經歷過困厄的人才，很可能遇上困厄會敗象盡顯。沒有痛哭過長夜的人，不足與之講人生。

總之，在大勢不可為的時候，姑且將其當成修煉的機會，潛心修身養性，以待來日鷹擊長空。誰知道明天會怎麼樣，誰知道三年之後會怎麼樣？活着不停修煉着，將來就有機會。

為甚麼人是第一位的

大家常說，以人為本。為甚麼以人為本？以甚麼人為本？如何找到這些人？

第一，人是第一位的。

曾國藩說：「閱歷世變，但覺除得人以外，無一事可恃。」經歷了世事變化，在大事小情無常的環境裏，甚麼都不能依靠，只有合適的人才是真正能靠得住的。

我 2000 年進麥肯錫做諮詢，經常要面對不同的客戶。我發現，好的客戶有一個突出的共同點，他們的核心管理層不一定有很強的教育背景、很高的智商和情商，但他們一定能互相配合、推進，把一件大事辦成。這幾個人不做這件事，換一件事，只要有合適的指導、步驟，他們依然能做成。

古代歷朝歷代培養的，就是這種能做事的人，他們可以把任何大事做成。

唐太宗李世民問大臣：「創業與守成孰難？」房玄齡說：「草昧之初，與群雄並起角力而後臣之，創業難矣！」創業開始的時候，我們甚麼都沒有，就是一幫土包子，只是群雄中的「一雄」。一起起義之後，我們把其他人都打敗了，讓

他們臣服於我們，當然是創業難了。

魏徵說：「自古帝王，莫不得之於艱難，失之於安逸，守成難矣。」自古帝王創業沒有不難的，這不是甚麼了不起的事，但是守業後他就因為安逸，變成了昏君，亡了國。從大數據來看，創業並不難，這是大家的標準配置，而守業難，因為沒有幾個人能做到。

然後唐太宗就打圓場地說：「玄齡與吾共取天下，出百死，得一生，故知創業之難。」房玄齡跟我一塊兒打天下，所以他知道創業的難。「徵與吾共安天下，常恐驕奢生於富貴，禍亂生於所忽，故知守成之難。」魏徵跟我一塊兒守天下，他擔心大家習慣了富貴和安逸，就會生出驕傲和奢侈的習慣。這些習慣會導致災禍，所以他一直強調守成之難。

最後唐太宗說：「然創業之難，既已往矣；守成之難，方當與諸公慎之。」最後他還是肯定了魏徵。創業雖然難，但它已經過去了，就不說了，我們要一起好好守成。

創業難，守成也難，但最難的是甚麼？是得有人，有人才能成事，不怕事就怕沒人。

在很多激情燃燒的歲月裏，有很多猛人說過狠話：「筆補造化天無功」「人定勝天」「打敗蘋果」等。但是，「無常是常」的規律常在，個人的作用渺小，有些似乎不在此規律裏的個人，也只是在各種合力下起到了棋子的作用而已。以歷史為尺度，絕大多數人都是塵埃；以宇宙為尺度，我們都是塵埃。

在諸事無常、諸事不可控的前提下，渺小的個人想成事，

靠甚麼？就只能靠人，靠團隊。這是個悖論，在這個世界裏，人最不可靠，但又是唯一可以依靠的。

那要依靠哪些人呢？有時候你覺得人不可靠，是因為你沒有靠對的人。靠甚麼人？不是所謂的「貴人」。人們常認為「貴人」是有錢的、有權的，其實不是的。

1．要靠自己。

靠訓練有素的自己；靠能「大處着眼，小處着手，群居守口，獨居守心」的自己；靠能「愛才如命，揮金如土，殺人如麻」的自己——「殺人如麻」是説做事乾淨利落，要有一點決策力。

2．靠勤慎、笨拙而有執行力、能夠成事的隊伍。

曾國藩説：「有操守而無官氣，多條理而少大言。」有底線，沒有官腔和官氣；做事有條有理，但是不説大話，不會經常吹牛。成事要靠這樣的團隊，而不是學歷好的、有權有勢的——這種人不一定能呼風喚雨，即使他們能呼風喚雨，大事來了，這些人不會為你呼風喚雨。

第二，如何得人？

曾國藩説：「求人之道，須如白圭之治生，如鷹隼之擊物，不得不休。」白圭，是名列《史記》的大商人，其經商名言是「人棄我取，人取我與」。找人的方式，要像白圭治理產業那樣，像老鷹襲擊食物那樣，不得到，不罷休。

劉備三顧茅廬去找諸葛亮，有了諸葛亮後三分天下。你不答應，三顧之後，我還要第四顧、第五顧……我一定要得到，得到之後再說。把你追求夢中情人的堅持，用在追求對你公司最有利的、最能幹的人身上。

一旦得到了人才，如「如蚨之有母，雉之有媒，以類相求，以氣相引，庶幾得一而可及其餘」。蚨是一種小蟲子，傳說如果取走青蚨的卵，母青蚨就一定會飛過來。「雉之有媒」，是說獵人馴養的家雉能招野雉。簡單地說，你得到一個，然後讓他帶一些跟他類似的人，一個人帶來整個團隊。

求才是 CEO 的日常。真正的人才，不見一把手，不和一把手「情投意合」，是不會加入團隊的。一個好公司，CEO 身邊的幾個人，都是 CEO 自己找的；一個不好的公司，CEO 周圍的人，很多是獵頭找的。這就是差距。

一把手很容易把自己的時間和精力耗光，但也可以只管好三件事，之後天塌下來有團隊頂着。當公司有了一定的規模，走上正軌之後，CEO 只需要找人、找錢、定方向。找人是第一位的。

左宗棠有一次問曾國藩的弟弟曾國荃——最先打入太平天國的首都（當時的南京）：「你成功的秘訣是甚麼？」

曾國荃自述成功秘訣：「愛才如命，揮金如土，殺人如麻。」「愛才如命」，愛能夠成事的人，就像愛自己的生命一樣。

做到「找錢、定方向」的 CEO 挺多的，但真正能做到「愛才如命」的很少。後世一直有一種說法，曾國荃只是「揮金

如土」「殺人如麻」，沒有「愛才如命」。

　　但曾國藩是一直「愛才如命」，我認為這是曾國藩跟曾國荃的本質區別。曾國藩一直強調，一定要找好副手。在自己能力很強的基礎上，如果能有一兩個非常強的副手，不僅能幫助你成就目前的大事，而且在你身體變差、生命終止之後，他們仍能夠把你未成的事情往前推。這也是曾國藩的影響力一直很大的原因。

多談問題，少談道理

　　做事要先把態度擺正，但擺正之後，要怎麼做？綜合東方的管理智慧，來談一談多做實在事、多用實在人。

第一，多做實在事。

　　曾國藩説：「今日而言治術，則莫若綜合名實。」怎麼成事，最重要的是實事求是，到底發生了甚麼，甚麼情況，該怎麼辦，都要落到實處。

　　「今日而言學術，則莫若取篤實踐履之士。」做事的時候，要實事求是；治學的時候，曾國藩沒有直接講做學問，而是説要找一個老實人。這好像跟常識不一樣，我們總是講，想治學問，得是一個聰明人，聰明人才能做大學老師、學者、意見領袖，等等，為甚麼曾國藩這麼説呢？

　　曾國藩又加了一句：「物窮則變，救浮華者莫如質。」世道太差，人心思變，如果想救這個虛誇的、欺騙的、浮華的世風，莫如選一些老實的人。「積玩之後，振之以猛，意在斯乎。」在頑劣的、劣根的、油膩的東西已經形成習慣之後，怎麼辦？必須用點猛藥。猛藥，就是實事求是，以及用實在人。

可以將孔夫子和曾國藩的觀點進行對比。孔子說「必也正名乎」。儒家講究做任何事，先豎杆大旗，先把理論搞清楚，比如白馬、黑馬是不是馬？先說清楚，先把名立出來，然後大家跟著規矩去走。在一個相對有法治秩序和道德的社會、時代裏，這樣做沒有問題。

但曾國藩認為，在晚清那個環境下，顧不了這些了，別瞎寫了，別嘮叨了，先去幹，找老老實實的人先幹，一個店一條街地幹起來，把一件事做好，再做另外一件事。「積翫之後，振之以猛」，所謂一劑猛藥，就是實事求是、實幹。

時代越接近現代，信息越龐雜，人越容易空談，是非越容易混淆，庸眾越容易狂歡，騙子越容易生存。你看平常的朋友圈、自媒體，是不是經常會如醍醐灌頂般贊同不已。哪怕你是受過高等教育，你先看誰的文章，先看哪篇文章，都能影響你對一個看似非黑即白的問題的看法。你捫心自問，有沒有被新媒體文章誤導過？

所以在現在這個環境裏，中醫、國術、學術、藝術、宗教、身心靈、茶道、花這些東西被講了很多，有些人甚至拜師、學藝。但是，我沒聽到有人拜師去學微積分，拜師去學財務模型，拜師去學習如何提高自己的智慧。基本上學的是在很短時間內獲得快感的東西，但是，學微積分、財務模型就不一定了。

所以曾國藩講，不要總是聽大劑量的、似是而非、可對可不對、無法證偽的信息。實事求是，落到「治術」，就是少講大道理，少戴大帽子，層層追問清楚：我們要解決甚麼

問題？為甚麼會出現這個問題？這個問題可以分解為幾個次級問題？如何解決次級問題？如果要解決，還要做哪些分析，需要甚麼樣的資源，潛在困難有哪些？如果已經定了解決方案，用甚麼樣的步驟去解決它？誰來幹？

簡單地說，除了規劃，就是行動計劃。這就是求實，落實到管理的實處。

第二，多用實在人。

在成事的實踐中一定要避免「四勿」——勿意、勿必、勿固、勿我。核心的核心，是「勿我」，把 ego（自我）放到一個相對合適的位置，不要讓它高於一切。

勿意，不要去臆想，事情有可能跟你想的不一樣；勿必，不要認為必然是怎樣，事情有可能產生變化；勿固，不要認為只能按照某種方法做、事情只能按這個發展，可能有新的方法、手段、力量產生；勿我，不要總想着我怎麼樣、我要怎麼樣。

説白了，不要只想着自己爽不爽，風評高不高，能否閃爍，需不需要負責……從成事的角度，可以完全不管你。英文説：「Who cares？」經常以自己為出發點的人，往往關注的次序錯了，這是一個智慧問題。你想，即使自己很爽，很閃爍，事沒辦成，最後倒霉的還是你，時間久了，大家可能就不跟你合作了。反過來，如果你自己倒退半步，把事情擱到第一位，事情做好了，甚麼都有了。沒有捷徑可走，還是要從做事的這條非捷徑去達到你心中想要的爽。

「學術」，就是要多倚重一些讀書多、思考多、不好浮名的學者，因為學術是人做出來的，他們比普通的接受者有更多的時間和精力去掌握領域裏更多、更細節的知識。但只從他們提供的知識中，一般人很難判別，所以與其挑書，不如挑人。如果是一個靠譜的治學人，他提出的東西大多數是靠譜的；如果是一個佞人、騙子、習慣性走捷徑的 KOL，他出來的東西，往往就是浮光掠影、花拳繡腿。

　　一個靠譜的治學的人，古今中外主要的研究成果，通過他的吸收、分析、總結、歸納，成為一些原理、原則和遠見卓識，這個是我們所需要的。但是你經常會看到兩類相反的人：

　　第一類，媒體型學者。他們會寫一些聳人聽聞的標題，作一些很抓眼球的結論，但事實、論據基本是立不住的。細看所謂的媒體型學者的學養，找不到任何科班訓練的痕跡，但是他們會起標題，會下令人驚奇的結論，會引導你去閱讀。

　　第二類，政客型學者。這些人也會抓眼球，但更常見的做法是討好，常見的是他會出一個題目、結論，讓多數的庸眾認為：太好了，如果這個學者説的實現了就好了！為甚麼不能實現？因為環境太壞了，現在的人就是不想做好人！……他站在道德制高點，來扭曲現實的情況。

　　舉個例子，某位醫療經濟學學者大力提倡全民免費醫療。這個倡議，如果放到網上，叫好的要遠遠多於冷靜思考和反對的人。叫好的人，絕大多數不會想到三個問題：第一，全民免費醫療，錢從何來？特別是疫情當前的時候，一個國家

面對各種國際、國內的壓力，有各種要花錢的地方的時候，錢從哪兒來？第二，十四億人的免費醫療，平均下來，質量能到甚麼程度；以及如何分配，不同人是不是一致的醫療水平、質量？如果不一致，誰決定誰能獲得更好的醫療？第三，如何在一盤棋下，保證醫療從業者的積極性以及廉潔奉公？

佞人太多，虛招太多，太多人混太久了，更多人被蒙太久了，這種環境下，怎麼辦？「行勝於言，質勝於華」，既是曾國藩做事的特點，也是他用人的慧眼，也是我認為現在應該借鑒吸取的。

多做實在事，哪怕它很小，多用實在人，哪怕他看上去很笨。少一些閉門造車的臆造，少一些到處吹牛的時間，從收集信息開始、從寫綜述開始、從獲取和消化細分領域中古往今來、古今中外的研究成果開始。先把別人已經做過的東西通通拿過來，分析消化，輔以相關領域的涉獵，基於隨機雙盲的實驗，大膽假設，小心論證，為往聖繼絕學，哪怕為崑崙山上只增加一根草，那也是對世界的貢獻。

不要輕視理論層面的歸納

大家需要明白，躲在金字塔原則背後的是結構化的思考和表達。在這樣一個紛繁複雜的世界裏，如何建立一個清晰、簡單、優雅的金字塔，如何把事情想明白、說清楚，是一個偉大的能力。

第一，何為金字塔原則？

在講金字塔原則概論之前，我先引一下曾國藩的一句話：「吾輩今日苟有所見，而欲為行遠之計，又可不早具堅車乎哉？」我們先把知、乎、者、也拋開，這句話字面的意思是：今天如果有一些見識，而且想走得遠一點，需要具備堅實有力的「車」。他到底說的甚麼意思？自從韓愈提出「文以載道」，後世儒家就把這四個字奉為不二法門。「堅車」，堅固的車，不是堅固的三輪車、四輪車或二輪車，而是能夠承載道理，承載智慧、慈悲和美感的好文章。

曾國藩強調的是，寫文章是非常重要的事。這句話他是跟他的老鄉說的，他的老鄉叫劉蓉，是個私塾先生，而私塾先生的職業就是教別人寫文章。

寫文章看上去是一件特別簡單的事。但你會發現，如果

一個人能把文章寫得很好，這個人一般是我們所說的中級幹部以上；如果他能持續地把不同的文章——千字文也好、萬字文也好，都寫得不錯，而且還能給別人講明白，這個人基本上是高級幹部。

曾國藩跟私塾老師說，如果我們有想法，第一步要先把文章寫好。就是把寫文章放到了非常重要的位置。放到現在，有可能不只是文章，還有 PPT，說到底，說的是結構化的表達能力。而且，如果你沒有結構化的思考能力，你也就沒有結構化的表達能力。

舉個例子。我媽是一個表達能力非常強的老太太，八十多歲了，還能有很多街面上的智慧，能有很快的反應，但是如果你想讓她對一個問題仔細地說八百字，她說不清楚。這就是我們所說的，哪怕你有最聰明的頭腦、最強的體力，如果沒有經過足夠的有意識的訓練，你還是不知道如何結構化地思考和表達。看上去是特別簡單的要求，但是古往今來，西天東土，似乎只有非常少的人，能真的做到想明白，說清楚。

進了麥肯錫公司，我被訓練的第一件事就是金字塔原則。闡明金字塔原則的是一個外國老太太，叫 Minto，她囉里囉唆地寫了一大本書，其實我用一百個字就能說清楚。Minto 可能故意拖成了一本書，充字數，賣書，掙錢，得版稅，就不用再在麥肯錫每週工作八十個小時了，不用再當苦力加速身體折舊，當然這是玩笑話。Minto 女士的想法和做法，如果用一句話說，就是任何事都可歸納總結出一個中心點，而且中心點可以由三到七個（絕不超過九個）論據支持；這些一級論

據本身也可以是個次級中心點，被二級的三個到七個（絕不超過九個）論據支持，如此延伸，狀如金字塔。

如果再進一步提煉，**金字塔原則就是：講一個事情，會有一個中心論點，這個中心論點會被一些論據所支持，這些論據要完成「不重不漏」，即互相沒有重複，合在一起又不漏掉基本點。**這個就是金字塔原則。

所謂的「一個事情」到底是甚麼？它可以很複雜，又可以很簡單，它可以複雜到：我們是甚麼，我們從哪裏來，我們要去哪裏？世界經濟未來五年的走勢怎樣？新冠病毒到底會如何改變世界？……我當時進麥肯錫面試的時候，被問的問題是：如果石油能從地底零成本拿到地面，世界會變成甚麼樣子？

事情可以變得很複雜，也可以很簡單，比如，小賈見到姑娘為甚麼會臉紅？老媽每天喝半斤白酒，是不是很危險？

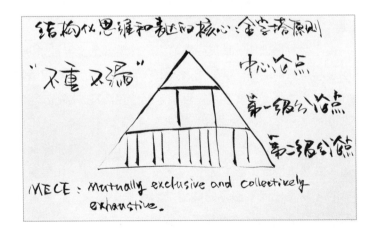

以及，高中時候的夢中情人問你，她現在該不該帶着 3 歲的女兒離婚，你如何回答？……這些問題都可以用金字塔原則去結構化地思考和表達。

第二，金字塔原則的三大用途。

金字塔原則看似無用，實則是一個非常偉大的原則、一個偉大的方法論。

偉大的用途之一，解決問題。

當你嘗試解決問題時，從上到下、從下到上，你要反覆幾次。從下到上的時候，你要收集論據，歸納出中心思想，從而建造成為堅實的金字塔。有了這個大致目標之後，問題解決起來就更加有效。當你把這個金字塔建完後，復盤哪塊兒沒有完成「不重不漏」這個原則，你就加固哪一塊兒，這樣你最後解決出來的問題就非常堅固。

偉大的用途之二，管理手下。

如果你是領導，有經驗、有辦法、有能力，對於某個問題，特別是比較複雜的問題，可以根據經驗提出假設，迅速列出一個中心點。一個中心點需要三到七個（最多不超過九個）的支持論據，你可以分別把三到七（到九）個不同的模塊交給不同的手下；兩週後，手下提供報告，你匯總排列，從而建造出堅實的金字塔。有了這個原則，管理起來最有效，領導也做得很輕鬆。

因為論據不重複，所以你交給三到七個（最多不超過九個）手下，他們就不會重複工作，浪費時間和精力；因為不

遺漏，他們交回來的工作，合在一起就是基本完整的，不會漏掉重要的位置、重要的內容。

偉大的用途之三，交流。

用金字塔的方式來交流，其實效率最高。你只有三十秒、只有三分鐘，只能在電梯裏、在過道裏抓住領導，你講完了中心論點和一級支持證據，領導就明白了，事就辦成了。如果領導和劉備一樣，能三顧你的茅廬，而且他屁股大，肉沉，從早坐到晚上，吃空你家冰箱；你有講話的時間，他有興趣，你就彙報到十八層論據，為甚麼三分天下，為甚麼蜀國只能佔其一？……有了這個原則，交流起來很有效，你可以跟他講三天，你也可以跟他講三十秒。

解決問題、管理手下、交流成果，是金字塔原則的三個偉大用途。

我們應用金字塔原則需要小心的是，我們日常傳統上的交流，不是從金字塔的尖尖到金字塔的基底這麼交流的，而是相反。我們通常是先這樣對小王媽媽説的：「小王吃喝嫖賭抽，坑蒙拐騙偷，打瞎子罵啞巴，挖掘戶墳，敲寡婦門。小王是個壞蛋。」而不是先跟小王媽媽説：「小王是個壞蛋。」如果你純用金字塔原則在國內交流，容易被人抽嘴巴。

作為中國人，可以驕傲地説我國文化博大精深，外國好多東西，其實都是借鑒了我們老祖宗的想法。比如剛才説的這個金字塔原則，其實就是老子的金字塔原則，「道生一，一生二，二生三，三生萬物」。

成事之人的七大特質

　　甚麼樣的人能成事？

　　準確來講，這是個偽命題。不過，雖並無固定答案和統一標準，但還是有一些規律可循，章法可依。這裏要傳授給大家的「識人大法」，不僅可以幫我們辨識成事之人，還能辨識諸如好老公、好男友、好女友、好丈人等候選人，簡直就是一個放之四海而皆準的通用法則。

　　其實，成事之人，身上大致都逃不過以下幾種特質。

第一，悲觀的底色。

　　成事的人底色往往是悲觀的。這看上去有悖常識，但事實確實是這樣。能幹的人、成事的人，不見得天天都開心，純傻子才天天樂呵呵的。回望歷史，那些彪炳千古的偉人，不乏徹底的悲觀主義者。

　　曾國藩說：「虹貫荊卿之心，而見者以為淫氛而薄之。」荊軻的心化作彩虹，看見的人說這種顏色不純，所以鄙視荊軻。「碧化萇弘之血，而覽者以為頑石而棄之。」萇弘的血變成碧玉，看見的人當成石頭丟掉了。「古今同慨，我豈伊殊？」古今都一樣，我作為一個成事的人，有甚麼特殊的？

「屈累之所以一沉，而萬世不復返顧者，良有以也。」屈原寧願沉江，也不想在這個世界上混了，因為他看透，這個世上的人渣遠遠多於成事的人、能幹的人，遠遠多於風骨美好的人。人間不值得，就算歷盡萬年他也不願回到人間。

曾國藩是一個徹底的悲觀主義者，他非常認同屈原沉江。周作人也說過，「大家都是可憐的人間」，「大家」是我們周圍人的總稱。《詩經》寫道：「知我者謂我心憂，不知我者謂我何求。」明白我的人，說我心裏不舒服；不明白我的人，以為我丟了甚麼，在找東西。

真正在人間成大事的人，當你深入接觸時，往往能嗅到一絲抑鬱症的氣息，甚至已經得了抑鬱症。他對人間沒有太多期待，他的心血往往不被人間理解。如果他只是做人間能明白的事，就不是一個真正能成大事的人。所以，成事的人底色往往會是悲涼的。

第二，中庸平衡的混合個性。

成事的人往往需要中庸平衡的混合個性。

對此，曾國藩是這麼說的：

「軍事不可無悍鷙之氣，而驕氣即與之相連。」打仗，需要「悍匪」，這個人要兇、要悍、要能夠闖出去，要有一些匪氣，但是有這種氣質的人，往往會驕傲，會傷他人。

軍事又「不可無安詳之氣，而惰氣即與之相連」。打仗要沉得住氣，遇事不慌，但是惰氣也會與之相連，懶得動，懶得去攻、去打。

「有二氣之利而無其害，有道君子尚難養得恰好，況弁勇乎。」有這兩種氣的利，沒有兩種氣的害，即使是有道的君子，都不太容易養得恰好，何況帶兵打仗的大老粗，沒有讀過多少書的人。

曾國藩的這段話講的就是中庸平衡的混合個性才能夠成事。突出任何一方面、任何一個極端都有可能讓事情做不成。

衝第一線的都是普通人，有缺點無所謂，但成事難，因為成事要求一個人的素質在很多時候是矛盾的。這種矛盾怎麼平衡？需要長時間的修為和心性的磨煉去化解，去維持微妙的平衡。

帶兵的人要有彪悍兇猛的氣勢，開疆拓土，攻城略地，殺伐決斷，萬馬軍中取上將首級，在求勝和得勝中，汲取無窮的快感和釋放頂級的荷爾蒙。但是得勝太多，難免會有驕氣，不知天高地厚，漸漸盲目稱大，變成尾大不掉的一種力量。

帶兵的人，還一定要有一些安定從容的氣質，才能長期堅忍耐煩，協調各種複雜關係。但安詳之人，平穩處世時間長了，往往會滋生惰氣，安於現狀。就是我們說的佛里佛氣、佛來佛去，拿個念珠，拿個保溫杯，甚麼事都做得四平八穩。

既有「悍匪」氣勢，又能安詳，還要沒有「悍匪」和安詳的弊端。曾國藩自己似乎做到了這種二氣並存，收放自如，白天打仗，晚上在家練字，讀聖賢書。但我不得不說，曾國藩心裏的有些矛盾可能還是沒有完全化解，他只享受了六十一年陽壽，這從任何角度來說都不是一個長壽的人。這跟他追求中庸平衡而壓抑天性、積鬱成疾有關。

成事的人需要中庸平衡的混合個性，這種混合個性確實很難在個體上體現。

第三，耐煩。

曾國藩：「若遇棘手之際，請從耐煩二字痛下功夫。」

遇上煩事，遇上難辦的事，你最該想的，不是如何解決這個事，而是在「耐煩」兩個字上下功夫。「耐煩」二字是做任何事的首要修養。既然要成事，就要做事，做事哪有不煩的？馮唐九字箴言中的第一句「不着急」就暗含耐煩的意思。

曾國藩在其他很多場合都說：「居官以耐煩為第一要義。」帶兵、做管理也是。理學家講「工夫」，工夫不是一日可得的，是一輩子做事修行得來的。

第四，精力旺盛。

精英實際上是精力旺盛的英雄。如果沒有精力，一切情商、智商都是零。一個人能不能成事，看他是不是有無窮的精力去做事，這是非常重要的觀察點。

曾國藩講養生，「養身之道，以『君逸臣勞』四字為要，省思慮，除煩惱，二者皆所以清心，君逸之謂也。」少操心、少糾結、少煩惱，多走路、多健身、多運動。累身不累心，才能保持精力旺盛。

我的朋友說，他整天思考管理的事情，把方方面面想得都很透徹。我說，錯，你只需要用 20% 的時間，去想清楚 80% 重要的事情就好了。你省下 80% 的力氣，首先可以做

其他更多的事，其次可以去休息。等你回來，這20%的力氣，就變得像刀子一樣快，還不會過份耗掉你的內力。

內力，是你能不能持久地用自己這塊材料，來驅動自己和周圍的人做事；你有沒有這口氣，這口氣能不能隨時提起來，讓你持續地往前走。成事有很多理論，但是所有理論都有一個前提——精力持久。真正的精英都是精力上的超人，沒有體力和腦力，奢談甚麼做事和成事？不能吃苦耐勞、內心強大到混蛋，奢談甚麼帶千軍萬馬走過草地、走過雪山、走過一個又一個經濟週期？

心神是君，身體是臣。如果做到累身不累心，再怎麼累也累不垮，甚至很快樂。曾國藩這句話說起來容易，做起來其實非常難。日理萬機、以開會為主要運動的阿爾法人類，阿爾法男、阿爾法女，就是特別爭強好勝、有能力的男生和女生。比如特斯拉的創始人埃隆‧馬斯克（Elon Musk），就是典型的阿爾法男。過了40歲之後能保持身體體重指數在二十以下，百無一人；能血糖、血壓、血脂都不高的，千無一人；能一年三百六十五天，天天睡好覺的，幾乎萬無一人。

另外，作為一枚典型的阿爾法男，我給出的保存精力的建議就是五公里之內不坐車，走路。

第五，忍不住做事。

成事的人要忍不住做事，要不好意思不做事。在不能做事的環境下，在可以偷懶的情況下，他都偷偷摸摸要做事。

曾國藩是一個愛做事的人，「國藩昔在湖南江西，幾於

通國不能相容。六七年間，浩然不欲復聞世事」。他在湖南、江西的時候，全國都容不下他，都罵他，他想洗手不幹了。「然造端過大，本以不顧死生自命，寧當更問毀譽？」但是他想，這事起得太大，本來是不顧自己生命想去幹的，何苦在乎別人誇我還是罵我？

「以拙進而以巧退，以忠義勸人而以苟且自全，即魂魄猶有餘羞，是以戊午復出，誓不返顧。」開始幹這件事的時候，他是抱着一顆為天下的心，現在他巧立一個名目退出。他勸別人應該忠義，而自己卻苟且自全、苟延殘喘。自己作為一個油膩的中年男，魂魄都會羞愧，睡覺都睡不好，所以這次他復出，一定要打到生命的最後。

其實他剛才這番話，是在「憶往昔崢嶸歲月稠」，想想過去他經歷了甚麼，遇上了甚麼。他想過早期打仗，屢戰屢敗，被人罵死，中期想過退出，滄海一聲笑，不再問天下，金盆洗手，但他已經把這麼多人忽悠起來了，怎麼好意思走？當初起兵的初心是不貪財、不怕死，死都不怕，還怕甚麼被人罵？本來不是投機取巧、苟且自全的人，如果苟且巧退，看着被忽悠起來的人，為了忠義衝鋒陷陣，丟不起這個人。他只有繼續幹下去，不走回頭路。

一個修煉成了的成事人，還能一往無前，除了對成事方法的諳熟，對不朽的渴望，內心最深處還都有一股蠻荒之力。這個才是真正的發動機，是成事真正的源泉。

在今天，我環顧左右，知道「魂魄猶有餘羞」，知道我們不得不幹事，不能把這麼美好的世界交給那些傻X，丟不

起這人。這種認識，有幾個人能做到？

第六，收斂。

成事的人要懂得如何去躲藏。

曾國藩說：「君子有高世獨立之志，而不與人以易窺。」真正成事的、有修煉的人，是有獨立於世界的志向，不能輕易讓別人看到；「有藐萬乘，卻三軍之氣，而未嘗輕於一髮」，有非常大的勇氣，但是不會輕易把這種勇氣發洩在外。

通俗來講，就是牛在心裏：一不要裝，二不要吹。成大事人不必像我這樣把志在不朽、經世濟民、名垂千古這些話放在嘴上，否則容易惹出很多閒話，徒增煩惱，點到為止就好了。不必有氣就生，有架就打，留着「藐萬乘，卻三軍」的鬥志去不朽，去經世濟民。

我不得不說在這點上我做得很差。二三十歲的時候打的那些嘴架，我後來都後悔了。很遺憾，在互聯網時代，說過的話就像潑出去的水一樣，在網上留下各種痕跡。35歲之後，我立下毒誓，再也不毒舌了。如果我能活到70歲，寫一個《毒舌集》，這樣可以把毒舌再重新使用。

第七，挺上去。

最後一點，成事之人在決定性的瞬間，能夠挺上去。

曾國藩講：「平日千言萬語，千算萬計，而得失仍只爭臨陣須臾之頃。」沙盤推演，百般算計，但實戰的時候，勝負有可能只在一瞬間。日常實戰演練再好，「須臾間」也常

常沒用。在「須臾間」極小概率下，還是要傾力一搏，然後聽天命。

有些能天然成事的人，在一個決定性的瞬間，他能挺上去，把責任和任務擔當下來。這種時刻，可能是工作裏，也可能是在生活裏。比如有個女生，你能不能趕上去說：「你願意嫁給我嗎？」

我也看過拔河比賽，左右兩邊僵持得很厲害，但左邊在一點點輸給右邊，這時候左邊有一個人開始大喊：「大家聽我的號子，我喊一、二，大家控住繩，我喊三，大家使勁往後拉。」結果左邊贏了。如果這個人不在那個時候喊出「一、二、三」，他們很有可能會輸。

梁朝偉在倫敦餵鴿子的特拉法加廣場我也去過，是坐了十個小時飛機從北京飛去的。我沒有餵鴿子，我的命沒那麼好，心情也不見得比梁朝偉餵鴿子的心情好多少。我當時跟一個人講，我這兩天一定要見到你，我要跟你談一個不得不談的事情。

後來我就跟這位老哥在特拉法加廣場旁邊吃了個中飯，把事情談了。他說：「你給我一天，讓我做決策。」我吃完這頓飯，又坐了十個小時飛機，從倫敦飛回了北京。因為這趟「折騰」，這件事最後成了。現在想起來，在那個決定性的瞬間，我挺上去了。我很慶幸自己是這樣的人，並且準備一以貫之。

不管具備幾條成事特質，能成多大事，希望你都可以向

一顆微不足道的星星學習，可以微弱，但要有光，可以照亮
自己和他人。

第
四
篇

知

智

慧

如何看待女性成事

在現實生活中，我能感覺到女性受到自身的生理、家庭、情感、孩子的各種羈絆，以及社會的偏見，在一定程度上承擔的要比男性更多。在這種情況下，女性想成事，應該注意哪些方面？應該怎麼去規劃？因為我不是女性，無法替各位女性朋友切身實地地去設想，我只能試着用同理心跟大家分享自己對這個問題的看法。

女性存在一些天然的弱勢，在「成事」這件事上總體比男性更難。

原因一，女性受激素的影響相當大，比如，躲不開每月的身體問題，以及懷孕、生子、撫養等，特別是在更年期前後因為激素的變化，產生巨大的生理和心理的變化等。

這些都會對女性造成效率、效能的減弱，在一些關鍵點上、關鍵時刻，爆發力有可能相對差一些。很難說女性不受這些天然因素的影響。所以女性是比男性在成事上，至少在激素、基因等方面，存在一些弱勢。

原因二，家庭的羈絆，社會的偏見。不可否認的是，我們的傳統社會中存在一些偏見：家，是以女性管理為主，女性，會被家庭管理牽扯很多的精力。在這種社會的偏見下，

很多人（不只是男性，甚至包括很多女性）會戴着有色眼鏡去評判女性，特別是對一些成功女性，往往會想在這些女性成功背後，是有哪幾個男的在作怪，但很少説，男性的成功背後有哪些女性的因素。

女性針對這種偏見想要成事要怎麽辦？分享一些個人觀點：

第一，要有信心。

雖然多數人覺得女性做事、成事比男性更難，但在我心目中，女性總體是比男性高一等的物種，總體成事的概率要大於男性。

感性是一種優勢。很多男性整天算來算去，很有可能算到最後出現的結果，也沒有女性最開始直覺指向的戰略方向更準確。

女性的目標相對實際，相對具體。不像一些男性，莫名其妙地貪大。不貪大就不容易犯傻，不容易冒進，不容易掉到一個接一個的坑裏，能夠逐步地從勝利走向勝利，積小步以至千里。

女性還有一個天然的優勢：容易扯脱，不戀戰，相對容易割捨，相對能包容缺點。

對於這一點大家可能有不同的理解，在我看來，畢竟每個月的月經讓女性不得不有一天、兩天、三天，甚至一週，非常難受，不得不停下來休息。這種被迫休息，實際上是一種天然的扯脱。讓女性從工作中扯脱出來，停下來回顧復盤。

女性還有一個優勢：女性天然能示弱，容易協調好關係。

這裏的「示弱」，不一定是打女性牌，而是女性天然的坦誠、包容和滋養。男性的趨勢是，我能，我強，我能幹，我跳得更高，我跑得更快，我舉得更重。但女性因為自身的特點，有時候能夠通過示弱把事情辦好，說，哎，不好意思，這個包我拎不動，能不能幫我拎一下？不好意思，這個河我邁不過去，能不能多給我點時間，我走那條橋過去？等等。其實在日常的管理工作中，這種示弱，這種跟別人協調好相互關係，往往是比力戰、快跑，更能達到戰略目標。

最後，女性的耐心比男性更多一點，她們為了目標能堅持得更長久。而且女性會活得更長久。成事，其實說到最後，時間——做事的時間、耐久的時間、吃苦耐勞的時間，是很重要的一個因素。

綜上所述，女性的有些特點看似是弱點，在成事上反而會成為一種優勢，希望各位女性朋友能夠珍惜，能夠發揮自己女性的優勢，樂觀起來。

第二，要「不二」。

所謂的「不二」，就是先別把自己當女性，先不要太考慮自己的性別；先不要自己可憐自己，不要在過份強調男女平等的同時，過份強調女性應該受到額外的照顧和保護；不要經常說，我是女生，人家是女生，你一個大男人怎麼怎麼樣。

跳出來想，如果你是投資方，把一件事情交給一個

CEO、一個團隊的人，第一要考慮的是這件事能不能成；而並不是說，這個團隊是不是一個女性團隊，這個 CEO 是不是一個女性。成事第一，性別第二，對於這一點我內心還是相當堅持的。

有時候在日常工作中，我們經常開玩笑，說「女人被當男人用，男人被當牲畜用」，我的觀察是，女人有時候也是被當畜牲用的。一塊兒去幹活，一塊兒去分擔，一塊兒去面對，這樣大家反而是在這種工作的平等關係中，一起進步，一起成長。

第三，躲開一些在成事的道路上給女性設的坑。

第一個坑，自恃太高。在我的成長背景裏邊，無論是在北大、在協和、在之後的麥肯錫，我看到太多的女性，有可能是獨生子，有可能是天生性格強，上了很好的大學，進了很好的公司；背後總是有巨大的家長的期望、社會的期望，特別是自己對自己的期望；覺得自己無論是從天生的能量、天生的智慧、天生的情商，以及之後鍛鍊的一切，從外貌到內心，都無比強大，自己就是女皇。我承認，每個城堡都有一個女皇，但是如果自恃過高，你會發現自己周圍慢慢只剩下比你差的人；你會被自己的自恃太高限制住，周圍的人無一例外都願意誇你，但是他們都比你差。

這種自恃太高，在男性中反而相對少一點。因為男性如果這樣自恃太高，往往很容易被周圍人罵。但如果是一個女

性的話，她願意孤芳自賞，願意當女皇，就讓她當女皇吧，她願意當垂楊柳一姐，就讓她去當垂楊柳的一姐吧。

第二個坑，情緒化。情緒化有可能跟女性的激素相關，但這種情緒化產生的表象，是我自己爽第一，而不是成事第一。有時候，談事的時候，你發現對面坐的可能不是一個女性，而是一團情緒。在她講的時候，往往先要講一大堆跟這件事情無關的東西；她講這件事如何做、如何判斷、如何去操作，也是帶着一團重重的情緒去說。

人很難跟一團情緒去謀一件事。大家花這麼多的時間共同做事，我們能有的最大的共同目標，是把這個事情做成，而不是我需要來陪伴你這個情緒，然後哄着你、拍着你、慣着你，讓你的情緒變得越來越情緒化。不要成為一團情緒，要成為一個成事的機器。當然，並不是說成事的機器是好的，而是相比情緒化來講，有時候你要變得更硬一點，變得更機械一點，因為情緒最後產生不了任何東西。

第三個坑，太封閉。只認人，不認事，又是沒有把成事擱到第一位，而是把自己最喜歡、最愛、最感興趣、最信任的那個人當成第一位。如果是這個人的事，一切都好辦，如果不是這個人的事，甚麼事都不好辦，不能換個角度看問題，不能理解他人和他事。

像這種無論是自恃太高、太情緒化，還是太封閉、只認人，都會對女性在成事的過程中造成這樣那樣的傷害。

女性要成事，簡單來說，第一，女性要有信心，女性在

成事上比男性有更高的優勢；第二，女性要「不二」，先別把自己當女生，先把自己當成一個成事的修行者；第三，一定要避開一些特別常見的在成事過程中給女性挖的坑。

甚麼是好的上下級關係

　　人與人的相互滋養，比如上下級關係、導師和徒弟的關係。這些非常重要的關係，能陪伴你走很久。

　　大家平常的生活和工作中，有各種各樣的關係，而且各種關係中，一定有一些相對重要的。比如，在生活中，可能是愛情關係；在工作中，很有可能是上下級關係，或者導師和徒弟的關係。這兩種關係之間有甚麼差異？

　　生活中的愛情關係，有各種各樣的矛盾、極端。有人説，「好愛不為難」，好的愛是不讓對方為難，不給對方添麻煩，但另外一個極端説，「不為難，不是好愛」，如果不給對方添麻煩，不讓對方痛苦，怎麼能説明這是愛呢？在整個過程中，這兩個極端折射出的是各種人性的氾濫。

　　上下級關係也很複雜。最近有「前浪」「後浪」的各種説法，「後浪」把「前浪」拍在沙灘上，「前浪」總覺得「後浪」比他們差。我是 1971 年生人，就是 70 後。50 後、60 後往往有一塊挺大的缺陷，比如外文不好，或者管理理論缺乏，或者小時候有甚麼明顯的知識缺陷，而 70 後是沒有的。

第一，上下級關係類型。

我曾經想過，如果我坐在我的位置上，不用升半級或一級，一坐二十年。因為我的知識結構沒有任何的大缺陷，人品也看不出太多的缺陷。我就可以把70後、80後、90後……都給他們熬倒。後來一想，這也是一個極端。

所以，上下級關係，一個極端是相殺。你看不起我，我看不起你。我聽説有一類上級對待下級，基本談話是這樣的，先説我有多棒，@#￥%……&*，説半個小時，再説你有多差，￥@#&%*……。大意就是，你一輩子也趕不上我。最後還剩五分鐘，我們談談工作吧。

另一個極端是相愛。你好我好大家好，做人開心最重要了，只要開心，大家都好。從來不指出你工作上的缺陷在甚麼地方，你應該改善甚麼。

這兩個極端——相殺、相愛，在我經歷過的上下級關係裏都存在過。

比如，我有一個很好的領導，我在他身上學到了很多，他就屬於「棒喝型」的，基本上是以罵人為基調的管理。這個方式，我也看到了門徑，就是要找到缺陷，然後狠狠罵過去。

他看我，覺得我也像個人樣，基本知識結構也不缺，經驗也很好。他説：「雖然你做過十年諮詢，你自己開過車嗎，自己管過人嗎？你自己帶過團隊，拎着棒子往前衝過嗎？」我説：「我還真只是做管理顧問，真沒有帶大團隊往前衝過。」這樣在一瞬間就激發了我的鬥志。

當我帶着大團隊往前衝，做得還不錯時，他說：「你做過投資嗎？通過併購、兼併快速發展，你做過嗎？」我後來一想，我真沒做過，那咱再做做。每次他基本是罵着說的，但是我也能體會到這種管理、這種交流帶給我的成長，這種上下級關係給我的壓力以及動力。

　　另一種「春風化雨型」的領導，我就屬於這類。我不太會罵人，也捨不得罵人，罵人之後，自己會難受很久。但是，我認為成事是很重要的，如果不罵人，不指出別人前進中的問題，不指出需要改善的地方，我會覺得在做一件錯事，沒有盡到責任。這時候，我咬着牙，喝口酒，還是要把心裏話說出來，說你做的怎麼不對，為甚麼不對，等等。雖然，有時候沒控制住情緒，會有一點言語過激，不會帶罵人的詞語，但這種指責性的，哪怕是很有建設性的談話之後，我也會難受很久。所以我把自己定義為「春風化雨型」的領導風格。

　　「棒喝型」的、「春風化雨型」的，相殺的、相愛的，到底甚麼樣的上下級關係才是好的呢？

　　這麼多年，我總結出，好的上下級關係是一種長期滋養的上下級關係。長期滋養，就是你們會長期互相受益，會因為彼此的存在變得更好。短期，偶爾你們會吵，跟有些人會吵得多一點，跟有些人吵得少一點。但是長期，你會發現，不是為了吵而吵，不是為了突出自己有多好而去吵，而是為了彼此的成長。所以希望你找到好的、能夠長期滋養的上下級關係。

　　曾國藩說：「與人為善，取人為善之道，如大河水盛，

足以浸灌小河，小河水盛，亦足以浸灌大河」，人與人之間和善的相處之道，是甚麼樣子的呢？就像大河水多了，會灌到小河裏去，小河如果水多了，也反過來會浸灌到大河裏。

「無論為上為下，為師為弟，為長為幼，彼此以善相浸灌，則日見其益而不自知矣。」無論你是上級還是下級，導師還是徒弟，年長還是年幼，如果能彼此以善為基礎，互相滋潤、長期滋養，你們會慢慢地在不知不覺中變得更好。

在麥肯錫有一個非常重要的關係，叫「Mentor-Mentee」，翻譯成中文是「導師和徒弟」的關係。也就是，上級手把手、言傳身教地教下級怎麼做生意。

好的上下級關係，應該是「Mentor-Mentee」的關係，也就是好的導師和徒弟的關係。上級不只是領導下級，不只是讓下級去做事，而下級也不應該只是為了一份工作而討好上級。

第二，如何建立好的上下級關係？

總結我個人在麥肯錫和其他地方關於「Mentor-Mentee」的一些經歷和經驗，總共十點。

1．要有化學反應。

好的師徒關係能產生化學反應。甚麼叫「化學反應」？

首先從人的長相氣質來講，彼此要喜歡。李白有句詩叫：「相看兩不厭，唯有敬亭山。」你看他，他看你，彼此不相厭，甚至相互喜歡。其實跟長得好看，沒有絕對的關係。有的人，你看一眼，就想再看一眼；有的人，你看一眼之後，立刻把

眼神挪開。真正好的師徒關係，應該是「相看兩不厭」的。

其次是智慧。作為徒弟，會尊重導師的智慧，認為從他身上可以學到東西。同時，導師從徒弟身上，看到希望和潛力，認為再過幾年，這個徒弟會變成一個成事的人。

最後是師徒之間期待見面，見面的時候，幾乎有説不完的話，每次見面都有收穫。

如果彼此「相看兩不厭」，尊重各自的潛力和智慧，有説不完的話，每次都有收穫，那麼可以説你倆之間有「化學反應」。

2．要有儀式感。

好的師徒關係，要有一些儀式感。最好你們有一兩件都喜歡做的事，用這些事來構築你們的日常。

大家可以一塊兒做一個行業，也可以做跟生意無關的事。比如你們都愛跑步，可以找一個河邊，大家快走或慢跑；比如喝酒，可能你們酒量不一樣，但都喜歡一種微醺的感覺；比如都喜歡涮肉、看戲、逛古董店……

約定用甚麼樣的頻率一塊兒去做都喜歡的事。如果實在想不出共同喜歡的事是甚麼，那可以選吃飯，至少可以共同吃頓好的。

3．重交流質量，而不是數量。

師徒關係要重交流質量，而不是數量。我建議在現在環境裏，見面時放下手機，甚至不要拿出手機。如果你是徒弟，

很忙，那你的導師有可能更忙。好不容易見面，常看手機，那何必要見面。

我 1998 年從協和醫科大學畢業，現在有二十多年了。畢業之後，我的大學導師——郎景和院士和我只見過三面：一次在華潤大廈，一次在斯坦福開會，一次在協和醫院的書畫協會——我去做演講，他坐在台下聽我講。半輩子過去了，我和郎老師並沒有覺得陌生，除了「三觀」和做事的方式相近之外，我們見面交流的質量是一個特別重要的因素。我們見面的時候放下手機，把這兩三小時充份留給對方。這其實是提高交流質量的最好方式。

4．要有行動。

要有行動。不管是導師還是徒弟，不能總用話哄人。錢、資源、時間是真正的給予，反之亦然。你管對方要時間，他不能給你時間；你需要見面，他見不了你；你有需要幫忙的時候，他總是推延——那基本上構不成導師和徒弟的關係。

5．少些功利。

師徒關係如果時間長了，要少些功利。雖然可以做功利的事，但不見得所有的時候兩個人都要功利，不必每次都有議程，有些無用之用，其實比有用之用更管用。大家見面聊的時候，有可能就是隨緣去起伏，去侃侃大山，擺擺龍門陣。就像你去拜佛，不見得有具體的事要求佛，所以不見得每次見面都是需要導師幫助，有時候只是為了坐在一塊兒聊聊天。

6. 相互給予。

師徒關係是相互的。任何一方，導師也好，徒弟也好，不要太自我，認為別人為你做的事都是應該的。哪怕你美貌如花，哪怕你權傾天下，但是不要認為，別人為你做所有事都是應該的。

我在生活中也遇到過這樣的人。每次去見這樣的人，你考慮得非常周到，給他帶禮物，幫他做事情，等等。時間長了，你會覺得，我為甚麼要這樣做？哪怕你美如天仙，我又不追你，跟我有甚麼關係？哪怕你權傾望京，我又不在望京做事情，我為甚麼要見你？其實導師跟徒弟也是一樣的，要互相滋潤，互相為對方做一些事情。

作為徒弟，不要認為只有導師能幫徒弟，其實徒弟也可以為導師做很多事。比如，徒弟可以給導師做研究助理；在你熟悉而導師不熟悉的領域，給他一些真知灼見；幫他做一些他不喜歡做的雜事：買一兩本很難買到的書，一兩張很難訂到的票，安排一些相對瑣碎而對他來說又很重要的雜事，等等。

7. 不怕求人。

師徒關係，有一個小竅門是不要怕求人。向人尋求幫助是不會傷人的，相互幫助就更不會了。相互幫助不能算嚴格意義上的麻煩別人。

向人尋求幫助的過程是愉快的過程，給予的過程有時候

也是一種快樂。如果太客氣，那兩人之間的關係永遠停留在表面，永遠不會是大家在一起過日子、一起工作、一起面對這個世界。

比如，你不要怕彼此忙，而不提見面的要求。不要怕導師忙，等他不忙的時候再說。好的導師，永遠是忙的。比如，你作為徒弟要給導師你最棘手的問題，你說你現在遇上麻煩了。不見得他真的給你錢，給你時間，給你幫助，至少他能給你智慧，給你意見。你給他敞口問題（open question），他幫你做分析，不要只給決策和答案。

我曾經有過徒弟。他跟我說，要換甚麼樣的工作，已經做了甚麼大的決策。我提醒他，你在做決策之前，你問問我，跟我坐下來喝杯茶或喝杯酒，有可能咱倆想的是一樣的，但也有可能，我會讓你知道一些你想不到的東西。後來，他就養成了這個習慣，我們的關係比之前順很多。我覺得，我對他的滋養也大了很多。

8. 坦誠。

我曾經有個導師——TC，麥肯錫的一個資深合夥人。有一次，我們一塊兒做項目，開了一天的會。他說：「你把今天的會議總結一下，寫一頁的備忘錄和一頁的紀要。」這一頁紀要，會以他的名義發給客戶的總部，讓美國總部知道，我們討論了哪些相對重要的問題。我說，沒問題，TC，給我半個小時，我給你寫完。然後 TC 很平靜地跟我說：「你一個小時都不一定寫完。」我當時就不太開心，因為我內心一

直認為自己的筆頭很硬，應該寫得很快，最後發現我花了一個半小時才寫完。這雖然是一件非常小的事，但提醒我，不要過高地估計自己的能力，哪怕是在你最擅長的事情上，也不要用自己的預期去承諾別人。

我的另一個導師，前面提到的郎景和院士，他跟我說過一件事。在一次會上，他遇上一個少壯派的做婦科手術的醫生。這個醫生在講台上說，說他有多麼認真努力做手術，做過多少台手術，最大的成就是沒有下不來台過，也就是沒有任何一個病人死在台上。病人死在手術台上，對於外科大夫是一個沉痛的打擊，這就是真的下不來台。

我就問郎老師：「您當時是怎麼說的呢？」他說：「我跟這個手術做得很好的醫生說，你之所以沒有下不來台的時候，原因可能不是你有多強，而是你手術做得還太少。」我說：「您這麼坦誠？」他說：「如果不這麼坦誠，我就沒有盡到我作為導師的責任。我很踏實地說這句話，我可以心安了。」

9．正面反饋。

導師、徒弟，上級、下級，給彼此反饋的時候要正面。「正面」跟「坦誠」又不太一樣。我可以非常坦誠地罵你，非常坦誠地給你負能量，非常坦誠地「擊潰」你。但是這種坦誠的基礎是正面的，是為了對方好，為了對方的修行。正面反饋是給積極的反饋，這個「積極」不是誇，但一定不是負面的宣洩，不是為了說自己有多好、有多對，而是為了對方能進步。

麥肯錫的一個方法論，就是如何給正面的負反饋。如果你想給別人提意見的時候，用甚麼樣的方法最有建設性？

　　（1）我觀察到你說了甚麼話，做了甚麼事：一、二、三、四……

　　（2）因為你這麼做了，說了一、二、三、四……對我的影響是一、二、三、四……我哪裏不舒服了、不爽了。

　　（3）我觀察到你做的事情對我產生的影響，我給你的建議是一、二、三、四……正面地給出負面的反饋。

10. 不必太多。

　　好的師徒關係，以及好的上下級關係，不必太多。一個好，兩個好，三個也好，四個有點多了，一定不能超過五個。你一生中能有的好導師，超不過五個。同時，你能夠給對方滋養的徒弟、下級，其實也超不過五個。

　　我說的不是普通的上下級關係，而是真正長期滋養的關係。珍惜這樣的人，不要貪多，寧缺毋濫。

怎樣看待運氣

運氣，在少不更事的青年時期，我並不是太看重，更相信「筆補造化天無功」「人定勝天」。等年歲大了之後，特別是到虛歲半百，發現運氣很有可能是最重要的成功因素，就像詩裏說的——「運來天地皆同力，時去英雄不自由。」

信運氣，也要努力，不能停止做事。 曾國藩有一段話我比較推崇：「事會相薄，變化乘除」，運氣相搏擊，變化互消長。「吾嘗舉功業之成敗、名譽之優劣、文章之工拙，概以付之運氣一囊之中，久而彌自信其說之不可易也」，反反覆覆追求的功名、文章好壞，是不是很牛 X，都歸於運氣。將來能不能成、名大不大、文章好不好，這三件事其實對現在的男人也一樣重要。曾國藩越來越相信運氣。

接着，他話鋒一轉說：「然吾輩自盡之道，則當與彼囊也者，賭乾坤於俄頃，校殿最於錙銖。」自盡之道的意思不是自殺之道，而是我們自己能夠努力的方向是甚麼，不是說把名利、文章都扔到運氣中去嗎？那好，自己努力的方向，就跟這個運氣比一比誰勝誰負。他這句話帶着對運氣的尊重、敬畏和不忿。「終不令囊獨勝而吾獨敗」，相信運氣是很重要的，我也崇敬運氣、敬畏運氣，但是我努力了，做了我自

己該做的，我不相信這一輩子，運氣永遠勝出，我永遠失敗。這個「我」，包括我們，包括團隊，包括公司。

這是曾國藩對如何平衡運氣和努力最精闢的論點。一言以蔽之，就是怎麼看待運氣。

如何正確看待運氣有兩點：第一，事情成敗全靠運氣；第二，和運氣對賭。看似矛盾的兩點之間，大有深意。

事情成敗全靠運氣。那些不信運氣的人，要麼是自大甚至缺少智慧的傻人，要麼是壞人，把自己的運氣擋在身後，掖在心裏不告訴別人，自己到處去講自己的成功學，突出自己有多能幹，要小心這樣的人。

我在麥肯錫工作不到六年的時候，升成了合夥人。當時有一個合夥人大會，做了一項調查，關於合夥人的關鍵成功因素。是甚麼讓你在眾多頂尖的聰明人中殺出血路，升成合夥人？80% 的合夥人，把運氣當成第一成功要素，就是「我命好」。這些人都受過極其良好的教育，都很聰明，還非常努力，最後升成合夥人都不會認為自己的努力最重要，而把運氣放在第一位。這是我親眼見證的。

但是，全靠運氣不代表就要聽天由命，不意味着不做事。做事的實質是甚麼？是跟運氣去賭。

第一，做事才能進場，才可以談機會。

第二，做事才能增加勝面。不做事，會受運氣擺佈，運氣有可能今天給王五，明天給趙四，它眷顧的未必是你。但是你通過努力、通過修煉，能夠增加成事的勝面。

運氣是甲方，做事的人是乙方，只有一直和運氣對賭，

不離場，才有贏得運氣的機會。努力做事，就是努力爭取天上掉餡餅的概率。你做宅男，躺在床上打遊戲，床上有屋頂，即使餡餅紛紛墜落如落花，也是落到匆匆忙忙奔波的路人頭上，不會落到躺在床上的你的頭上。

古人總結的成功十大要素：「一命二運三風水，四積陰德五讀書，六名七相八敬神，九交貴人十養生」。前三個要素一點都不涉及個人努力。

第一個，命。命是甚麼？我的定義，命是 DNA。從生物學的角度來講，人生來從來沒有平等過，人的智商、情商、身體機能，在很大程度上出生的時候就已經決定了。後天努力有用，但是先天先於後天，先天大於後天，誇張點說，豬八戒再勤奮也變不成孫悟空，孫悟空再修行也變不成唐僧。

第二個，運，我的定義，運是時機，是老天給你的機會。白起、吳起等名將，如果生在太平盛世，只能開個養雞場和壽司料理，天天殺殺雞，宰宰魚；柳永、李賀，如果生在戰時，當個沒出息的列兵，很有可能在開小差的路上被抓回來。

第三個，風水，風水是位置。人 20 歲之前，如果在一個地方待過十年以上，這個地方就是他永遠的故鄉，味蕾、美感、表情、口音都已經被這個地方界定，之後很難改變。余華如果生在北京，寫不出那種陰濕寒冷的《在細雨中呼喊》。在北京除了賣貨，沒人呼喊，街道這麼寬，故宮這麼大，沒人內心憋屈到跑到雨裏去呼喊。馮唐如果生在浙江東部，寫不出《十八歲給我一個姑娘》，如果憋不住還是要寫，可能會寫出一本《十八歲給我一個寡婦》。

一命二運三風水，跟自己的努力都沒有任何關係。這些幾乎被天定的大事，涵蓋了一切，功名利祿甚至文章的好壞。從這個角度來看，立功、立名似乎都是看天吃飯。歷史上的很多昏君會説，不是他的錯，是天意如此。很多沒有成事的人，會怪時運不濟、遇人不淑等。現在也可以説，都是病毒害的，所以我一年廢了，未來也沒有甚麼機會了。

確實，依照人類天性，既然如此，那就把這些大事的成敗都交給命，命由天定跟自己無關，時間長了心安理得，實在是太舒服了，這是多數人的反應和做法。如果事情就到這兒，我們就不做任何的事了。但是，我們是要成事的人，是修行的人，要自我完善，增加自己的成功機會，我們不會躺在天命上束手就擒。這樣我們偶爾也能和天命搏一把，在一瞬間分出勝負，連續搏到生命盡頭，我想天命不會總勝，我們也不會總敗。

所以，成功十要素後面的幾點——四積陰德五讀書，六名七相八敬神，九交貴人十養生——這些都需要個人的努力。一定要記住的是：首先尊重運氣，相信運氣；其次尊重自己的努力。持續努力成事，不斷成事，不斷成大事，相信通過努力，好運氣會多眷顧你一點。

時時刻刻保持焦慮

在職場，如何時時刻刻保持着焦慮，又不讓自己的身心過份受摧殘？聽上去是一個挺擰巴的議題。焦慮是必要的，但焦慮是有負面因素的，如何用好、管理好焦慮，其實在職場上是一個重要的議題。

曾國藩說：「日中則昃，月盈則虧，故古詩『花未全開月未圓』之句，君子以為知道。」這句話是說，如果如日中天，這個日頭下一步就會缺損，如果月上中天，滿月之後也會虧損，所以好的狀態，並不是一直非常滿、非常好，而是「花未全開月未圓」。

為甚麼這種不滿的狀態，反而是特別好的狀態？曾國藩之後又這樣說：「自僕行軍以來，每介疑勝疑敗之際，戰兢恐懼，上下怵惕者，其後恆得大勝。」自從我開始帶兵打仗以後，每當我懷疑自己是不是能戰勝，覺得很恐懼、很擔心，出現這種狀態的時候，往往我能得勝。「或當志得意滿之候，狃於屢勝，將卒矜慢，其後常有意外之失。」與之相反，當我屢戰屢勝，覺得自己已經是常勝將軍了，自己跟我的團隊都非常驕傲，往往這個時候就會出現大敗。

曾國藩的秘籍都是所謂的家常話，我的作用是給大家指

出哪些家常話是真知灼見。這些真知灼見，如果你能身體力行，就會產生跟別人不一樣的效果，就能成就跟別人不一樣的事情。

我認為，最圓滿的人生狀態，不是得到一切，而是滿足現狀，滿足在路上。在整理《曾文正公嘉言鈔》的過程中，梁啟超通常不太會補充自己的看法，但是在這則下邊，梁啟超按捺不住補了一句：「處一切境遇皆如此，豈唯用兵？」意思是，曾國藩說的這個道理，適用於一切境遇，不只是用兵打仗。

想起我在協和學醫時，老教授們反覆強調的一點，是《詩經》裏的八個字──「如臨深淵，如履薄冰」。這種焦慮感，其實是成事人的助推劑。但設身處地想一想，如果一年三百六十五天，十年、二十年，甚至三十年，幾乎所有的時間都在「如臨深淵，如履薄冰」，你覺得這是很好的一輩子嗎？

「如臨深淵，如履薄冰」一輩子，想想都悲催。但只有長期「如臨深淵，如履薄冰」，才能抑制住自己走捷徑的衝動，才能讓這個世界變得更美好一點。

在曾國藩的這個觀點之後，補充四點。

第一，世界上沒有「容易」二字。

認為容易的，一定會敗得很容易。為甚麼我不能一勞永逸？為甚麼我不能認為容易？因為，無常是常。並且，世界上存在很多人，這些「很多人」，很有可能是你的競爭對手；

世界上每天還會產生很多新人，這些「新人」，也會是你的
競爭對手。

如果你認為自己可以躺在所謂的成功、所謂的護城河，
躺在這些巨大的優勢之上一勞永逸，就會發現自己的優勢在
快速消失。一定要記住，世上沒有「容易」兩字，如果想做
一生成事的修行，就不得不經常保持焦慮。

第二，成事，不是一直快樂的。

我想各位一定要清楚，其實成事是一個很艱辛的過程，
快樂、爽，只是一時的；相反，你應該長期感覺到的是，一
直焦慮，一瞬間牛X。

拿我自己舉例，我有快樂的時光，但多數是焦慮的。在
協和的時候，那些教授說，你要「如臨深淵，如履薄冰」，
把自己當成患者和死神之間最後一道防線，你要充份地去了
解這個世界上關於這種疾病的一切知識，等等。就在這種教
育下，我一直擔心自己是不是知道的足夠多，自己做得是不
是足夠好。

在麥肯錫，我們有一個不成文的說法，就是只有你夢見
在解決客戶的問題，只有你擔心客戶的問題比客戶擔心自己
的問題還多的時候，你才能成功，你才能成為一個合夥人。
所以在麥肯錫接近十年的時間裏，我一直是把客戶的痛苦當
成自己的痛苦，甚至當成比自己的痛苦更大的痛苦，把客戶
的管理問題當成自己日常中最重要的問題。在這麼一種憂患
意識下，這麼一種焦慮感的陪伴下，才沒有出太大的問題。

第三，如何長期有焦慮感，而沒有焦慮症？

焦慮感是不得不有的，是重要的，是某種成事的重要基石。但是這麼焦慮，這麼長期焦慮，怎麼能避免焦慮症？和大家分享一些我認為有效的措施，能讓焦慮感相對少一些，不太影響自己的身心和生活。

比如，扯脫。甚麼叫「扯脫」，怎麼扯脫？「扯脫」，就是把自己從自己焦慮的事情上拉開，像把一張皮和一塊肉撕開。怎麼做？跑步。三公里不夠，五公里，五公里不夠，十公里，跑得慢了不夠，跑得再快一點。當然，跑步有可能是有危險的一種活動，各位要做好相關的檢查，穿好相關的鞋，用好合適的姿勢，以及在跑步之前要做好放鬆，之後要做好拉伸，等等。

還有甚麼有效？喝酒。喝酒至少能讓我放鬆，吃喝嫖賭抽，坑蒙拐騙偷，這些事不敢幹，如果還能有點放鬆的方式，我想還是保留一點喝酒的習慣。不是酗酒，至少能夠喝一點，放鬆一下。

還有甚麼有效？讀讀雜書，和好朋友聊聊天，和家人喝喝酒。我媽儘管有千般不是，儘管我媽也覺得我有千般不是，但是我們倆至少還能分一瓶葡萄酒，這已經很幸運了。有這麼一個80歲的老母，還能跟我分一瓶葡萄酒，然後她罵罵我，我罵罵她，把酒分完，我已經很開心了。

還有甚麼有效？有很具體、哪怕很窄的一個愛好。比如，我的導師郎景和，他除了愛好做婦科手術之外，他還愛好書

道和收集鈴鐺。他的辦公室裏堆滿了各種各樣、世界各地的鈴鐺。他喜歡寫寫書法，我們會探討一下他寫的字、我寫的字，他會拽一張他寫的字給我，我會拽一張我寫的字給他，兩個人互相吹捧一下，焦慮症能稍稍好一點。

除了扯脱之外，另外一個我認為能夠避免焦慮症的方式，是樹立無我的三觀。

要把事情放在個人之前，放低自己，放大事情本身。我們立一個更宏偉的志向，立一個讓世界更美好的志向，便把這件事放在自己之前。如果説做事的過程中，永遠第一位想的是我、我、我、我、我，焦慮感容易越來越重。如果你把成事、把一個更高遠的目標擱在自己之前，你會發現，焦慮感相對容易控制在一定水平上。你會覺得，我盡我自己最大的努力，這件事成了固然好，不成，我也只能説我盡力了。無常是常，「無可奈何花落去，似曾相識燕歸來」，有這種無我的心態，焦慮感就不會有那麼重。

第四，盡一切可能，保持你的睡眠良好。

小時候一直認為睡眠是一種浪費。一個人，一輩子，每天要睡五六個小時，一輩子很可能三分之一的時間是在睡眠中度過的。但是後來我發現睡眠其實不是浪費。

雖然我們不知道睡眠背後到底是甚麼樣的科學基礎，但是睡眠很有可能在幫我們消化、分析、清除信息。一些有用的信息，它會重新組織；一些沒用的信息，它會打掃乾淨；一些負面的情緒、負面的能量，它會相對消除。我經常問一

個人，你睡覺睡得好不好？如果他睡覺還好，基本上他心理不會有太大的問題；如果睡覺不好，那就應該提出非常明確的警示。

至於如何把睡眠搞好，這又是一個挺大的議題，但是請各位注意自己的睡眠質量。從我自己來看，做了這麼多年管理工作，哪怕白天有再大的煩心事，我晚上出現失眠的情況，一年不會多於兩次。在這麼繁重的工作和寫作過程中，能保持相對好的精神狀態，睡眠幫了我大忙，希望我的睡眠在未來的十年到二十年，依舊保持一個好的狀態。

最後的最後，如果已經臨床被診斷有焦慮症了，希望各位不要諱疾忌醫。不要怕去看醫生，哪怕是心理和精神科的醫生，如果你有忌諱，去看看神經內科也是 OK 的。過去三年，我每年都去在舊金山舉辦的世界醫療大會，非常明顯地看到，除了現在已經證明有很好療效的一些藥，已經有十幾種、二十幾種跟精神相關的藥在研發當中。所以希望各位，如果真的覺得焦慮感已經自己不能控制，已經對自己的情緒和生活產生了重大的影響，那還是要去看看醫生，吃一點藥。

焦慮感是成事、持續成事、持續成大事所必需的。但需要管理好焦慮感，不要讓它嚴重到成為焦慮症。

在模糊中接近精確

　　如何管理模糊？這是一個很有意思的議題，也是一個很有意思的角度。

　　管理，大家說，不就是把事從頭做到尾嗎？不就是管管自己，分解、管管項目，大家分分活兒、把事兒幹了，看上去是非常容易的。它不是天體物理，不是固體力學，不是天氣預測，看上去沒有甚麼難的。

　　坦白說，我在麥肯錫工作期間，除了極個別的一兩個項目，那十年幾乎沒有用過超出小學四則運算應用題的數學知識。當然有些模型，我做Associate（合夥人）、做顧問的時候，自己做過。但管理中的難度到底在哪兒，管理人才為甚麼稀缺，一個核心原因：「一切皆模糊。」

第一，一切皆模糊。

　　甚麼叫「一切皆模糊」？

　　從你自己開始，你自己就不是一個完全定型的人。在事業剛開始的時候，你可能充滿鬥志，想把這事幹了。幹成了，打了一次勝仗，又打了兩三次，你可能變成另外一個人，開始輕敵、自信、自滿了，認為自己一切都可以幹了。而打了

兩三次敗仗，你又會發現自己喪失了信心，開始手足無措，不知道怎麼辦、怎麼跟別人打交道。

因為情況的變化，你自己有可能產生翻天覆地的變化。那你怎麼用比較快的時間，在非常有限的幾個候選人裏面，挑出最適合做某件事的人。這需要很多的經驗和直覺。

另外，你的團隊也可能會發生變化。開始跟你一塊兒吃苦的人，將來不一定能跟你享受成功的快樂，他說，小富即安，我們已經把仗打了，已經把望京都「佔」了，望京的啤酒攤兒都歸我們了；我們收入也不錯，可以回家抱抱老婆孩子，可以過餘生了；我幹嗎不在望京好好待着，望京之外，我還要去東京？

再者，事情也可能是模糊的。你在望京能行得通的方式，放到東京，很可能就行不通了。語言不一樣了，人的處事方法可能也不一樣了。比如，如何開好一家咖啡店？很多人以為，我會喝咖啡，我愛喝咖啡，又有其他潛在的客戶想喝咖啡，我就能開一家好的咖啡店。一定不是這樣的。

知人很難，曉事也很難，把人和事配在一起，也是一件很難的事。不對的人，擱到對的事上，會出錯；對的人，擱到不對的事上，也會出錯；你只有把對的人，擱到對的事上，這件事才有可能做成，這個人才有可能成長。

如果事不是一個人做。有些人做得好，有人做得差，但做得好的人，可能是道德低下的人，做得差的人，可能是道德感很強、非常有職業感的人。這些人怎麼權衡，怎麼取捨？其實一旦到現實生活中，管理就會變得非常麻煩。麻煩的起點，也是好玩的起點，即它的模糊性。

第二，如何處理模糊性？

如何在一個模糊的管理世界裏，處理好模糊性？我用一個框架來聊聊這個事情——華潤成功五要素。

我在華潤負責過整個集團的戰略。這個集團有二十幾個一級利潤中心，一級利潤中心就是從事的不同行業。非常難講華潤是做甚麼的，但很好講華潤不做甚麼。華潤不做軍火、娛樂，其他的，我幾乎想不到它不做甚麼，從水泥、電力到住宅，從零售啤酒到水，它都做。我們是如何管理這些複雜的行業的？如何在這麼多的行業裏邊，差不多都能做到行業前三？一個重要的商業模型，就是華潤成功五要素。

1. 選一個好的 CEO，好的一把手；

2. 為他配一個能夠跟他共同工作，又能跟他形成互補的核心團隊；

3. CEO、團隊、相關人員一起制定出一個制勝的、扎實的戰略；

4. 確定戰略激勵方案；

5. 在戰略執行過程中，建立防火牆、護城河，建立這個機構本身特有的競爭力。

這是一個在很多領域都實用的成功五要素。

這五要素中，第一個，也是最重要的，是選一個好的 CEO，而選一個好的 CEO，太難了。

不能光看教育背景，很多人都上過好大學，很多笨得不能再笨的人都出自特別好的大學；不能看他在大公司工作過，

大公司也培養出只會説話、不會幹事的人。那具體怎麼選人呢？看幾件事：

1．腦子。

看他是否有結構化思維。你有一媽，我也有一媽，我媽看上去很有思想，很有腦子，但是你聽她説十分鐘話，你在這十分鐘話裏完全聽不到結構。但適合做 CEO 的人，他的思維是結構化的，這種結構化的思維能夠幫助他處理模糊性。

2．看他有沒有嘴。

有腦子，是能不能結構化地把事想明白；有嘴，是能不能結構化地把事説清楚。1、2、3……，1 再分 1A、1B、1C……不重不漏，符合金字塔原則，把事説清楚。

3．判斷。

能夠在多數情況下，在模糊的商業環境中，在東一嘴、西一嘴，你團隊有不同意見的情況下，能夠做出基本符合常識的正確判斷。有常識，聽上去簡單，實際上沒那麼容易。

我也見過挺多的人，包括特別熟悉的幾個朋友，腦子看上去很好使，非常結構化思維，也能説，説得頭頭是道，非常有條理，但如果你信了他的結論，你兩三年就荒廢了。

我有兩個出版家朋友，其中一個出版家，曾經在 2009 年跟我語重心長地講，馮唐啊，我勸你多寫短篇小説，雖然你長篇已經出了幾個了——那時候我《不二》已經寫得

七七八八，已經出了「北京三部曲」。他說，重點突破一下短篇小說，雜文、長篇先放一放；現在的人閱讀時間越來越短，讀長篇小說越來越少，都去讀短篇小說了；短篇小說是未來的趨勢，會越賣越多。

我聽了，但是又沒全聽，幸虧我沒全聽。我聽了他的話，寫了短篇小說集《安陽》，其中的確有兩部短篇賣了電影、電視改編權，但是幸虧沒有全聽他的話。因為我當時心裏篤定地認為，作為一個文學家，長篇小說是顛撲不破的基石，是所謂的能壓箱底兒、能壓棺材底兒的東西，其實現在看來也是的。縱觀古今中外文學史，真靠短篇小說成名成家的寥寥無幾，過去有契訶夫，莫泊桑、歐亨利，近代有博爾赫斯，但是這些都屬於鳳毛麟角。想把短篇小說集賣好非常難。

其實我們耳熟能詳的幾個作家，我一直渴望看到他們的長篇，比如王小波，可惜他只有三個中篇，太遺憾了。這幾個中篇，因為篇幅小，沒有足夠的力量能夠把一個問題、一個斷面、一個時代、一個困境講透。

如果你想走文學之路，短篇小說可以作為相對次要的愛好。至少在前期，在你長篇小說賣好之前，最好不要走這條路。這就是我說的「判斷」。

4．長相。

我不得不說，挑長相是有一點欺負人，但按長相來評判這件事是對的，唐朝的時候選官，就要選長相。

為甚麼要挑長相？長相不只是說臉，而且是說整體給人的

感覺。一個整體讓人覺得長相好的人，無論男生、女生，他／她成功的概率要高、得到的機會要多。在你特別忙的時候，一個長相特別好的男生或女生，約你吃個飯，和一個長得像豬八戒或豬八戒他二姨的人，請你吃個飯，你覺得你跟誰吃飯的概率會大一些，一定是長相好的那個人概率會大一些。

「長相是成功的加分項」，雖然很多人討厭這句話，但在管理、實踐中，挑個長得好的 CEO，會讓業務變得容易一些。

選好了人，之後這個 CEO 的模糊性怎麼辦？怎麼用這個 CEO？怎麼培育以及怎麼挽留這個 CEO？

有個詞——「業績管理（Performance Management）」，不管你是張三李四，不管你是黑貓白貓，不管你用甚麼樣的方法手段，前提是方法手段合情、合理、合法，不能違法、違背人情、違反道德，在這種情況下，能把事做成，就是業績管理。通過業績管理，看他能不能做成事來決定：一、是不是繼續用他；二、給他補充甚麼樣的培訓、培養；三、要不要留他，是要升他，還是降他，還是讓他繼續做現在的事。

選、用、育、留，是對 CEO、一把手的模糊性進行管理的最佳手段。

選人，特別是選一把手，其實風險很大。你選了之後，意味着你要信任、輔助他，之後幾年，你要交給他團隊，不僅是核心團隊，還有跟着核心團隊的幾百、上千甚至幾萬人。

我離開華潤之後，在中信做投資。我們討論，甚麼最重要？投資到底投的是誰？發現說來說去，投的還是一把手這個

人，特別是在一個發展中的經濟體，一把手選對了，其他的都相對好解決，一把手選錯了，其他的你用再大的力氣，解決的都是夾生的，總好像隔了一層，隔的這層就是這個一把手。

　　華潤成功五要素中的第一點，也是最重要的一點：是如何在模糊的環境裏選好一個CEO。一個好的CEO要具備：結構化思維的腦子，結構化清晰表達的嘴，常識很好的判斷，以及長相。

　　華潤成功五要素的第二個，選出了一個CEO，怎麼給他配團隊？

　　關於團隊，關鍵是：一、能跟CEO一塊兒工作，不能見面就掐；二、能力上跟CEO互補。

　　比如，CEO善於跟人打交道，善於做判斷，那他有可能對細節的把握相對欠缺，對周圍人的照顧可能有問題，可能脾氣大，沒有耐心跟做具體業務的人仔細交流；那麼就需要給他配一個做實事的、耐心細緻一點的人來輔助他。如果CEO擅長戰略、具體運營，那可以給他配一個財務、法務概念好的。最忌諱的是把兩個能力、年資、背景、學歷，特點都類似的人擱在一起，這幾乎是引向悲劇的菜譜。

　　華潤成功五要素的第三個，制訂一個制勝的戰略規劃。如何在戰略規劃中處理模糊性？簡單來說，要有一個動態的觀點。制訂商業計劃的第一步，是根據過去五到十年以及現在的情況，來確定未來主要的戰略方向和舉措。

　　你要問自己幾個問題：未來五年、十年市場會有甚麼巨大變化？你的競爭對手可能有甚麼最重要的變化？在你從事

的領域，科技會有甚麼樣的重大變化？你的行業的商業模式可能有哪些最重要的變化？把這些變化考慮進去。

這四個主要變化，就是讓「大行業」「泛行業」產生巨大改變的事情。

在這個基礎上，再問自己幾個問題：如果出現這些變化，你有甚麼樣的應對策略，需要甚麼樣的能力？這些能力，你現在的團隊具備不具備？如果不具備，你在甚麼地方可以找到，甚麼時間去補充？就用這種相對動態的、結構化的思維，來彌補經典戰略規劃通常出現的僵化問題。

華潤成功五要素的第四個，激勵。光拿理想激勵人，可能能激勵一部份人，但不一定能激勵所有人；可以激勵一部份人一時，但不能激勵這部份人一輩子。所以還要制訂一個激勵計劃。

制訂一個好的激勵計劃，還有很多技術細節需要評估、考慮，這裏就不展開了。針對模糊性，強調兩點：

1. 一定要有激勵性，不能吃大鍋飯。

年終獎，經常領的是「相對平均獎」，這人可能拿了兩萬二元，那人可能拿了兩萬一元，其他人可能拿了一萬八元、一萬九元，這不叫激勵計劃。激勵計劃就一定獎到有些人會笑，有些人會哭，至少在心裏哭，這才有激勵性。

2. 激勵要跟戰略掛鈎，要公平。

制勝的戰略計劃定了，如果不跟激勵計劃連在一起，是

沒有用的，是沒有牙齒的。原來我在華潤戰略部管戰略規劃，也管戰略激勵，戰略激勵是將來整個團隊以及團隊的核心人員需要進行多少中長期激勵，三年之後讓他們能拿到多少獎金，這個計算的方式方法，由我的團隊來定。至於最後怎麼結算這個錢，由人力資源部定。這是我們當時管理的創建。否則，很有可能出現戰略是戰略，執行是執行，激勵是激勵，這是我們想避免的。

華潤成功五要素的第五個，在戰略實施的過程中，逐漸建立團隊的核心競爭力。核心競爭力，是在多個重要運行流程和管理流程上的核心點。

比如，核心能力可以是新品開發能力，可以是整合營銷能力，非常清楚如何把一個新品牌用最少的錢、最短的時間、最小的力氣（所謂最小，可能都不一定小）推向市場；可以是培訓能力，在保險行業需要大量、長期地培訓新的保險銷售人員（因為這個行業流失很大）。剛才所提到的，我可以列出一百項，都有可能是你團隊的核心競爭力。

有一點一定要警醒，個人能力並不等於組織能力。「護城河」「核心競爭力」「防火牆」都是指組織競爭力，是組織最閃爍的三四個核心能力。為甚麼是組織競爭力？就是組織缺了一兩個人——別人給翻倍工資，走了——組織核心競爭力並沒有受到顛覆性的影響。如果離開一個人，核心競爭力就沒了，那這個組織就是不穩定、有風險的。

如何成功轉型

企業如何平穩度過轉型期？當下面對互聯網、人工智能等的衝擊，很多企業尤其是傳統企業，不得不變革轉型，否則就一定會被淘汰。但對多數傳統企業來說，面對新技術排山倒海式的碾壓，很容易自亂陣腳。面對這種逃無可逃的處境，企業應該如何找到轉型關鍵的切入口，又將如何平穩度過轉型期？

我之前講過戰略管理，自己又是名正言順、貨真價實的戰略管理專家，但是一直缺一些更具體的例子來翔實地談論戰略問題，下面用傳統戰略管理的理論來淺談一下轉型管理。

第一，設定戰略。

無論你是新企業，作為一個攻擊者，還是傳統企業，作為一個防守者，都需要一個好的制勝戰略。

如何用傳統戰略管理理論來思考傳統企業的防守戰略？四個步驟。

1. 明確何處競爭，where to compete。

男怕入錯行，女怕嫁錯郎，一個企業最重要的是選對在

何處競爭。這個何處競爭又有兩小步需要仔細考量。

（1）細分市場。你面對的市場到底可以細分為多少個小市場，不要太瑣碎，也別太簡單。從兩到三個維度細分，得出最好不少於 5 個，不超過 20 個的細分市場。用甚麼維度來分？比如可以按等級分高檔、中檔、低檔；比如按地理區域分，中國的、國際的，城市市場、農村市場，等等；比如按消費場景來分，啤酒有現飲市場，像在餐廳、酒吧、KTV，還有超市、電商市場，等等。細分市場最好能做到不重不漏，你分出的若干個市場，合在一起就是市場的全貌，彼此之間又沒有重疊。

（2）細分市場已經分好，接着要沿着兩個維度確定哪塊細分市場應該去競爭，一個維度是市場吸引力，一個維度是企業競爭力。這些細分市場的市場吸引力有多大、有多小？針對這些細分市場，你企業的競爭力是大是小？畫一個 X 軸，一個 Y 軸，X 軸是市場吸引力，Y 軸是你自身企業的競爭力。

市場吸引力又可以分下一級的指標，比如市場大小、利潤率、競爭情況等。針對不同的市場，實際上市場吸引力的指標也有不一樣的地方。

怎麼來判定企業競爭力？企業競爭力也可以用一些二級指標來看。比如研發能力、生產能力、銷售能力、市場營銷能力、渠道掌控力等。也可以看企業規模大小、盈利水平、核心資源的擁有。企業競爭力也是根據不同市場細分而重新定制。市場吸引力、企業競爭力，沿着這兩個維度去看哪一些市場細分是你應該去把握住的，應該去積極爭取的。

在決定如何競爭時，有兩個非常容易忽略的地方。

一是要動態看。除了要看現在，看過去，還要看到未來，未來有沒有可能出現顛覆性的變化。

舉一個例子，手機攝影、攝像能力，編輯能力越來越強，會不會對便攜式電子相機造成摧毀式的影響？很有可能。15年前，做電子相機的戰略，那個時候如果你不能預估到智能手機的湧現以及智能手機的攝影能力，很有可能你的戰略做的是錯的，你把重點放在便攜式電子相機上，這樣就會造成戰略上的錯誤。在決定何處競爭這一點上，要考慮動態。不僅看現在，還要看未來，特別是未來有哪些顛覆性的變化。這些變化包括技術上的變化，還包括社會環境的變化。比如新冠病毒。

二是企業競爭力也是可以改變的。企業競爭力的短板，可以通過招聘、培訓、在職鍛鍊補上。如果某個細分市場，它的市場吸引力足夠大，你還可以調兵遣將，還可以在市場上抓一些人才，幫助你去特別有吸引力的細分市場競爭。

我強調一點，不要喪失信心，傳統企業並不是完全沒有優勢。現在電商很火，網上帶貨很火，是不是地面店就沒有用處了？是不是地面店選址這種能力就完全跟社會脫節呢？不是，蘋果在選地面店，麥當勞、星巴克也在選地面店。他們喜歡地面店有廣告作用、展示作用。如果地面店選址、條件談得很好，比如排他性、租金，比如相關條件，即減即免等。如果你的團隊、公司有很強的地面選址、裝修運營能力，其實在現在電子化互聯網化的時代反而是一種優勢。

2．如何競爭？

傳統企業在互聯網和人工智能的衝擊下，如何防守，如何競爭？説得更具體一點就是商業模式，從頭到尾如何把產品和服務遞交到用戶手裏。哪些自己做？哪些外包？用戶如何知道你的產品和服務？怎麼打廣告？怎麼挖掘用戶？用戶在哪裏？他們是誰？用戶為甚麼會覺得你的產品或服務值得？如何吸引新用戶？如何留住這些用戶？如何讓他們的購買頻率加大？如何讓他們購買一些除了核心產品之外的衍生品？四個核心詞：拉新、留存、提頻、裂變。這一系列的問題，你都要問自己，跟自己的團隊想清楚，説明白，落在紙上。

特別要注意的是在大變革的時候，有重大的技術突破或大逆境，你需要做新業務，需要打碎原有的商業模式，要用全新的商業模式的時候，不要讓老人領導新人，要給新人足夠的決策權、足夠的資源。在變革期，在傳統企業防守期、試圖平穩過渡的時候，最常見的錯誤就是讓老人領導新人。官大的領導官小的，老人領導新人，有經驗領導沒經驗的。但問題來了，老人雖然對公司熟悉，對過去的業務熟悉，但是很有可能他面對新的技術衝擊、新的商業模式，他不如新人會打勝仗，會打新的戰爭。在這種時候，你因為老人的資歷、級別，自然地讓老人去領導新人，那麼新人對於新業務的衝勁和理解，對於新的商業模式的把握，都會給老人造成很大的挑戰，十有八九老人不會聽新人的建議，而且新人在和老人做建議和交流的過程中，會消耗很多的管理精力和時

間，所以面對新的技術、商業模式的衝擊，大膽起用新人，給他足夠的政策、足夠的資源、足夠的決策權，才能殺出一條血路。

3．何時競爭？

不要同時做一切該做的事，飯要一口一口吃，事要一件一件做，或幾件幾件做，不要眉毛鬍子一把抓。定好行動計劃，誰甚麼時候做甚麼事，需要甚麼樣的資源，需要甚麼樣的配合，最後他有甚麼樣的遞交物，列出行動計劃。尤其是知道誰負責甚麼事，負責在甚麼時間遞交甚麼最終結果。因為你需要知道如果事情做成了，獎勵誰。如果事情沒做成，板子打誰。

以上看似簡單，但仔細想想，我們開的會，制訂的計劃，到最後開始幹的時候，有多少人清楚，如果幹成了，誰應該得甚麼樣的功勞？如果沒幹成，板子應該打誰？一個好的戰略、好的商業模式，往往因為責、權、利不清，造成推不動，最後痛失好局。

如果想要守住價值、轉型成功，還得計算一下資源投入，以及業務、財務回報。

在確定資源投入，業務、財務回報預測的時候，需要注意的是，不要賭博。在商場，我沒有見過賭贏的，只見過靠戰略制定和戰略執行贏的。算準如何能贏，然後執行，最後取得勝利。即使這樣都可能輸，何況瞎蒙。有人說我瞎蒙蒙對了，即使你蒙對一次，下一次蒙對的可能性依舊很小，連

續的小概率好事是不可能持續發生的。

　　另一個需要注意的，在資源投入和財務回報預測上，不要撒胡椒麵。不要有照顧的心，不要一碗水端平，要突出戰略重點。如果撒胡椒麵，一碗水端平，根本就不需要做戰略。比如，你有七個副總，你給每人二千萬元讓他去幹，這種撒胡椒麵、照顧人的心態，又是戰略管理裏邊一個大忌。商場如戰場，不要照顧情面，這是輸贏問題，生死問題，成事與不成事的問題。

第二，戰略執行。

　　戰略制定好了，下邊就是戰略執行。戰略執行跟戰略制定不太一樣的地方，是戰略執行的變化要更多，這裏無法用一套東西來概括所有的戰略執行，但戰略執行上要注意三點。

1．戰略篤定性，戰略不能總變。

　　我見過戰略中等偏上，但是執行堅決，這個仗打贏了，但我從來沒見過，三天兩頭換戰略能贏的。比如我今天想寫短篇，明天想寫中篇，後天想寫長篇，這麼折騰幾天之後、幾年之後，我成為一個小說大家，不可能。比如餐廳，今天做粵菜，下月做魯菜，再下月做淮揚菜，這麼折騰三年之後，成為米芝蓮三星餐廳，不可能。並不是說過程中不能商量，每天、每週、每月結束之後，大家一定要坐下來商量，復盤，但戰略確定後，過程中商量最多的應該是戰術問題，而不是重新修訂戰略問題。

曾國藩説：「用功譬若掘井，與其多掘數井而皆不及泉，何若老守一井，力求及泉而用之不竭乎？」講的就是戰略篤定。在這個世界，有才華、有技術突破的公司畢竟是少數，我們大家只有用功，老守一井埋頭往下挖，才能自己養活自己，不給別人添麻煩，這是安身立命的基礎。

曾國藩還有一句：「心欲其定，氣欲其定，神欲其定，體欲其定。」一言以蔽之，安定，別浮躁，別東張西望，別一心三用。心浮、氣浮、神浮、體浮的時候，別玩手機了，別心慌了，別打電子遊戲了。躲進圖書館、健身房、山林或者基地，這些外圍環境能幫你靜靜。簡單地説，在有衝動亂改戰略的時候，請管住自己，這樣對團隊的好處要遠遠大於壞處。這也是你當 CEO 的重要責任，就是篤定，在別人慌的時候你不慌，在別人想要退卻的時候你不退卻，你有戰略篤定性，你有這份信心。

2．先求穩當，次求變化。

先以運營現金流為正、為首要目的，先養活自己，再求發展。曾國藩説：「打仗不慌不忙，先求穩當，次求變化，辦事無聲無臭，既要精當，又要簡捷。」這是一副對聯，是給老吏斷獄的經驗之談。上聯説是做事的次序，先求穩當，次求變化，下聯是做事的手法，既要精幹，又要簡潔。做事的次序和手法都不能錯，鬧鬧哄哄耍心眼，走捷徑的，總求熱鬧，總求自己的光環，總想閃爍的，這些人都是不能長久成事的人，長久成事的人都是不慌不忙、穩穩當當、無聲無

息，把事幹好的。戰略不能老變，戰略執行先求穩當。

3. 戰略執行的時候，要做結果管理，獎勤罰懶，獎優罰劣。

　　業績不向辛苦低頭，辛苦是很正常的。價值觀不向業績低頭，業績好當然要獎勵。但是得業績的過程中，如果不能遵守達成一致的價值觀，也不能獎勵，甚至還要受罰。如果破壞了誠信，吃喝嫖賭抽，坑蒙拐騙偷，拿了再好的業績，價值觀如果不對，也不能容。

知可為，知不可為

天命重要，但很少有人系統地講過，我勉為其難，試講三點。

第一，有沒有天命？

我的答案是：有天命。

比如，赤壁之戰，周瑜萬事俱備，只欠東風。在那個時代的科學條件下，沒有嚴格的統計，天變來變去，天命對於一場戰爭就非常重要。

比如，新冠病毒。哪怕極其聰明、有遠見、關心國家、人民、地球命運的人，也很難預料到新冠病毒；那麼多做戰略的人，包括我，也很少能想到半年後病毒會是甚麼樣子；再往後想，病毒會不會徹底改變人類命運？人們會有些猜想，但是猜想到最後還是要看天命。

例子其實比比皆是，再比如，AI。誰的工作會被 AI 奪去，甚麼時候、用甚麼方式奪去？在 AI 之下，國家、民族、宗教、政治、經濟會有甚麼樣的變化？天命又在過程起到相當重要的作用。

具體到人，有所謂的成功十要素：「一命二運三風水，

四積陰德五讀書，六名七相八敬神，九交貴人十養生。」第一談的就是「命」，我的理解就是「天命」。你生下來，你父母基因的重新組合，已經決定了你全部基因的構成，這些基因構成在你未來的成長環境裏起到的作用，甚至大於我們願意想像的程度。隨着科學的發展，人們發現一出生有很多事情已經被決定，只是我們並沒有不知道，哪些東西決定了哪些東西。

我管理的醫院裏，曾有一個腦科，處理過很多癲癇病人。有些病人就是喜歡拿腦袋往牆上撞，醫生不得不給他們戴一個巨大的頭盔，在頭盔裏再包上很多軟布、海綿、棉花，怕他撞牆的時候把頭撞壞。以頭撞牆，真的完全是後天造成的嗎？足夠的科學研究證明，這些精神表現其實是有基因基礎的。這些基因基礎在很大程度上就是某種天命，你父母決定不了，你也決定不了，是人為控制不了的東西共同決定了基因的組合，這種基因組合的形成就有很重的天命成份在，至少我這麼認為。

第二，人力的作用是甚麼？

用盡天命，替老天用盡自己這塊材料，在這一過程中，盡量不給別人添麻煩，讓世界變得更美好一點。

1. 無常是常，諸法無我，我們個體是渺小的，我們控制不了那麼多跟我們相關的力量。

比如，如果我能預知明天任何一隻股票的走勢，那我甚麼都不用幹了，可是我做不到；比如，有了天氣預報，我可

以知道明天的天氣，但是我能改變明天的天氣嗎？再往後説，國運、地球運、宇宙運，作為渺小的個體，更是控制不了。再往自身看，誰能真正控制自己的血壓、血糖、心跳、血脂，甚至體重？我們經過長期的努力，不借助藥物，或許勉強能控制體重，控制血壓、血糖、血脂，但是從大範圍看，我們是非常無助的，生老病死，能做的有限。

2. 在天命之下「我」是渺小的，但是「我」也是力量的一種，「我」的力量越大，我在天命中的成份也越大。

比如，我可以控制我今天晚上的睡眠，從控制今天晚上的睡眠，延伸到控制一個禮拜、一個月的睡眠，時間長了，我對睡眠質量的控制能力可能越來越強。再比如，我試圖控制體重，管住我的嘴，邁開我的腿。在很具體的、我可控的事情上，我的力量佔天命力量的比例要非常大。

3. 在有些情況下似乎可控的東西並不多，但是一個人的能力有可能是核能量。

某些時候我看自己努力去做的一些事情，是過去幾十年沒有人做過的。舉幾個小例子。

比如，《不二》。我把《不二》當成送給自己 40 歲的生日禮物，在 40 歲生日之前的三年，拼了命地用酒後的、假期、一切可以擠出來的時間，在每週八十個小時的繁重工作下，把《不二》這本小説寫完。

比如，「春風十里不如你」。這有可能是 21 世紀最知名的一句漢語詩，有可能是最知名的一句地球詩。

比如，工作。我通過一些個人努力，抱着試試看的心情，

第四篇 知智慧

是我讀的那所商學院裏第一個進麥肯錫的人，是在麥肯錫第一個升合夥人的中國醫生。

……

我有時候在想，一個人這麼渺小，在大環境下可控力非常低，但如果認準一件事，算準一個有可能的概率，然後撲上去，往死裏去努力，有可能天命就跟着你往前走一陣，甚至能讓你個人渺小的能力，放大成核能。

第三，管理天命。

1. **知道自己**。這像句廢話，但知道自己是不容易的。如果你想知道自己的潛力，要從不自信開始，不裝、不騙、不走捷徑。如果不是金城武，就不要總暗示自己帥得像金城武一樣，只是被埋沒了而已；如果不是周潤發，就不要總暗示自己風流倜儻像周潤發，只是被埋沒了而已。

除了不騙自己，還有甚麼辦法知道自己？進世界最好的大學，見你感興趣的領域最強的導師，讀領域裏最好的文章，看到自己和最高智慧之間的差距。有可能你説，我看了，沒差距。那恭喜你，你就是這方面的天才。

再説一些小訣竅。

不知道自己在哪方面潛力最大，怎麼辦？「廣種薄收」，各方面都試一試，樂器、美術、毛筆字、文學、高等數學等你都試一試。一個非常實用的叫「三口原則」，喜歡不喜歡，吃三口。很多東西，哪怕你有天賦，第一次吃你不見得覺得甜，吃三口，還覺得沒意思，放棄。

2. **盡自己的潛力，掘井及泉，不要輕易放棄。**發現自己在某方面似乎比多數人要強，比到底是比 95% 的人強，比99% 的人強，還是比 99.999% 的人強？不知道，那就不高看自己，也不低看自己，仗，一場一場打，事，一件一件成。盡自己的潛力，掘井及泉，不要輕易放棄。

3. **不要欺負天命，不要賭命，特別是不要拉着別人賭命。**

我周圍一些好兄弟最後出現的問題是：他非常知道自己，而且非常努力地盡了潛力，天命對他的確是太好了，讓他的成功大於他的潛力，也就是，命好。問題來了，他不認為有如此的成就是因為命好，他認為人定勝天。他再去渴望更大的天命，突然發現對自己的判斷失去了平衡，他在駕馭自己駕馭不了的場面，開一輛自己駕馭不了的車。把自己的命，甚至周圍人的命賭上，會出現慘敗。

必須聲明，上述只是我作為一個成事修煉者的三觀。

天命，是一條大河，如果不想成事，找最省力、簡單的方式活着，一點兒錯也沒有。我身邊也有這樣的朋友，一輩子很少甚至從來不工作，吃、喝、睡，簡單、快樂，有錯嗎？沒有。他們是不是真快樂？也不一定。月明星稀，午夜之後醒來，看着天空，並不是所有人都能夠體會和享受最簡單的快樂。成事，不見得適用於所有人，但是不成事，找最省力、最簡單的方式活着，也不見得適用所有人。

多數時候，盡人力，天命隨，但是大勢有時候還是不受個人意志轉移的。大勢如果不讓你做，儘管你終於有了某種

第四篇 知智慧

極其少見的能力，儘管你放下了一切個人得失，就是想把這件事辦成，你還是辦不了。甚至你個人的健康——「出師未捷身先死，長使英雄淚滿襟」——身體頂不住，那怎麼辦？你如果選擇積極認可、積極放棄、積極等待，你的健康可能反而會變得更好，下一個天命，身體還能撐得住，你還能等得到。

有個笑話，聽說開國大將粟裕，他夫人楚青曾經是望族名媛，在上海見過世面的那種。解放上海後，粟裕和他夫人在上海街頭走着，粟裕將軍忽然指着一家咖啡館說，這家咖啡館不錯。他太太很是驚奇，怎麼整天打仗的一個人忽然會開竅，懂得欣賞咖啡館了？粟裕將軍說，在這個咖啡館頂上架幾挺機槍，可以封鎖整個街道。

學會了屠龍技，十年磨好一劍，但是沒有龍可以去殺，沒有仗可以去打，也是不容易的一件事。如何放下屠龍技，放下這把劍，也需要一些身心修行。

人生如賭場，
一言一行是賭注

　　人生如賭場，職場如賭場，一言一行是賭注。

　　太複雜的因果，不見得能説得清楚因果關係。我原來學醫，一直試圖在醫學裏邊建立因果關係，後來發現因果關係其實很難建立，更容易建立的，往往是相關關係。相關關係是甚麼？就是比如，你出門帶了把傘，忽然下雨了，這個事情很難説清楚，是不是因為你帶了傘，所以天下雨了；但很容易説清楚，是因為你帶了傘，所以沒有濕身。這是相關關係。

　　雖然因果關係非常難建立，但如果從一個大數原理來看，你每一言每一行，如果做得都對，做得都恰當，都符合中庸的原則，都符合成事心法的原則，你會發現你每個賭注都下對的時候，你成事的可能性、成事的概率就會大很多。雖然看上去人世間一派平靜，或者看上去人世間跟你的一言一行都沒有任何關係，但實際上，人生對於你來説就是賭場，職場對於你來説也是賭場，你的一言一行都是你的賭注，如果你每言每行都賭對了，你整個成事的概率就大了很多。

　　曾國藩曾説，「急於求效，雜以浮情客氣」，你特別想用自己的一言一行，自己無數的言和無數的行，去追求迅速

產生效果，可你又心浮氣躁，又考慮到很多與所追求的無關的因素。比如，這件事如果做成，誰得利，誰不得利。「則或泰山當前而不克見」，泰山出現在你面前，你卻完全看不見。

「以瓦注者巧，以鈎注者憚，以黃金注者昏」，拿一片瓦片當成賭注，相對負擔小，內心的糾結少，反正輸就輸了，丟一片瓦的事。「以鈎注者憚」，拿玉鈎當成賭注，你會發現，內心會很糾結，很擔心，萬一輸了，玉鈎就是別人的了。「以黃金注者昏」，拿一噸黃金、七噸黃金當成賭注，會發現，下注的時候，下注的人就已經心慌意亂了。

最後曾國藩說，「外重而內輕，其為蔽也久矣」，你並沒有一個混蛋到強大的內心，但是你外在做的事，你外在放的賭注太重了，這些賭注是你輸不起的，你就變成了一個很累的人。

那我們如何看待這個問題，如何去賭？

這就涉及戰術層面的技巧。

第一，敢賭的態度。

你不敢賭，一句話不說，一件事不做，這輩子也是會過去。可人活着總要說話，總要做事，所以該做做，該說說，不要因為大環境的起伏、個人境遇的起伏而停止做事。要敢賭，賭的方式就是坐言起行。但賭的技巧，是內心要沉穩堅固，心平氣靜，不要把賭注看得太重。這麼着，你才能看得遠，博得大。

第二，敢賭，敢輸，敢賭，敢贏。

越是能幹的人，越是成就了很多的人，越容易心重，想贏怕輸。你越是想贏怕輸，越是容易動作變形，寢食難安，越是不能「治大國若烹小鮮」，你會離這個境界越來越遠。「治大國若烹小鮮」，也可以反過來，「烹小鮮若治大國」。如果你邁不過這個坎，你再聰明，勤奮，能幹，也就是一個諸葛亮；你邁過這個坎，就可能是曹操，是劉秀，是劉邦。你可能會問，馮老師，你感覺曹操、劉秀、劉邦，跟諸葛亮有甚麼區別？有句話叫「最善泳者，忘水」，最善於游泳的人，是能夠忘掉水的；最善於做事的人，不認為自己在做一件非常難的事，他會認為成事、持續成事、持續成大事就是人生的日常。我整天嘮叨，「管理是一生的日常，成事是一生的修行」，其實就是把做事、成事、坐言起行當成每天的日常。

存在，就是選擇，說甚麼，不說甚麼，做甚麼，不做甚麼。真想做到這種舉重若輕，就要記住，我敢賭，敢輸，敢賭，敢贏。

舉我自己的例子，我總在想，如果我把成事的結果看得輕一點，把成事的過程和成事中的一言一行當作一種享受、一種運動（一種體育運動、一種腦力運動、一種體力和腦力交織在一起的運動），一天天這樣下去，只問耕耘，不問收穫，到最後為甚麼能夠有所收穫的概率反而更大。因為我花在考慮得失上的時間特別少，我耗的能量就特別少。

我後來往回想，我寫書，寫毛筆字，寫商業計劃，做戰略，等等，其實底層的心態是運動，是我在進行日常的玩耍。核心詞是「玩」。這個「玩」，並不是不負責任地玩，而是說我盡了我的全力，天命的事情，我不能控制。我盡全力玩耍，負責任地玩耍，盡我所能帶着我的團隊去玩耍，最後成與敗，賭場的結果似乎和我有關，但因為它不完全由我控制，在我做事的過程中，它和我無關。用這種態度把人生當成賭場，把職場當成賭場，認真地去玩，認真地去下注，把結果放在一邊，結果往往都是向着好的一方去發展。

　　人生如賭局，並不是說大家可以毫無底線地去豪賭，而是希望大家把結果看得淡一些，不要在做一言一行的時候，總是花很多的精力、能量去考慮結果。結果不歸我們控制，相反，一言一行，乾乾淨淨、誠誠懇懇地去下注，最後賭的結果會向我們微笑。

如何累身不累心

　　與自己的心共處，是一門學問。禪學是心學，成事學説到底也是心學，曾國藩有一句話：「扶危救難之英雄，以心力勞苦為第一義。」你想當個扶危救難的英雄，你要勞心勞力，不是腳踏祥雲就是英雄了。

　　現在很多人都是心出現問題，整天累心、累身，我作為一個成事的修行者，分享三點——放字訣、活字訣、簡字訣。

第一，放字訣。

　　放甚麼？放空。為甚麼要放空？因為你心裏如果裝了太多沒用的東西，其他的東西就很難進來，心裏太多的東西也很難出去。這些都是放字訣要解決的問題。

　　跟大家分享一個達摩的故事，這個故事對我有點啟發，叫「慧可覓心」。「慧可」是達摩的徒弟，慧可説：「我心未安，乞師與安。」我心裏不安定，很煩，老師，求求你讓我安定一下。老師説：「將心來，與汝安。」你不是讓我修你的心嗎，你不是讓我安你的心嗎？你把心拿來，我幫你安心。慧可想了半天，説：「覓心了，不可得。」或者這麼斷句：「覓心，了不可得。」我找了半天，找不到。老師説：「覓得豈是汝心？

與汝安心竟。」你能找來的，那是你的心嗎？我已經幫你把心翻過了。之後「慧可言下大悟」。

放字訣，說心要放空，你不放空，你就安不了。那怎麼放空？用曾國藩的話，就是「勤勞而且憩息，一樂也」。幹完一天的活，無論是體力活，還是腦力活，然後休息，特別開心。大家想一想，你玩命跑十公里，跑了五十分鐘，然後咣唧一倒，你能不睡個好覺嗎？「至淡以消嫉妒之心，二樂也。」安於淡薄，安於沒名沒利，安於默默做事，我用淡泊明志，用寧靜致遠，消除這種妒忌心，消除這種名利心，消除這種功利心。別人看不開的事，你看開了，那些看不開的，整天愁眉苦臉，雖然也可憐他們，但是你勸也沒用，你看到自己能看開，便默默在內心給自己點了一個讚，「二樂也」。「讀書，聲出金石，三樂也。」讀書——高聲朗讀，叮噹作響，像拿筷子敲酒杯，像拿金屬敲塊玉，「三樂也」。曾國藩的這三個「樂」，實際是三個放空心的過程。

再有一層，我多解釋一下，人間有三個空間都叫「房」，其實這三個空間都能悉心養性。

第一個空間，書房，即心房。你可以在書房裏邊高聲朗讀，朗讀別人的詩，朗讀自己的詩，朗讀別人的文章，朗讀自己的文章，聲若金石，把心打開，把心放空。

第二個空間，山房，能夠睡覺的地方。把自己的身體累個半死，在山房一睡，一覺萬事空。

第三個空間，重症病房。甚麼意思？我經常去病房，大家可以去病房，特別是重症病房看看，你會感到自己特別幸

福，幸福到甚麼程度？幸福到你覺得自己能走着出去就很幸福，幸福到自己能喝水、吃飯、睡覺、呼吸空氣，自己溜達、自己看本書，這些一切的一切都是極端幸福的，在那一瞬間你就放空了。

第二，活字訣。

甚麼是「活字訣」？曾國藩說：「心常用則活，不用則窒，如泉在地，不鑿汲則不得甘醴。」地下有泉水，如果你不鑿，不挖掘，不用心去幹，給它挖出來，你就得不到甘泉。「如玉在璞，不切磋則不成令器。」好像一塊玉在石頭殼裏，在玉璞裏邊，你如果不「如切如磋」，切磋它，打磨它，把它的石殼打掉，美玉就露不出來，它就成為不了一件非常美好的玉器。

心，既是心志，也是意志。心志是：思考，挖掘，掏牆，挖洞，去思考別人想不清楚的問題，去歸納別人說不明白的問題。也是意志：要堅持，要鍛鍊，要打磨，要長久地工作。人體裏耗能最多的器官是甚麼？不是腰肌，不是腹肌，不是核心肌肉群，是大腦。一個人習慣了繁重的腦力勞動之後，偶爾一兩天不動腦子，吃不好飯，也睡不好覺，甚至整個人都懶懶的，沒活勁兒。人骨子裏有很「賤」的東西，需要大家善護持，怎麼護持？用活字訣來保持活力，動！

簡單地說，「心常用則活」，有兩個核心詞：一是「長久」，二是「規律」，越規律越長久。

我為甚麼不願意全職寫作，或者對全職寫作有恐懼感？

因為我害怕沒有源頭活水，害怕不是每日地這麼勞作，我沒有足夠的東西去寫，沒有足夠的活勁兒去寫。這看上去是個悖論，似乎我離開全職工作，就有了足夠的時間，有了更多的時間去寫作；但是有可能我離開了全職工作，我就沒有這種長久的、規律的運動（每週都保持八十個小時左右的工作時間），讓我保持這種寫作的活性。

習慣而且喜歡繁重腦力工作的人，不要渴求退休，最幸福的事，我倒覺得是活到老，幹到老。有可能你就是一條「賤命」，你就是一個勞碌命，得志則行天下，修修事功，以國為懷，沒準就真能讓世界變得更美好了。不得志，咱就獨善其身，讀讀書，喝喝酒，想寫就寫幾筆，沒準也就不朽了。

第三，「簡字訣」。

理不在多。大家想想心臟，就是收縮，舒張，太複雜的道理很有可能是沒用的，而且很有可能是錯的。一本經，一本好經，多翻，要遠遠強於你翻十本經。特別是，多實踐，實踐完了再翻翻經，再去看看書，知行合一，人劍一體。

曾國藩針對這個議題曾說：「治心治身，理不必太多，知不可太雜，切身日日用得着的不過一兩句，所謂守約也。」治心治身的理不用那麼多，書不用看得太雜，只要日日用得着的一兩句，你天天去做，已經比 80% 的地球人強了。

分享一個禪宗鳥窠道林禪師與白居易的故事。鳥窠道林是一個禪宗和尚，他看到秦望山上邊長着很高大的松樹，枝葉繁茂，盤屈如蓋，他就在這棵樹上搭了一個窩，每天待在

上面。周圍人看到，送了他一個外號——鳥窠道林禪師。白居易到這個地方做地方官，聽說了這件事，就進山去拜會鳥窠道林禪師。白居易在樹下，抬頭看見鳥窠道林禪師在樹上隨着風晃晃悠悠，他說，禪師啊，您住在這個地方有點兒危險。禪師說，太守啊（白居易是地方一把手），你的危險比我大多了。白居易說，我坐鎮一方，作為一方大員，我有甚麼可險的呢？你才危險呢！禪師心裏想，這真是一個沒有智慧的人。禪師說，你每天應酬，每天在這些名利場上混，很多的利益、很多的慾望，像火種和燃料，一不留神就燒起來，燒起來就不知道燒到甚麼時候，這種東西多麼危險，你控制得了嗎？「心火相交，識性不停，得非險乎？」難道不險嗎？白居易沒回答，然後又換了一個話題，接着問：「如何是佛法大意？」佛法到底說的是啥？鳥窠道林禪師說了八個字：「諸惡莫作，眾善奉行」。各個惡事別做，各個善事身體力行。白居易又樂了，說，3 歲小孩也知道這個道理。鳥窠道林禪師回答：「三歲孩兒雖道得，八十老人行不得。」白居易聽後，禮拜一下就離開了。

　　如何與心周旋。我們這裏提的「心」，不同於臨床上說的「心臟」，但是我們在如何使用心這件事上，反而可以學學心臟如何工作。放字訣，活字訣，簡字訣，放空、收縮、舒張、長久、規律活動，長期修煉，反覆重複，慢慢習慣成自然，就像心臟不用我們人為干涉自己就會跳動。

頭頂上的星空
與內心的道德準則

　　功成名就、手握重兵重權的人，以及正在修煉成事的人，永遠不要欺負這個世界。你只能欺負一時，不可能欺負一世；即使你欺負了一世，倒霉也會發生在你周圍的人身上，發生在你喜歡的人身上，甚至會給你來生造成某種影響，如果你相信有來生。

第一，聽從內心，敬畏天理。

　　曾國藩有句話：「吾輩位高望重，他人不敢指摘，惟當奉方寸如嚴師，畏天理如刑罰，庶幾刻刻敬憚。」這句話說的，其實就是，你成事、持續成事、持續成大事，堅持五年十年、十年十五年、十五年二十年，有一天你忽然發現，你德高望重了。別人不敢說，你做的事有甚麼欠缺。

　　「惟當奉方寸如嚴師」，如果爭論都沒有了，壞話都沒有了，反對的聲音都沒有了，你還有自己的方寸，有自己的內心；「畏天理如刑罰」，你還有天理，還有道德。如果你一直意識到這兩件事，你基本就不會犯大錯。

　　身在高位，沒人敢批評，怎麼辦？這是給中高階，特別

是高階領導者講的一個很重要的問題。身在高位，聽到的好多是讚揚。大家想想，如果你是一個管理者，你是一個中高階的管理者，你每天不吹牛 X，你受得了嗎？你每天不誇自己兩三句，你受得了嗎？你每天捫心自問，不自己得意兩三回，你自己受得了嗎？再反過來想，你過去一個禮拜，有幾次聽到過不同的聲音，聽到過別人批評你，聽到過別人說你這麼做有可能不對？你捫心自問，你可能沒聽到。

所以曾國藩講：一、聽從內心，就是所謂的「方寸」；二、敬畏星空，就是「天理」。方寸和天理，內心和星空。康德說過類似的話，「有兩件事物，我越是思考越覺得神奇，心中也越充滿了敬畏，那就是頭頂上的星空與內心的道德準則」。曾國藩和康德，一中一西，一個是政治家，一個是哲學家，這些偉大的人思考着相同的問題，也提出了類似的解決方案。

每個人都有一個媽，我也有一個媽，按我媽的世俗的、街面的話來翻譯曾國藩和康德的話，我媽會這麼說：「你就沒點兒數嗎？你就不知道自己到底在幹甚麼嗎？」其實這個靈魂追問，涉及你自己的內心，以及你對世界、對天理的理解。

如果真成了一些事，漸漸位高權重，晉升全球富豪榜，名列當代史，甚至可以有一點點不朽的希望，更要敬天憫人。自心覺得不妥的，自心判定天理不容的，哪怕非常想做，哪怕被懲罰的可能性非常小，也絕不能做。

見過一些名聲很大的人，也見過一些非常有錢的人，還見過一些非常有權的人，最後吃虧、被雷劈、出現大的困局，往往是因為這些人沒能堅持去做我上面所提到的事情。本來都是

非常好的成事的修行者，特別是在他的位置上，他可以相對容易地做成很多大事，能讓世界變得更美好，比我們這種從底層做起的小人物，能夠成就更多更大的事，在同樣的時間段裏。但是他們沒有，要不然生病了，要不然進監獄了，要不然大局敗掉了。為甚麼？就是因為他們自心覺得不妥、自心判定天理不容的事情，往往心存僥倖，認為被罰的可能性非常小，非常想做，然後就去做了，結果違背了內心，違反了天理。

在此也想對高階領導者多分享幾句，如果管好自己的內心，敬畏頭上的星空，再堅持十年，這最後的十年，有可能幹成比你之前二十年、三十年幹成的所有的事，甚至乘兩倍、乘三倍、乘五倍、乘十倍，而且你的風險並不會增加。

關鍵的關鍵還是：天理不容的，人心不容的，不要去做。

第二，謹慎打破次元壁。

跳出來講，就是打破次元壁。你從原來的狀態打破一層壁壘、一層限制，發現你來到了另外一個宇宙，你突破了自己過去的行為方式。

所謂打破次元壁，我自己歸納有三類。

第一類，你本來天賦就是一個混混，但是你的家學淵源、境遇，和周圍人、周圍環境給你的紀律，不讓你這麼做。忽然有個機緣，你的境遇變了，你打破了這個次元壁，你忽然發現，做壞人比做好人容易多了，做壞人好容易，一旦做壞人，你開始降維攻擊了，無論是名，無論是權，無論是色，權、錢、色，你想要啥就有啥。

第二類，你原來一直是一個笨拙的讀書人，一個很本份的創造者，你要爬上一座高山，試圖在崑崙山頂上再長出一根草，再開出一朵花。你爬着爬着發現，我有名了，我認識很多人了，我原來帶過的人，現在都成為某某某了。你發現，我掛個名就能把事辦了，我組個局就可以把事辦了；我不用這麼奮力讀書了，我不用這麼天天辛苦創造了，我不用這麼上天入地苦心經營了；我甩手就把這些事做了，我溜達着就把這些事做了，我躺着就把這些事做了。

　　第三類，你原來是一個很好的修行者，也是一個很好的創造者，一直在用作品說話。你現在發現，你的智慧到了一定層面之上，你開始探索自己其他的潛能。比如，你原來是一個寫文章的，現在會想，自己能不能去拍些視頻；你原來是做公司的，現在會想，自己能不能做個官吏，除了把自己的企業管好之外，還能不能把一個縣管好，把一個地區管好。

　　在頭頂上的星空和內心的道德準則雙重加持下，躲開第一類打破次元壁，你內心住着一個小魔鬼，不要忽然有一天打破了次元壁，放這個魔鬼出來；絕不要做第二類，不要走捷徑；偶爾嘗試第三類，在你修行到一定程度之後，探索一下自己其他的潛能。

　　如果你問我，馮老師，我能不能不打破次元壁？我的答案非常簡單，如果你沒有足夠的動力，想打破這種次元壁，最好慢慢守住自己的園地，晴耕雨讀，上邊有星空，內心有道德準則，如此一生也就好了。

成事到底為了甚麼

　　成事到底為了甚麼？成事在歷史長河中起着一個甚麼樣的作用？

　　從我自己來説，六年小學，六年中學，1990 年上大學，念了八年醫學之後，又念了兩年 MBA，加起來一共是二十二年正規教育。二十二年正規教育，我想，自己總要做二十二年全職工作吧？2000 年畢業，我第一份工作就去了麥肯錫，幹了十年。之後又進了大型國企——華潤、中信，開始先做幕僚的工作，做戰略部總經理，後來創辦了華潤醫療，之後在中信資本，負責醫療投資、醫療健康投資。這二十年，我幾乎每週都工作八十個小時，很少有低於六十個小時的時候。十年外企，十年國企，二十年一眨眼就這麼過去了。

　　忽然疫情來了，整個節奏就慢下來了。我也在想，疫情時期怎麼過？就好像平時你以國為懷慣了，逐鹿中原慣了，覺得還是做大事，做那些真的能改變世界的事情，才能令人興奮。雖然小時候一直有個理想——找個小姐姐吃軟飯，混吃等死，但是真的疫情來了，真的哪兒也去不了了，甚至有可能一出溜，就只能

混吃等死了；才發現，混吃等死還是挺難的，所以疫情期間，我也有了時間仔細思考，成事到底為了甚麼？

我不是篤信儒家的人。儒家經典，四書五經，我沒有仔細全讀過，有些像《論語》，我仔細讀過，但總體我沒有讀得那麼細。但是，我是不是在身體力行儒家相信的一些東西呢？我想在很大程度上，是的。比如，儒家核心貫穿的一條線是甚麼？就是格物、致知、誠意、正心、修身、齊家、治國、平天下。我的確喜歡琢磨事，喜歡知道世界的道理是甚麼，喜歡擺正自己這顆心，然後收拾好自己，管理好周圍，管理好團隊，管理好事情，如果有機會，以國為懷，甚至有個中國夢，希望天下太平。但是現在如果天下不歸你平了，「國」不歸你治了，那我就往回退，再修修身，管好身邊的小團隊，其實這也是儒家的道理。

因此，疫情來臨這大半年，我還是每週差不多要工作七八十個小時，有一部份時間就放在兩件事情上。一件是綜合、提煉、總結成事學，講《馮唐成事心法》。綜合的三個信息來源，是我在麥肯錫的所學所用，我在大型央企的所學所用，以及我理解的以曾國藩為代表的東方管理智慧。另一件是我終於把一直想寫的《我爸認識所有的魚》這個長篇寫完了。我爸 2016 年走的，他走之後，我一直想寫一部關於他的小說，以 1900 年到 2020 年這一百二十年為背景，寫一下大歷史下，像我爸這樣一個小小的人物，是怎麼過的一生，以及我跟他是一個甚麼樣的關係。至今為止的人生，我最大的遺憾就是陪我爸的時間太少了。哪怕我一直陪在他身邊，

他一天説話不過三句。我在過去的二十年裏，完完整整陪他的時間可能不到兩週，或許有三週，那他一共跟我説的話其實都不到一百句。所以，想起來是挺難過的一件事。

我寫這些，其實是想説，在疫情期間，我意識到自己過去這二十年，以及現在心裏是怎麼想的，很有可能還是所謂的儒家精英自己給自己加的擔子，還是很可惜，沒有軟飯硬吃的命。那之後，疫情持續怎麼樣呢？疫情過去怎麼樣呢？我想，還是沿着這個軸，如果能夠以國為懷，如果能做對人類有益的大事情，我就去做做；如果不行，我退半步，再沿着成事，沿着成事學，再講講各種與管理相關的議題；我也可能再去寫一寫我還沒寫完的、肚子裏已經有的幾個長篇，累的時候寫寫毛筆字，這是我現在的一些想法。

曾國藩在面對一個非常大的困境、一個油膩的世界時，他當時説：「今日百廢莫舉，千瘡並潰，無可收拾」，到處都出問題，沒有辦法解決；「獨賴此精忠耿耿之寸衷，與斯民相對於骨岳血淵之中」，現在我只能靠堅持我的儒家精英信念不變，和人民站在一起，和受苦受難的人一起面對這些刀山血海；「冀其塞絕橫流之人欲，以挽回厭亂之天心，庶幾萬有一補」，希望能夠堵住這些人性之惡，然後希望把天的運勢，爭取能夠扳回一點，或許能做到萬分之一的補救；「不然，但就時局而論之，則滔滔者吾不知其所底也」，我如果不這樣，就目前的局勢看，那幾乎局勢不可為，我甚至不知道底線在甚麼地方。

曾國藩這段話，是寫給江忠源、左宗棠的。他們三個人

有共同點：一、都是書生，二、都是精英，三、都能帶兵、練兵、打仗，四、都親臨一線。這段話其實有濃濃的儒家精英意識，身逢亂世、衰世，精英應該幹點甚麼？曾國藩的意思是，要奮起，和苦難民眾站在血海之中，封堵瀰漫社會的人性沉淪的慾望，把世道人心導向正軌，重建秩序。但換一個角度來講，在亂世，這種知其不可而為之的態度，也就是一介書生該有的態度，這幾個書生給了大清朝一個中興，至少讓千千萬萬的民眾多過了幾十年好日子。這就是精英的責任，或者說是精英的負擔。

梁啟超編選過曾國藩年少時作的一篇文章，叫《原才》。

曾國藩在這篇文章中說了四層意思。第一層意思，一個地方的風俗、文化的厚薄，其實「自乎一二人之心之所向而已」，說白了，可能就是有那麼一小撮、幾個人，大家跟着他們。這幾個人如果「心向義」，向着仁義方向去走，那眾人「與之赴義」，眾人就跟着他走；如果這幾個人變壞了，向着利益去走，那很有可能眾人就跟着他去奔向利益。

更有意思的是，一旦大家跟着幾個精英走了一段，會發現，「眾人所趨，勢之所歸」，它就會形成一種勢頭，「雖有大力，莫之敢逆」，之後再想扳過去很難。所以曾國藩做了一個比喻，說，「撓萬物者，莫疾乎風」，說真讓樹動山搖，草趴在地上，花倒在地上，是甚麼？是風。「風俗之於人心，始乎微，而終乎不可御者也」，一旦風形成了，它是很有力量、不可阻擋的。在此，曾國藩強調，儒家精英有引導作用。

第二層意思，如果這個世界、這個時代最好的頭腦，

結束語

最有慈悲、最有智慧、最有美感的頭腦，因為大勢不好，不能在最合適的位置上去引導大家，這樣世界就會出現甚麼事呢？就會出現還會有不同的人冒出來，「有以仁義倡者，其徒黨亦死仁義而不顧」，有倡導仁義的，他的徒弟、他的黨羽、他的團隊就會跟着他往仁義去走，哪怕死也不怕；有倡導功利的，「其徒黨亦死功利而不返」，這是說如果有倡導，說要爭功、爭名、爭利，去掙錢，去掙沒數的錢，持續地掙沒數的錢，那他的黨徒、他的團隊也會往死了去爭名逐利。曾國藩在這裏強調，如果不能有最強的人佔據最合適的位置，風氣會變亂。

第三層意思，儒家精英有引導的作用和能力，那麼如果在亂世出現風氣變亂，儒家精英作為個體應該做甚麼？多數所謂的儒家精英常做的事情是，站在高地上，站在高明之處，明哲保身，自己啥也不幹。但曾國藩不認同這些人的做法和看法。曾國藩認為，哪怕你是一個小小的官，哪怕你只能影響十個人，你都要去影響，哪怕沒一個人聽你的，你也要寫書，也要發聲，也要表達自己的思想。曾國藩認為，在亂世，真正的精英，還是要站出來發揮自己的微火、微茫、微小之力，這些微小之力會形成新的、更良好的風氣。

第四層意思，曾國藩說了一個願景：希望國家聽到我這種說法，能夠非常謹慎地選最優秀的人，將他們放到最合適的重要的位置上。也希望，真正認為自己是精英的人，能夠認同我的這一說法，做自己能做的事。

梁啟超選編了曾國藩這麼長一段文章，核心就是剛才講

的儒家精英的作用。

曾國藩和梁啟超都是儒家精英教育的結果，在他們各自的時代，各自承擔了精英的責任，曾國藩挽救舊時代，梁啟超開啟新時代。從這點上，我們不得不信服一些精英的作用。

這些年，所謂的中產階級流行羨慕貴族，各種莫名其妙的貴族精神層出不窮，各種貴族課層出不窮，實話講，我們自宋以後就是平民社會，沒有貴族，只有精英。

崇尚貴族，是篤信遺傳，如果真的靠遺傳能解決人類的問題，人類遺傳那麼多次了，早該是聖人了，怎麼還會有人性之惡？崇尚精英，是崇尚修行，所謂道理，都在《馮唐成事心法》，都在這些薄薄的書裏擱着，但是願意不願意修行，是不是能修行到，要看造化，要看自己的決心、耐心和虔誠程度。

成事理論的核心基礎是，這麼一個肉身，基因你也改變不了，在現世，還是可以努力成為聖人，做不到聖人，至少可以做到一個成事的人。作為一個能讓世界變得更美好一點的精英，至少可以通過自身的努力，讓自己以及自己周遭的世界變得更美好一點，這多一點美好，就是讓世界更美好一點。

「世間數百年舊家，無非積德，天下第一件好事，還是讀書。」

積德，讀書，修行，不斷行。成事，持續成事，持續成大事，持續成好事。

結束語

www.cosmosbooks.com.hk

書　　名	馮唐成事心法
作　　者	馮　唐
責任編輯	陳幹持
美術編輯	郭志民
出　　版	天地圖書有限公司
	香港黃竹坑道46號
	新興工業大廈11樓（總寫字樓）
	電話：2528 3671　傳真：2865 2609
	香港灣仔莊士敦道30號地庫（門市部）
	電話：2865 0708　傳真：2861 1541
印　　刷	亨泰印刷有限公司
	柴灣利眾街德景工業大廈10字樓
	電話：2896 3687　傳真：2558 1902
發　　行	香港聯合書刊物流有限公司
	香港新界荃灣德士古道220-248號荃灣工業中心16樓
	電話：2150 2100　傳真：2407 3062
出版日期	2020年12月／初版